Ann E
빨강머리 앤

Ann E
빨강머리 앤

루시 모드 몽고메리 지음
박산호 옮김
이슬아 그림

arte

차례

작은 새들은

여름이 하루뿐인 것처럼 노래했네.

1

레이철 린드 부인을 놀라게 한 소식

레이철 린드 부인은 에이번리 마을의 큰길이 오리나무와 금낭화가 우거진 작은 골짜기로 내려가는 초입에 살고 있다. 오래된 커스버트네 농가 숲에서 흘러나온 시냇물은 이 길을 가로지르며 흐른다. 웅덩이와 작은 폭포의 은밀한 비밀을 품고 쏜살같이 흘러내리는 그 시냇물도 린드 부인의 골짜기 앞을 지날 때는 느릿느릿하면서도 조용히 부인 앞에서는 무례한 태도로 지나갈 수 없다는 것처럼 지나갔다. 부인이 뭔가 이상하거나 어울리지 않는 걸 보면 궁금증이 풀릴 때까지 집요하게 파고들 거란 사실을 시냇물도 아는 모양이었다. 레이철 부인은 창가에 앉아 흘러가는 시냇물부터 아이들까지 매사를 매의 눈으로 살펴보았다.

에이번리에도 자기 일은 나 몰라라 하고 남 일에 간섭하는 사람들이 많았지만, 레이철 린드 부인은 자기 일도 똑소리 나게 하면서 남 일에도 신경 쓰는 대단한 사람이었다. 부인은 집안일은 항상 야무지게 하면서, 바느질 모임을 '이끌고', 주일학교 운영을 돕고, 교회 봉사회와 해외 전도 후원회의 가장 든든한 기둥으로 활약하고 있었다. 그런 와중에도 부엌 창가에 몇 시간씩 앉아 무명실로 침대보를(열여섯 장이나 떴다고 에이번리의 주부들이 탄복했다) 짜면서 골짜기를 가로질러 그 너머 붉고 가파른 언덕으로 이어지는 큰길을 예리한 눈빛으로 주시했다. 에이번리 마을은 세인트로렌스 만에서 툭 튀어나온 작은 삼각형 반도에 있는 데다 양쪽에 바다가 있어서 마을을 들고나는 사람은 누구든 그 언덕을 지나야 했다. 그러니 만물을 꿰뚫어보는 린드 부인의 예리한 시선을 피할 길이 없었다.

6월 초 어느 날 오후, 린드 부인은 그 창가에 앉아 있었다. 창문으로 따뜻하고 환한 햇살이 비쳐들고, 새색시 볼 같은 연분홍 꽃들이 활짝 피어난 집 아래쪽 비탈의 과수원에는 벌들이 윙윙거리며 날아다녔다. 에이번리 마을 사람들이 '레이철 린드의 바깥양반'이라고 부르는, 체구가 작고 유순한 토머스 린드가 헛간 너머에 있는 밭에다 철 늦은 순무 씨를 뿌리고 있었다. 매슈 커스버트도 초록 지붕 집의 위쪽에 있는 시내 근처의 크고 붉은 밭에다 순무 씨를 뿌리고 있어야 했는데. 린드 부인이 그 사정을 알고 있는 이유는 어젯밤에 카모디에 있는 윌리엄 블레어 상점에서 매슈가 피터 모리슨에게 오늘 이맘때쯤 순무 씨를 뿌릴 생각이라고 말하는 걸 들었기 때문이다. 매슈는 평생 가야 먼저 말을 하는 법이 없으니 물어본 사람은 당연히 피터였을 것이다.

그런데 오늘처럼 바쁜 날 오후 세 시 반에 매슈 커스버트가 골짜기를 지나 언덕길로 조용히 마차를 몰고 가고 있었다. 거기다 제일 좋은 양복을 차려입고 새하얀 옷깃까지 단 걸 보면 에이번리 밖으로 나가는 게 분명했다. 밤색 말이 끄는 마차를 타고 가는 걸 보니 꽤 멀리 가는 모양이었다. 대체 매슈 커스버트는 어디에 무슨 이유로 가는 것일까?

매슈가 아닌 다른 남자였다면, 린드 부인은 이리저리 꿰맞춰서 두 가지 의문을 그럭저럭 풀 수 있었을 것이다. 하지만 워낙 두문불출하는 매슈가 저렇게 나선 걸 보니 아주 급한 용무가 있는 모양이었다. 매슈는 낯을 심하게 가려서 낯선 사람들이 있거나 사람들과 이야기를 해야 하는 곳에 가는 걸 질색했다. 그러니 매슈가 양복을 차려입고 어딜 가는 일은 흔한 일이 아니었다. 도저히 풀 수 없는 미스터리에 린드 부인의 즐거운 오후 시간은 엉망진창이 되었다.

"차를 마시고 나서 초록 지붕 집에 가서 매슈가 무슨 용건으로 어딜 갔는지 마릴라에게 물어봐야겠어." 사람들에게 존경받는 이 부인은 마침내 결심했다.

"매슈가 보통 이맘때 시내에 갈 일이 없잖아. 순무 씨가 떨어졌는데 저렇게 멋을 부리고 갈 리도 없을 테고. 의사를 부르러 간 것치고는 아주 여유롭던데. 간밤에 무슨 일이 생긴 게 분명해. 하지만 아무리 생각해도 모르겠어. 오늘 매슈 커스버트가 외출한 이유를 알아내기 전까지는 도무지 일이 손에 잡히지 않을 것 같아."

린드 부인은 차를 마시고 길을 나섰다. 멀리 갈 것도 없었다. 과수원에 둘러싸인 널찍하고 큰 커스버트 남매 집은 린드 부인의 집에서 채 400미터도 안 되는 거리에 있었다. 거기로 가는 길이 워낙 길어서 훨씬 더 멀리 느껴지긴 했다. 매슈 커스버트의 아버지는 아들만큼이나 말수가 적고 내성적이어서 가능한 한 사람들에게 멀리 떨어져 있으면서도 숲 속으로 너무 깊이 들어가지 않은 곳을 집터로 잡았다. 그가 개간한 땅의 끄트머리에 지은 초록 지붕 집은 에이번리의 다른 집들이 사이좋게 옹기종기 모여 있는 큰길가에서는 보일락 말락 했다. 레이철 린드 부인은 그런 곳에서 어떻게 살 수 있는지 도무지 이해가 되지 않았다.

"그건 도저히 산다고 할 수도 없어. 그냥 머무는 거지." 린드 부인은 그렇게 중얼거리면서 양옆으로 들장미 덩굴이 자라고 마차바퀴 자국이 깊이 팬 풀밭 길을 걸어갔다. "이렇게 외진 곳에 처박혀 있으니 매슈와 마릴라가 그렇게 별날 수밖에 없지. 나무랑 친구로 지낼 것도 아니고. 나는 사람 구경이 훨씬 재미있던데. 두 사람은 그런대로 만족스러워 보이긴 해도 그거야 뭐 적응이 돼서 그렇지. 아일랜드 속담에도 그런 말이 있잖아. '사람은 익숙해지면 목을 매달아도 놀라지 않는다'고."

린드 부인은 길을 빠져나와 초록 지붕 집의 뒤뜰로 들어갔다. 초록색 나무와 풀이 우거진 마당은 깔끔하고 깨끗했다. 한쪽에는 위엄 있어 보이는 커다란 버드나무들이 서 있었고, 반대쪽에는 단정한 포플러나무들이 자리를 잡고 있었다. 마당에는 굴러다니는 막대기 하나, 돌멩이 하나 보이지 않았다. 린드 부인은 내심 마릴라 커스버트가 마당도 집 안처럼 시도 때도 없이 청소했을 거라고 생각했다. 마당은 먼지만 아니면 음식이 떨어져도 주워 먹을 수 있을 정도로 깨끗했다.

린드 부인은 부엌문을 똑똑 두드렸다. 들어오라는 소리가 들리자 집 안으로 들어갔다. 초록 지붕 집의 부엌은 아주 쾌적했다. 사실 결벽이라고 할 정도로 깨끗해서 사람 사는 냄새가 풍기지 않았다. 창문은 동쪽과 서쪽으로 나 있는데 뒷마당이 보이는 서쪽 창문으로 따뜻한 6월의 햇살이 흘러 들어왔다. 동쪽 창문으로는 왼쪽 과수원에 활짝 핀 흰 벚꽃과 시냇가 옆의 골짜기에서 간닥거리는 호리호리한 자작나무들이 초록색 담쟁이덩굴 사이로 얼핏 보였다. 집안일에 바쁜 마릴라 커스버트가 잠깐씩 짬이 나면 늘 동쪽 창가에 앉았다. 마릴라는 이 만만하지 않은 세상에서 사방에 어른거리는 햇빛이 경솔하고 영 믿음직스럽지 못하다는 생각을 항상 했다. 지금도 마릴라는 동쪽 창가에 앉아 뜨개질을 하고 있었고, 뒤에 있는 식탁에는 저녁이 차려져 있었다.

린드 부인은 제대로 문을 닫기도 전에 얼른 식탁 위에 차려진 음식을 훑어봤다. 접시가 세 개가 나온 걸 보니 매슈가 손님을 모시고 차를 마시러 오길 기다리는 게 분명했다. 하지만 평소 쓰는 접시에 사과 절임과 케이크가 한 가지밖에 없는 걸로 봐선 그리 특별한 손님은 아닌 모양이었다. 그렇다면 매슈의 하얀색 옷깃과 밤색 말은 어찌된 영문이지? 린드 부인은 항상 변화 없이 조용하게 살아가던 초록 지붕 집에서 일어난 이 미스터리를 풀어보려다 머리가 빙빙 돌 것 같았다.

"안녕하세요, 레이철. 정말 상쾌한 저녁이네요, 그렇죠? 여기 앉아요. 댁에는 별일 없죠?" 마릴라가 기운차게 말했다.

마릴라 커스버트와 린드 부인은 성격이 판이하다. 어쩌면 그래서 둘 사이에 우정이라고밖에 표현할 수 없는 감정이 존재하는지도 모른다.

마릴라는 각진 얼굴에 키가 크고 말랐다. 흰 머리가 언뜻언뜻 비치는 검은 머리는 항상 검은 금속핀 두 개로 야무지게 찔러서 단단하게 말아 올렸다. 마릴라의 인상은 고지식한 데다 세상 경험이 많지 않은 사람처럼 보였는데, 실제로도 그랬다. 하지만 조금만 더 갈고닦으면 유머 감각이라고 할 만한 감각이 있었다.

"우리 집은 여전하죠 뭐. 그런데 마릴라, 어디 몸이 안 좋은가요? 아까 매슈가 외출하는 걸 봤거든요. 의사 선생님을 모시러 가나, 했어요."

마릴라는 그러면 그렇지, 하는 표정으로 입술을 씰룩였다. 린드 부인이 올 줄 이미 알고 있었다. 별 뚜렷한 이유도 없이 출타한 매슈를 봤으니 호기심을 어떻게 참을 수 있었겠어.

"아, 아니에요. 어젯밤에 두통이 좀 심하긴 했는데 이젠 괜찮아요. 매슈 오라버니는 브라이트 리버에 갔어요. 노바스코샤 고아원에서 남자아이를 하나 데려오기로 했어요. 오늘 밤 도착한다고 해서 기차역에 마중 나간 거예요."

매슈가 브라이트 리버 역으로 호주에서 온 캥거루를 데려오기 위해 마중 나갔다고 말했어도 그렇게 놀랄 순 없었을 것이다. 린드 부인은 정말 깜짝 놀랐다. 5초 동안 입을 떼지 못했다. 마릴라가 그녀를 놀릴 리 만무하지만 농담이 아닌가 하는 생각마저 들었다.

"진심이에요, 마릴라?" 마침내 정신을 차리고 목소리를 낼 수 있을 때 린드 부인이 캐물었다.

"네, 물론이죠." 마릴라는 노바스코샤의 고아원에서 사내아이를 입양하는 일이 듣도 보도 못한 획기적인 일이 아니라 에이번리 농가에서 봄마다 하는 일처럼 대수롭지 않게 대답했다.

린드 부인은 심한 충격을 받았다. 머릿속에 수많은 느낌표가 둥둥 떠다녔다. 사내아이라니! 다른 사람도 아니고 마릴라와 매슈 커스버트 남매가 사내아이를 입양하다니! 그것도 고아원에서! 와, 세상이 뒤집어져도 단단히 뒤집어졌구나! 이젠 해가 서쪽에서 뜬다고 해도 놀랍지 않아! 절대로!

"대체 어쩌다 그런 생각을 하게 됐어요?" 린드 부인은 도저히 용납할 수 없다는 듯 따지고 들었다. 린드 부인의 조언을 구하지도 않고 이런 일을 벌였으니 비난할 수밖에.

"한동안 죽 생각해오던 일이에요. 사실 겨우내 그랬죠. 알렉산더 스펜서 부인이 크리스마스이브에 우리 집에 왔었는데 봄에 호프타운에 있는 고아원에서 어린 여자아이를 양녀로 들이겠다고 하더라고요. 사촌이 거기 살아서 고아원도 가봤고 그곳 사정을 잘 알더라고요. 그래서 그 후로 매슈 오라버니랑 계속 그 문제를 의논했죠. 결국 사내아이를 데려오기로 했어요. 오라버니도 나이를 먹을 만큼 먹었잖아요. 알다시피 연세가 예순인 데다 기력도 예전 같지 않아요. 심장도 말썽이고. 거기다 괜찮은 일손을 구하는 게 얼마나 힘든 일인지 당신도 알잖아요. 여기는 일꾼이라고 해봤자 덜떨어지고 바보 같은 프랑스 사내애들밖에 없어요. 기껏 하나 구해서 좀 쓸 만하게 가르쳐놓으면 갯가재 통조림 공장이나 미국으로 내빼버리고. 처음에 매슈 오라버니가 영국 고아원에서 애를 데려오자고 했을 때, 난 그건 절대 안 된다고 못을 박았어요. '영국 아이들도 괜찮을지 모르죠. 영국 아이들은 영 아니라는 말은 아니지만, 난 런던 거리를 쏘다니던 아이는 싫어요. 최소한 우리 캐나다에서 태어난 아이를 데려왔으면 좋겠어요. 어떤 아이를 데려오든 위험은 따르겠죠. 하지만 캐나다 아이를 데려오면 훨씬 마음도 편하고 밤에도 더 깊은 잠을 잘 수 있을 것 같아요.' 내가 그렇게 말했어요. 그래서 스펜서 부인이 여자아이를 데리러 갈 때 우리 집에도 사내아이를 하나 보내달라고 부탁하기로 했어요. 지난주에 스펜서 부인이 간다는 소식을 듣고 카모디에 사는 리처드 스펜서의 식구를 통해 열 살이나 열한 살쯤 된 영리하고 괜찮은 사내아이를 데려다딜라고 진갈을 보냈어요. 그 나이 대가 제일 좋을 것 같더라고요. 간단한 집안일은 바로 시킬 수 있고 아직 어리니까 처음부터 제대로 가르치기도 좋을 거고. 오늘 스펜서 부인에게 전보를 받았어요. 집배원이 역에서 받아왔더라고요. 오늘 오후 다섯 시 반 기차로 온다고. 그래서 매슈 오라버니가 그 아이를 데리러 브라이트 리버 역에 갔어요. 스펜서 부인이 아이를 그곳에 내려줄 거래요. 물론 부인은 화이트샌즈 역까지 계속 타고 가고."

린드 부인은 항상 자기 생각을 그대로 솔직하게 말하는 자신의 성격에 자부심을 가지고 있었다. 이제 이 놀라운 소식에 대해 어느 정도 적응한 부인이 다짜고짜 말했다.

"글쎄요, 마릴라, 솔직하게 말할게요. 그건 아주 어리석고 위험한 짓이에요. 지금 자신이 무슨 짓을 하고 있는지도 모르고 있는 거예요. 생판 남인 아이를 집에 들이려는 거잖아요. 그 아이에 대해 아무것도 모르면서. 성격이 어떤지, 부모는 어떤 사람이었는지, 앞으로 그 아이가 어떻게 클지 하나도 아는 게 없잖아요. 지난주에 신문에서 읽었는데 섬 서쪽에 사는 어떤 부부가 고아원에서 사내아이를 하나 입양했는데 그 아이가 글쎄 밤중에 그 집에 불을 질렀대요. 일부러 불을 질렀다고요, 마릴라. 그래서 그 부부는 자다가 불에 타 죽을 뻔했어요. 또 어떤 아이는 날달걀을 빨아먹는 몹쓸 버릇을 가졌는데 아무리 타일러도 고치질 못했대요. 당신은 내게 물어보지도 않았죠. 하지만 마릴라, 내게 먼저 상의했더라면, 그런 생각조차 하지 말라고 조언했을 거예요."

마릴라는 이렇게 달갑지 않은 조언을 듣고도 불쾌해하거나 놀라지 않고 뜨개질만 계속했다.

"당신 말도 틀린 말은 아니에요, 레이철. 나도 좀 꺼림칙한 마음이 있었으니까요. 하지만 매슈 오라버니가 아주 단호해서 나도 그냥 받아들이기로 했어요. 어지간하면 좋은 게 좋다는 식으로 넘어가는 오라버니가 그렇게 결정하실 때는 나도 따라야 할 것 같더라고요. 그리고 사람이 하는 일에 위험하지 않은 일이 뭐가 있겠어요? 그렇게 따지면 내 배로 낳은 자식이라고 항상 잘 크는 것도 아니잖아요. 거기다 노바스코샤는 여기서 아주 가깝고. 우리가 뭐 머나먼 영국이나 미국에서 아이를 데려오는 것도 아니니까. 그 아이도 우리와 별반 다르지 않을 거예요."

레이철 부인이 여전히 미심쩍은 목소리로 말했다.

"아무튼 벌써 결정했으니 잘됐으면 좋겠네요. 그 아이가 초록 지붕 집을 태우거나 우물에 독을 풀어도 내가 경고 안 했다는 말은 하지 말아요. 뉴브런즈윅에서 어떤 고아가 그런 짓을 저질러서 일가족이 아주 고통스럽게 죽은 사건이 있었다고 들었어요. 아, 그건 참 여자아이였구나."

"뭐, 우린 사내애를 데려오는 거니까요." 마릴라는 우물에 독을 푸는 건 순전히 여자나 하는 일이니 걱정할 필요도 없는 것처럼 말했다.

"난 여자아이는 아예 생각도 안 했어요. 알렉산더 스펜서 부인이 여자아이를 데려온다니 이해가 안 되더라고요. 하지만 스펜서 부인이야 할 수만 있다면 고아원 아이들을 몽땅 다 데려다 키울 사람이니까."

린드 부인은 매슈가 아이를 데리고 올 때까지 거기서 기다리고 싶어 했다. 하지만 그러려면 족히 두 시간은 기다려야 할 테니 길 위쪽에 사는 로버트 벨에게 가서 이 소식을 말해주는 것이 낫다고 마음먹었다. 분명 마을 사람들에게 엄청난 화제가 될 것이다. 린드 부인은 그런 소문 퍼뜨리길 좋아했다. 비관적인 린드 부인의 말 때문에 그동안 애써 다독였던 회의와 두려움이 다시 고개를 드는 걸 느꼈던 마릴라는, 린드 부인이 가자 다소 마음이 놓였다.

다시 혼자 길에 나온 린드 부인이 갑자기 소리쳤다.

"와, 세상에 무슨 이런 일이 다 있어! 꿈을 꾸고 있는 것 같네. 그 불쌍한 어린것이 정말 가여워. 매슈와 마릴라는 아이에 대해 아는 게 도통 없잖아. 두 사람이 제 할아버지처럼 현명하고 착실하길 기대하고 있을 거야. 걔에게 할아버지가 있었는지도 의문이지만. 어쨌든 초록 지붕 집에 아이가 들어오다니 생각만 해도 묘하네. 그 집엔 아이가 한 번도 없었잖아. 거기에 집을 지을 때 매슈와 마릴라는 이미 장성한 성인이었으니까. 그 두 사람을 보면 아이였던 적이 있을까 싶어. 나라면 절대 그 고아의 처지는 되고 싶지 않을 거야. 아유, 딱하기도 하지."

린드 부인은 마릴라 앞에서 하고 싶었던 이야기를 전부 길가의 들장미 덤불에 쏟아냈다. 하지만 바로 그 순간 브라이트 리버 역에서 끈기 있게 누군가를 기다리고 있는 그 아이를 봤더라면 부인의 동정심은 더 커지고 깊어졌을 것이다.

2

깜짝 놀란 매슈 커스버트

매슈 커스버트는 밤색 말을 몰아 브라이트 리버 역까지 12킬로미터가 넘는 길을 느긋하게 달렸다. 아담한 농장들을 지나고 그윽한 발삼 향이 나는 전나무 사이를 지나다 보면 얇은 꽃잎이 활짝 핀 야생 자두나무 골짜기가 나오는 예쁜 길이 나온다. 여기저기 있는 사과 과수원에서 다디단 향기가 풍겨왔고 진주 빛과 보랏빛 안개가 깔린 머나먼 지평선까지 풀밭이 비스듬하게 펼쳐져 있었다.

    작은 새들은 여름이
    하루뿐인 것처럼 노래했네.

매슈는 이렇게 마차 모는 걸 나름 좋아했다. 가다가 여자들과 마주쳐서 목례를 해야 할 때를 제외하면. 프린스에드워드 섬에서는 길에서 사람을 만나면 아는 사람이건 처음 보는 사람이건 목례를 한다.

매슈는 마릴라와 린드 부인 빼고는 세상 여자들이 다 두려웠다. 도

무지 무슨 생각을 하는지 이해할 수도 없는 여자들이 몰래 그를 비웃는 것 같아 불편했다. 사실 어쩌면 그럴지도 모른다. 매슈는 체구도 볼품없고 회색 머리를 구부정한 어깨까지 기른 데다 스무 살 때부터 기른 텁수룩한 갈색 수염 때문에 기인 같아 보였다. 사실 머리색만 달랐다 뿐이지 매슈는 스무 살에도 예순 살처럼 보였다.

매슈가 브라이트 리버 역에 도착했을 때 기차는 한 대도 보이지 않았다. 너무 일찍 왔나 생각해서 작은 브라이트 리버 호텔 마당에 말을 매어놓고 역사로 갔다. 긴 플랫폼은 휑했고 저쪽 끝에 있는 지붕 이는 판자 더미 위에 여자아이 하나만 덩그러니 앉아 있었다. 사내애가 아니라 여자아이였기 때문에 매슈는 보는 둥 마는 둥 그 아이 옆을 슥 지나쳤다. 봤더라면 바짝 긴장한 데다 기대에 찬 아이의 태도와 표정이 한눈에 보였을 텐데. 아이는 거기 앉아서 뭔가 혹은 누군가를 기다리고 있었다. 달리 할 일이 없어서 아주 열심히 기다리고 있었다.

매슈는 퇴근해서 어서 저녁을 먹고 싶은 마음으로 매표소 문을 닫고 있는 역장과 마주쳤다. 그는 역장에게 다섯 시 반 기차가 곧 도착하느냐고 물었다.

"벌써 도착해서 30분 전에 떠났어요. 승객 한 분이 선생님에게 보내는 어린 여자아이 하나를 내려줬는데. 저기 저 판자 더미 위에 앉아 있네요. 여성 대합실에서 기다리라고 했는데 자기는 밖에 있는 게 더 좋다고 진지하게 대답하던데요. '여기가 상상할 거리가 더 많아요.' 이렇게 대답하더라고요. 저 아이 물건이던데요." 역장이 쾌활하게 말했다.

"내가 데리러 온 아이는 여자아이가 아니라 사내아이인데요. 사내아이가 와야 해요. 알렉산더 스펜서 부인이 노바스코샤에서 사내아이를 데려다주기로 했는데." 얼이 빠진 매슈가 말했다.

역장이 휘파람을 불었다.

"뭔가 착오가 있었던 모양인데요. 스펜서 부인이 저 아이와 같이 내려서 저에게 아이를 맡겼어요. 선생님 댁에서 저 아이를 입양해서 곧 데리러 올 거라고 하던데요. 제가 아는 건 그게 답니다. 제가 여기다 다른 고아를 숨겨둔 것도 아니고요." 역장이 말했다.

"어떻게 된 일인지 모르겠네요." 매슈는 마릴라가 와서 이 난국을 해결할 수 있다면 얼마나 좋을까, 생각하면서 어쩔 줄 몰라 했다.

"음, 저 아이에게 물어보는 게 좋겠어요. 어찌된 영문인지 저 애가 설명해줄지도 몰라요. 아주 입심이 좋던데요. 어쩌면 고아원에 선생님이 원한 그런 사내아이가 없었는지도 모르죠." 역장이 무성의하게 대답했다.

허기를 느낀 역장이 가버리자, 불운한 매슈만 혼자 남았다. 이제 사자 굴에 들어가 사자의 수염을 잡아당기는 것보다 더 힘든 일을 해야 한다. 낯선 고아 여자아이에게 걸어가 왜 사내애가 아니라 네가 왔는지 물어봐야 했다. 매슈는 몸을 돌려 조심스럽게 플랫폼에 있는 그 여자아이를 향해 다가가면서 마음속으로 신음했다.

매슈가 지나쳐간 이후로 쭉 그를 지켜보고 있던 그 여자아이는 이제 그를 뚫어져라 쳐다보고 있었다. 매슈는 아이를 보지 않았다. 봤더라도 아이의 생김새를 제대로 못 봤을 것이다. 하지만 평범한 사람의 눈에는 이렇게 보였을 것이다.

나이는 한 열한 살 정도 됐고, 아주 짧고 몸에 꽉 끼면서 누런 기가 감도는 회색의 추한 면직 원피스를 입고 있었다. 머리에는 색이 바랜 갈색 밀짚모자를 썼고, 모자 밑으로 등까지 오는 길이의 숱이 많고 아

주 진한 빨간색 머리를 두 갈래로 땋아 내렸다. 희고 마른 작은 얼굴은 주근깨투성이였다. 입은 크고 눈도 컸는데 눈동자는 빛이나 분위기에 따라 초록색으로도 보이고 회색으로도 보였다.

여기까지는 보통 사람의 눈에 비치는 모습이었다. 다만 눈썰미가 좋은 사람이라면 단호한 면모가 풍기는 날카로운 턱, 생기가 넘치는 큰 눈, 감정이 풍부해 보이는 작은 입술, 넓고 둥그런 이마를 눈여겨봤을 것이다. 다시 말해 안목이 있는 사람이라면 유달리 수줍음을 많이 타는 매슈 커스버트가 터무니없이 두려워하는 이 고아 소녀가 아주 독특한 영혼의 소유자라고 판단했을 것이다.

아이는 매슈가 자기에게 오고 있다고 판단하자마자 발딱 일어섰다. 그러고는 비쩍 마르고 햇볕에 그을린 손으로 허름한 구식 여행 가방의 손잡이를 움켜쥐면서 다른 손을 내밀었다. 덕분에 매슈는 먼저 말을 걸어야 하는 시련을 면했다. 아이는 아주 맑고 사랑스런 목소리로 말했다.

"아저씨가 초록 지붕 집의 매슈 커스버트 아저씨죠? 이렇게 만나 뵙게 돼서 무척 기뻐요. 절 데리러 오지 않을까 봐 겁이 나서 아저씨가 오지 못할 이유들을 상상하고 있었어요. 오늘 밤 아저씨가 절 데리러 오지 않는다면 이 기찻길을 따라 내려가서 저기 저 모퉁이에 있는 커다란 벚나무에 올라가서 밤을 새우기로 결정했어요. 전 하나도 무섭지 않아요. 달빛에 활짝 피어난 하얀 벚꽃 속에서 잠을 잔다면 얼마나 근사하겠어요, 안 그래요? 제가 바닥에 대리석이 깔린 멋진 집에서 산다고 상상할 수도 있잖아요? 아저씨가 오늘 밤에 오지 않는다면 내일 아침엔 꼭 오실 거라고 생각하고 있었어요."

매슈는 어색하게 그 작고 야윈 손을 잡고 결심했다. 이렇게 기대에 차서 반짝거리는 눈으로 보는 아이에게 차마 착오가 있었다고 말할 수는 없었다. 일단 데려가고 그 이야기는 마릴라에게 맡겨야지. 어떤 착오가 있었든 브라이트 리버 역에 그냥 내버려둘 순 없으니 초록 지붕집으로 돌아가기 전까지 궁금증은 잠시 접어두기로 했다.

"늦어서 미안하구나. 어서 가자. 말은 저기 마당에 매어두었단다. 가방 이리 주려무나." 매슈가 수줍어하며 말했다.

아이가 명랑하게 대답했다.

"아, 제가 들 수 있어요. 무겁지 않아요. 여기에 제 전 재산이 들었지만 무겁진 않아요. 거기다 제대로 들지 않으면 손잡이가 빠져버리니까 요령을 아는 제가 드는 게 나아요. 완전 골동품이거든요. 아, 아저씨가 오셔서 너무 기뻐요. 벚나무에서 자는 것도 멋졌겠지만. 집까지 갈 길이 멀죠, 그렇죠? 스펜서 아주머니는 12킬로미터 정도 된다고 말씀하셨어요. 신나요. 전 마차 타는 거 좋아하거든요. 아, 제가 아저씨와 한 가족이 된다니 너무나 근사해요. 제겐 가족이 있었던 적이 단 한 번도 없었거든요. 진짜 가족 말이에요. 그중에서도 고아원이 최악이었어요. 고작 넉 달 있었지만 그거로도 충분했어요. 아저씨는 고아원에서 고아로 지내본 적이 없을 테니 거기가 어떤 곳인지 절대 상상하실 수 없을 거예요. 정말 상상을 초월하는 곳이에요. 스펜서 아주머니는 이런 식으로 말하는 건 나쁘다고 야단치셨지만 제가 일부러 그런 건 아니에요. 자기도 모르게 나쁜 말을 하긴 아주 쉽잖아요. 사람들은 좋았어요. 고아원 사람들 말이에요. 하지만 고아원에선 다른 고아들 빼고는 상상할 거리가 거의 없었어요. 그 아이들에 대해 상상하는 건 꽤 재미있긴 했어요. 예를 들어 제 옆에 앉은 여자아이는 백작의 딸인데 갓난아기 때 사악한 유모가 유괴해서 데리고 도망쳤다가 그 사실을 고백하기도 전에 죽어버리는 바람에 고아가 됐다고 상상하는 거죠. 전 밤이면 누워서 바로 잠들지 않고 그런 상상을 했어요. 낮에는 시간이 없었거든요. 그래서 이렇게 말랐나 봐요. 저 정말 말라깽이죠? 온몸에 뼈밖에 없는 것 같아요. 전 제가 예쁘고 팔꿈치가 폭 파일 정도로 포동포동하다고 상상하길 좋아해요."

아이는 쉴 새 없이 말하느라 숨이 찼는지 마차에 도착하자 이야기를 멈췄다. 아이는 마차를 타고 마을을 떠나 가파르고 작은 언덕을 내려갈 때까지 다시 입을 열지 않았다. 부드러운 흙을 파서 만든 비탈길 양편에 두 사람의 머리에서 1미터 정도 위로 꽃이 흐드러지게 핀 벚나무와 호리호리하고 하얀 자작나무가 줄줄이 늘어서 있었다. 아이는 손을 내밀어 마차 옆을 스치는 야생 자두나무 가지를 하나 꺾었다.

"아름답지 않아요? 저렇게 비탈길에서 고개를 쑥 내밀고 있는 새하얀 레이스 같은 나무를 보면 무슨 생각이 드세요?" 아이가 물었다.

"글쎄다, 난 잘 모르겠구나." 매슈가 대답했다.

"아이, 신부가 떠오르잖아요. 속이 은은하게 비치는 우아한 면사포를 쓴 순백의 신부요. 전 한 번도 본 적은 없지만 어떤 모습일지 상상할 수 있어요. 제가 신부가 되는 일은 없을 것 같지만요. 전 너무 못생겨서 아무도 저랑 결혼하고 싶어 하지 않을 테니까요. 외국인 선교사라면 몰라도. 외국인 선교사라면 그다지 외모를 따지진 않을 것 같아요. 하지만 언젠가는 저도 하얀 드레스를 입어보고 싶어요. 그거야말로 저에겐 더 없는 천상의 기쁨일 거예요. 전 그냥 예쁜 옷이 좋아요. 제 평생 예쁜 옷은 한 번도 입어본 기억이 없거든요. 하지만 그래서 미래가 더 기대되기도 해요. 어쨌든 근사하게 차려입은 제 모습은 상상할 수 있어요. 오늘 아침에 고아원을 나왔을 때 이 낡고 보기 싫은 원피스를 입어야 해서 너무 창피했어요. 고아들은 모두 이 옷을 입어야 하거든 요. 작년 겨울에 호프타운에 온 상인이 고아원에 이 옷감을 300야드 나 기증했지 뭐예요. 도저히 팔 수가 없어서 줬다는 말도 있지만 전 그 상인이 착해서 그랬을 거라고 믿어요. 아저씬 그렇게 생각하지 않으세 요? 스펜서 아주머니랑 기차에 탔을 때 사람들이 다 저를 딱하게 쳐다 보는 것 같았어요. 하지만 전 제 옷 중에 가장 아름다운 옅은 푸른색 실크 드레스를 입고 있다고 상상했죠. 기왕이면 멋진 상상을 하는 게 좋잖아요. 거기다 온갖 꽃과 하늘하늘한 깃털들을 꽂은 큰 모자를 쓰 고, 황금 시계를 차고, 염소 가죽으로 만든 장갑과 부츠를 신고 있다고 상상했죠. 그러니까 바로 기분이 좋아져서 여기까지 아주 기분 좋게 왔어요. 배에 탔을 때엔 뱃멀미도 안 했어요. 스펜서 아주머니도 평소 엔 뱃멀미를 하셨지만 이번에는 안 하셨대요. 제가 바다에 떨어질까 봐 걱정하느라 멀미할 시간도 없었다고 하시더라고요. 아주머니는 저 처럼 돌아다니는 아이는 처음이라고 하셨어요. 하지만 그 덕분에 멀미 를 안 하셨으니까 잘된 일 아닌가요? 거기다 전 배에서 실컷 구경하고 싶었거든요. 앞으로는 또 그런 기회가 없을지도 모르잖아요. 와, 저긴 벚꽃이 훨씬 많이 피었어요! 이 섬은 정말 꽃 섬 같아요! 전 벌써 이 섬과 사랑에 빠졌어요. 여기서 살게 된다니 정말 기뻐요. 프린스에드워 드 섬이 세상에서 가장 아름다운 곳이란 말은 많이 들었고, 제가 여기 서 산다는 상상도 자주 했지만, 정말 그렇게 될 거라고는 꿈에도 생각 하지 못했는데. 상상이 현실로 이뤄질 땐 참 기뻐요, 그렇죠? 하지만

이 길의 붉은 흙은 좀 이상해요. 샬럿타운에서 기차를 탔는데 붉은 도로가 보여서 스펜서 아주머니에게 왜 그렇게 흙이 붉은지 물었거든요. 아주머니는 모른다면서 제발 그만 좀 물어보라고 하셨어요. 제가 벌써 질문을 천 번도 더 했다고 하시더라고요. 제가 그랬던 것 같긴 해요. 하지만 모르는 걸 묻지 않으면 어떻게 답을 알 수 있겠어요? 그런데 이 길은 왜 이렇게 붉어요?"

"글쎄다, 나도 모르겠구나." 매슈가 대답했다.

"음, 나중에 이것도 알아봐야겠어요. 세상에 알아야 할 게 많다고 생각하면 정말 멋지지 않아요? 그런 생각만 해도 살아 있는 게 기쁘게 느껴져요. 세상 일을 다 안다면 사는 재미가 절반으로 줄어들 것 같지 않아요? 상상할 거리도 없고. 그런데 저 말이 너무 많죠? 다들 그렇다고 해요. 제가 말을 안 하는 게 더 좋으세요? 그럼 이만 입을 다물게요. 마음만 먹으면 입을 다물고 있을 수 있어요, 좀 어렵긴 하지만."

매슈는 아이가 하는 이야기가 즐거웠다. 스스로도 놀라울 정도였다. 말수가 적은 사람들이 대부분 그렇듯, 그는 말하길 좋아하는 사람들이 그의 이야기는 들을 생각도 하지 않고 혼자서 떠들어대는 편을 더 좋아했다. 하지만 어린 여자아이가 하는 이야기를 들으면서 이렇게 즐거우리라곤 생각도 못했다. 매슈는 여자들이라면 질색했고 특히 어린 여자아이들의 경우는 더 그랬다. 매슈가 그들을 잡아먹기라도 할 것처럼 흘끔거리면서 그의 옆을 스쳐 지나가는 게 너무 싫었다. 에이번리에 사는 여자아이들은 다 그런 식이었다. 하지만 이 주근깨 요정 같은 아이는 전혀 딴판이었다. 아이의 재기 발랄한 상상력을 따라잡기엔 자신의 이해력이 좀 처진다는 사실을 알아챘지만 아이의 수다가 마음에 들었다. 그래서 매슈는 평소처럼 수줍어하며 말했다.

"마음대로 말해도 돼. 난 괜찮아."

"아, 너무 기뻐요. 아저씨랑은 잘 통할 줄 알았어요. 말을 하고 싶은
데 아이들이 버릇없이 조잘대면 안 된다는 말을 듣지 않아도 된다니
정말 다행이에요. 전 그런 말을 수도 없이 들었거든요. 그리고 거창한
단어들을 쓴다고 사람들이 절 비웃었죠. 하지만 원대한 생각을 표현하
려면 거기에 어울리는 단어를 써야 하지 않을까요?"

"흠, 일리 있는 말 같구나." 매슈가 대꾸했다.

"스펜서 아주머니는 제 혀가 입 한가운데 붕 떠 있는 게 분명하다고
하셨어요. 하지만 그건 사실이 아니에요. 제 혀는 단단하게 붙어 있다
고요. 스펜서 아주머니 말로는 아저씨네 집을 사람들은 초록 지붕 집
이라고 부른다면서요. 그 집에 대해 아주머니에게 다 여쭤봤어요. 사
방이 나무에 둘러싸여 있다고 하셔서 너무 기뻤어요. 전 정말 나무가
좋거든요. 고아원에는 나무다운 나무가 한 그루도 없었어요. 고아원
앞에 있는 아주 시들시들하고 작은 나무 몇 그루와 흰색 우리 비슷해
보이는 조형물들 몇 개가 전부였죠. 그것들도 고아처럼 보였어요. 그
나무들 말이에요. 그 나무들을 보면 울고 싶어졌죠. 전 그 나무들에게
말했어요. '아, 불쌍한 나무들아! 주위에 다른 나무들이 서 있는 크고
아름다운 숲에 너희가 있고, 너희 뿌리 위로 작은 이끼와 마취목이 자
라고, 숲 가까이에서 시냇물이 흐르고 새들이 너희 가지 위에서 노래
를 부른다면 너희도 잘 자랄 수 있을 텐데, 그렇지 않니? 하지만 여기
선 그럴 수 없지. 너희들이 어떤 기분인지 난 잘 안단다, 작은 나무들
아.' 오늘 아침 그 나무들을 놔두고 오려니 미안했어요. 그런 아이들에

겐 정이 듬뿍 들게 되죠, 그렇지 않나요? 초록 지붕 집 근처에 시내가 있나요? 깜박 잊고 스펜서 아주머니에게 안 물어봤어요."

"글쎄, 맞다, 집 바로 밑에 하나 있구나."

"와! 시냇가 근처에 사는 게 제 꿈이었는데. 하지만 이렇게 이루어질 거란 생각은 해본 적이 없어요. 꿈이 이루어지는 일은 별로 없잖아요, 안 그래요? 꿈이 이루어진다면 근사하지 않겠어요? 하지만 지금 저는 거의 완벽하게 행복해요. 100퍼센트 완벽하게 행복하다는 말은 못하겠어요. 왜냐하면……. 음, 아저씨는 이 색이 무슨 색 같아요?"

아이는 야윈 어깨 위로 땋아 내린, 윤기가 흐르는 긴 머리를 쥐고 매슈에게 보여줬다. 여자들의 머리색을 맞히는 일이 매슈에게 자주 일어나는 일은 아니지만 이번 경우에는 고민할 필요가 없었다.

"빨간색 아니냐, 그렇지?" 그가 말했다.

아이는 한숨을 쉬며 머리를 다시 어깨 위에 내려놨다. 발끝에서부터 올라오는 아이의 한숨은 그간의 모든 슬픔을 다 뿜어내는 것처럼 느껴졌다. 아이는 체념한 듯 말했다.

"맞아요, 빨간색이에요. 이제 제가 완벽하게 행복할 수 없는 이유를 아셨죠. 빨간 머리는 절대 그럴 수 없어요. 저도 다른 건 그렇게 신경 쓰지 않아요. 주근깨와 초록색 눈동자와 비쩍 마른 몸 같은 건. 그런 건 상상으로 지울 수 있으니까요. 제 피부는 장미꽃처럼 발그레하니 예쁘고, 눈동자는 별빛처럼 사랑스런 보랏빛 눈동자라고 상상할 수 있죠. 하지만 이놈의 빨간 머리는 아무리 상상력을 발휘해도 없어지질 않아요. 최선을 다해보긴 했어요. 이렇게 생각해봤어요. 내 머리는 눈부시게 아름다운 검은색, 까마귀 날개처럼 짙은 검은색이라고요. 하지만 그렇게 상상하는 중에도 제 머리는 새빨간 색이라는 걸 알고 있으니 마음이 찢어져요. 이 빨간 머리는 제 평생에 걸친 슬픔이 될 거예요. 전에 평생 슬픔에 잠겨 사는 소녀가 주인공인 소설을 읽은 적이 있었는데 그 앤 빨간 머리 때문에 슬픈 건 아니었어요. 그 소녀는 설화석고 같은 이마부터 등까지 금발 머리가 물결치듯 흘러내렸거든요. 그런데 설화석고 같은 이마가 뭐예요? 아무리 찾아봐도 뜻을 모르겠더라고요. 아저씨는 아세요?"

"글쎄, 나도 잘 모르겠는데." 매슈는 아이의 끝없는 수다에 살짝 어질어질한 기분이 들었다. 철없던 어린 시절 소풍 갔다가 다른 아이의 꾐에 넘어가 회전목마를 탔을 때 같은 기분이었다.

"흠, 그게 뭐였든 분명 좋은 것이겠죠. 그 소녀는 천상의 아름다움을 지니고 있었거든요. 천상의 아름다움을 지니고 있으면 어떤 기분일지 상상해보신 적 있으세요?"

"글쎄, 아니, 그런 적 없는데." 매슈가 솔직하게 고백했다.

"전 종종 상상해봐요. 아저씨는 뭘 선택하시겠어요? 천상의 아름다움, 기가 막히게 좋은 두뇌, 아니면 천사처럼 착한 마음 중에서요?"

"글쎄, 잘 모르겠다."

"저도 그래요. 아무리 생각해도 결정을 못 내리겠어요. 하지만 제가 뭐 그중 하나라도 될 것 같진 않으니 별 차이는 없겠죠. 제가 천사처럼 착해지지 못할 거라는 건 확실하거든요. 스펜서 아주머니가 그러시는데… 아, 커스버트 아저씨! 어머나, 커스버트 아저씨! 어머나!!!"

그건 스펜서 아주머니가 한 말이 아니었다. 그렇다고 아이가 마차에서 굴러 떨어지거나 매슈가 뭔가 깜짝 놀랄 만한 일을 한 것도 아니었다. 그들은 그저 길모퉁이를 돌아 '가로수 길'에 들어선 것뿐이었다.

뉴브리지 사람들이 '가로수 길'이라고 부르는 이 길은 4,500미터 정도 되는 길로 어떤 나이 많은 괴짜 농부가 수년 전에 심은 사과나무들이 크고 넓은 가지들을 뻗어 아치를 이루고 있었다. 눈처럼 희고 향긋한 꽃들이 기나긴 지붕처럼 하늘을 뒤덮었다. 나뭇가지 아래에 보랏빛 황혼이 가득 찼고 멀리서 대성당의 복도 끝에 있는 거대한 장미무늬 창처럼 아름다운 저녁놀에 물든 하늘이 설핏 보였다.

아이는 그 장관에 감동을 받아 말문이 막힌 듯했다. 마차에 등을 기댄 채, 야윈 두 손을 가슴 앞에서 맞잡고, 고개를 살짝 들어서 그 찬란하게 아름다운 흰색 아치를 넋이 나간 표정으로 바라보고 있었다. 그 아치를 지나 기나긴 비탈길을 내려가 뉴브리지로 갔을 때도 아이는 꼼짝도 하지 않은 채 입을 열지 않았다. 아이는 기쁨이 가시지 않은 표정으로 저 멀리 서쪽에서 해가 지는, 아름답게 흘러가는 환상들을 바라보고 있었다. 그들을 보며 개들이 짖어대고, 쪼그만 사내아이들이 야유를 해대고, 창문으로 호기심에 찬 마을 사람들의 얼굴이 내다보는 뉴브리지를 지날 때도 여자아이는 여전히 말을 하지 않았다. 5킬로미터를 더 갔을 때도 아이는 입을 열지 않았다. 말도 잘하더니 침묵을 지키는 것도 잘하는 모양이었다.

"배고프겠구나. 피곤하기도 하고." 아이가 입을 다물고 있는 이유를 짐작해보면서 결국 매슈가 용기를 내서 말을 걸었다.

아이는 한숨을 쉬면서 몽상에서 깨어나 멀리 별을 따라 방황하다 돌아온 사람처럼 꿈꾸는 눈빛으로 그를 바라보았다. 그리고 속삭였다.

"아, 아저씨. 방금 지나친 그 하얀 길, 그건 뭐죠?"

매슈는 잠시 생각하다 대답했다.

"흠, 가로수 길을 말하는 거구나. 거기가 좀 예쁜 길이지."

"예쁘다고요? 아, 예쁘다는 말은 적당한 말이 아닌 것 같아요. 그렇다고 아름답다고 할 수도 없고. 그런 말로는 부족해요. 아, 그 길은 아주, 아주 근사했어요. 실제 모습보다 더 근사하게 상상할 수 없는 건 처음이에요. 그걸 보니 여기가 너무나 만족스러워지면서…" 아이는 가슴에 한 손을 댔다. "기묘한 통증이지만 기분 좋은 통증이었어요. 이런 통증을 느껴본 적이 있으세요, 아저씨?"

"글쎄, 그런 기억은 없는데."

"전 많아요. 지극히 아름다운 걸 볼 땐 항상 그래요. 하지만 저렇게 어여쁜 길을 그냥 가로수 길이라고 부를 순 없어요. 아무런 의미가 없잖아요. 어디 보자, 기쁨의 하얀 길이라고 부르면 좋겠어요. 아주 근사하고 상상력이 넘치는 이름 아닌가요? 저는 어떤 장소나 사람 이름이 마음에 안 들면 항상 새로운 이름을 지어줘요. 고아원에 헵지바 젠킨스라는 여자아이가 있었는데 전 그 아이 이름을 항상 로잘리아 드비어라고 상상했어요. 다른 사람들은 그 길을 가로수 길이라고 부를지 모르겠지만 전 그 길을 기쁨의 하얀 길이라고 부를 거예요. 정말 집에 도착하기 전까지 1.5킬로미터밖에 안 남았어요? 기쁘기도 하고 아쉽기도 하네요. 아저씨와 같이 오면서 너무 즐거워서 아쉬워요. 전 항상 즐거운 순간이 끝날 땐 아쉽더라고요. 나중에 또 즐거운 일이 생길지도 모르겠지만, 그건 확실히 모르는 거잖아요. 좋은 일보다는 안 좋은 일이 더 자주 일어나기도 하고. 어쨌든 지금까지 전 그랬어요. 하지만 집에 곧 도착한다고 생각하니 기뻐요. 있죠, 전 진짜 우리 집을 가져본 기억이 단 한 번도 없거든요. 진짜 우리 집에 간다고 생각만 해도 그 기분 좋은 통증이 다시 밀려와요. 앗, 정말 예뻐요!"

그들이 탄 마차가 언덕 꼭대기를 넘어갔다. 그들 밑에 강처럼 보일 만큼 길고 구불구불한 연못이 보였다. 연못 한가운데 다리가 하나 걸려 있었고, 다리에서 연못 저쪽 끝까지 노란 모래 언덕이 뻗어나가 그 너머 짙푸른 만에서 흘러 들어오는 바닷물을 차단하고 있었다. 연못은 다채로운 빛깔이 어우러져 아름답게 빛났다. 오렌지색을 띤 황색, 분홍색과 천상의 초록색과 표현하기 어려운 미묘한 색들이 조화롭게 섞여 있었다. 다리 위쪽 연못가에서 만난 전나무와 단풍나무의 투명한 그림자들이 연못에 아른거렸다. 여기저기서 야생 자두나무가 마치 발 꿈치를 들고 서서 물에 비친 자신의 모습을 보는 흰 옷을 입은 소녀처럼 연못을 향해 몸을 기울이고 있었다. 연못의 초입에 있는 늪에서 개구리들의 애절하면서도 정겨운 합창 소리가 들려왔다. 비탈길 너머로 하얀 사과 꽃이 핀 과수원 근처에 작은 회색 집 하나가 보였다. 날이 다 저물진 않았지만 창문 하나에서 불빛이 반짝이고 있었다.

"저긴 배리의 연못이란다." 매슈가 말했다.

"아, 그 이름도 마음에 안 들어요. 저긴, 어디 보자, 반짝이는 호수라고 할래요. 맞아요, 그게 딱 어울리는 이름이에요. 가슴에 전율이 느껴지거든요. 딱 맞는 이름이 생각나면 항상 그래요. 아저씬 그런 전율이 느껴질 때가 있으세요?"

매슈는 곰곰이 생각했다.

"아, 그래, 있다. 오이 밭을 가는데 하얗고 징그러운 땅벌레가 나올 때마다 그런 전율이 일더구나. 아주 징그럽게 생겨서 끔찍하거든."

"앗, 그건 제가 느끼는 그런 전율이 아닌 것 같아요. 아저씬 그게 같다고 생각하세요? 땅벌레와 반짝이는 호수와는 별로 공통점이 없는 것 같은데. 근데 사람들은 왜 저기를 배리의 연못이라고 부르죠?"

"배리 씨가 저기 저 집에 살고 있어서 그럴 거야. 동네에선 '과수원 언덕 집'이라고 부른단다. 저 집 뒤에 있는 저 큰 관목 숲만 없었으면 여기서 초록 지붕 집이 보일 텐데. 하지만 우리는 다리를 건너서 길을 돌아가야 하니까 800미터 정도 더 가야 해."

"그 집엔 어린 여자아이가 있나요? 아주 작은 아이 말고 제 또래요."

"열한 살쯤 된 딸이 하나 있지, 다이애나라고."

"어머나!" 앤은 숨을 길게 들이켰다.

"정말 아주 사랑스러운 이름이에요!"

"글쎄, 난 잘 모르겠다. 기독교인 이름으로는 좀 부적절한 것 같은데. 난 차라리 제인이나 메리나 그런 분별 있는 이름이 좋던데. 하지만 다이애나가 태어났을 때 그 집에서 하숙하고 있던 선생님에게 이름을 지어달라고 부탁했더니 다이애나라고 지었다더구나."

"제가 태어났을 때도 그런 선생님이 있었더라면 좋았을 텐데요. 아, 다리에 도착했네요. 전 지금부터 눈을 꼭 감고 있을래요. 전 항상 다리를 건너는 게 무섭거든요. 항상 다리 한가운데 가면 다리가 마치 잭나이프처럼 탁 접히면서 그사이에 제가 끼일 것 같은 상상을 하게 돼요. 그래서 눈을 질끈 감죠. 하지만 다리 한가운데에 가까워지고 있다고 생각했을 때는 눈을 번쩍 뜨고 있어야 해요. 다리가 정말로 접힌다면 그 모습을 제 눈으로 보고 싶거든요. 정말 어마어마한 굉음이 들리겠죠? 전 그렇게 큰 소리가 나는 부분이 좋더라고요. 세상에 좋아하는 일이 많다는 건 너무 근사하지 않아요? 아, 이제 다 건넜네요. 이제 뒤를 돌아봐야지. 잘 자요, 반짝이는 호수님! 전 항상 사람에게 하듯이 좋아하는 것들에게 잘 자란 인사를 해요. 그럼 그 아이들이 좋아한다는 생각이 들어요. 저 연못도 절 보고 방긋 웃는 것처럼 보여요."

마차가 언덕을 올라가 모퉁이를 돌았을 때 매슈가 말했다.

"이제 거의 다 왔다. 저기 초록 지붕 집이……"

"잠깐만요. 말하지 마세요." 아이는 살짝 들어 올린 매슈의 팔을 붙잡고 가리키는 곳을 보지 않으려고 눈을 감은 채 재빨리 말했다.

"제가 맞혀볼게요. 자신 있어요."

아이는 눈을 뜨고 주위를 둘러봤다. 그들은 언덕 꼭대기에 올라와 있었다. 해가 진 지 약간 지났지만, 주위 풍경은 부드러운 저녁놀 밑에서 아직 또렷하게 보였다. 서쪽에는 검은 교회 첨탑이 금잔화 빛 하늘을 배경으로 우뚝 솟아 있었다. 그 밑으로 작은 계곡이 있었고 그 너머 완만하게 올라간 긴 비탈길 위에 아담한 농가들이 흩어져 있었다. 아이는 생각에 잠긴 시선으로 주위를 둘러보다 마침내 멀리 왼쪽으로, 도로에서 아주 멀리 안쪽으로 들어간 집을 바라봤다. 집 주위를 둘러싼 숲 속에서 활짝 핀 하얀 꽃나무들이 어슴푸레하게 보이는 풍경이었다. 투명한 남서쪽 하늘에 수정처럼 반짝이는 별 하나가 길을 안내해주는 약속의 등불처럼 빛나고 있었다.

"저기죠, 맞죠?" 아이가 손으로 가리키며 물었다.

매슈는 기쁜 마음에 쥐고 있던 고삐로 말을 툭 쳤다.

"음, 제대로 맞혔다! 스펜서 부인이 말해줬구나."

"아니요. 아주머니는 말해주지 않으셨어요. 정말이에요. 아주머니가 해주신 묘사는 어느 집이나 들어맞을걸요. 전 정말 어떻게 생겼는지 전혀 모르고 있었어요. 하지만 저길 보는 순간 느낌이 왔어요. 아, 마치 꿈을 꾸고 있는 것 같아요. 그거 아세요? 오늘 하도 제 팔을 꼬집어서 시퍼런 멍이 들었을 거예요. 이 모든 게 꿈일까 봐 너무 두려웠거든요. 그럴 때마다 꿈이 아닌지 보려고 제 팔을 꼬집었죠. 그러다 설사 이게 꿈이라 해도 가능한 한 아주 오래 꿈을 꾸는 게 낫겠다는 생각이 들었어요. 그래서 더 이상 꼬집지 않았죠. 하지만 이건 꿈이 아니에요. 이제 집에 거의 다 왔네요."

아이는 한숨을 내쉬며 황홀한 마음으로 침묵에 빠졌다. 매슈는 불안해졌다. 이 천애고아가 이토록 간절히 바라던 집이 네 집이 될 수 없다는 사실을 자신이 아니라 마릴라가 전하게 돼서 천만다행이었다. 그들은 마차를 타고 '린드 골짜기'를 지나갔다. 밤이 꽤 어두워졌지만, 밖이 잘 보이는 창가에 앉아 있는 린드 부인이 그들이 마차를 타고 언덕을 올라 초록 지붕 집으로 이어지는 긴 길을 가는 모습을 못 볼 정도는 아니었다. 집이 가까워지자 매슈는 이제 곧 밝혀질 진실을 생각하며 자신도 이해할 수 없을 만큼 심하게 움츠러들었다. 마릴라나 이 착오로 인해 그들이 겪게 될 골치 아픈 문제가 아니라 크게 낙심할 아이가 마음에 걸렸다. 아이의 눈에서 반짝이던 그 황홀한 기쁨이 스러질 생각을 하자 마치 뭔가를 죽이는 데 일조하고 있는 것 같은 꺼림칙한 기분이 들었다. 양이나 송아지나 다른 순진무구한 어린 생명을 죽여야 할 때 드는 그런 기분.

그들이 뜰에 들어갔을 때 주위는 아주 어두웠고 포플러 잎들이 부드럽게 살랑거렸다. 매슈가 아이를 안아서 마차에서 내려주자 아이가 소곤거렸다.

"나무들이 자면서 속삭이는 소리를 들어보세요. 정말 근사한 꿈을 꾸고 있는 게 분명해요!"

그리고 아이는 자신의 전 재산이 든 여행 가방을 단단히 움켜쥐고 매슈를 따라 집으로 들어갔다.

3

경악한 마릴라 커스버트

마릴라가 서둘러 나오는 사이에 매슈가 문을 열었다. 뻣뻣하고 보기 흉한 원피스를 입고, 길게 땋아 내린 빨간 머리에, 간절해 보이는 눈동자를 반짝거리는 기묘한 작은 소녀를 보자, 경악한 마릴라는 그 자리에 우뚝 서버렸다. 그리고 냅다 소리를 질렀다.

"오라버니, 이 아이는 도대체 누구예요? 사내애는 어디 있어요?"

"사내애는 없었어. 이 아이밖에 없더라고." 매슈가 눈치를 보며 말했다.

매슈는 아이를 향해 고개를 끄덕여 보이면서 문득 아이의 이름을 물어보지 않았다는 사실을 떠올렸다.

"사내아이가 없었다니요! 스펜서 부인에게 분명히 사내아이를 데려다달라고 전했는데." 마릴라는 고집스럽게 말했다.

"그런데 스펜서 부인은 사내아이가 아니라 이 아이를 데려왔더라고. 내가 역장에게 물어봤어. 하지만 아이는 집에 데려와야 했어. 어떤 착오가 있었든 그냥 거기 내버려둘 순 없는 거잖아."

"참나, 무슨 일을 이렇게 한담!" 마릴라가 소리를 질렀다.

둘이 대화를 나누는 내내 말없이 매슈와 마릴라를 번갈아 보던 아이의 얼굴에서 생기가 서서히 사라졌다. 그러다 지금 들은 이야기가 무슨 뜻인지 갑자기 이해한 듯했다. 아이는 소중한 여행 가방을 바닥에 떨어뜨리고 앞으로 한 발짝 나가면서 두 손을 맞잡았다.

"저를 원하신 게 아니었군요! 제가 남자아이가 아니라서 저를 원하지 않으시는 거죠! 그럴 거라고 예상했어야 했는데. 지금까지 저를 원한 사람은 하나도 없었어요. 어쩐지 모든 게 너무 아름다워서 오래가지 않을 거라는 걸 알았어야 했는데. 아무도 날 원하지 않는다는 걸 알았어야 했어요. 아, 난 어쩌면 좋아요? 울음이 터질 것 같아요!" 아이가 소리를 지르며 말했다.

아이는 정말 울음을 터뜨렸다. 식탁 옆에 있는 의자에 털썩 주저앉아 식탁에 엎드려 얼굴을 묻고 엉엉 울었다. 마릴라와 매슈는 난로 너머로 서로를 비난하는 눈빛을 보냈다. 둘 다 무슨 말을 어떻게 해야 할지 난감했다. 마침내 마릴라가 나서서 서투르게 달랬다.

"자, 자, 그렇게까지 울 건 없다."

"아뇨. 있어요!" 아이는 머리를 홱 치켜들었다. 눈물에 얼룩진 얼굴과 파르르 떨리는 입술이 보였다. "아주머니가 고아라고 생각해보세요. 앞으로 살게 될 집이라고 생각하고 왔는데 남자아이가 아니라서 원하지 않는다는 사실을 알게 되면 아주머니도 울 수밖에 없을 거예요. 아, 이렇게 비극적인 일은 처음이에요!"

마릴라의 굳은 얼굴에 오랜만에 지은 것처럼 보이는 어색하고 떨떠름한 미소가 떠올랐다.

"자, 이제 그만 울어라. 오늘 밤 당장 널 쫓아내는 일은 없을 테니까.

어찌된 영문인지 알게 될 때까진 여기서 지내게 될 거야. 이름이 뭐니?"

아이는 잠시 머뭇거리다가 간절한 표정으로 말했다.

"저를 코딜리어라고 불러주시겠어요?"

"코딜리어라고 부르라고? 그게 네 이름이니?"

"아뇨, 제 이름은 아니지만 코딜리어라고 불러주시면 좋겠어요. 아주 우아한 이름이잖아요."

"대체 무슨 소리를 하는 건지 모르겠구나. 진짜 이름은 뭔데?"

"앤 셜리요." 이 이름의 주인은 마지못해 더듬거리며 말했다.

"하지만 제발 저를 코딜리어라고 불러주세요. 제가 여기 잠깐 있을 거라면 뭐라고 부르시든 상관없잖아요? 앤은 전혀 낭만적이지 못한 이름이란 말이에요."

"낭만적이지 못하다니, 당치 않은 소리! 앤은 아주 소박하고 반듯하고 좋은 이름이다. 부끄러워할 필요 없어." 마릴라가 단호히 말했다.

"아, 부끄럽진 않아요. 그저 코딜리어가 더 좋을 뿐이에요. 전 항상 제 이름이 코딜리어라고 상상했거든요. 최근 몇 년 동안은 그랬어요. 어렸을 땐 제럴딘이라고 상상하기도 했지만 지금은 코딜리어가 더 좋아요. 하지만 굳이 절 앤이라고 부르시려면 끝에, e가 붙은 앤, 이라고 불러주세요." 앤이 설명했다.

"그렇게 부른다고 뭐가 달라지니?" 마릴라는 찻주전자를 집어 들면서 또다시 어색한 미소를 지으며 물었다.

"어머나, 아주 많이 다르죠. 보기도 훨씬 더 좋고요. 아주머니는 이름을 부를 때 종이에 인쇄되는 것처럼 철자가 마음속에 떠오르지 않나요? 전 그래요. A-n-n은 끔찍하지만, A-n-n-e은 훨씬 더 기품 있어

보여요. 아주머니가 끝에 e가 붙은 앤으로 불러주신다면 코딜리어라고 부르시지 않아도 감수하겠어요."

"그럼 좋다, 끝에 e가 붙은 앤아, 도대체 어떻게 이런 착오가 생겼는 지 말해줄 수 있겠니? 우린 스펜서 부인에게 사내아이를 하나 데려다 달라고 부탁했어. 고아원에 남자아이는 하나도 없었니?"

"아뇨, 많이 있었어요. 하지만 스펜서 아주머니는 분명 열한 살 정도 인 여자아이를 원하신다고 하셨어요. 그래서 원장님이 제가 적당하다 고 추천하신 거예요. 제가 얼마나 기뻤는지 모르실 거예요. 너무 기뻐 서 밤새 한숨도 못 잤어요. 아." 아이는 매슈에게 고개를 돌리며 원망 하는 투로 덧붙였다. "왜 아까 역에서 원하는 아이는 제가 아니라고 말 씀하시고 그냥 거기 놔두지 않으셨어요? 기쁨의 하얀 길과 반짝이는 호수만 보지 않았어도 이렇게까지 마음이 아프진 않았을 텐데."

"오라버니, 대체 저 아이가 무슨 소리를 하는 거예요?" 마릴라가 매 슈를 보며 다그쳐 물으니 매슈가 허둥지둥 대답했다.

"저, 저 아이는 그냥 집에 오는 길에 본 걸 말하는 거야. 난 말을 마 구간에 들여놓을게, 마릴라. 돌아올 때쯤 차나 한 잔 준비해주렴."

매슈가 나갔을 때 마릴라가 앤에게 질문을 계속했다.

"스펜서 부인이 혹시 너 말고 다른 아이도 데려왔니?"

"아주머니가 키울 릴리 존스를 데려오셨어요. 릴리는 다섯 살밖에 안 됐는데 아주 예뻐요. 밤색 머리고요. 제가 예쁘고 밤색 머리였다면 절 받아주실 건가요?"

"아니, 우린 농장에서 매슈 오라버니의 일을 도와줄 사내아이를 원 해. 여자아이는 아무 쓸모가 없거든. 모자 벗어라. 모자랑 가방은 현관

탁자 위에 치워두마." 앤은 순순히 모자를 벗었다.

매슈가 금방 돌아와서 모두 저녁 식탁에 앉았다. 하지만 앤은 음식을 먹을 수 없었다. 아이는 빵을 조금씩 뜯어먹으면서 버터를 맛보다 접시 옆에 놓인 작은 가리비 모양의 그릇에 있는 사과잼을 입에 대더니 그나마도 그만두고 말았다. 음식은 그대로였다.

"아무것도 안 먹는구나." 마릴라가 앤의 그런 모습을 보며 마치 심각한 결점이라도 되는 것처럼 신랄하게 말했다.

앤이 한숨을 쉬었다.

"도저히 먹히질 않아요. 전 절망의 구렁텅이에 빠져 있어요. 아주머니는 절망의 구렁텅이에서 음식을 드실 수 있으세요?"

"난 한 번도 절망의 구렁텅이에 빠져본 적이 없으니 할 말이 없구나."

"한 번도 없으셨어요? 그렇다면 절망의 구렁텅이에 빠졌다고 상상해 보신 적은 있으세요?"

"아니, 없다."

"그럼 제가 지금 어떤 기분인지 아주머니는 이해하지 못하실 거예요. 아주 불편한 느낌이에요. 음식을 삼키려고 할 때마다 목구멍으로 덩어리 같은 것이 올라와서 설사 그게 초콜릿 캐러멜이라고 해도 삼키질 못하겠어요. 전 2년 전에 딱 한 번 초콜릿 캐러멜을 하나 먹어봤는데 정말 맛있었어요. 그 후로 초콜릿 캐러멜이 아주 많이 있는 꿈을 종종 꿨지만 항상 먹기 직전에 깨어났어요. 제가 못 먹어도 기분 나빠하지 마세요. 다 아주 맛있지만 도저히 넘어가지 않아요."

헛간에서 돌아온 후로 한 마디도 하지 않았던 매슈가 입을 열었다.

"아이가 지친 것 같다. 재우는 게 좋겠어, 마릴라."

마릴라는 앤을 어느 침대에 재워야 할지 고민하고 있었다. 원래 기대했던 남자아이가 오면 쓸 수 있도록 부엌방에 잠자리를 준비해 놨다. 거기가 깔끔하고 깨끗하긴 하지만 여자아이를 재울 만한 곳은 아닌 것 같았다. 이런 천애고아를 손님방에 재울 수도 없는 노릇이니 동쪽에 있는 지붕 밑 다락방만 남았다. 마릴라는 초에 불을 켠 채 앤에게 따라오라고 했다. 앤은 기운 없이 마릴라를 따라 현관에 있는 탁자를 지나갈 때 거기 놓인 모자와 가방을 챙겨갔다. 복도는 무시무시하게 깨끗했고, 작은 지붕 밑 다락방은 복도보다도 더 깨끗해 보였다.

마릴라는 세 발 달린 삼각 탁자 위에 초를 올려놓고 이불을 젖혔다.

"잠옷은 있겠지?" 마릴라가 물었다.

앤이 고개를 끄덕였다.

"네, 두 벌 있어요. 고아원 원장님이 만들어주셨어요. 꼭 끼긴 하지만요. 고아원은 형편이 넉넉하지 못해서 모든 게 항상 빠듯하거든요. 우리 고아원같이 가난한 고아원은 그래요. 전 꼭 끼는 잠옷이 정말 싫어요. 하지만 그런 잠옷을 입어도 목에 주름 장식이 달리고 옷자락이 우아하게 바닥에 끌리는 그런 예쁜 잠옷을 입는 꿈은 꿀 수 있잖아요. 그게 위로가 되죠."

"흠, 얼른 옷 벗고 자야지. 좀 이따 양초 가지러 오마. 너에게 촛불을 끄라고 맡기지도 못하겠다. 그러다 불을 낼 수도 있고."

마릴라가 나가자 슬픔에 잠긴 앤은 방 안을 둘러보았다. 아무것도 없는 흰 벽이 너무나 황량해서 벽도 마음이 아플 거란 생각이 들었다. 한가운데 앤이 난생처음 보는 동그란 매트가 하나 깔린 거 말고는 바닥도 텅 비어 있었다. 한쪽 구석에 짙은 색의 둥근 기둥 네 개가 달린 높은 구식 침대가 하나 있었다. 다른 쪽 구석에는 아까 말했던 삼각 테이블과 그 위에 아무리 뾰족한 바늘이라도 튕겨낼 정도로 단단해 보이는, 붉은색의 볼록한 벨벳 바늘꽂이가 하나 있었다. 썰렁하고 휑한 분위기에 뼛속까지 한기가 들었다. 앤은 흐느껴 울면서 재빨리 옷을 벗어던졌다. 몸에 꽉 끼는 잠옷으로 갈아입고 침대로 뛰어들어 베개에 얼굴을 묻고 이불을 머리끝까지 뒤집어썼다. 초를 가지러 온 마릴라의 눈에 바닥 여기저기 어질러져 있는 옷가지들과 격렬하게 들썩이는 이불이 보였다.

마릴라는 천천히 앤의 옷을 하나씩 집어서 노란 서양쥐똥나무 의자 위에 단정하게 정리해두고, 초를 들고 침대로 다가갔다.

"잘 자거라." 마릴라는 조금 어색하지만 마냥 차갑지만은 않은 목소리로 말했다. 그 순간 이불 위로 앤의 큰 눈이 불쑥 올라왔다.

"제 인생 최악의 밤이라는 걸 알면서 어떻게 잘 자라고 하실 수 있어요?" 앤은 원망하듯 말하곤 다시 이불 속으로 쑥 들어가버렸다.

마릴라는 부엌으로 가서 천천히 설거지를 했다. 매슈는 담배를 피우고 있었다. 마음이 혼란스럽다는 신호였다. 마릴라가 지저분한 습관이라고 못마땅해하기 때문에 매슈는 좀처럼 담배를 피우지 않았다. 하지만 참을 수 없이 피우고 싶을 때가 있었다. 그럴 때면 마릴라는 남자에게도 감정을 발산할 만한 배출구가 있어야 한다는 생각에 눈감아줬다.

"참나, 정말 난감한 일이 벌어졌네요. 우리가 직접 가지 않고 인편으로 부탁하니 이런 일이 생기는 거예요. 리처드 스펜서의 식구들이 전갈을 잘못 전한 모양인데. 오라버니나 내가 내일 가서 스펜서 부인을 직접 만나봐야겠어요. 이건 확실해요. 저 아이는 고아원으로 돌려보내야 해요." 마릴라가 노기등등한 목소리로 말했다.

"그래, 그래야겠지." 매슈가 마지못해 대꾸했다.

"그래야겠지? 오라버니는 지금 이 상황이 어떤지 몰라요?"

"그게, 저 아이는 정말 착한 아이야, 마릴라. 저렇게 우리 집을 좋아하는데 돌려보내야 한다니 애처로워서 그러지."

"매슈 오라버니, 지금 저 아이를 키우자는 말은 아니겠죠!"

매슈가 물구나무서기를 좋아한다는 말을 했어도 마릴라는 이보다 더 놀라진 않았을 것이다.

"흠, 아니야, 정확히 말해 그건 아니지만." 매슈는 자신의 의사를 정확히 밝혀야 할 처지에 내몰리자 말을 더듬었다.

"우리가 저 아이를 키울 순 없겠지?"

"당연히 못 키우죠. 우리에게 무슨 좋은 일이 있겠어요?"

"저 아이에겐 좋은 일이 될지도 모르지." 매슈가 느닷없이 마릴라가 생각지도 못했던 말을 했다.

"매슈 오라버니, 저 아이가 오라버니를 단단히 홀린 것 같네요! 아이를 데리고 있고 싶잖아요. 속이 훤히 들여다보여요."

"그게, 저 아이는 정말 재미있더구나. 집에 오는 길에 저 아이가 했던 이야기를 너도 들어봤어야 해." 매슈는 의견을 굽히지 않았다.

"아, 말은 참 속사포처럼 빠르더군요. 그건 보자마자 알아챘어요. 하지만 그건 좋은 게 아니에요. 난 말 많은 아이는 싫단 말이에요. 고아인 여자아이도 원하지 않았고, 설사 원했다 쳐도 제가 고를 만한 그런 유형의 아이도 아니고. 저 아이에겐 도통 이해가 안 가는 구석이 있어요. 안 돼요. 당장 원래 있던 곳으로 돌려보내야 해요."

"저 아이가 네 말벗이 돼줄 거야." 매슈가 말했다.

"제가 말벗이 없어서 고민하는 걸로 보여요? 난 저 아이를 데리고 있을 생각이 없어요." 마릴라가 퉁명스럽게 대꾸했다.

"뭐, 물론 네 뜻대로 해야겠지, 마릴라. 난 그만 자러 가야겠다." 매슈가 일어서서 파이프를 치우면서 말했다.

매슈는 자러 갔다. 마릴라는 설거지를 끝내고 못마땅한 얼굴로 잠자리에 들었다. 이층 동쪽 다락방에는 외롭고, 정에 굶주리고, 의지할 곳 없는 아이가 울다 지쳐 잠이 들었다.

4

초록 지붕 집에서의 아침

앤이 눈을 떴을 때 밖은 이미 환했다. 앤은 침대에 앉아 잠이 덜 깨 어리둥절한 눈으로 창문 밖에서 기분 좋은 햇살이 흘러들어오고, 깃털 같은 하얀 것이 언뜻언뜻 보이는 파란 하늘이 펼쳐진 풍경을 봤다.

잠시 여기가 어디인지 기억이 나지 않았다. 처음에는 아주 기분 좋고 설레다가 마침내 끔찍한 기억이 돌아왔다. 여긴 초록 지붕 집이고 아저씨와 아주머니는 내가 남자아이가 아니라서 원하지 않는다고 하셨지!

하지만 지금은 아침이다. 그래, 창밖에 꽃이 활짝 핀 벚나무가 있네. 앤은 침대에서 뛰어내려 창가로 걸어갔다. 창문을 밀어 올렸는데 오랫동안 열지 않았는지 끽끽 소리를 내며 뻑뻑하게 올라갔다. 하도 뻑뻑해서 뭘 받쳐놓을 필요도 없었다.

앤은 창가에 무릎을 꿇은 채 기쁨에 반짝이는 눈으로 6월 아침의 상쾌한 풍경을 내다봤다. 아, 정말 아름답구나. 여긴 정말 사랑스런 곳이야. 정말 여기서 살 수 있다면 얼마나 좋을까? 앤은 지금 여기서 살고 있다고 상상했다. 여기선 마음껏 상상할 수 있었다.

창밖으로 보이는 거대한 벚나무에서 뻗은 가지들이 창문을 톡톡 두 드릴 정도로 가까이 서 있었고, 이파리 한 장 보이지 않을 정도로 벚 꽃이 화려하게 만개해 있었다. 집 양옆에 있는 큰 과수원에 자리 잡은 사과나무와 벚나무에도 꽃이 활짝 피어 있었고, 풀밭에는 민들레가 한가득 피어 있었다. 뜰에 핀 보랏빛 라일락꽃에서는 아찔해질 정도로 달콤한 향기가 아침 바람을 타고 실려 올라왔다.

뜰 아래쪽에 클로버가 뒤덮인 풀밭은 시냇물과 하얀 자작나무가 빽 빽하게 서 있는 골짜기까지 비스듬하게 이어졌다. 골짜기 덤불 속에는 고사리와 이끼와 숲 속에 사는 식물들이 무럭무럭 자라고 있을 것이다. 그 너머에 초록색 이파리를 살랑거리는 가문비나무와 전나무가 자라는 언덕이 보였다. 그사이에 빛나는 호수 맞은편에서 본 작은 집의 회색 지 붕 끝자락이 있었다. 왼편엔 커다란 헛간들이 있었고, 그 너머 완만하게 기울어진 초록색 들판 밑으로 반짝이는 파란 바다가 얼핏 보였다.

아름다운 것을 사랑하는 앤은 그 풍경을 바라보며 하나도 빼지 않고 마음껏 음미했다. 딱하게도 앤은 지금껏 아름답지 못한 곳들을 너무 많 이 봐왔다. 하지만 이곳은 그녀가 꿈꿔온 그 어떤 곳보다 아름다웠다.

창가에 무릎을 꿇고 아름다운 주위 풍경에 넋을 잃고 있던 앤은 문 득 누군가 자기 어깨에 손을 올려서 깜짝 놀랐다. 이 꼬마 몽상가가 미 처 듣지 못한 사이에 마릴라가 들어온 것이다.

"옷도 안 입고 있었구나."

아이에게 어떻게 말해야 할지 모르는 마릴라는 본심과 달리 퉁명스 럽게 말을 뱉었다. 앤이 일어서서 길게 숨을 들이쉬었다.

"아, 정말 아름답지 않아요?" 앤은 찬란한 바깥세상에 손을 흔들어

보이며 말했다.

"저 나무는 크고 꽃도 많이 핀다만 열매는 볼품없어. 작고 벌레가 많이 꼬이거든." 마릴라가 대꾸했다.

"어서 옷 갈아입고 아래층에 내려가는 게 좋겠다. 상상은 그만하고." 앤이 입을 다물자마자 마릴라가 얼른 끼어들었다.

"아침 차려놨다. 세수하고 머리 빗어라. 창문은 그대로 열어놓고 이불은 잘 개켜서 침대 맡에 놔둬. 어서 빠릿빠릿하게 움직여."

앤은 마음만 먹으면 빠릿빠릿해질 수 있는지 10분 만에 옷을 단정하게 입고, 머리를 빗어서 땋고, 세수를 한 후 아래층에 내려왔다. 마릴라가 시킨 걸 다 해서 뿌듯한 얼굴이었다. 이불 개는 건 깜빡했지만.

"오늘 아침은 아주 배가 고파요." 앤은 의자에 쓱 앉았다.

"어젯밤처럼 온 세상이 폭풍이 휘몰아치는 황무지 같아 보이진 않네요. 아침이 화창해서 기분이 너무 좋아요. 하지만 전 비 오는 아침도 아주 좋아해요. 아침은 다 흥미로워요, 그렇게 생각하지 않으세요? 오늘 하루 무슨 일이 일어날지 모르니까 상상할 거리가 아주 많잖아요. 하지만 오늘은 비가 오지 않아서 기뻐요. 화창한 날엔 기분이 상쾌해지고 짊어진 고통을 견뎌내기도 훨씬 더 쉽거든요. 제가 견뎌야 할 고통이 아주 큰 것 같아요. 슬픔에 대한 글을 읽은 후에 제가 그런 슬픔을 극복하고 꿋꿋하게 살아간다고 상상하는 건 좋지만 정말로 슬픈 일들이 생기면 썩 좋지만은 않거든요, 그렇지 않나요?"

"제발 그 입 좀 다물 수 없니? 어린아이가 무슨 말이 그렇게 많니." 마릴라가 핀잔을 주니, 앤은 순순히 입을 다물고 한 마디도 하지 않았다. 마릴라는 그것도 뭔가 부자연스럽게 느껴져서 불편했다. 매슈 역시 아무 말도 하지 않았지만 그는 늘 그랬으니까. 그래서 모두 아주 조용히 아침을 먹었다.

그러는 동안 앤은 점점 더 멍한 표정을 짓더니 기계적으로 음식을 먹었다. 아이는 큰 눈으로 창밖 하늘을 보고 있었지만 딱히 뭔가를 보고 있는 건 아닌 것 같았다. 그래서 마릴라는 더 불안해졌다. 이 별난 아이의 몸은 여기 식탁 앞에 있지만 마음은 머나먼 꿈나라에 둥둥 떠서 상상의 날개를 타고 있을 거란 생각에 마음이 불편해졌다. 누가 이런 아이를 데리고 있고 싶을까?

하지만 매슈 오라버니는 이 아이를 키우고 싶어 하니 정말 귀신이 곡할 노릇이다. 마릴라는 오빠의 마음이 어제와 다를 바 없이 간절했고 앞으로도 계속 그럴 거라는 느낌이 들었다. 매슈 오라버니는 항상 그런 식이었다. 한번 뭔가를 정하면 입을 꼭 다물고 한없이 고집을 부렸다. 말로 하는 것보다 열 배는 더 강력하고 효과적인 침묵인 셈이다.

식사가 끝나자 앤은 몽상에서 빠져나와 설거지를 자청했다.

"제대로 할 수 있겠어?" 마릴라는 반신반의한 표정으로 물었다.

"저 꽤 잘해요. 아이들을 돌보는 건 더 잘하지만. 경험이 아주 많거든요. 여기에 제가 돌볼 아이가 없다니 아쉬워요."

"지금 너 하나만으로도 차고 넘친다. 너 하나 있는데도 이렇게 골치가 지끈지끈 아프니 원. 널 어떻게 해야 할지 당최 모르겠구나. 매슈 오라버니도 터무니없고."

"아저씬 정말 좋은 분이던데요. 제 말에 아주 잘 공감해주셨어요. 제가 아무리 말을 많이 해도 개의치 않으셨어요. 오히려 좋아하시는 것같아 보였거든요. 아저씨를 만나는 순간 저와 비슷한 영혼을 가진 분이라고 느꼈어요." 앤이 힐난하는 투로 반박했다.

"비슷한 영혼이라니 너와 매슈 오라버니 둘 다 별종이구나. 그래, 설거지는 해도 된다. 따뜻한 물을 듬뿍 쓰고, 물기는 잘 닦아야 한다. 오후에 마차 타고 화이트샌즈에 있는 스펜서 부인을 만나러 가야 해서 오늘 아침에 할 일이 많다. 같이 가서 널 어떻게 할지 결정해야겠다. 설거지를 끝내면 이층에 올라가서 침대 정리를 해놓아라."

앤이 설거지하는 모습을 눈여겨본 마릴라는 아이가 제법 능숙하다는 사실을 알아차렸다. 침대 정리는 그보다는 서툴렀다. 깃털 이불은 다뤄본 적이 없어서였다. 하지만 그럭저럭 깔끔하고 매끈하게 이불을 정리했다. 마릴라는 일하는 데 거치적거리지 않도록 앤에게 점심 먹기 전까지 밖에서 놀다 오라고 했다. 앤은 환한 얼굴로 눈을 반짝거리며 문으로 달려갔다. 그러다 문지방 앞에서 우뚝 멈춰 서더니, 다시 돌아와 식탁 옆에 앉았다. 누군가가 마치 소화기로 꺼버리기라도 한 것처럼 환하게 빛나던 얼굴이 순식간에 어두워졌다.

"이번엔 또 뭐가 문제니?" 마릴라가 다그쳤다.

앤은 세속의 모든 기쁨을 포기한 순교자처럼 침울하게 말했다.

"밖에 나갈 용기가 나지 않아요. 여기서 계속 살지도 못할 텐데 초록지붕 집과 사랑에 빠져봤자 무슨 소용이에요. 지금 밖에 있는 나무들과 꽃들과 과수원과 시냇물과 친해지면 어쩔 수 없이 사랑에 빠져버릴 텐데. 지금도 힘든데 더 힘들어질 순 없어요. 나가고 싶은 마음은 굴뚝같아요. 그 아이들이 모두 절 부르고 있는 것 같아요. '앤, 앤, 나와서 우리랑 놀자, 앤, 앤.' 하지만 참는 편이 나을 것 같아요. 헤어질 운명이라면 사랑해봤자 아무 소용없잖아요. 거기다 사랑하는 것들을 지키는 것은 아주 힘들어요. 그래서 여기 살게 됐다고 생각했을 때 너무나 기뻤어요. 아무 거리낌 없이 사랑하는 것들을 아주 많이 가지게 될 거라고 생각했거든요. 하지만 그 짧은 꿈도 날아가 버렸어요. 전 제 운명을 받아들이기로 했어요. 그런 제 마음이 바뀔까 봐 두려워서 나갈 수 없어요. 그건 그렇고 저 창가에 있는 제라늄 이름은 뭐죠?"

"사과향 제라늄이란다."

"아, 그런 이름 말고요. 아주머니가 직접 지어주신 이름 말이에요. 이름 안 지어주셨어요? 그럼 제가 하나 지어줘도 될까요? 어디 보자, 보니가 어울릴 것 같아요. 제가 여기 있을 동안은 보니라고 불러도 될까요? 아, 제발 그렇게 해주세요!"

"맙소사, 맘대로 해라. 근데 대체 제라늄의 이름은 지어서 뭐하니?"

"전 그냥 제라늄이라도 이름이 있는 게 좋아요. 그러면 더 사람 같거든요. 그냥 제라늄이라고 부르면 기분이 상할지도 모르잖아요? 누가 아주머니를 이름이 아닌 그냥 여자라고 부르면 기분 나쁘지 않겠어요? 이 아이를 보니라고 부르겠어요. 제 방 창문 밖에 있는 벚나무는 오늘 아침에 이름을 지어줬어요. 눈부시게 새하얀 꽃이 피니까 눈의 여왕이라고요. 물론 항상 꽃이 피진 않겠지만 그런 모습을 상상할 순 있잖아요, 그렇죠?"

마릴라는 지하실에 감자를 가지러 내려가면서 중얼거렸다.

"내 평생 저런 아이는 또 처음이야. 매슈 오라버니 말처럼 약간 재미있는 아이긴 해. 대체 저 조그만 입에서 다음엔 무슨 말이 나올지 벌써 궁금해진다니까. 나도 홀려버리게 생겼어. 이미 매슈 오라버니는 넘어갔고. 오늘 아침에 보니까 간밤에 했던 생각이 한 치도 변하지 않은 것 같은데. 오라버니도 다른 남자들처럼 속내를 말해주면 좀 좋아. 그래야 내가 대꾸도 하면서 제정신이 돌아오게 설득이라도 해보지. 만날 입 꾹 닫고 뚱해 있는 사람은 어찌해볼 도리가 없잖아."

마릴라가 돌아 왔을 때 앤은 두 손으로 턱을 받치고 하늘을 보며 공상에 빠져 있었다. 마릴라는 점심을 다 차릴 때까지 그대로 내버려뒀다.

"오늘 오후에 마차 좀 써도 되죠, 오라버니?"

매슈는 고개를 끄덕이며 슬픈 표정으로 앤을 바라봤다.

"제가 화이트샌즈에 가서 이 사태를 해결하겠어요. 앤도 데리고 갈 거예요. 스펜서 부인이 곧바로 아이를 노바스코샤로 보내주겠죠. 오라버니가 드실 차는 준비해놓을 거고, 우유 짤 때 맞춰서 돌아올게요."

여전히 한 마디도 하지 않는 매슈를 보며 마릴라는 괜히 입 아프게 떠들어댔다는 기분이 들었다. 뭐라고 말해도 대꾸조차 하지 않는 남자보다 더 속 타는 것도 없다. 여자가 그런다면 더 열이 뻗치겠지만.

때가 되자 매슈가 마차에 말을 매어주었다. 마차가 나갈 수 있게 울타리 문을 열어주며 매슈는 딱히 누구에게랄 것 없이 중얼거렸다.

"오늘 아침에 크리크에서 제리 부트라는 사내애가 왔더구나. 올해 여름은 그 아이를 쓰기로 했어."

마릴라는 대꾸하지 않고 채찍으로 애먼 말만 세게 후려쳤다. 한 번도 그런 대우를 받아본 적이 없었던 통통한 암말이 분노해서 힝힝거리며 무시무시하게 빠른 속도로 달려갔다. 마차가 달려가는 동안 마릴라는 무심코 뒤를 돌아보았다. 문에 기대어 슬픈 표정으로 그들을 보고 있는 매슈의 모습이 눈에 들어오자 속이 상했다.

5

앤의 사연

앤은 비밀이라도 털어놓는 것처럼 입을 열었다.

"있죠, 저는 즐거운 마음으로 이 길을 가기로 했어요. 지금까지 마음을 굳게 먹으면 즐기지 못할 일이 거의 없었거든요. 물론 아주 단호하게 결심해야 하지만. 이렇게 아주머니와 마차를 타고 가는 동안에는 고아원에 돌아간다는 생각은 하지 않을 거예요. 그냥 이 길만 생각할래요. 어머나, 저기 보세요, 들장미 한 떨기가 벌써 피었어요! 정말 예쁘지 않아요? 저 꽃은 장미라서 얼마나 기쁠까요? 장미들이 이야기를 할 수 있다면 좋겠어요. 우리에게 아주 근사한 이야기를 해줄 텐데. 세상에서 가장 매혹적인 색이 분홍색이라고 생각하지 않으세요? 전 분홍색을 좋아하지만 입을 순 없어요. 빨간 머리들은 상상 속에서라도 절대 분홍색을 입어선 안 돼요. 아주머니는 어렸을 땐 머리 색깔이 빨간색이었지만 커서 다른 색깔로 변한 사람을 한 명이라도 알고 계세요?"

"아니, 하나도 없는데. 네 머리 색깔이 변할 것 같지도 않고."

마릴라가 매정하게 대꾸하자 앤은 한숨을 쉬었다.

"아, 이렇게 또 하나의 희망이 사라지네요. '내 삶은 수많은 희망들이 묻힌 묘지다.' 전에 책에서 이 문장을 읽었는데 언제든지 실망하는 일이 생길 때마다 읊곤 해요. 그럼 위로가 되더라고요."

"그게 왜 위로가 되는지 모르겠는데."

"제가 소설의 여주인공이 된 것처럼 아주 낭만적이고 근사하게 들리잖아요. 전 낭만적인 것을 아주 좋아해요. 수많은 희망들이 묻힌 묘지는 낭만의 극치잖아요, 그렇지 않아요? 저에게 그런 묘지가 있어서 차라리 기쁜걸요. 오늘은 반짝이는 호수를 지나가나요?"

"네가 말하는 그 반짝이는 호수라는 게 배리의 연못이라면 거기론 안 간다. 바닷가 길로 갈 거야."

"바닷가 길도 좋은데요. 거긴 이름만큼 멋진 곳인가요? '바닷가 길'이라고 하셨을 때 마음속에 곧바로 그림이 떠올랐어요. 화이트샌즈도 예쁜 이름이지만 에이번리처럼 마음에 들진 않아요. 에이번리는 정말 사랑스러운 이름이에요. 음악처럼 들리죠. 화이트샌즈까지는 얼마나 멀어요?" 앤이 꿈꾸는 듯한 표정으로 말했다.

"8킬로미터 정도 된다. 그리고 그렇게 이야기가 좋으면 차라리 너에 대한 이야기를 하는 게 좋겠구나."

"아, 사실 그건 말할 것도 별로 없어요. 그보단 제가 상상한 저에 대한 이야기가 훨씬 더 재미있을 거예요." 앤이 간절히 말했다.

"아니, 네 상상은 듣고 싶지 않아. 그냥 있는 그대로만 말해봐. 고향은 어디고 나이는 몇 살이니?"

앤은 한숨을 쉬며 체념했다.

"지난 3월에 열한 살이 됐어요. 노바스코샤의 볼링브로크에서 태어났고요. 아버지 이름은 월터 셜리로 볼링브로크 고등학교 선생님이었어요. 엄마 이름은 버서 셜리였고요. 둘 다 근사한 이름이죠? 제 부모님의 이름이 근사해서 아주 기뻐요. 아버지 이름이…… 제데디어였다면 정말 창피했을 것 같아요, 그렇지 않아요?"

"이름보다는 처신을 어떻게 하느냐가 중요하다고 생각하는데."

마릴라는 앤에게 올바르고 실용적인 교훈을 가르쳐야겠다 싶어 이렇게 말했다. 앤은 생각에 잠긴 표정으로 대답했다.

"음, 전 잘 모르겠어요. 전에 어떤 책에서 장미를 다른 이름으로 불러도 여전히 향기로울 거라는 구절*을 읽었지만 믿을 수 없었어요. 장미가 엉겅퀴나 돼지풀 같은 이름이었다면 그렇게 아름다웠을 것 같진 않아요. 아버지 성함이 제데디어였다고 해도 여전히 선한 분이셨겠지만 제 마음엔 들지 않았을 거예요. 뭐, 엄마도 고등학교 선생님이었지만 아버지와 결혼했을 때 일을 그만두셨죠. 남편을 내조해야 했으니까. 토머스 아주머니 말로는 두 분 다 아직 어렸고 찢어지게 가난했대요. 두 분은 볼링브로크의 아주 작은 노란색 집에서 신접살림을 시작하셨대요. 전 한 번도 그 집을 본 적이 없지만 수천 번이나 상상해보았어요. 거실 창문 위로 인동덩굴이 기어 올라가고, 앞마당엔 라일락 나무들이 자라고, 대문 바로 안쪽에는 은방울꽃이 피어 있을 거라고. 맞아요, 창마다 모슬린 커튼이 걸려 있고요. 모슬린 커튼이 집 안 분위기를 아주 아늑하게 해주니까. 전 그 집에서 태어났어요. 토머스 아주머니는 저처럼 못생긴 갓난아기는 처음 봤다고 하셨어요. 아주 작고 비쩍 마른

---

* 『로미오와 줄리엣』에 나온 줄리엣의 독백.

데다 눈밖에 안 보였다나요. 하지만 엄마는 제가 완벽하게 예쁘다고 생각하셨대요. 남의 집에 청소하러 오는 가난한 아주머니보다는 엄마가 더 잘 판단하지 않으셨을까요? 어쨌든 엄마가 제게 만족하셨다니 기뻐요. 엄마가 절 보고 실망했다는 생각을 하면 너무 슬플 거예요. 엄마는 절 낳고 얼마 지나지 않아서 돌아가셨거든요. 제가 태어난 지 막 석 달이 됐을 때 열병으로 돌아가셨어요. 최소한 엄마라고 부른 기억이 날 정도로 오래 사셨더라면 얼마나 좋았을까요? '엄마'라고 불러보면 아주 기분 좋을 것 같아요, 그렇지 않나요? 아버지도 그로부터 넉 달 후에 역시 열병으로 돌아가셨어요. 그래서 전 고아가 됐는데 마을 사람들은 저를 어찌해야 좋을지 몰랐죠. 토머스 아주머니가 그렇게 말하셨어요. 그러니까 그때부터 저를 원한 사람은 하나도 없었던 거죠. 그게 제 운명 같아요. 아버지와 엄마 두 분 다 완전히 타지 사람인 데다 두 분에게 친척이라곤 하나도 없다는 걸 마을 사람들이 다 알고 있었대요. 결국 토머스 아주머니가 절 맡겠다고 하셨죠. 아주머니는 가난한 데다 주정뱅이 남편까지 있었는데도 말이에요. 아주머니가 우유를 먹여가면서 저를 키워주셨어요. 그렇게 남의 손에서 자란 아이들은 다른 사람들보다 훨씬 더 착해야 한다고 생각하세요? 제가 말을 안 들을 때마다 토머스 아주머니는 자신이 직접 저를 키웠는데 어떻게 그렇게 나쁜 아이가 될 수 있냐고 나무라듯이 말씀하셨거든요.

토머스 아주머니 가족은 볼링브로크에서 매리스빌로 이사하셨고, 전 여덟 살이 될 때까지 그분들과 같이 살았어요. 아주머니의 아이들을 돌봤죠. 저보다 어린 아이들이 넷 있었는데 정말 손이 많이 가는 아이들이었어요. 그러다 토머스 아저씨가 기차에서 떨어져 돌아가셨어요. 토머스 아주머니의 시어머니가 토머스 아주머니와 아이들에게는 같이 살자고 하셨지만 전 원하지 않으셨대요. 토머스 아주머니는 절 어찌해야 할지 모르겠다고 하셨어요. 그때 강 위쪽에 사시는 해먼드 아주머니가 오셔서 절 데려가겠다고 하셨어요. 제가 아이들을 잘 돌보는 걸 안 거죠. 그래서 또 강 위쪽에 나무 그루터기들로 가득 찬 작은 개간지에서 살게 됐어요. 거긴 아주 외로운 곳이었어요. 제게 상상력이 없었다면 도저히 살 수 없었을 거예요. 해먼드 아저씨는 작은 목재소에서 일하셨고, 자식이 여덟이나 있었어요. 쌍둥이를 세 번이나 낳으셨거든요. 저도 아기들을 어느 정도 좋아하긴 하지만 쌍둥이를 세 쌍이나 연달아 낳다니 해도 너무했죠. 마지막으로 쌍둥이가 태어났을 땐 더는 안 된다고 제가 아주 단호하게 말했어요. 그 아이들을 안고 다니느라 정말 진이 다 빠졌죠.

해먼드 아주머니 집에서 2년 이상 살았어요. 그러다 해먼드 아저씨가 돌아가시고 식구들이 뿔뿔이 흩어졌죠. 아주머니는 자식들을 친척들에게 나눠서 맡기고 미국에 가버리셨어요. 전 호프타운에 있는 고아원으로 가야 했지요. 저를 맡겠다는 사람이 하나도 없었거든요. 고아원에서도 자리가 없다고 내켜하지 않았어요. 하지만 어쩔 수 없이 받아줬고 스펜서 아주머니가 오실 때까지 거기서 넉 달 있었어요."

앤은 한숨을 쉬며 이야기를 끝내긴 했지만 이번에는 안도의 한숨이었다. 자신을 원하지 않는 세상에서 겪은 이야기는 별로 하고 싶어 하지 않는 눈치였다. 마릴라는 밤색 암말을 바닷가 길로 몰면서 물었다.

"학교에 다닌 적은 있니?"

"오래 다니진 못했어요. 토머스 아주머니 집에서 살던 마지막 해에 잠깐 다녔어요. 강 위쪽에 살 때는 학교가 너무 멀었거든요. 겨울에는 거기까지 걸어갈 수 없었고 여름은 방학이었죠. 그래서 봄하고 가을에만 다닐 수 있었어요. 물론 고아원에 있을 때는 학교에 갔죠. 전 책을 꽤 잘 읽고 외울 수 있는 시도 아주 많아요. 「호엔린덴의 전투」와 「플로든 전투 후의 에든버러」와 「라인 강변의 빙엔」, 「호수의 여인」과 제임스 톰슨의 「사계」는 대부분 암송할 수 있어요. 아주머니는 전율이 느껴지는 시를 좋아하지 않으세요? 5학년 영어 읽기 책에 「폴란드의 몰락」이라는 시가 있는데 정말 짜릿해요. 물론 전 5학년이 아니라 고작 4학년이었지만 선배들이 읽어보라고 책을 빌려줬어요."

"그 사람들, 토머스 아주머니와 해먼드 아주머니는 너에게 잘 해주셨니?" 마릴라는 곁눈으로 앤을 슬쩍 보면서 물었다.

"아…… 그렇……죠." 앤은 더듬거렸다. 작고 감수성이 예민한 앤의 얼굴이 별안간 새빨개지더니, 당황스러운 표정이 떠올랐다.

"그분들은 제게 잘 해주려고 하셨어요. 최대한 친절하게 해주려고 하셨던 걸 알아요. 잘 해주려는 의도가 있다면 실제로는 그렇게 하지 못했더라도 별로 개의치 않게 되죠. 아시겠지만 그분들은 걱정거리가 워낙 많았어요. 주정뱅이 남편과 산다는 건 아주 고생스럽거든요. 쌍둥이를 연거푸 세 번이나 낳는 것도 아주 힘들지 않겠어요? 하지만 두 분 다 마음만은 잘 해주려고 하셨을 거예요."

마릴라는 더 이상 캐묻지 않았다. 앤은 황홀한 표정으로 조용히 바닷가 길을 바라봤고, 마릴라는 깊은 생각에 잠겨 멍하니 마차를 몰았다. 갑자기 아이에 대한 짠한 마음이 솟구쳤다. 그동안 얼마나 정에 굶주리면서 살았을까? 아무런 보살핌도 받지 못한 채 가난하게 고생만

하면서 살아온 아이라니. 마릴라는 앤이 털어놓은 이야기 이면에 숨은 진실을 볼 수 있는 통찰력이 있었다. 진짜 가정이 생긴다고 아이가 그렇게 기뻐했던 것도 무리가 아니었다. 아이를 돌려보내야 하다니 안타까운 일이었다. 매슈의 별난 생각을 받아들여 이 아이를 데리고 있으면 어떨까? 매슈의 마음은 확고했고, 아이도 보니 착해서 잘 가르치면 괜찮을 것도 같은데. 마릴라는 생각했다.

'아이가 말은 많지만 그건 잘 가르치면 고칠 수 있을 것 같고. 그렇다고 무례하거나 품위 없는 말을 하는 것도 아니고. 제법 숙녀다운 구석도 있어. 부모님이 점잖은 사람들이었나 봐.'

바닷길은 나무가 무성하게 자란 황량하고 쓸쓸한 곳이었다. 오른쪽에는 오랜 세월 바닷바람에 시달리면서도 꿋꿋한 전나무들이 빽빽하게 서 있었다. 왼쪽에는 깎아지른 붉은 사암 절벽이 아주 가까웠다. 밤색 말의 성미가 급했다면 마차에 탄 사람들은 조마조마했을 것이다. 절벽 밑으로는 파도에 깎인 바위들과 보석 같은 자갈들이 박힌 작은 모래만이 보였다. 그 너머 희미하게 빛나는 파란 바다가 쭉 뻗어 있었고, 높이 날아오른 갈매기들의 날개가 햇살에 은빛으로 반짝였다.

"바다가 정말 아름답지 않아요? 매리스빌에 살 때 토머스 아저씨가 사륜마차를 빌려와서 우리 모두를 태우고 16킬로미터쯤 떨어진 바닷가에 가서 하루 놀았던 적이 있어요. 그날도 내내 아이들을 돌봐야 했지만 순간순간 즐거웠어요. 그 후로 몇 년 동안 행복한 기억으로 남아 계속 되새겨보곤 했어요. 하지만 여기 바다가 매리스빌보다 훨씬 더 근사해요. 저 갈매기들, 눈부시지 않아요? 아주머니는 갈매기가 되고 싶지 않으세요? 전 그랬으면 좋겠어요. 제가 여자아이로 태어나지 않았다면 말이죠. 해가 뜨면 잠에서 깨어나 바닷물 위로 휙 날아갔다가 다시 저 파란 하늘 위로 날아가고 싶지 않으세요? 밤이 되면 둥지로 돌아오고. 아, 그런 내 모습이 머릿속에 그려져요. 앞에 있는 저 큰 집은 뭐예요?"

"저건 화이트샌즈 호텔이다. 커크 씨가 운영하지만 아직 문을 여는 철이 아니지. 여름에는 미국인들이 많이 온단다. 그 사람들은 이 해변이 좋은가 봐."

"저기가 스펜서 아주머니 댁일까 봐 두려웠어요. 거기 가고 싶지 않아요. 어쩐지 거기 가면 이 모든 게 끝나버릴 것만 같거든요."

앤이 침울하게 말했다.

6

마릴라의 결심

하지만 얼마 못 가서 그들은 도착했다. 스펜서 부인은 화이트샌즈 만에 있는 크고 노란 집에 살고 있었다. 두 사람을 맞으러 나온 부인의 자애로운 얼굴에 반가우면서도 놀란 표정이 떠올랐다.

"어머나, 세상에. 이렇게 오실 줄은 몰랐는데. 하지만 정말 반가워요. 말은 안에 넣으실 거죠? 앤 너는 잘 지냈니?" 부인이 반갑게 물었다.

"걱정해주신 덕에 잘 지냈어요, 감사합니다." 앤은 웃음기 없는 얼굴로 대답했다. 얼굴에는 그늘이 져 있었다.

"말을 매어두고 잠깐 있다 갈게요. 하지만 매슈 오라버니에게 집에 일찍 간다고 해뒀어요. 사실은 스펜서 부인, 뭔가 착오가 생긴 게 아닌가 싶어 알아보러 왔어요. 매슈 오라버니와 저는 고아원에서 사내아이를 하나 데려다달라고 부탁했어요. 부인의 남동생인 로버트 씨에게 열 살이나 열한 살 정도의 남자아이를 원한다고 전해달라고 했거든요."

스펜서 부인이 당혹스러워하면서 외쳤다.

"마릴라 커스버트. 그게 무슨 말씀이세요! 로버트가 조카딸인 낸시를 보냈는데 낸시 말로는 부인이 계집아이를 원한다고 하셨다는데요. 그렇지 않니, 플로라 제인?" 스펜서 부인은 계단을 내려온 딸에게 물었다.

"분명 낸시가 그렇게 말했어요, 커스버트 아주머니."

플로라 제인도 진지한 표정으로 어머니의 말을 확인해줬다.

스펜서 부인이 말을 이어갔다.

"정말 죄송해요. 무슨 이런 일이 있을까요. 하지만 아시다시피 분명 제 잘못은 아니에요. 전 최선을 다해 요청받은 대로 한다고 했는데. 낸시가 워낙 덤벙대는 아이라. 평소에도 경솔하게 행동해서 야단맞은 게 한두 번이 아니랍니다."

마릴라가 체념하고 말했다.

"우리 잘못이죠. 우리가 직접 갔어야 했는데. 중요한 부탁을 그런 식으로 전하면 안 되는 건데. 어쨌든 이미 엎질러진 물이니 바로잡는 일만 남았네요. 이 아이를 다시 고아원에 돌려보낼 수 있을까요? 거기서 다시 받아주겠죠, 안 그런가요?"

스펜서 부인은 생각에 잠겨 대답했다.

"아마도요. 하지만 다시 돌려보낼 필요는 없을 것 같아요. 어제 피터 블루엣 부인이 우리 집에 찾아와서 집안일을 도와줄 수 있는 어린 여자아이를 하나 데려다달라고 부탁할걸 그랬다고 하시더라고요. 그 댁에 식구가 워낙 많은데 일손을 구하는 게 쉽지 않아서 말이에요. 앤이 그 집에 적당할 것 같아요. 이거야말로 신의 섭리인 것 같네요."

마릴라는 신의 섭리와 이 일이 상관이 있다고는 생각하지 않았다. 이 달갑지 않은 고아를 떼어내 버릴 수 있는 뜻밖의 좋은 기회가 찾아오는데 이상하게 달가운 마음이 들지 않았다.

먼발치에서 슬쩍 본 피터 블루엣 부인은 작고 깡마른 체구에 몹시 까탈스러운 인상이었다. 그 부인에 대한 소문은 익히 들어서 알고 있었다. 지독한 일벌레에 무지막지하게 사람을 부려먹는다고 했다. 그 집에서 일하다 그만둔 하녀들이 블루엣 부인은 성미가 고약하고 인색한 데다 아이들은 버르장머리 없고 걸핏하면 싸운다고 했던 말이 떠올랐다. 앤을 그런 여자에게 보낸다고 생각하니 양심의 가책이 느껴졌다.

"음, 들어가서 이야기하죠." 마릴라가 말했다.

"아, 마침 블루엣 부인이 저기 오네요!"

스펜서 부인은 호들갑을 떨면서 응접실로 손님들을 안내했다. 오랫동안 짙은 초록색 블라인드를 쳐놓았는지 응접실은 온기 없이 썰렁했다.

"정말 잘됐네요. 일이 바로 해결되겠어요. 저쪽 안락의자에 앉으세요, 미스 커스버트. 앤 너는 오토만* 위에 앉아라. 꼼지락거리지 말고 가만히 앉아 있어. 모자들은 저 주세요. 플로라 제인, 너는 나가서 차를 끓여오고. 어서 오세요, 블루엣 부인. 방금 막 부인이 오셔서 아주 다행이란 이야기를 하고 있었어요. 서로 인사하세요. 블루엣 부인, 이분은 미스 커스버트입니다. 잠깐만 실례할게요. 딸에게 오븐에서 빵을 꺼내놓으란 말을 깜박했지 뭐예요."

스펜서 부인은 블라인드를 올린 후에 급히 응접실을 나갔다. 앤은 오토만 위에서 꼭 잡은 두 손을 무릎에 둔 채, 말없이 블루엣 부인을 빤히 쳐다봤다. 이렇게 뾰족한 얼굴에다 날카로운 눈매의 여자 집에 가야 한단 말이야? 앤은 목으로 뭔가 치밀어 오르고 눈시울이 따끔거

---

* 위에 부드러운 천을 댄 기다란 상자 같은 가구.

리는 걸 느꼈다. 스펜서 부인이 육체적으로든, 정신적으로든, 영적으로든 어떤 까다로운 문제라도 당장 해결할 수 있을 것처럼 붉게 상기되고 환한 얼굴로 돌아오자 앤은 울음이 터질까 봐 겁이 나기 시작했다.

스펜서 부인이 이야기를 시작했다.

"이 아이에 대한 착오가 있었던 것 같아요. 저는 커스버트 씨 댁에서 어린 여자아이를 입양하고 싶어 하시는 줄 알았거든요. 전 분명 그런 전갈을 받았고요. 하지만 이분은 사내아이를 원하셨다고 하네요. 그래서 아직도 일하는 아이를 구하신다면 부인께 적당할 것 같다는 생각이 들어요."

블루엣 부인이 앤을 머리부터 발끝까지 훑으며 캐물었다.

"나이는 몇 살이고 이름은 뭐야?"

"앤 셜리예요. 열한 살이고요." 기가 잔뜩 죽은 앤은 이름의 철자에 대한 이야기는 감히 꺼내지도 못했다.

"흠! 어쩜 몸에 뼈밖에 없니. 하지만 강단은 있어 보이네. 아무렴 강단 있는 아이가 최고지. 널 데려가면 착하게 굴어야 한다. 착하고 영리하게 행동하고 어른을 존경해야 해. 먹여주고 재워주는 만큼 일은 확실히 하길 바란다. 그 점은 확실히 해두자. 이 아이를 데려가는 게 좋겠네요, 미스 커스버트. 아기가 너무 칭얼대서 아이 보느라 녹초가 다 됐어요. 괜찮으시다면 당장 데려가고 싶은데요."

마릴라는 앤의 창백한 얼굴에 서린 말 없는 슬픔을 보고 마음이 약해졌다. 간신히 도망쳐온 덫에 또다시 속수무책으로 걸릴 수밖에 없는 운명에 처한 어린아이의 고통이 느껴졌다. 마릴라는 저 슬픔에 찬 얼굴을 외면하면 죽는 날까지 얼굴이 따라다닐 거라는 불편한 확신이 들었다. 거기다 블루엣 부인이 마음에 들지 않았다. 이렇게 섬세하고 감수성이 예민한 아이를 저런 여자에게 넘길 순 없지! 아니, 절대 그런 일은 할 수 없어! 마릴라는 천천히 입을 열었다.

"글쎄요, 저도 잘 모르겠네요. 사실 아이를 보내자고 확실히 결정한 건 아니에요. 매슈 오라버니는 이 아이를 데리고 있고 싶어 해요. 전 그저 어떻게 이런 착오가 생겼는지 알아보러 온 것뿐이에요. 아이는 일단 다시 우리 집에 데려가고, 매슈 오라버니와 상의하는 게 나을 것 같아요. 오라버니와 상의도 없이 결정을 내려선 안 될 것 같네요. 아이를 데리고 있지 않기로 결정한다면 내일 밤 부인에게 데려다주든가 보내든가 할게요. 그게 아니면 아이는 우리 집에 있는 걸로 아셨으면 해요. 그래도 괜찮겠죠, 블루엣 부인?"

블루엣 부인이 마땅찮은 목소리로 답했다. "그러시든가요."

마릴라의 이야기를 듣자 앤의 얼굴이 다시 밝아지기 시작했다. 얼굴에 서린 절망이 가시면서 희미하게 희망의 빛이 떠올랐다. 아이의 눈이 깊어지면서 샛별처럼 초롱초롱 빛나기 시작했다. 앤의 표정이 싹 바뀌었다. 잠시 후에 블루엣 부인이 조리법을 찾으러 스펜서 부인과 같이 나간 후에 앤은 발딱 일어나 방을 가로질러 마릴라에게 뛰어왔다.

"아, 커스버트 아주머니. 정말 제가 초록 지붕 집에 살게 될지도 모른다고 말씀하셨나요?" 앤은 마치 큰 소리로 말하면 그 놀라운 가능성이 사라지기라도 할 것처럼 숨도 안 쉬고 속삭였다.

"정말 그렇게 말씀하셨어요? 아니면 그저 제 상상인가요?"

"상상과 현실도 구분할 수 없다면 너의 그 상상이란 것도 좀 단속해야겠다, 앤. 그래, 너도 내가 하는 말을 정확히 들었잖니. 그 이상은 아

니야. 아직 결정된 일도 아니고 어쩌면 블루엣 부인이 널 데려가는 쪽
으로 결론을 내릴지도 몰라. 확실히 나보다는 블루엣 부인이 널 더 필
요로 하는 것 같구나." 마릴라가 심술궂은 표정으로 말했다.

"저 아줌마 집에 가서 사느니 차라리 고아원으로 돌아가겠어요. 꼭
송곳처럼 생겨가지고." 앤이 흥분해서 말했다. 앤의 저런 말버릇은 야
단쳐야 한다는 생각이 들면서도 마릴라는 슬며시 삐져나오는 미소를
참아야 했다. 마릴라가 엄하게 말했다.

"잘 알지도 못하는 어른을 그런 식으로 말하면 못써. 가서 조용히
자리에 앉아 있어. 착하고 얌전하게 행동해야지."

"아주머니가 절 받아만 주신다면 뭐든 다 하겠어요." 앤은 그렇게 말
하고 순순히 자리로 돌아갔다.

그날 저녁 초록 지붕 집에 도착했는데 매슈가 길까지 마중 나와 있
었다. 먼발치에서 매슈가 서성거리는 모습을 본 마릴라는 매슈의 속내
를 짐작하며 앤을 다시 봤을 때 안도할 그의 표정을 볼 마음의 준비를
했다. 하지만 마릴라는 헛간이 있는 뒷마당에서 둘이 같이 소젖을 짜
기 전까지 그 문제에 대해선 한 마디도 하지 않았다. 마릴라는 간단하
게 앤의 내력과 스펜서 부인과 만나서 나눈 이야기를 들려줬다.

"그 블루엣 부인이란 여자에게는 개 한 마리도 주지 않을 거야."

매슈가 평소의 그답지 않게 열성적으로 말했다.

"나도 그 여자 인상이 마음에 안 들었어요. 하지만 그 집에 보낼지
우리가 데리고 있을지 결정해야 해요, 매슈 오라버니. 오라버니가 이
아이를 마음에 들어 하는 것 같으니 나도 키울 생각이 있어요. 그동안
쭉 생각해봤는데, 이젠 의무감까지 들어요. 난 한 번도 아이를 키워본

적이 없고, 여자아이는 더 그렇죠. 어쩌면 이러다 실패할지도 모르지만 최선을 다하겠어요. 그러니까 아이를 데리고 있어도 될 것 같아요, 매슈 오라버니."

내성적인 매슈의 얼굴이 기쁨으로 환해졌다.

"그래, 나도 네가 그렇게 생각할 줄 알았다, 마릴라. 저 아이는 아주 재미있는 아이라니까."

"재미보다 쓸모 있을 거란 말이 더 낫죠. 그렇게 되도록 제가 가르치겠어요. 그리고 오라버니, 미리 경고하는데 제 훈육 방식에 간섭하지 마세요. 노처녀라 아이 키우는 방법을 잘 알진 못하겠지만 그래도 노총각보다는 낫지 않겠어요? 그러니까 그 문제는 제게 전적으로 맡기세요. 제 힘에 부치면 그때 나서면 되는 거고." 마릴라가 반박했다.

"알았다, 알았어. 네 뜻대로 해라. 다만 버릇을 망치지 않는 선에서 다정하게 잘 대해줬으면 해. 내 생각에는 저 아이가 너에게 정을 붙이면 네 말을 잘 들을 것 같더구나." 매슈가 마릴라를 안심시키며 말했다.

마릴라는 매슈가 우습다는 듯 콧방귀를 뀌며 우유가 든 통을 들고 가버렸다. 그리고 우유를 크림 분리기에 부으며 생각했다.

"오늘 밤은 여기서 살 수 있다는 말을 안 할 거야. 그럼 또 사정없이 흥분해서 한숨도 안 잘 거 아니야. 마릴라 커스버트, 넌 이제 꼼짝없이 이 아이에게 엮였어. 부모 없는 여자아이를 입양하게 될 날이 올 거라고 한 번이라도 생각해본 적 있어? 그것만으로도 놀랄 노자인데 그게 다 매슈 오라버니 때문이라니 정말 세상이 두 쪽 날 일이야. 어린 여자아이라면 항상 질색 팔색을 하던 양반이. 어쨌든 한번 키워보기로 했으니 어떤 결과가 나올지는 하느님만이 아시겠지."

7

앤의 기도

마릴라는 그날 밤 앤과 다락방에 가서 딱딱하게 말했다.

"앤, 어젯밤에 보니까 옷을 벗어서 바닥에 던져놨더구나. 난 그런 단정치 못한 습관은 못 봐준다. 옷을 하나라도 벗으면 단정하게 개서 의자 위에 올려놔. 칠칠맞지 못한 여자아이는 아무짝에도 쓸모가 없어."

"어젯밤에는 너무 괴로워서 옷 생각을 할 겨를이 없었어요. 오늘 밤은 잘 개놓을게요. 고아원에서 그렇게 배웠어요. 다만 얼른 이불 속에 들어가서 조용히 기분 좋은 상상을 하고 싶어서 까먹는 경우가 종종 있지만요."

"여기서 살려면 좀 더 잘 기억해야 할 거야. 그렇게 개면 돼. 자, 이제 기도하고 자거라."

"한 번도 해본 적이 없어요." 앤의 말에 마릴라는 경악했다.

"아니, 그게 무슨 말이니, 앤? 아무도 너에게 기도하라고 가르치지 않았단 말이니? 하느님은 항상 어린 소녀들이 기도하길 원하신단다. 하느님이 누군지는 아니, 앤?"

"하느님은 영이신데 그의 존재하심과 지혜와 권능과 거룩하심과 공의와 인자하심과 진실하심이 무한하시며 영원하시고 불변하시도다."*

마릴라는 다소 안도한 표정이었다.

"그나마 전혀 모르는 건 아니라 다행이구나. 이교도는 아닌 것 같으니. 그건 어디서 배웠니?"

"아, 고아원 주일학교에서요. 거기서 교리 문답서를 다 배웠어요. 전 거기 나오는 말들이 아주 좋았어요. 멋진 말들이 많았거든요. '무한하고 영원하고 불변하다.' 아주 웅장한 느낌이 들지 않아요? 마치 커다란 오르간 소리 같은 울림이 있어요. 시라고는 할 수 없지만 시처럼 들려요, 그렇게 생각하지 않으세요?"

"우린 지금 시가 아니라 기도에 대해 말하고 있잖니, 앤. 매일 밤 기도를 드리지 않는 것이 얼마나 나쁜 일인지 모르니? 네가 아주 나쁜 아이일까 봐 걱정이 되는구나."

"아주머니도 빨간 머리였다면 착한 아이보다 나쁜 아이가 되기 쉽다는 걸 아셨을 거예요. 빨간 머리가 아닌 사람은 그게 얼마나 괴로운 일인지 모른다고요. 토머스 아주머니는 하느님이 일부러 제 머리를 빨갛게 만드셨다고 하셨어요. 그 후론 그분을 별로 좋아하지 않게 됐죠. 거기다 어쨌든 밤이 되면 너무 피곤해서 기도할 힘도 남아 있지 않았어요. 쌍둥이들을 돌봐야 하는 사람이 매일 밤 기도까지 하길 바라는 건 너무하잖아요. 아주머니는 솔직히 그게 가능하다고 생각하세요?"

마릴라는 당장 앤에게 종교 교육을 시켜야겠다고 결심했다. 더 이상

---

* 1643-1647년 사이 작성된 장로교회의 신앙문답서인 『웨스트민스터 소요리문답』의 4문 '하느님은 어떤 분이신가'에 대한 답.

미룰 여유가 없었다.

"우리 집에 있는 동안에는 반드시 기도를 드려야 한다, 앤."

"아, 물론 아주머니가 원하신다면 그렇게 할게요. 뭐든 아주머니 말씀대로 하겠어요. 하지만 한 번은 기도하는 법을 가르쳐주셔요. 이제 매일 밤 잠자리에 들면서 근사한 기도를 생각해볼게요. 그것도 꽤 재미있을 것 같아요."

"먼저 무릎을 꿇어야 해." 당황한 마릴라가 말했다.

앤은 마릴라 앞에 무릎을 꿇고 고개를 들어 진지한 얼굴로 마릴라를 바라보며 물었다.

"기도할 때 왜 꼭 무릎을 꿇어야 해요? 제가 정말 기도하고 싶은 마음이 든다면 어떻게 할지 말씀해드릴게요. 전 혼자 아주 넓은 들판이나 깊은 숲속에 들어가서 영원히 끝나지 않을 것처럼 무한히 파랗고 아름다운 하늘을 높이 올려다볼 거예요. 그러면 기도하는 느낌이 들거예요. 자, 이제 준비됐어요. 이제 뭐라고 해요?"

마릴라는 아까보다 더 곤혹스러워졌다. 원래는 앤에게 아이들이 하는 일반적인 기도인 '이제 잠자리에 들겠습니다'라는 기도를 시킬 작정이었다. 하지만 마릴라에겐 앞에서 이야기했듯이 유머 감각이 있었고, 그것은 상황에 맞게 융통성을 발휘한다는 뜻이기도 했다. 마릴라는 문득 하얀 잠옷을 입은 어린아이들이 엄마 무릎에 앉아 혀짤배기소리로 하는 단순한 기도는 이 요정 같은 주근깨 소녀에게 어울리지 않을 것이란 생각이 들었다. 앤은 인간의 사랑을 받아보지 못해서 신의 사랑은 알지도 못하고 관심도 없을 테니 말이다. 마릴라가 말했다.

"넌 이제 기도는 알아서 드릴 수 있을 만큼 컸어. 그냥 네가 받은 은

총에 감사드리고 원하는 것을 하느님께 겸손하게 말씀드리면 된다."

"음, 최선을 다해볼게요." 앤은 마릴라의 무릎에 자신의 얼굴을 댔다.

"은혜로우신 하느님 아버지, 교회에서 목사님이 이렇게 말씀하시던
데. 이렇게 말해도 되겠죠?" 앤은 잠깐 고개를 들어 말했다.

"은혜로우신 하느님 아버지, 기쁨의 하얀 길과 반짝이는 호수와 보니
와 눈의 여왕을 보게 해주셔서 감사드립니다. 정말 깊이 감사드려요.
지금으로선 감사드릴 게 그것밖에 기억나질 않아요. 제 소원은 아주
많아서 일일이 열거하려면 시간이 너무 많이 걸리니까 가장 중요한 두
가지만 말씀드릴게요. 이 초록 지붕 집에서 살 수 있게 해주세요. 그리
고 어른이 되면 예뻐지게 해주세요. 경애하는 하느님께 앤 셜리 올림."

앤은 열의에 찬 눈빛으로 물어보면서 일어났다.

"저 잘했나요? 좀 더 생각할 시간이 있었다면 더 잘할 수 있었는데."

너무나도 터무니없는 앤의 엉뚱한 기도에 가련한 마릴라는 쓰러지기
일보 직전이었다. 다만 앤이 무례한 아이가 아니라 그저 종교에 대해
아무것도 모르는 아이라는 생각에 간신히 참았다. 마릴라는 앤을 침대
에 눕히고 이불을 덮어주면서 내일 당장 기도하는 법을 가르치겠다고
마음속으로 결심했다. 마릴라가 촛불을 들고 방을 나가려고 했을 때
앤이 불렀다.

"방금 생각났어요. '경애하는 하느님께 앤 셜리 올림' 대신에 아멘이
라고 해야 하는 거죠, 그렇죠? 목사님은 그렇게 하시던데. 깜박 잊고
있었는데 어떻게든 끝내야 한다는 생각에 다른 말을 집어넣었어요. 그
게 문제가 될까요?"

"괜찮을 거야. 이제 착한 아이답게 그만 자야지. 잘 자라."

"오늘 밤은 마음 편하게 안녕히 주무시란 인사를 할 수 있을 것 같아요." 앤은 즐거운 마음으로 베개를 꼭 껴안고 말했다.

마릴라는 부엌으로 돌아와, 초를 테이블 위에 세워놓고 심각한 표정으로 매슈를 바라봤다.

"매슈 오라버니, 저 아이는 정말 누가 입양해서 제대로 가르쳐야 할 때가 된 것 같아요. 글쎄 이교도나 다름없더라고요. 오늘 밤 난생처음으로 기도를 했다니 믿을 수 있어요? 내일 저 아이를 목사관에 보내서 『새벽』 읽기 책을 빌려오라고 해야겠어요. 그리고 저 아이가 입을 만한 적당한 옷을 몇 벌 만드는 대로 주일학교에 보내야겠어요. 앞으로 할 일이 태산이네요. 뭐, 우리라고 늘 아무 어려움 없이 세상을 살아갈 순 없는 노릇이니 어쩔 수 없죠. 지금까지는 나도 편하게 살아온 셈인데 그것도 이제 끝난 것 같네요. 기왕이면 최선을 다해야죠."

8

앤의 훈육

마릴라는 다음 날 오후까지 앤에게 초록 지붕 집에서 살게 됐다는 말을 해주지 않았다. 오전 내내 마릴라는 앤에게 여러 가지 일을 시켜보고 아이가 그 일을 하는 모습을 유심히 지켜봤다. 정오가 되자 앤이 영리하고 고분고분하며, 자진해서 일하고 금방 배운다는 결론을 내렸다. 앤의 가장 큰 결점은 일하다 걸핏하면 몽상에 빠져서 따끔하게 야단을 맞거나 사고를 치고 나서야 정신을 차린다는 점이었다.

　앤은 마침내 설거지를 끝내고 최악의 소식을 들을 각오를 한 결연한 표정으로 마릴라 앞에 섰다. 작고 깡마른 몸이 머리부터 발끝까지 덜덜 떨고 있었다. 앤은 붉게 상기된 얼굴에 검은 눈동자만 보일 정도로 두 눈을 휘둥그레 뜬 채, 두 손을 꼭 모아 쥐고 간절한 목소리로 말했다.

　"아, 제발, 커스버트 아주머니. 절 보내실 건지 아닌지 말씀해주실 수 없나요? 오전 내내 인내심을 가지려고 해봤지만 이젠 정말 더 이상 못 참을 것 같아요. 이건 정말 끔찍한 기분이에요. 제발 말씀해주세요."

　"내가 행주를 뜨거운 물에 소독하라고 했는데 아직 하지 않았잖니.

일단 가서 시킨 일부터 해라." 마릴라는 아무런 감흥 없이 말했다.

앤은 가서 행주를 삶았다. 그리고 다시 돌아와서 애원하는 눈빛으로 마릴라를 뚫어져라 쳐다봤다. 더 이상 대답을 미룰 수 없게 된 마릴라가 마침내 입을 열었다.

"흠, 이젠 말해줘도 될 것 같구나. 매슈 오라버니와 나는 널 데리고 있기로 결정했단다. 네가 착한 아이가 되려고 노력하고 우리 결정에 고마워하는 태도를 보인다면 말이다. 왜 그러니, 아가야, 뭐가 잘못됐니?"

앤이 당황해서 말했다.

"전 울고 있어요. 왜 눈물이 나는지 저도 모르겠어요. 정말 너무나 기쁜데 말이죠. 아니, 기쁘다는 말은 맞는 말이 아닌 것 같아요. 기쁨의 하얀 길과 벚꽃을 봤을 때 기뻤지만 이건! 아, 이건 기쁘다는 말로는 한없이 부족해요. 너무나 행복해요. 착한 아이가 되려고 노력할게요. 토머스 아주머니는 종종 제가 아주 못됐다고 하셨으니 쉽진 않겠죠. 하지만 정말 최선을 다할게요. 그런데 왜 이렇게 눈물이 날까요?"

마릴라는 못마땅한 목소리로 대답했다.

"네가 너무 흥분해서 그러겠지. 저 의자에 앉아서 진정해라. 넌 참 웃기도 잘하고 울기도 잘해서 큰일이다. 그래, 넌 여기서 지낼 수 있다. 우리도 최선을 다해 널 보살피마. 학교는 반드시 다녀야 한다. 하지만 2주만 있으면 방학이니까 9월에 새 학기가 시작되면 가는 게 좋겠구나."

"아주머니를 어떻게 부를까요? 미스 커스버트라고 부를까요? 마릴라 이모라고 불러도 되나요?" 앤이 물었다.

"안 된다. 그냥 마릴라 아주머니라고 부르면 돼. 미스 커스버트란 호칭은 영 익숙하지 않아서 괜히 불편하구나."

"그냥 마릴라 아주머니라고 하면 무례하게 들리는데요?"

"네가 존경하는 마음을 담아 부른다면 무례하게 들리고 말 것도 없다. 마을 사람들은 나이에 상관없이 날 마릴라라고 불러. 목사님만 빼고 말이야. 목사님도 생각이 나실 때만 날 미스 커스버트라고 부르지."

"전 마릴라 이모라고 부르고 싶은데. 제겐 이모나 다른 친척이 없었거든요. 심지어 할머니도 없었어요. 이모라고 부르면 정말 가족 같은 느낌이 들 것 같아요. 제발 마릴라 이모라고 부르면 안 되나요?" 앤이 아쉬워하며 물었다.

"안 돼. 난 네 이모가 아니다. 아닌데 그렇게 부르는 건 옳지 않아."

"하지만 아주머니가 제 이모라고 상상할 수도 있잖아요."

"난 못해." 마릴라가 엄격하게 말했다.

"아주머니는 단 한 번도 사실과 다른 상상을 해본 적이 없어요?"

"없어."

"어머나! 아, 마릴라 아주머니. 그런 재미있는 걸 안 하시다니!" 앤이 한숨을 쉬며 말했다.

"난 사실과 다른 상상을 하는 게 좋다고 생각하지 않아. 하느님이 우리를 어떤 특별한 환경에 처하게 하셨을 때는 그런 환경을 잊어버리는 상상을 하라는 뜻은 아니셨을 거야. 그러고 보니 생각난 건데, 앤. 거실에 가서 벽난로 선반 위에 있는 그림 카드를 가져오거라. 발 닦는 거 잊지 말고 파리 들어오지 않게 조심해. 카드에 주기도문이 적혀 있으니 오늘 오후에 틈나는 대로 외워라. 어젯밤 같은 그런 해괴한 기도는 두 번 다시 하지 말고."

"제 기도가 아주 이상하긴 했죠. 하지만 한 번도 해본 적이 없잖아요. 생전 처음 기도한 사람이 아주 잘할 순 없는 거잖아요? 어제 약속한 대로 침대에 누웠을 때 멋진 기도를 생각해냈어요. 목사님의 설교처럼 아주 길고 시적이었죠. 하지만 오늘 아침 일어나니까 한 마디도 생각이 안 나는 거 있죠. 안타깝게도 다시는 그렇게 훌륭한 기도는 생각해낼 수 없을 것 같아요. 두 번째로 떠오른 아이디어는 첫 번째만큼 좋지 않더라고요. 아주머니는 그런 적 있으세요?"

"알아둬야 할 게 있다, 앤. 내가 너에게 뭘 하라고 시키면 즉시 하란 소리지 수다나 늘어놓으란 소리가 아니야. 어서 내가 시킨 대로 해라."

앤은 곧바로 복도 건너편에 있는 거실로 갔지만 바로 돌아오지 않았다. 마릴라는 10분 동안 기다리다 뜨개질하던 걸 내려놓고 굳은 표정으로 거실로 갔다. 앤은 두 창문 사이의 벽에 걸린 그림 앞에서 뒷짐을 진 채, 고개를 들고 몽롱한 표정으로 그림을 보고 있었다. 창밖의 사과나무와 담쟁이덩굴 사이로 스며들어온 희끄무레한 초록색 빛줄기가 몽상에 빠진 어린 소녀를 환하게 비춰주고 있었다.

"앤, 대체 무슨 생각을 하고 있는 거니?" 마릴라가 큰 소리로 다그쳤다. 앤은 깜짝 놀라 몽상에서 빠져나왔다. 그리고 〈아이들을 축복하는 그리스도〉라는 제목이 붙은 선명한 석판화를 가리키며 말했다.

"전 저기 있는 아이들 중 하나가 저라는 상상을 하고 있었어요. 저기 푸른 드레스를 입고 어디에도 끼지 못하는 외톨이처럼 구석에 따로 떨어져 있는 저 여자아이 말이에요. 저 아이는 외롭고 슬퍼 보여요, 그렇지 않아요? 저 아이도 부모님이 없나 봐요. 하지만 다른 아이들처럼 축복을 받고 싶어서 수줍게 아이들 뒤에 서 있어요. 예수님 외에는 아무도 자신이 거기 있는 걸 눈치 채지 못하길 바라면서. 전 저 아이의 마음을 알아요. 심장이 사정없이 뛰고 손도 차가울 거예요. 제가 아주머니에게 여기서 지낼 수 있는지 물어봤을 때처럼 말이에요. 저 아이는 예수님이 자기를 보지 못할까 봐 두려워하고 있어요. 하지만 예수님은 아시겠죠, 그렇죠? 전 이 장면이 어떻게 끝날지 상상해보고 있었어요. 아이가 조금씩 예수님에게 다가가서 꽤 가까운 곳에 서게 됐어요. 그때 예수님이 아이를 보시고 손을 아이의 머리에 얹는 거예요. 아, 아이는 기쁨이 넘쳐흐르겠죠! 하지만 화가가 예수님을 저렇게 슬프게 그리지 않았더라면 좋았을 텐데. 예수님 그림은 다 그렇다는 생각을 해보신 적 있으세요? 저는 예수님이 사실은 저렇게 슬퍼 보이지 않았을 거라고 생각해요. 예수님이 슬퍼 보였다면 아이들은 예수님을 두려워했을 테니까요."

마릴라는 자신이 왜 이 장광설을 끝까지 듣고 있는지 황당했다.

"예수님을 그런 식으로 말하면 못 써. 그건 버르장머리 없는 짓이야. 아주 버릇없어."

"앗, 저는 예수님을 아주 존경해요. 버르장머리 없이 굴려던 건 아니었어요." 놀란 앤의 눈이 커졌다.

"뭐, 나도 네가 일부러 그러려고 한 건 아니라고 생각한다. 하지만 하느님에 대해 그렇게 허물없이 말하는 건 좋지 않아. 그리고 또 한 가지. 내가 뭘 가져오라고 보냈을 때는 당장 가져와야지, 그림 앞에서 상상이나 하라고 한 게 아니다. 그 점을 똑똑히 기억해둬라. 그 카드 가지고 곧장 부엌으로 와. 이제, 구석에 앉아서 그 기도문을 외워라."

앤은 식탁을 장식하기 위해 꺾어온 사과꽃이 담긴 꽃병에 카드를 기대놓았다. 마릴라는 곁눈으로 그 꽃 장식을 봤지만 아무 말도 하지 않왔다. 앤은 두 손에 턱을 괴고 말없이 몇 분 동안 기도문을 열심히 외우다 마침내입을 열었다.

"마음에 들어요. 아름다워요. 전에도 들어본 적이 있어요. 고아원의 주일학교 교장 선생님이 암송하시는 걸 한 번 들은 적이 있어요. 하지만 그때는 맘에 들지 않았어요. 교장 선생님이 심하게 갈라지고 아주 슬픈 목소리로 기도하셨거든요. 하기 싫은 일을 억지로 하는 것 같았어요. 이건 시는 아니지만 시를 읽는 것 같아요. '하늘에 계신 우리 아버지, 이름이 거룩히 여김을 받으시오며.' 마치 노래의 한 소절 같아요. 아, 이 아름다운 기도문을 외우게 해주셔서 너무 기뻐요. 미스, 아니 마릴라 아주머니."

"흠, 입 다물고 외우기나 해라." 마릴라가 무뚝뚝하게 말했다.

앤은 꽃병에 꽂힌 사과꽃을 기울여서 분홍색 꽃 봉우리에 살짝 입을 맞추고, 몇 분 동안 다시 열심히 외웠다.

"마릴라 아주머니." 앤이 또 물었다.

"제가 에이번리에서 마음의 친구를 만날 수 있을까요?"

"뭐, 무슨 친구?"

"마음의 친구요. 아주 친한 친구 말이에요. 제 마음속을 다 보여줄 수 있는, 저와 마음이 잘 맞는 친구요. 그런 친구를 만날 날을 평생 꿈꿔왔어요. 그럴 수 있을 거란 생각은 사실 하지 않았지만 근사한 꿈들이 한꺼번에 많이 이뤄졌으니까 어쩌면 이 꿈도 이뤄질지 모르잖아요. 그럴 수 있을까요?"

"저기 과수원 언덕 집에 다이애나 배리라는 아이가 사는데 네 또래일 거야. 아주 착한 아이지. 그 아이가 집에 오면 너랑 놀이 동무가 될 수도 있겠구나. 다이애나는 지금 카모디에 있는 이모 집에 있단다. 하지만 아주 얌전하게 행동해야 할 거야. 배리 부인은 아주 까다로운 사람이거든. 착하고 좋은 아이가 아니면 다이애나와 놀지 못하게 할 거다."

앤은 호기심이 어린 눈을 반짝거리며 사과꽃 사이로 마릴라를 바라보았다.

"다이애나는 어떤 아이예요? 그 아이도 빨간 머리는 아니겠죠? 아, 제발 아니길 빌어요. 제가 빨간 머리인 것도 끔찍한데 마음의 친구까지 그렇다면 도저히 견디지 못할 거예요."

"다이애나는 아주 예쁜 아이란다. 머리와 눈동자는 아주 검고 뺨은 발그레하지. 거기다 착하고 영리해. 그게 얼굴이 예쁜 것보다 더 좋은 거야."

마릴라는 『이상한 나라의 앨리스』에 나오는 공작부인처럼 교훈을 아주 좋아해서 자라는 아이에게 말을 할 때는 항상 교훈을 넣어야 한다고 굳게 믿었다. 하지만 앤은 그 교훈은 제쳐두고 친구가 생긴다는 기쁨에만 폭 빠져 있었다.

"아, 다이애나가 예쁘다니 정말 기뻐요. 제가 예쁜 것 다음으로 말이죠. 어쨌든 전 이미 틀렸으니까요. 대신 마음의 친구가 예쁜 게 좋아요. 토머스 아주머니 집에 살 때 거실에 유리문이 달린 책장이 하나 있었어요. 책은 한 권도 없었죠. 토머스 아주머니는 거기다 제일 좋은 그릇과 잼을 넣어두셨어요. 물론 넣어둘 잼이 있을 때 말이에요. 유리문 하나는 깨져 있었어요. 어느 날 밤에 술 취한 토머스 아저씨가 부숴버렸거든요. 전 멀쩡한 나머지 한쪽 문에 제 모습을 비쳐보고 그 안에 또 다른 소녀가 살고 있다고 상상하곤 했어요. 전 그 아이를 케이터 모리스라고 불렀죠. 우린 아주 친했어요. 특히 일요일에는 시간 날 때마다 케이티에게 이야기를 했어요. 그야말로 모든 걸 다 이야기했지요. 우린 그 책장이 마법에 걸려 있다고 상상했어요. 그 마법을 푸는 주문만 알면 문을 열고 케이티 모리스가 사는 방으로 들어갈 수 있는 척했어요. 토머스 아주머니의 잼과 그릇이 들어 있는 선반이 아니라요. 그러면 케이티 모리스가 제 손을 잡고 꽃들이 만발하고 햇볕이 따사롭게 내리쬐고 요정들이 사는 근사한 곳으로 데려가는 거죠. 우리는 거기서 영원히 행복하게 살고요. 해먼드 아주머니 집에 가서 살게 됐을 때 케이티 모리스를 떠나야 해서 가슴이 찢어지는 것 같았어요. 케이티도 아주 슬퍼했어요. 케이티의 마음을 전 잘 알아요. 책장 문 너머에서 제게 작별 키스를 해줬을 때 그 아이도 울고 있었거든요. 해먼드 아주머니 집에는 책장이라고는 전혀 없었어요. 하지만 집에서 강 위쪽으로 조금 올라가면 작고 긴 초록색 계곡이 하나 있었죠. 거기에 정말 아름다운 메아리가 살고 있었어요. 크게 말하지 않아도 한 마디 한 마디 할 때마다 메아리가 되어 울려 퍼지죠. 그래서 저는 그 메아리를 비올레타라는 이름의 소녀라고 상상했어요. 우린 아주 친한 친구가 됐어요. 저는 케이티 모리스만큼이나 비올레타를 사랑했죠. 물론 케이티를 조금 더 사랑했지만요. 고아원에 가기 전날 밤에 비올레타에게 작별인사를 했어요. 그랬더니, 아아, 너무나 슬픈 목소리로 비올레타가 작별 인사를 하는 소리가 들렸어요. 비올레타에게 너무나 정이 들어서 고아원에선 마음의 친구를 상상할 기분이 들지 않았어요. 거긴 뭐 상상할 거리도 없는 곳이었지만."

"그럴 거리가 없었던 게 더 잘된 일 같은데. 난 그런 식의 행동은 용납할 수 없다. 넌 상상을 반쯤은 믿는 것처럼 보이는구나. 그런 허튼 생각을 없애줄 진짜 친구를 사귀는 게 좋을 것 같다. 하지만 배리 부인의 귀에 케이티 모리스와 비올레타에 대한 이야기가 들어가지 않게 주의하는 게 좋겠구나. 배리 부인은 네가 이야기를 지어낸다고 생각할 거야." 마릴라가 쌀쌀맞게 말했다.

"아유, 그러진 않죠. 이런 이야기를 사람들에게 다 하고 다닐 순 없잖아요. 제게 아주 소중한 추억인걸요. 하지만 아주머니는 그 추억들을 알아주셨으면 했어요. 어머나, 저것 보세요. 사과꽃에서 방금 커다란 벌 한 마리가 나왔어요. 사과꽃 속에서 살다니 얼마나 아름다운 집이에요! 바람에 가만가만 흔들리면서 잠을 잔다고 생각해보세요. 제가 사람으로 태어나지 않았다면 꿀벌이 돼서 꽃 속에서 살고 싶어요."

마릴라가 콧방귀를 뀌었다.

"어제는 갈매기가 되고 싶다더니. 변덕이 죽 끓듯 하는구나. 기도문 외우기 전까지는 입 다물고 있으라고 했잖니. 넌 들어주는 사람만 있으면 도무지 말을 멈출 수가 없는 것 같구나. 네 방으로 올라가서 외워라."

"아, 이제 거의 다 외웠어요. 마지막 줄만 외우면 돼요."

"그냥 내가 시킨 대로 해. 네 방에 올라가서 기도문 암기를 끝내고 차 준비 하는 걸 도우러 내려오라고 할 때까지 거기 있어."

"사과꽃과 같이 있고 싶은데 가져가도 될까요?"

"안 돼. 방을 어지르려고? 애초에 꽃을 꺾지 말았어야지."

"저도 그런 생각이 들긴 했어요. 꽃을 꺾어서 그 사랑스런 목숨을 일찍 시들게 해선 안 되는데. 제가 사과꽃이라면 꺾이고 싶지 않았을 거예요. 하지만 도저히 유혹을 참을 수 없었어요. 참을 수 없는 그런 유혹을 느끼면 아주머니는 어떻게 하세요?"

"앤, 네 방으로 올라가란 소리 못 들었니?"

앤은 한숨을 쉬고 동쪽 다락방으로 올라가 창가 옆 의자에 앉았다.

"자, 이제 이 기도문은 다 외웠어. 계단을 올라오면서 마지막 줄을 외웠으니까. 이제 이 방에 두고 싶은 물건들을 상상해봐야지. 언제나 상상한 대로 있을 수 있게 말이야. 내 방 바닥에는 분홍색 장미 무늬가 있는 하얀 벨벳 카펫이 깔려 있고, 창에는 분홍색 실크 커튼이 걸려 있어. 벽에는 금실과 은실로 짠 벽걸이가 걸려 있고. 가구는 마호가니야. 마호가니는 한 번도 본 적이 없지만 아주 호화롭게 들리잖아. 이 의자는 근사한 분홍색, 파란색, 진홍색, 황금색 실크 쿠션들이 놓여 있는 소파야. 난 그 쿠션에 우아하게 기대어 앉아 있는 거야. 벽에 걸린 크고 멋진 거울에 내 모습이 비치네. 난 키가 크고 위엄이 넘치고 고상해. 바닥까지 끌리는 하얀 레이스 드레스를 입고 가슴에는 진주 십자가 목걸이를 걸고, 머리엔 진주 장식을 하고 있어. 내 머리는 깊은 밤처럼 까맣고 내 피부는 투명한 아이보리색이야. 내 이름은 레이디 코딜리어 피츠제럴드야. 아니야, 그건 아니지, 그렇게 현실적인 이름 같지가 않아."

앤은 춤을 추듯 사뿐사뿐 작은 거울로 걸어가서 거기 비친 자기 얼굴을 들여다봤다. 턱이 뾰족한 주근깨투성이 얼굴에 진지한 회색 눈이 앤을 마주 보았다. 앤은 거울을 보며 진지한 표정으로 말했다.

"넌 그저 초록 지붕 집의 앤일 뿐이야. 네가 레이디 코딜리어가 되는 상상을 할 때마다 거울 속의 네가 보일 거야. 하지만 집이 없는 앤보다는 초록 지붕 집의 앤이 백만 배는 더 낫잖아, 안 그래?"

앤은 고개를 숙여서 거울에 비친 자신의 모습에 애정을 담아 살짝 입을 맞추고, 문을 열어놓은 창가로 갔다.

"친애하는 눈의 여왕님, 안녕하세요? 골짜기의 자작나무들도 안녕? 언덕 위의 회색 집도 잘 지내니? 다이애나가 내 마음의 친구가 되어줄까? 그러면 얼마나 좋을까. 난 다이애나를 아주 많이 사랑할 거야. 하지만 절대로 케이티 모리스와 비올레타를 잊지는 않을 거야. 내가 그 아이들을 잊어버리면 그 아이들은 마음에 아주 큰 상처를 입게 될 테니까. 난 누구의 마음도 다치게 하고 싶지 않거든. 그게 작은 책장 속 소녀이든 메아리 소녀이든 말이야. 그 아이들을 기억하고 매일 키스를 보낼 거야."

앤은 손가락 끝에 살짝 입을 맞춘 후 벚꽃 너머로 날려 보냈다. 그리고 턱을 괸 채 기분 좋게 공상의 바다로 떠났다.

9

경악한 레이철 린드 부인

린드 부인은 앤이 초록 지붕 집에서 살게 된 지 2주가 지나서야 앤을 보러 왔다. 일부러 늦게 온 건 아니었다. 이 마음씨 고운 부인은 지난번에 초록 지붕 집에 다녀간 후로 난데없이 심한 독감에 걸려 그동안 바깥나들이를 할 수 없었다. 린드 부인은 병치레를 자주 하는 사람이 아니어서 그런 사람들을 보면 대놓고 비웃었다. 독감은 여느 병과 다르고, 하느님이 내리신 시련이라고밖에 해석할 수 없다고 주장했다. 이제 외출해도 좋다는 의사의 허락이 떨어지자마자 린드 부인은 서둘러 초록 지붕 집으로 발길을 향했다. 매슈와 마릴라가 입양한 고아가 궁금해서 죽을 것 같았다. 그동안 에이번리에는 온갖 추측이 무성했다.

앤은 그 2주 동안 아침에 일어나는 순간부터 잠자리에 들 때까지 모든 순간을 아주 보람차게 보냈다. 이미 집 주위에 있는 나무들도 다 알아놓았고, 사과 과수원 밑에서 시작해 숲속으로 올라가는 오솔길도 발견했다. 앤은 그 오솔길을 아주 멀리까지 탐험하면서 시내와 다리, 전나무 숲, 아치를 이룬 야생 벚나무들, 고사리가 우거진 덤불, 단풍나무와 마가목이 가지를 쭉쭉 뻗은 옆길을 걸어 다녔다.

골짜기 밑에 있는 깊고 얼음처럼 차갑고 투명한 샘과도 친구가 되었다. 반들반들한 붉은 사암과 커다란 손바닥처럼 생긴 물고사리들이 샘 주위를 두르고 있었고, 그 너머 시내에 긴 다리가 걸쳐져 있었다.

앤은 춤추듯 가벼운 걸음으로 그 다리를 건너 나무가 무성하게 자란 언덕으로 갔다. 두툼한 몸집의 전나무와 가문비나무가 하늘을 향해 쭉쭉 뻗어 올라가 항상 어슴푸레한 분위기가 감도는 곳이었다. 숲 여기저기서 6월에 피는 마취목이 수줍게 예쁜 얼굴을 내밀었다. 작년에 핀 꽃들의 영혼 같은 아리아리한 별 모양의 희끄무레한 꽃들이 가끔 눈에 들어왔다. 나무 사이로 은빛 실 같은 거미줄이 반짝였고, 전나무 가지와 잎들은 다정한 대화라도 나누는 것처럼 바람에 나부꼈다.

앤은 마릴라가 가끔씩 나가 놀라고 허락해준 30분을 이용해 이렇게 황홀한 탐험을 하고 거기서 발견한 것들을 매슈와 마릴라에게 끝도 없이 조잘거렸다. 매슈가 귀찮아하지 않는 건 확실했다. 매슈는 말없이 만면에 미소를 머금은 채 앤이 하는 이야기를 다 귀담아들었다. 마릴라는 듣다가 자신이 앤의 수다에 너무 빠져들었다는 사실을 깨달으면 얼른 퉁명스럽게 한마디해서 앤의 이야기를 중단시켰다.

린드 부인이 왔을 때 앤은 과수원에서 붉게 저물어가는 저녁 놀을 받으며 싱싱한 초록색 풀밭을 즐겁게 쏘다니고 있었다. 덕분에 마음씨 고운 린드 부인은 마릴라에게 자신의 병에 대해 실컷 이야기했다. 그동안 고생했던 통증과 맥박에 대해서 어쩌나 즐겁게 이야기했는지 마릴라는 독감이 그렇게 나쁜 병은 아닌 모양이라고 생각하게 되었다. 이야기 밑천이 다 떨어지자 린드 부인은 찾아온 진짜 이유를 밝혔다.

"당신과 매슈에 대해 아주 놀라운 소식을 들었어요."

"저보다 더 놀라진 않으셨겠죠. 이제야 조금씩 적응하고 있답니다."

"그런 엄청난 착오가 있었다니 정말 안됐어요. 그 아이를 돌려보낼 순 없었나요?" 린드 부인이 동정하며 말했다.

"그럴 수도 있었지만 그러지 않기로 결정했어요. 매슈 오라버니가 아이를 마음에 들어 했거든요. 물론 단점도 있지만, 솔직히 저도 그 아이가 좋더라고요. 집안 분위기가 벌써 달라진 것 같아요. 아이가 정말 그늘이 없이 밝아요."

린드 부인의 얼굴에 떠오른 마뜩잖은 표정을 보자 마릴라는 자신도 모르게 변명조의 이야기를 길게 했다.

"아이를 키운다는 건 아주 큰 책임을 지는 거예요. 마릴라 당신은 아이를 한 번도 키워본 적이 없잖아요. 당신은 그 아이나 아이의 진짜 기질에 대해 잘 알지도 못하죠. 그런 아이가 어떻게 클지는 아무도 몰라요. 물론 당신 생각을 바꾸려고 한 말은 아니었어요, 마릴라."

"그럴 생각은 없어요. 전 한번 결정한 일은 끝까지 밀고 나가거든요. 앤을 보고 싶으시겠죠. 제가 불러올게요." 마릴라가 잘라 말했다.

즐겁게 과수원을 돌아다니던 앤은 환한 얼굴로 곧장 달려왔다. 하지만 뜻밖의 낯선 사람을 보고 당황해서 문가에 우뚝 멈춰 섰다. 고아원에서 입었던 짧고 몸에 꼭 끼는 원피스를 입고, 원피스 밑으로 비쩍 마르고 긴 다리가 보기 흉하게 드러난 앤의 모습은 아주 별나 보였다. 주근깨도 오늘 따라 유난히 도드라져 보였다. 모자도 안 쓰고 나가서 바람에 사정없이 헝클어진 머리가 그 순간 새빨간 색으로 빛나고 있었다.

"흠, 이 집에서 인물을 보고 널 고른 건 아니라는 점은 확실하구나."

린드 부인이 단호하게 말했다. 부인은 남의 눈치를 보지 않고 자신의 생각을 솔직하게 말하는 데 자부심을 느끼고 있었고, 그래서 사람들에게 인기가 있었다.

"비쩍 마른 데다 너무 못생겼어요, 마릴라. 얼굴 좀 보게 이리 가까이 와보거라, 애야. 맙소사, 완전 주근깨투성이네. 거기다 머리는 또 당근처럼 빨갛구나! 어서 와보래도."

앤은 다가오긴 했지만 린드 부인이 예상했던 식은 아니었다. 앤은 한달음에 부엌을 가로질러와 린드 부인 앞에 섰다. 앤의 얼굴은 분노로 새빨개지고, 입술과 가냘픈 몸은 머리부터 발끝까지 덜덜 떨리고 있었다.

"난 아줌마 같은 사람이 너무 싫어요!" 앤은 갈라진 목소리로 발을 쿵쿵 굴러가며 소리쳤다. "싫어, 싫어, 정말 싫어!" 싫다고 할 때마다 발소리도 더 커졌다. "어떻게 저한테 비쩍 마른 데다 너무 못생겼다고 할수 있어요? 어떻게 저한테 주근깨투성이에 빨간 머리라고 할 수 있냐고요! 아줌마는 교양 없고, 무례하고, 인정머리 없는 사람이에요!"

"앤!" 마릴라가 깜짝 놀라 소리쳤다.

하지만 앤은 고개를 빳빳이 치켜들고, 이글이글 타오르는 눈빛으로 주먹을 불끈 쥔 채 계속 씩씩거리며 대들었다.

"어떻게 그런 무례한 말을 할 수 있어요?" 앤은 계속 맹렬하게 퍼부어댔다.

"아주머니라면 그런 말을 듣고 싶겠어요? 누가 아주머니한테 뚱뚱하고 둔하고 상상력이라고는 눈곱만큼도 없을 거라고 말한다면 기분이 어떻겠어요? 이런 말을 해서 아주머니가 기분이 나쁘다고 해도 상관없어요! 그랬으면 좋겠어요. 아주머니는 제게 주정뱅이 토머스 아저씨보다 더 큰 상처를 줬어요. 전 절대로 아주머니를 용서하지 않을 거예요. 절대로, 절대로!"

쿵! 쿵!

"아니 무슨 이런 고얀 성질머리가 있어!" 경악한 린드 부인이 소리쳤다.

"앤, 내가 갈 때까지 네 방에 꼼짝 말고 있어." 간신히 말할 기력을 되찾은 마릴라가 말했다.

앤은 으앙 울음을 터뜨리면서 바깥 현관 벽에 걸어놓은 깡통들이 덜거덕 소리가 날 정도로 복도로 나가는 문을 쾅 닫았다. 그리고 복도를 세차게 달려가 회오리바람처럼 계단을 올라갔다. 위층에서 또 쾅 소리가 난 걸 보니 동쪽 다락방 문도 사정없이 닫은 모양이었다.

"세상에, 저런 아이를 길러야 하는 당신 처지가 하나도 부럽지 않군요, 마릴라." 린드 부인이 아주 엄숙하게 말했다.

마릴라는 린드 부인에게 사과를 해야 할지 아니면 비난해야 할지 갈피를 잡지 못한 채 입을 열었다. 그때 마릴라의 입에서 나온 말은 그때에도 나중에 생각해봐도 놀라웠다.

"아이 외모를 가지고 그렇게 함부로 말하면 안 되죠, 린드 부인."

"마릴라 커스버트, 저렇게 고약하게 성질을 부리는 아이 역성을 드는 건가요?" 린드 부인이 화를 벌컥 내며 따지고 들었다.

"아뇨. 저 아이를 두둔하는 건 아니에요. 저 아이는 부인에게 아주 버릇없이 굴었고, 그 점에 대해선 단단히 타이를 거예요. 하지만 저 아이를 우선 이해해줘야죠. 저 아이는 한 번도 예의범절을 제대로 배워본 적이 없어요. 그리고 부인 말이 좀 지나치기도 했잖아요, 린드 부인."

마릴라는 자신도 모르게 마지막 말을 덧붙였고 스스로도 놀랐다.

린드 부인은 자존심이 몹시 상한 표정으로 일어섰다.

"흠, 근본도 모르는 고아의 섬세한 감정까지 고려해야 하게 됐으니 이제부터는 아주 주의해야겠군요, 마릴라. 아, 아니에요. 난 화나지 않았어요. 걱정하지 말아요. 당신이 너무 딱해서 화도 못 내겠네요. 앞으로 저 아이를 키우려면 만만치 않을 테니까. 하지만 아이를 열이나 낳았고 이미 둘이나 땅속에 묻은 사람으로서 충고 한마디 할게요. 물론 당신은 듣지도 않겠지만, 저 아이를 단단히 타이를 때 두툼한 자작나무 회초리라도 쓰는 게 좋을 것 같아요. 저런 아이는 그게 가장 효과가 있을 테니까. 저 성질머리는 머리카락처럼 불같군요. 잘 지내요, 마릴라. 평소처럼 우리 집에 자주 놀러 오길 바랄게요. 하지만 이런 식으로 모욕당하고 비난받는 상황에서 조만간 여길 다시 찾아올 것 같지는 않네요. 참 별일이 다 있군요."

린드 부인은 그 말을 하고 휑하니 나가버렸다. 항상 뒤뚱뒤뚱 걷는 뚱뚱한 부인에게 그런 표현을 쓸 수 있다면 말이다. 마릴라는 심각한 얼굴로 동쪽 다락방으로 향했다.

계단을 올라가면서 마릴라는 걱정스런 마음으로 어떻게 해야 할지 생각했다. 방금 일어난 그 사건 때문에 실망이 이만저만이 아니었다. 앤이 하필이면 다른 사람도 아니고 린드 부인에게 그렇게 성질을 부릴 게 뭐람! 그러다 마릴라는 앤의 성격에 심각한 결함이 있다는 걸 알게 된 것보다 그것 때문에 망신을 당했다는 생각을 더 크게 하고 있다는 걸 퍼뜩 깨닫고 무거운 마음으로 자신을 책망했다. 앤에게 어떤 벌을 줘야 할까? 린드 부인의 아이들은 쓰라리게 교훈을 배웠을지 몰라도 자작나무 회초리를 쓰라는 린드 부인의 조언은 별로 마음에 들지 않왔다. 아이를 때릴 수 있을 것 같지도 않았다. 아니, 앤 스스로 얼마나 큰 잘못을 했는지 깨닫게 할 수 있는 다른 방법이 분명 있으리라.

마릴라는 침대에 얼굴을 묻은 채 엉엉 울고 있는 앤을 쳐다봤다. 앤은 진흙투성이 부츠를 그대로 신은 채 깨끗한 이불 위에 엎드려 있었다.

"앤." 마릴라가 부드럽게 불렀다.

대답이 없었다. 그러자 마릴라는 좀 더 엄격하게 말했다.

"앤. 당장 침대에서 내려와서 내 말을 잘 들어라."

앤은 주춤주춤 침대에서 일어나 옆에 있는 의자에 뻣뻣하게 앉았다. 눈물로 얼룩지고 퉁퉁 부은 얼굴은 고집스럽게 바닥만 보고 있었다.

"참 잘했다, 앤! 넌 부끄럽지도 않니?"

"그 아주머니는 절 못생긴 빨간 머리라고 부를 권리가 없어요." 앤이 은근슬쩍 자신의 잘못을 넘기면서 반박했다.

"너도 그렇게 화를 내고 펄펄 뛰면서 아주머니에게 버릇없는 말을 할 권리는 없어, 앤. 난 네가 부끄러웠다. 정말 창피했어. 네가 린드 부인에게 아주 상냥하게 대하길 바랐는데 오히려 날 망신시켰어. 린드 부인이 네가 빨간 머리에 못생겼다고 해서 왜 그렇게 화를 냈는지 잘 이해가 되지 않는구나. 너도 네 입으로 그런 말을 자주 했잖니."

"아, 하지만 제가 그렇게 말하는 것과 다른 사람이 하는 말을 듣는 건 하늘과 땅 차이예요. 아주머니도 사실을 알고 있지만 다른 사람들은 그렇게 생각해주지 않기를 바랄 때가 있잖아요. 아주머니는 제가 아주 못됐다고 생각하시겠지만 전 어쩔 수 없었어요. 그 아주머니가 그런 말을 했을 때 마음속에서 뭔가 울컥 치밀더니 숨이 막혔어요. 그래서 그렇게 대들 수밖에 없었다고요." 앤이 흐느껴 울면서 말했다.

"어쨌든 넌 오늘 좋은 구경거리가 된 거야. 린드 부인이 네 이야기를 동네방네 떠들고 다닐 게다. 그렇게 화를 낸 건 잘못한 거야, 앤."

"만약 누군가가 아주머니에게 대놓고 비쩍 마르고 못생겼다고 말하면 아주머니 기분이 어떻겠어요." 앤은 눈물이 어린 눈으로 호소했다.

오래된 기억이 불쑥 떠올랐다. 마릴라가 아주 어렸을 때 어떤 고모가 다른 고모에게 이렇게 말하는 걸 들었다. "어린아이가 저렇게 까맣고 못생겼으니 참 안됐지 뭐야." 그 아픈 기억이 사라지기까지 50년이나 걸렸다.

"나도 린드 부인이 너에게 그런 말을 한 게 잘한 일이라고는 생각하지 않아, 앤." 마릴라가 조금 누그러진 목소리로 말했다.

"린드 부인이야 원래 말을 함부로 하는 사람이니까. 그렇다고 해서 네 행동이 용납될 수 있는 건 아니야. 린드 부인은 처음 보는 사람이고, 너보다 나이가 많은 어른이고, 우리 집에 온 손님이었어. 이 세 가지 이유만으로도 린드 부인에게 예의를 갖췄어야지. 넌 무례하고 건방져……." 순간 앤에게 어떤 벌을 줘야 할지 영감이 떠올랐다.

"그러니 린드 부인에게 가서 성질 부려서 죄송하다고 사과드리고 용서를 구해라."

"절대로 사과할 수 없어요." 앤은 침울하지만 단호히 말했다.

"어떤 벌을 내리셔도 달게 받겠어요. 뱀들과 두꺼비들이 사는 어둡고 축축한 지하 감옥에 가두고 빵과 물만 주셔도 불평하지 않겠어요. 하지만 린드 아주머니에게 용서를 구할 수는 없어요."

마릴라는 냉정하게 대답했다.

"우린 어두운 지하 감옥에 사람을 가두지 않는다. 에이번리엔 그런

지하 감옥도 없고. 하지만 린드 부인에게는 반드시 사과해라. 네 입으로 사과하겠다고 말하기 전까지는 네 방에서 한 발짝도 나가선 안 돼."

"그럼 전 이 방에 영원히 있겠어요. 린드 부인에게 죄송하다는 말은 절대로 할 수 없으니까요. 제가 어떻게 그럴 수 있겠어요? 죄송하지 않은데. 아주머니가 저 때문에 화나신 건 죄송해요. 하지만 그 아주머니에게 그런 말을 해서 기뻐요. 정말 속이 시원했어요. 미안하지도 않은데 그런 말을 할 수는 없잖아요. 그런 건 상상조차 할 수 없어요."

"아침이 되면 네 상상력이 더 나아질지도 모르겠구나." 마릴라는 나가려고 일어서면서 말했다.

"오늘 밤 네가 한 행동을 돌이켜보면 마음이 바뀔 게다. 널 초록 지붕 집에 있게 해주면 아주 착한 아이가 되겠다고 약속했잖니. 하지만 오늘 밤은 별로 그런 것 같지 않구나."

마릴라는 분노로 들끓는 앤의 가슴에 그 말을 비수처럼 꽂고 괴롭고 혼란스러운 마음으로 부엌으로 내려갔다. 경악한 린드 부인의 표정이 떠오를 때마다 웃음을 참느라 입술이 씰룩거렸다. 그러면 죄받을 걸 알면서도 자꾸 웃고 싶어서 앤뿐만 아니라 스스로에게도 화가 났다.

10

앤의 사과

그날 저녁에 마릴라는 매슈에게 그 사건에 대해 아무 말도 하지 않았다. 하지만 다음 날 아침에도 앤이 계속 고집을 부리면서 아침을 먹으러 내려오지 않자 어쩔 수 없이 설명해야 했다. 마릴라는 앤이 얼마나 잘못했는지 매슈가 느낄 수 있도록 애를 써가며 모든 이야기를 했다.

"그렇게 당했다니 잘됐네. 그 여자는 괜히 남 일에 참견하면서 소문이나 퍼뜨리는 할망구야." 매슈가 그것도 위로랍시고 했다.

"매슈 오라버니. 정말 놀랍네. 앤의 행동이 잘못됐다는 걸 알면서도 걔 편을 들다니요! 이러다간 앤에게 벌을 주지 말라고 하겠어요!"

"뭐, 아니야. 그런 건 아니지." 매슈가 겸연쩍게 말했다.

"그 아이도 벌을 받아야 한다고 생각한다. 하지만 너무 가혹하게 대하지는 마라, 마릴라. 저 아이를 제대로 가르쳐줄 사람이 지금까지 하나도 없었다는 걸 생각해봐. 저기, 먹을 건 챙겨줄 거지, 그렇지?"

"내가 언제 벌로 사람을 굶긴 적 있어요?" 마릴라가 발끈해서 반박했다. "끼니때마다 꼬박꼬박 갖다줄 거예요. 하지만 린드 부인에게 사과하기 전까지는 그 방에서 못 나와요. 이 문제는 더 이상 거론하지 마세요, 매슈 오라버니."

앤이 계속 고집을 부렸기 때문에 두 사람은 아침, 점심, 저녁 모두 말없이 먹었다. 식사를 마치면 마릴라는 쟁반에 음식을 잔뜩 차려서 동쪽 다락방에 가지고 갔다가 나중에 다시 가져왔지만 음식은 별로 줄지 않았다. 매슈는 마지막에 내려온 음식을 걱정스런 눈으로 쳐다보았다. 앤이 뭘 먹긴 먹는 걸까?

마릴라가 그날 저녁에 집 뒤 방목장에 소를 데리러 간 사이에 헛간을 어슬렁거리며 집을 지켜보고 있던 매슈는 빈집털이범처럼 집 안으로 슬쩍 들어가 위층으로 살금살금 올라갔다. 매슈는 원래 집에 들어오면 부엌과 복도 끝에 있는 자신의 작은 침실만 오간다. 그러다 목사가 차를 마시러 오면 잔뜩 긴장해서는 응접실이나 거실로 나오곤 했다. 하지만 지난봄에 마릴라를 도와 손님방을 도배한 후로 이층에는 아예 얼씬도 하지 않았는데 그게 벌써 4년 전 일이었다.

그는 까치발로 복도를 걸어가 동쪽 다락방 문 앞에서 몇 분 동안 서 있다가 마침내 용기를 내서 노크한 후 문을 빠끔히 열어 안을 살짝 들여다보았다.

앤은 창가에 있는 노란 의자에 앉아 슬픈 표정으로 정원을 내다보고 있었다. 아주 작고 안쓰러워 보여서 가슴이 미어졌다. 매슈는 조용히 문을 닫고 소리를 내지 않은 채 앤에게 다가갔다.

매슈는 마치 누가 들을까 봐 겁을 내는 것처럼 아주 작은 소리로 속삭였다. "앤, 기분은 좀 어떠니?"

앤이 힘없는 미소를 지었다.

"나쁘지 않아요. 상상을 아주 많이 했더니 시간이 그럭저럭 가더라고요. 물론 약간 외롭긴 해요. 하지만 익숙해져야죠."

앤은 다시 미소를 지으며 앞에 펼쳐진 길고 고독한 감금 생활과 용감하게 맞섰다. 마릴라가 예정보다 일찍 올지도 모른다는 생각에 매슈는 얼른 말을 해야겠다고 생각했다.

"저기, 앤, 그냥 시키는 대로 하는 게 낫지 않겠니? 마릴라 아주머니는 아주 고집이 세거든. 정말 고집불통이란다, 앤. 그러니까 그냥 빨리 해버리는 게 좋을 것 같아. 어떠냐? 얼른 해버리고 끝내는 게."

"린드 아주머니에게 사과하라는 말씀이세요?"

"그래, 사과. 사과 말이다. 말하자면 좋게 넘어가자는 거지. 내가 하려던 말이 바로 그거야." 매슈가 간절하게 말했다.

앤이 곰곰이 생각하다가 말했다.

"그래서 아저씨가 기쁘다면 할 수 있을 것 같아요. 죄송하다는 말이 거짓말도 아니고요. 지금은 저도 죄송하다고 생각하니까요. 어젯밤은 하나도 그런 생각이 안 들었는데. 머리끝까지 화가 났었거든요. 밤새 화가 풀리지 않더라고요. 밤에 세 번이나 잠에서 깼는데 그때마다 너무나 화가 났어요. 하지만 오늘 아침엔 다 풀렸어요. 이젠 어제처럼 기분 나쁘지도 않아요. 그냥 지쳤을 뿐이에요. 제 자신이 너무나 부끄러워요. 하지만 도저히 린드 아주머니에게 가서 사과한다는 생각은 못하겠더라고요. 너무 창피할 것 같았어요. 그러느니 차라리 이 방을 영원히 떠나지 않겠다고 다짐했죠. 그래도 아저씨를 위해서라면 뭐든 할 수 있어요. 아저씨가 정말 원하신다면."

"음, 당연히 그러길 바란다. 아래층에 네가 없으니 너무나 쓸쓸하구

나. 그냥 가서 잘 해결해라. 그래야 착한 아이지."

앤이 체념하고 말했다.

"좋아요. 마릴라 아주머니가 돌아오시는 대로 잘못했다고 할게요."

"그래, 그래야지, 앤. 하지만 마릴라 아주머니에게 내가 왔었단 이야기는 절대 하지 마라. 내가 참견했다고 생각할지도 몰라. 난 절대 그러지 않기로 약속했거든."

"제 목숨을 걸고 비밀을 지킬게요." 앤이 진지하게 약속했다.

"그런데 제 목숨이 위험해지는 상황은 어떤 상황일까요?"

하지만 일이 너무 순순히 풀려서 더럭 겁이 난 매슈는 이미 가버린 후였다. 그가 무슨 꿍꿍이를 벌이는지 마릴라가 의심할까 봐 매슈는 얼른 방목장의 외진 구석에 숨었다. 마릴라는 집에 돌아오자마자 난간 너머에서 앤이 구슬픈 목소리로 "마릴라 아주머니!"라고 부르는 소리에 기분 좋게 놀랐다.

"어쩐 일이냐?" 마릴라가 복도로 들어가면서 말했다.

"어제 화내고 무례하게 굴어서 죄송해요. 린드 아주머니에게 가서 사과드릴게요."

"좋다." 마릴라는 안도하는 마음을 숨기고 무뚝뚝하게 말했다. 속으로 앤이 굽히고 들어오지 않으면 어떻게 해야 할지 고민하던 참이었다.

"우유를 짠 후에 내가 데려다주마."

그래서 우유를 짠 후에 마릴라와 앤은 오솔길을 내려갔다. 마릴라는 꼿꼿이 등을 세우고 의기양양하게 걷는데, 앤은 고개를 푹 수그린 채 풀이 죽어 있었다. 하지만 길을 절반쯤 갔을 때 기운 없이 걷던 앤은 마치 마법에 걸리기라도 한 것처럼 생기가 넘쳤다. 앤은 머리를 꼿꼿이

들고, 가벼워진 발걸음으로 씩씩하게 걸어갔다. 해가 진 하늘을 바라보는 앤의 표정이 살짝 들뜬 것 같았다. 마릴라는 마뜩지 않은 표정으로 앤의 변화를 지켜봤다. 그것은 잘못을 뉘우치고 화가 난 린드 부인에게 사과하러 가는 그런 표정이 아니었다.

"무슨 생각을 하고 있니, 앤?" 마릴라가 예리하게 물었다.

"린드 아주머니에게 무슨 말을 해야 할지 상상하고 있었어요." 앤이 꿈을 꾸는 듯한 표정으로 대답했다.

만족스러운 대답이었다. 아니 그래야 마땅했지만 마릴라는 앤에게 벌을 주겠다는 계획이 어딘가 틀어지고 있다는 느낌을 지울 수 없었다. 벌을 받고 있는 아이가 저렇게 기쁘고 환한 얼굴일 수 있나?

린드 부인을 만날 때까지 앤의 표정은 계속 밝았다. 린드 부인은 부엌 창가에 앉아 뜨개질을 하고 있었다. 그때 환했던 앤의 얼굴이 일순간에 어두워졌다. 잘못을 뉘우치며 슬퍼하는 분위기가 절절히 풍겼다. 앤은 말없이 린드 부인 앞에 가서 무릎을 꿇었다. 그리고 경악한 린드 부인에게 애원하듯이 두 손을 내밀며 떨리는 목소리로 말했다.

"아, 린드 아주머니. 정말 너무나 죄송해요. 이 모든 슬픔을 결코 다 표현할 수 없을 거예요. 사전 한 권을 몽땅 다 쓴다고 해도 말이죠. 그러니 아주머니 상상에 맡길게요. 전 아주머니에게 아주 못되게 굴었어요. 그리고 제게 소중한 매슈 아저씨와 마릴라 아주머니의 체면을 깎아내렸어요. 두 분은 제가 남자아이가 아닌데도 초록 지붕 집에서 살게 해주셨는데. 전 아주 나쁘고 배은망덕한 계집아이예요. 이런 훌륭한 분들에게 영원히 버림받는 벌을 받아도 마땅해요. 아주머니는 그저 사실을 말씀하셨을 뿐인데 그것에 불같이 성질을 부린 건 아주 나쁜 짓이었어요. 아주머니가 말씀하신 건 하나도 틀리지 않고 다 사실이에요. 제 머리는 빨갛고, 전 주근깨투성이고, 비쩍 마르고 못생겼어요. 제가 아주머니에게 말한 것도 사실이지만 어른에게 그렇게 말해선 안 되는 거였어요. 아, 린드 아주머니. 제발, 제발, 저를 용서해주세요. 용서해주시지 않는다면 전 평생 슬픔을 안고 살아가게 될 거예요. 이렇게 가난하고 불쌍한 고아 소녀에게 그런 형벌을 내리시진 않겠죠? 그 아이 성질이 아무리 못됐다고 해도 말이죠. 아, 아주머니는 그러시지 않을 거라고 믿어요. 제발 절 용서한다고 말씀해주세요, 린드 아주머니."

앤은 두 손을 맞잡고 고개를 숙인 채 대답을 기다렸다.

앤이 진심으로 사과하고 있는 건 확실했다. 앤의 목소리에서는 절절하게 진심이 묻어 나왔다. 마릴라와 린드 부인 둘 다 그 진심을 느꼈다. 하지만 마릴라는 앤이 실제로 이렇게 굴욕적인 상황을 즐기고 있다는 것을 깨닫고 놀랐다. 앤은 자신을 철저히 낮추는 이 상황에 푹 빠져 있었다. 마릴라가 자부심을 가졌던 그 건전한 처벌은 대체 어디로 사라졌을까? 앤은 자기가 받은 벌을 아주 즐거운 일로 바꿔버린 것이다.

사람 좋은 린드 부인은 마릴라 같은 통찰력이 없었기 때문에 앤의 그런 면을 간파하지 못했다. 그저 앤이 전력을 다해 사과했다는 것만 느꼈다. 그래서 남 일에 참견은 잘해도 천성은 따뜻한 부인의 분노는 일순간에 사라져버렸다.

"자, 자, 일어나렴, 얘야. 물론 용서해주마. 어쨌든 나도 너에게 좀 심했던 것 같구나. 내가 워낙 거리낌 없이 말하는 성격이라서. 너도 내가 한 말에 너무 신경 쓰지 마라. 그 일은 이걸로 됐다. 네 머리가 진한 빨간색이란 건 사실이지만 내가 예전에 알던 여자아이가 하나 있었어.

같이 학교를 다니던 아이지. 어렸을 때 그 아이의 머리카락 색깔은 너처럼 새빨갰어. 하지만 자라면서 머리색이 점점 짙어지더니 나중엔 아주 아름다운 적갈색으로 변했단다. 네 머리 색깔이 그렇게 변한다 해도 전혀 놀랄 일이 아니지." 린드 부인이 진심 어린 목소리로 말했다.

앤은 일어서면서 숨을 길게 들이켰다.

"아, 린드 아주머니! 아주머니는 제게 희망을 주셨어요. 앞으로 아주머니를 항상 제 은인으로 생각할래요. 아, 어른이 됐을 때 제 머리가 예쁜 갈색이 된다고 생각할 수 있다면 뭐든 참을 수 있어요. 머리가 예쁜 적갈색이라면 착해지는 것도 훨씬 쉽지 않겠어요? 이제 아주머니와 마릴라 아주머니가 말씀을 나누실 동안 정원에 나가서 저 사과나무 밑에 있는 벤치에 앉아 있어도 될까요? 저기선 상상의 나래를 활짝 펼 수 있을 것 같아요."

"그래, 그러려무나. 어서 가봐라, 얘야. 구석에 있는 저 하얀 6월의 수선화가 마음에 들면 꺾어서 꽃다발을 만들어도 된단다."

앤이 나가자 린드 부인이 기분 좋게 일어나 램프를 켰다.

"정말 별난 아이로군요. 이 의자에 앉아요, 마릴라. 지금 앉아 있는 의자보다 이게 훨씬 편해요. 그건 일꾼들 앉으라고 놔둔 거니까. 그래요, 저 아이는 확실히 엉뚱하긴 한데 어쩐지 끌리는 구석이 있네요. 왜 저 아이를 데리고 있기로 했는지 이제 좀 이해가 가요. 당신이 안됐다는 생각도 들지 않고. 저 아이는 잘 자랄 것 같아요. 물론 말하는 게 좀 세고 독특하긴 하지만 이제 교양 있는 사람들과 같이 살게 됐으니 교정이 되겠죠. 성격도 좀 급한 것 같아요. 화르르 타올랐다가 또 금방 식어버리는 저런 아이는 교활하거나 거짓말을 하진 못하죠. 난 교활한

아이는 정말 딱 질색이에요. 아무튼 대체로 저 아이가 마음에 드네요,
마릴라."

마릴라가 린드 부인의 집에서 나왔을 때 앤이 하얀 수선화 다발을
든 채 황혼에 물든 향기로운 과수원에서 나왔다.

"제가 사과를 꽤 잘하지 않았어요? 어차피 할 거면 완벽하게 하자고
생각했어요." 마릴라와 오솔길을 걸어가면서 앤이 자랑스럽게 말했다.

"그만하면 잘했다." 마릴라는 그렇게 대답했다. 마릴라는 좀 전에 있
었던 일을 떠올리면서 자꾸 웃음이 나오려는 걸 꾹 눌러 참았다. 그리
고 앤이 사과는 잘했지만 꾸짖어야 한다는 불편한 마음이 들었다. 하
지만 그건 또 좀 우습지 않나? 마릴라는 이렇게 엄하게 말하는 걸로
자신의 양심과 타협했다.

"다시는 그런 사과를 할 일을 만들지 않았으면 좋겠구나. 이제부터
그 성질을 잘 다스려야 할 거야, 앤."

앤은 한숨을 내쉬었다.

"사람들이 제 외모를 비웃지만 않으면 그럴 일도 없을 텐데요. 전 다
른 일에 대해선 여간해선 화내지 않아요. 단지 사람들이 제 머리를 가
지고 놀려대는 데 지쳤어요. 그래서 머리 이야기만 나오면 폭발하고 말
아요. 제가 어른이 되면 정말 머리색이 예쁜 적갈색으로 변할까요?"

"넌 외모에 너무 집착하는구나, 앤. 허영심이 많은 것 같아."

앤이 볼멘소리로 항의했다.

"제가 못생긴 걸 아는데 어떻게 허영심이 있을 수 있겠어요? 전 예쁜
것들을 좋아할 뿐이에요. 그래서 거울 보는 게 싫어요. 못생긴 얼굴이
비치니까요. 그러면 아주 슬퍼져요. 못생긴 걸 볼 때면 항상 그래요.

아름답지 않은 건 불쌍해요."

"행동이 바르면 아름다워 보이는 법이란다."

마릴라가 격언을 인용해 말했다.

"저도 그 말은 들어봤지만 별로 믿기진 않아요." 앤은 들고 있던 수선화 다발의 향기를 맡으면서 말했다.

"아, 꽃향기가 너무 좋아요! 제게 이 꽃다발을 주시다니 린드 아주머니는 정말 좋은 분이세요. 이젠 린드 아주머니가 싫지 않아요. 사과하고 용서받는다는 건 아주 유쾌하고 기분 좋은 일 같아요. 오늘 밤엔 별이 밝게 빛나네요. 아주머닌 별에 살 수 있다면 어떤 별을 고르시겠어요? 전 어두운 언덕 위에 뜬 저 사랑스럽고 큰 별에서 살고 싶어요."

"앤, 이제 그만 입 좀 다물어라." 마릴라는 천방지축으로 날뛰는 앤의 생각을 따라가느라 그만 지치고 말았다.

앤은 집으로 가는 길로 접어들 때까지 아무 말도 하지 않았다. 이슬에 젖은 어린 고사리의 강렬한 향기가 바람결에 실려왔다. 저쪽 멀리 어둠 속에 있는 초록 지붕 집 부엌에서 새어나온 다정한 불빛이 나무들 사이로 희미하게 비쳤다. 앤이 갑자기 마릴라 옆에 바짝 붙어서 굳은살이 박인 마릴라의 손에 자신의 손을 슥 밀어 넣었다.

"저기가 우리 집이란 걸 알고 돌아가는 게 너무 좋아요. 전 벌써 초록 지붕 집을 사랑하게 됐어요. 전에는 어떤 곳도 사랑해본 적이 없어요. 집처럼 느껴지는 곳이 없었거든요. 아, 마릴라 아주머니, 전 너무나 행복해요. 지금 당장 기도한다고 해도 하나도 어렵지 않을 것 같아요."

제 손에 어리고 작은 손이 닿자 마릴라의 마음속에서 따뜻하면서 기분 좋은 감정이 샘솟았다. 어쩌면 그동안 느껴보지 못했던 모성애일 것이다. 이 낯설고 달콤한 감정에 마릴라는 혼란스러웠다. 마릴라는 마음의 평정을 찾기 위해 서둘러 앤에게 교훈이 될 말을 꺼냈다.

"착한 아이가 되면 항상 행복할 거야, 앤. 그리고 기도를 절대로 어렵게 생각해선 안 된다."

"기도를 말로 하는 것과 머릿속에서 하는 건 달라요. 하지만 저는 제가 저기 나무 꼭대기에서 부는 바람이라고 상상할 거예요. 나무들이 지겨워지면 고사리들과 다정하게 놀고, 그다음엔 린드 아주머니 정원으로 날아가서 꽃들을 춤추게 할 거예요. 그다음엔 클로버 들판을 휙 쓸고 지나갔다가 반짝이는 호수 위를 지나면서 작게 반짝거리는 잔물결을 일으키겠어요. 아, 바람은 상상할 게 너무 많아요! 그러니까 이제부터 아무 말도 하지 않겠어요, 마릴라 아주머니."

"그거 참 고마운 일이구나." 마릴라는 안도의 한숨을 쉬었다.

11

주일학교에 대한 앤의 소감

"자, 어때?" 마릴라가 물었다.

앤은 다락방에 서서 침대 위에 펼쳐진 새 원피스 세 벌을 진지한 표정으로 바라봤다. 하나는 우중충한 깅엄* 원피스로 마릴라가 지난여름에 아주 쓸 만해 보여서 유혹을 못 이기고 장사치에게 사들인 천으로 만들었다. 또 하나는 흑백 체크무늬 면 새틴 원피스로 겨울에 옷감 세일할 때 장만한 것이고, 나머지 하나는 카모디 상점에서 며칠 전에 산 보기 싫은 파란색의 뻣뻣한 원피스였다. 마릴라가 모두 직접 원피스를 만들었는데 세 벌 다 모양이 똑같았다. 아무 장식 없이 허리에 붙은 수수한 스커트에, 소매도 똑같이 평범한 데다 통이 아주 좁았다.

"마음에 든다고 상상할게요." 앤은 별 감흥 없이 말했다.

기분이 상한 마릴라가 대꾸했다.

"그런 상상을 원하는 게 아니잖니. 드레스가 마음에 안 드는구나!

---

* 체크무늬 면직물.

대체 어디가 마음에 안 드는데? 다 단정하고 깨끗한 새 옷이잖아."

"맞아요."

"그런데 왜 싫다는 거냐?"

"이 원피스들은, 그러니까… 안 예쁘잖아요." 앤이 마지못해 대답했다.
마릴라가 콧방귀를 뀌었다.

"안 예쁘다고! 너에게 예쁜 옷을 만들어주겠다고 골머리를 앓진 않
았지. 이 자리에서 확실히 말해두마. 난 네 허영심을 채워줄 생각은 없
다. 이 원피스들은 다 튼튼하고 실용적이야. 아무짝에도 쓸모없는 주
름 장식이나 꽃 장식 같은 건 하나도 없지. 올 여름은 이 세 벌이면 충
분해. 저 갈색 깅엄 원피스와 파란 원피스는 새 학기가 시작되면 학교
에 갈 때 입고, 새틴 원피스는 교회 가거나 주일학교에 갈 때 입어라.
옷이 찢어지지 않게 단정하고 깨끗하게 입어야 한다. 그동안 네가 입고
다니던 몸에 꼭 끼는 원피스만 아니면 뭐든 고마워할 줄 알았는데."

"아, 물론 감사해요. 하지만 퍼프소매가 달린 원피스를 한 벌이라도

만들어주셨다면 훨씬 더 고마웠을 거예요. 요즘은 퍼프소매가 아주 인기거든요. 그런 퍼프소매가 달린 원피스를 입기만 해도 아주 설렐 것 같아요, 마릴라 아주머니."

"아무튼 네가 가슴 설렐 일은 없다. 그런 소매를 만들자고 낭비할 옷 감은 없으니까. 그런 소매는 우스꽝스럽기만 하던데. 난 소박하고 단정 한 옷이 더 좋다."

"하지만 저만 소박하고 단정한 옷을 입으니 차라리 다른 사람들처럼 우스꽝스러운 편이 낫단 말이에요." 앤이 서글픈 목소리로 설명했다.

"너야 그렇겠지! 어쨌든 저 원피스들을 옷장에 잘 걸어둬라. 그다음 에 앉아서 주일학교 공부를 해야지. 벨 장로님에게 교리 문답서를 받 아왔다. 넌 내일 주일학교에 가야 해." 마릴라는 단단히 화가 나서 아 래층으로 내려가버렸다.

앤은 두 손을 맞잡고 원피스들을 보며 우울한 목소리로 중얼거렸다.

"하얀색 퍼프소매 원피스가 한 벌 생겼으면 좋았을 텐데. 그런 원피

스를 입게 해달라고 기도까지 했는데. 물론 큰 기대는 하지 않았지만. 하느님이 고아 소녀의 드레스까지 신경 쓸 정도로 한가하진 않으시겠지. 전적으로 마릴라 아주머니에게 달렸다는 건 알고 있었어. 흠, 이 중 하나가 아름다운 레이스 주름 장식과 삼단으로 만든 퍼프소매가 달린 눈부시게 하얀 모슬린 드레스라고 상상할 수 있어서 다행이야."

다음 날 아침 마릴라는 끔찍한 두통이 생길 조짐이 보여서 앤을 주일학교에 데려갈 수 없었다.

"가는 길에 린드 아주머니 댁에 들러라, 앤. 린드 아주머니가 너에게 맞는 반을 찾아갈 수 있도록 도와주실 거야. 교회에 가서는 처신 똑바로 하고. 설교가 끝나면 린드 아주머니에게 우리 가족석이 어디 있는지 여쭤봐라. 여기 헌금할 1센트 가져가고. 괜히 사람들을 힐끔거리지 말고 꼼지락거리지도 말고 얌전히 앉아 있어. 돌아오면 오늘 교리 시간에 뭘 배웠는지 말해주렴."

뻣뻣한 흑백 체크무늬 새틴 드레스를 입은 앤의 모습은 흠잡을 데가 없었다. 원피스 길이는 적당했지만 몸에 착 달라붙어서 그렇지 않아도 마른 체격이 더 말라 보였다. 리본을 두르고 여러 송이의 꽃으로 장식된 모자를 상상했던 앤은 아무 장식 없이, 작고 납작하고 반질반질한 새 세일러 모자를 보고 크게 실망했다. 하지만 교회에 가면서 바람에 산들거리는 황금빛 미나리아재비와 우아한 들장미를 발견하고 재빨리 꺾어서 모자에 화환처럼 동그랗게 둘러 소원을 이뤘다. 다른 사람이야 어떻게 생각하든 앤은 그 모자에 만족해서 분홍색과 노란색 꽃으로 장식한 빨간 머리를 당당하게 치켜들고 즐겁게 걸어갔다.

린드 아주머니 집에 도착했을 때 아주머니는 이미 출발한 후였다.

앤은 기죽지 않고 혼자서 씩씩하게 교회로 걸어갔다. 교회 현관에 모여 있던 한 무리의 소녀들이 눈에 들어왔다. 화사한 하얀색, 파란색, 분홍색 원피스를 입은 모든 소녀들이 머리에 아주 특별한 장식을 한 이 낯선 소녀를 호기심 어린 눈길로 바라봤다. 에이번리에 사는 이 소녀들은 이미 앤에 대한 기묘한 이야기들을 들었다. 린드 아주머니는 앤의 성질이 못됐다고 했다. 초록 지붕 집의 일꾼인 제리 부트는 앤이 하루 종일 정신 나간 사람처럼 혼잣말을 하거나 나무와 꽃에게 이야기를 한다고 했다. 소녀들은 앤을 보자 책으로 얼굴을 가리고 수군거렸다. 아무도 먼저 씩씩하게 다가와 인사하지 않았다. 개회 예배가 끝나고 앤이 로저슨 선생님 반에 들어갔을 때에도 분위기는 차가웠다.

로저슨 선생님은 20년 동안 주일학교에서 아이들을 가르친 중년 여자였다. 교리 문답서에 나오는 질문을 하고 대답할 아이를 책 너머로 매섭게 노려보는 것이 그 선생님의 수업 방식이었다. 선생님은 앤을 무척 자주 노려봤는데 마릴라가 미리 공부를 시킨 덕에 앤은 바로 대답할 수 있었다. 하지만 앤이 질문이나 답을 잘 이해했는지는 의문이었다.

앤은 로저슨 선생님이 마음에 들지 않은 데다 반에 있는 다른 소녀들은 다 퍼프소매 원피스를 입고 있었기 때문에 아주 울적해졌다. 퍼프소매가 없는 인생은 살 가치가 없는 것처럼 느껴졌다.

"주일학교는 어땠니?" 앤이 돌아오자 마릴라가 물었다. 모자에 두른 화환은 시들어서 오는 길에 버렸다. 그래서 마릴라는 당분간 그 사실을 알지 못할 것이다.

"하나도 마음에 들지 않았어요. 몸서리가 치게 싫었어요."

"앤 셜리!" 마릴라가 큰 소리로 나무랐다.

앤은 땅이 꺼져라 한숨을 쉬면서 흔들의자에 앉아 보니의 이파리에 입을 맞추고, 활짝 핀 후크시아*에게 손을 흔들었다. 그리고 말했다.

"제가 없었을 때 이 아이들이 외로웠을 것 같아요. 이제 주일학교 이야기를 해드릴게요. 전 아주머니가 말씀하신 대로 아주 반듯하게 행동했어요. 린드 아주머니는 댁에 안 계셨지만 혼자 잘 찾아갔어요. 교회에 다른 여자아이들이랑 같이 들어가서 개회 예배를 드리는 동안 창가 구석 자리에 앉아 있었어요. 벨 장로님이 기도를 정말이지 무지무지 길게 하셨어요. 창가에 앉아 있지 않았더라면 기도가 끝나기도 전에 기진맥진했을 것 같아요. 하지만 창밖으로 반짝이는 호수가 바로 보여서 근사한 상상을 아주 많이 했어요."

"그런 짓을 하면 어떡하니? 벨 장로님의 기도를 열심히 들었어야지."

"하지만 장로님이 저에게 이야기를 하신 것도 아니잖아요. 장로님은 하느님에게 이야기를 하셨는데 장로님 본인도 그 이야기에 별로 흥미가 없어 보였어요. 하느님이 너무 멀리 계셔서 기도해도 소용이 없다고 생각하셨나 봐요. 하지만 전 마음속으로 짧게 기도했어요. 호숫가에 하얀 자작나무들이 줄줄이 서 있었고 햇빛이 그 나무들 사이로 점점 내려와서 물속 깊이 잠기는 거예요. 아, 마릴라 아주머니, 정말 아름답고 꿈같은 풍경이었어요! 그 풍경에 가슴이 두근거려서 '하느님, 감사합니다'라고 두세 번 정도 말했어요."

"설마 큰 소리로 한 건 아니겠지?" 마릴라가 걱정스럽게 물었다.

"에이, 아니에요. 아주 작은 소리로 했어요. 뭐 어쨌든 장로님의 기도

---

* 바늘꽃과 식물.

가 끝나자 사람들이 저에게 로저슨 선생님 반으로 가라고 말해줬어요. 거기에 여자아이들이 아홉 명 있더라고요. 모두 퍼프소매가 달린 원피스를 입고 있었죠. 제 소매도 퍼프소매라고 상상해보려 했지만 소용없었어요. 왜 그랬을까요? 저 혼자 다락방에 있을 때는 쉽게 그런 상상을 할 수 있었는데 정말 퍼프소매 옷을 입은 아이들 틈에서 상상하려니까 너무 어렵더라고요."

"주일학교에서 소매 생각 같은 건 하지 말란 말이다. 수업에 집중했어야지. 그 정도는 너도 알잖아."

"아, 그럼요. 전 대답을 아주 많이 했어요. 로저슨 선생님이 질문을 아주 많이 하셨거든요. 질문을 선생님만 하는 건 불공평하다는 생각이 들어요. 선생님에게 물어보고 싶은 게 많았지만 하지 않았어요. 선생님은 저와 잘 맞지 않을 것 같더라고요. 그다음에 다른 아이들이 모두 성경에 나오는 운문을 암송했어요. 선생님이 저에게 아는 구절이 있냐고 물어보셨어요. 아는 구절은 없지만 선생님이 원하신다면 「주인의 무덤가에 있는 개」라는 시는 암송할 수 있다고 했죠. 그건 3학년 교과서에 나오는 시인데 종교적인 시는 아니지만 아주 구슬픈 시라 괜찮을 것 같았거든요. 선생님은 그럴 필요 없다고 하시면서 다음 주 일요일까지 19절이나 외워오라고 숙제를 내주셨어요. 주일학교가 끝나고 집에 오는 길에 읽어봤는데 아주 훌륭했어요. 특히 이 두 줄이 마음에 들었어요. '학살당한 기병대가 쓰러지듯 일거에 무너져버린 미디안의 불길한 날이여…' 기병대나 미디안이 무슨 뜻인지 모르겠지만 아주 비극적으로 들리잖아요. 어서 다음 주 일요일이 와서 이 시를 암송할 수 있으면 좋겠어요. 이번 주 내내 연습할 거예요. 주일학교가 끝난 후에

로저슨 선생님에게 우리 가족석이 어딘지 물어봤어요. 린드 아주머니
는 너무 멀리 계셨거든요. 저는 아주 얌전하게 앉아 있었어요. 오늘 성
경 말씀은 요한계시록 3장 2절과 3절이었는데 아주 길었어요. 제가 목
사님이었다면 짧고 멋진 구절을 골랐을 거예요. 목사님의 설교도 어마
어마하게 길었어요. 설교도 성경 말씀만큼 길어야 한다고 생각하셨나
봐요. 목사님 설교도 재미없더라고요. 목사님은 상상력이 별로 없는
게 문제 같아요. 목사님의 설교는 별로 귀담아듣지 않았죠. 그냥 세상
에서 가장 놀라운 것들을 상상하면서 시간을 보냈어요."

마릴라는 이런 태도는 따끔하게 혼내줘야 한다고 느끼면서도 앤이
틀린 말을 한 건 아니라는 생각이 들어서 그러지도 못했다. 특히 목사
님의 설교와 벨 장로님의 기도는 지루하다고 자신도 내심 생각하고 있
었기 때문이다. 비록 한 번도 표현한 적은 없었지만. 이렇게 입 밖에 낸
적 없는 자신의 은밀하고 비판적인 생각들이 갑자기 앤이라는 솔직하
고 불쌍한 고아로 변신해 불쑥 등장한 것 같았다.

◇◇◇◇◇◇

12

엄숙한 맹세

다음 주 금요일에야 마릴라는 앤의 꽃다발 모자에 대한 이야기를 들었다. 마릴라는 린드 부인의 집에 갔다 돌아온 후 앤을 불러 야단쳤다.

"앤, 린드 부인이 그러는데 네가 지난 일요일에 교회에 갈 때 모자에다 우스꽝스럽게 장미랑 미나리아재비를 꽂고 갔다면서? 대체 어쩌다 그런 경박한 짓을 저지른 거니? 그거 참 장관이었겠구나!"

"아, 저도 분홍색과 노란색이 제게 어울리지 않는다는 건 알고 있었어요." 앤이 해명을 시작했다.

"당치 않은 소리! 색깔이 문제가 아니라 애초에 모자에 꽃을 꽂는다는 발상 자체가 우스꽝스러운 거야. 넌 정말이지 사람 속을 박박 긁는 아이구나!"

"옷에는 꽃을 꽂으면서 모자에는 왜 꽂으면 안 되는지 모르겠어요. 옷에다 꽃을 단 여자아이들이 얼마나 많은데요. 그게 뭐가 다르죠?" 앤이 따져 물었다.

마릴라는 앤의 말엔 상대하지 않고 현실적인 문제만 따지고 들었다.

"그런 식으로 말대꾸하지 말아라, 앤. 넌 아주 어리석은 짓을 저질렀어. 다시는 내 귀에 네가 그런 엉뚱한 짓을 저질렀다는 말이 들어오지 않게 하란 말이다. 네가 그런 어이없는 몰골로 교회에 들어오는 걸 봤을 때 린드 부인은 쥐구멍에라도 숨고 싶었단다. 너무 멀리 있어서 그것 좀 벗으라는 말도 못했대. 사람들이 그 모자에 대해 안 좋은 소리를 해댔다고 하더구나. 사람들은 널 그런 몰골로 보냈다고 날 분별없는 사람이라며 험담을 했겠지."

앤이 눈물을 글썽거리며 말했다.

"아, 정말 죄송해요. 아주머니가 싫어하실 거라고는 꿈에도 생각 못했어요. 들장미와 미나리아재비가 너무 예쁘고 향기로워서 제 모자에 장식하면 근사할 거라고 생각했어요. 조화로 모자를 장식한 여자아이들도 많잖아요. 제가 아주머니에게 큰 짐이 된 것 같아요. 아무래도 저를 다시 고아원에 돌려보내시는 게 나을 것 같지만요. 아, 너무 끔찍해서 도저히 그건 견딜 수 없을 것 같아요. 전 폐결핵에 걸릴지도 몰라요. 이렇게 비쩍 말랐잖아요. 하지만 아주머니에게 짐이 되는 것보다는 그게 낫겠죠."

마릴라는 아이를 울렸다는 사실에 화가 나서 앤을 달랬다.

"쓸데없는 소리. 절대로 널 고아원에 돌려보낼 생각은 없다. 내가 원하는 건 네가 다른 여자아이들처럼 얌전하게 행동하면서 남의 웃음거리가 되지 않는 거야. 이제 그만 울음 그쳐라. 좋은 소식이 있단다. 다이애나 배리가 오늘 오후에 집에 왔단다. 배리 부인에게 스커트 패턴을 빌리러 갈 건데 따라가서 다이애나를 만나볼래?"

앤이 두 손을 맞잡으며 벌떡 일어섰다. 뺨에 아직 눈물 자국이 남아 있었다. 단을 감치고 있었던 행주가 바닥에 떨어졌다.

"아, 마릴라 아주머니. 저 너무 두려워요. 다이애나를 만날 때가 되니까 정말 겁이 나요. 다이애나가 절 싫어하면 어떡하죠? 그러면 제 평생 가장 비극적인 일이 될 거예요."

"그렇게 흥분하지 좀 말아라. 그리고 제발 그렇게 장황하게 말하지 마라. 어린아이가 그러면 아주 이상해. 다이애나는 널 좋아할 거야. 네가 잘 보여야 할 사람은 다이애나의 엄마야. 배리 부인이 널 마음에 들어 하지 않으면 다이애나의 생각은 하나도 중요하지 않을 테니까. 배리 부인이 네가 린드 부인에게 무례한 말을 퍼부어대고 교회에 꽃다발을 두른 모자를 쓰고 갔다는 말을 듣는다면 널 어떻게 생각할지 나도 모르겠다. 예의 바르고 착하게 행동해야 한다. 절대 엉뚱한 말은 하지 말고. 맙소사, 너 지금 떨고 있잖니!"

앤은 덜덜 떨고 있었다. 잔뜩 긴장한 얼굴은 창백했다.

"아, 마릴라 아주머니. 아주머니가 마음의 친구가 되고 싶은 아이를 만나러 가는데 그 아이 엄마가 아주머니를 좋아하지 않을지도 모른다면 아주머니도 초조하지 않으시겠어요?" 앤은 이렇게 말하면서 서둘러 모자를 가지러 갔다.

그들은 시내를 가로질러 난 지름길로 가서 전나무 숲을 지나 과수원 언덕으로 갔다. 마릴라가 문을 두드리자 배리 부인이 부엌에서 나왔다. 배리 부인은 키가 크고, 눈과 머리는 검고, 입매는 아주 단호해 보였다. 배리 부인은 아이들을 엄하게 키운다는 평판이 자자했다.

"안녕하세요, 마릴라? 들어오세요. 이 아이가 입양한 아이인가 보죠?" 배리 부인이 상냥하게 말했다.

"네, 앤 셜리라고 해요." 마릴라가 대답했다.

"끝에 e가 붙어요." 앤은 떨리고 흥분했지만 이 중요한 점에 대해선 오해가 없게 확실히 하겠다고 다짐하고 숨 가쁜 목소리로 말했다. 배리 부인은 앤의 말을 못 들은 건지 아니면 이해를 못했는지 그냥 앤과 악수하고 친절하게 말했다.

"잘 지내고 있니?"

"머릿속이 상당히 뒤죽박죽이지만 잘 지내고 있어요. 감사합니다, 아주머니." 앤이 진지하게 대답했다. 그리고 옆에 있는 마릴라가 들을 수 있도록 작은 목소리로 속삭였다.

"제가 또 엉뚱한 말을 한 건 아니죠, 아주머니?"

소파에 앉아서 책을 읽고 있던 다이애나는 손님이 들어오자 책을 내려놓았다. 엄마를 닮아 눈과 머리가 검고 발그레한 볼에 아버지처럼 표정이 밝은 다이애나는 무척 예쁜 소녀였다.

"이 아이는 내 딸 다이애나란다. 다이애나, 앤을 데리고 정원에 가서 꽃구경을 시켜주지 그러니. 책 보느라 눈을 혹사시키는 것보다 그게 더 나을 거야. 이 아이는 책을 너무 많이 읽어요." 배리 부인이 마릴라를 보며 이렇게 말하는 사이에 소녀들은 밖으로 나갔다.

"아이 아버지가 아이 편을 들고 부추기기까지 하니 책을 못 읽게 하지도 못하겠고. 항상 책만 들여다보고 있다니까요. 다이애나와 놀 친구가 생겨서 기뻐요. 앞으론 밖에서 더 많이 놀았으면 해요."

정원 서쪽에 있는 짙은 색의 오래된 전나무들을 부드럽게 감싼 저녁 노을 속에서 앤과 다이애나는 아름다운 참나리 덤불 너머로 서로를 수줍게 바라보고 있었다.

배리 씨의 정원에는 여러 가지 꽃들이 아주 많이 피어 있었다. 지금처럼 운명적인 순간이 아니었다면 앤은 이 광경을 보고 아주 기뻐했을 것이다. 정원은 늙고 거대한 버드나무와 높은 전나무들로 빙 둘러싸여 있었고, 나무 아래에는 그늘을 좋아하는 꽃들이 활짝 피어 있었다. 조개껍데기들로 깔끔하게 가장자리를 두른 깨끗한 흙길이 촉촉한 붉은 리본처럼 정원을 직각으로 가로질렀고 길 사이사이에 있는 구식 화단에서 꽃들이 흐드러지게 피어 있었다. 장밋빛 금낭화와 화사한 진홍색 작약, 하얗고 향기로운 수선화와 가시가 뾰족뾰족 난 스코틀랜드 장미, 분홍색, 하얀색의 매발톱꽃과 연보라색 비누풀꽃과 개사철쑥, 흰 줄갈풀과 박하 덤불, 보라색 난초인 아담과 이브, 수선화, 향기롭고 섬세하며 솜털 같은 가지가 달린 클로버 무리, 하얀 사향 꽃 위로 불타는 창을 던지는 것 같은 다홍색 칼케도니아동자꽃이 옹기종기 모여 있었다. 천천히 저무는 해가 부드러운 빛을 발하는 가운데 벌들이 윙윙거렸다. 바람은 빈둥거리면서 나뭇잎들을 살랑살랑 흔들고 있었다.

앤이 마침내 두 손을 꼭 잡고 속삭이듯 입을 열었다.

"아, 다이애나. 날 조금이라도 좋아해줄 수 있을 것 같니? 내 마음의 친구가 될 만큼?"

다이애나가 미소를 지었다. 다이애나는 항상 입을 열기 전에 미소부터 짓는 아이였다.

"응, 그렇게 될 것 같은데. 네가 초록 지붕 집에서 살게 되어서 너무 기뻐. 같이 놀 사람이 생기면 아주 재미있을 거야. 이 근처엔 같이 놀 다른 여자아이도 없어. 우리 집엔 동생만 있고."

"영원히 내 친구가 되겠다고 맹세하겠니?"

"어머, 그건 아주 나쁜 거야." 다이애나가 나무라듯 말했다.

"아니, 욕을 하라는 게 아니고. 너도 알겠지만 그 말에는 두 가지 뜻이 있잖아."*

"난 다른 뜻으론 들어본 적이 없는데…"

"아니야, 정말 다른 뜻이 있어. 아, 그건 절대로 나쁜 게 아니야. 그냥 아주 엄숙하게 약속하는 거야."

"뭐, 그건 해도 괜찮아. 어떻게 하는데?" 안심한 다이애나가 대답했다.

"먼저 서로 손을 잡아야 해. 흐르는 물 위에서 해야 하지만. 그냥 이 길이 물위라고 상상하자. 내가 먼저 맹세할게. 나는 해와 달이 이 세상에 있는 한 내 마음의 친구인 다이애나 배리에게 충실할 것을 엄숙하게 맹세합니다. 이렇게 내 이름을 넣어서 똑같이 말하면 돼."

다이애나는 맹세하기 전에 미소를 짓더니 맹세한 후 또 웃었다.

"넌 좀 이상해, 앤. 네가 괴짜라는 말은 들었어. 하지만 너를 정말 아주 많이 좋아하게 될 것 같아."

마릴라와 앤이 집에 가려고 하자 다이애나가 통나무 다리까지 배웅했다. 두 소녀는 팔짱을 끼고 같이 걸었다. 시냇가에서 두 소녀는 내일 오후에 같이 놀자고 수없이 약속하고 헤어졌다.

"다이애나는 너와 영혼이 비슷하던?" 초록 지붕 집의 정원을 걸어갈 때 마릴라가 물었다.

"아, 네!" 앤은 기쁨에 겨워 마릴라가 슬쩍 비꼬는 걸 눈치 채지 못하고 한숨을 쉬며 말했다.

---

* 맹세를 뜻하는 영단어 Swear는 '욕을 하다'라는 의미도 있다.

"아, 마릴라 아주머니. 전 이 순간 프린스에드워드 섬에서 가장 행복한 아이예요. 오늘 밤은 아주 기쁜 마음으로 하느님께 기도드릴 거예요. 다이애나와 같이 내일 윌리엄 벨 아저씨의 자작나무 숲에 '놀이집'을 만들기로 했어요. 장작 헛간에 있는 깨진 그릇들을 가져가도 될까요? 다이애나는 생일이 2월이고 전 3월이에요. 참 기묘한 우연의 일치라고 생각하지 않으세요? 다이애나가 저에게 책을 빌려주기로 했어요. 아주 근사하고 대단히 흥미진진한 책이래요. 그리고 숲 뒤쪽에서 검은 패모*가 자라는 곳도 보여준대요. 다이애나의 눈은 아주 감정이 풍부한 것 같지 않아요? 제 눈도 그러면 좋겠어요. 다이애나가 「개암나무 골짜기의 넬리」라는 노래를 가르쳐주겠대요. 그리고 제 방에 붙일 그림도 한 장 주기로 했어요. 아주 아름다운 그림이라고 다이애나가 그랬어요. 연한 파란색 실크 드레스를 입은 아름다운 여자 그림인데, 재봉틀 파는 사람이 준 거래요. 저도 다이애나에게 줄 게 있으면 좋을 텐데. 제가 다이애나보다 키는 살짝 더 크지만, 다이애나가 저보다 훨씬 더 포동포동해요. 다이애나는 날씬했으면 좋겠대요, 그러면 더 우아해 보일 거라고. 하지만 그냥 절 위로해주려고 하는 말 같아요. 나중에 같이 조개껍데기 주우러 바닷가에 가기로 했어요. 그리고 통나무 다리 밑에 있는 샘을 드라이어드 샘이라고 부르기로 했어요. 아주 우아한 이름이죠? 전에 그 이름의 샘이 나오는 이야기를 읽은 적이 있거든요. 제 생각에 드라이어드는 일종의 요정 같아요."

"네가 말이 너무 많아서 다이애나가 지겨워 죽는 일이 없길 빌겠다.

---

* 주로 고산지대 숲에서 자생하는 백합과의 자주색 꽃.

하지만 무슨 계획을 세우든지 이건 명심해라. 앤, 너는 하루 종일 놀 순 없어. 놀더라도 할 일을 다 해놓고 놀아." 마릴라가 말했다.

앤의 행복의 잔은 가득 찼고, 매슈가 그 잔을 넘치게 했다. 카모디에 있는 상점에 갔다가 막 집에 돌아온 매슈는 쑥스러워하면서 주머니에서 작은 꾸러미를 하나 꺼내 마릴라의 눈치를 보다가 앤에게 건넸다.

"네가 초콜릿 과자를 좋아한대서 좀 사왔다." 매슈가 말했다.

"흥. 그런 걸 먹으면 이빨도 썩고, 위장에도 안 좋은데. 저런, 얘야, 그렇게 울상 짓지 말아라. 매슈 아저씨가 거기까지 가서 사 오셨으니까 먹어도 돼. 차라리 박하사탕을 사올 일이지. 그게 몸에는 더 좋은데. 오늘 다 먹어 치워서 배탈 나면 안 된다." 마릴라가 말했다.

"아, 아니에요. 안 그래요. 오늘 밤은 딱 한 개만 먹겠어요, 마릴라 아주머니. 나머지 반은 다이애나에게 줘도 될까요? 다이애나랑 나눠 먹으면 두 배로 달콤할 것 같아요. 다이애나에게 줄 게 있다고 생각하니 정말 기분 좋아요." 앤이 간절하게 말했다.

앤이 다락방에 올라간 후에 마릴라가 입을 열었다.

"아이가 인색하지 않아서 좋네요. 난 인색한 아이는 딱 질색인데 다행이에요. 맙소사, 저 애가 온 지 고작 3주밖에 안 지났는데 평생 여기 살았던 것 같아요. 이제 저 아이가 없는 집은 상상할 수 없어요. '거봐, 내가 뭐랬어'라는 그런 표정으로 보지 말아요, 오라버니. 여자가 그래도 보기 흉한데 남자가 그러면 도저히 참아줄 수 없다고요. 솔직히 저 아이를 데리고 있기로 한 게 잘한 것 같고 점점 더 정이 들지만 너무 우쭐대진 말아요."

13

즐거운 기대

"이제 들어와서 바느질할 시간인데……."

마릴라가 벽시계를 흘끗 보고 나서 8월의 햇살이 비치는 밖을 바라봤다. 더위에 온 세상이 꾸벅꾸벅 졸고 있었다.

"다이애나랑 노느라 들어오라고 한 시간보다 30분이나 늦어놓고 이젠 또 장작더미 위에 걸터앉아서 매슈 오라버니에게 속사포처럼 수다를 떨고 있군. 일할 시간이란 걸 뻔히 알면서 말이야. 거기다 오라버니는 또 바보처럼 다 들어주고 있네. 저렇게 오라버니가 홀딱 빠진 건 또 처음 봐. 앤의 이야기가 길어질수록, 더 엉뚱할수록 좋아하는 것 같아. 앤 셜리, 당장 들어오지 못해! 내 말 듣고 있니?"

마릴라가 서쪽 창을 톡톡 두드리자 두 눈을 반짝거리면서 앤이 마당에서 달려왔다. 볼은 발그레하게 물들었고 풀어헤친 머리는 폭포수처럼 흘러내리고 있었다. 앤이 숨을 몰아쉬며 외쳤다.

"아, 마릴라 아주머니. 다음 주에 주일학교에서 소풍 간대요. 반짝이는 호수 근처에 있는 하먼 앤드루스 아저씨네 목초지로요. 주일학교장 아주머니와 린드 아주머니가 아이스크림을 만들어주신대요. 생각해보세요, 아이스크림이라니! 아, 마릴라 아주머니, 소풍 가도 될까요?"

"먼저 시계부터 봐라, 앤. 내가 몇 시까지 오라고 했지?"

"두 시요. 하지만 소풍은 정말 신나잖아요, 마릴라 아주머니. 제발 가도 돼요? 전 한 번도 소풍을 간 적이 없어요. 소풍 가는 꿈은 꿔봤지만 단 한 번도 못 갔어요."

"그래, 내가 두 시까지 오라고 했잖아. 그런데 지금 두 시 사십오 분이야. 왜 내 말을 어겼는지 알고 싶구나."

"저도 시간 맞춰 오려고 최선을 다했어요, 마릴라 아주머니. 하지만 한적한 숲이 얼마나 아름다운지 모르실 거예요. 거기다 매슈 아저씨에게 소풍 이야기를 해드려야 했고요. 아저씬 제 이야기를 너무나 잘 들어주시거든요. 제발 가도 돼요?"

"그 한적한 숲인지 뭔지의 유혹에 넘어가지 않는 법을 익혀야 할 거다, 앤. 내가 시간을 정하고 그때 오라고 하면 정확히 그 시간에 맞춰서 오란 소리지, 30분 후에 오란 소리가 아니야. 그리고 매슈 아저씨가 이야기를 잘 들어준다고 해서 오던 길을 멈추고 이야기를 할 필요도 없고. 소풍은 물론 가도 된다. 너도 주일학교에 다니고 있고, 다른 아이들은 다 가는데 너만 못 가게 하진 않을 테니까."

"그런데, 그런데요." 앤이 풀이 죽은 채 더듬거렸다.

"다이애나가 그러는데 모두 도시락을 싸와야 한대요. 아주머니도 아시겠지만 전 요리를 못하잖아요. 퍼프소매 없는 옷을 입고 소풍에 가는 건 상관없지만 도시락 없이 소풍 가는 건 무지 창피할 것 같아요. 그 이야기를 듣고 나선 계속 그 생각이 머리를 떠나지 않아요."

"창피할 것 없다. 도시락은 내가 싸주마."

"와, 고맙습니다, 마릴라 아주머니! 아주머니는 제게 너무 잘해주세요. 정말 고맙습니다!"

앤은 계속 감탄사를 연발하면서 마릴라의 품에 뛰어들어 야윈 뺨에 입을 맞췄다. 아이가 마릴라의 뺨에 뽀뽀한 건 난생처음이었다. 깜짝 놀랄 만큼 좋은 기분이 밀려왔다. 마릴라는 내심 앤의 갑작스러운 애정 표시에 무척 기분이 좋았지만 일부러 퉁명스럽게 말했다.

"자, 자, 뽀뽀는 그만하고. 내가 하라는 거나 잘해. 조만간 너에게 요리하는 법을 가르칠 작정이었다. 하지만 하도 덤벙대서 좀 진정하고 차분해지면 시작하려고 했지. 요리할 때는 거기에만 집중해야지 중간에 또 몽상에 빠지면 안 돼. 자, 이제 바느질감을 꺼내서 차 마시기 전에 조각보를 이어라."

앤은 침울하게 반짇고리를 뒤져서 빨간색과 하얀색의 마름모 모양의 천들을 꺼내놓고 한숨을 쉬며 그 앞에 앉았다.

"전 조각보 만드는 거 싫어요. 바느질을 다른 식으로 하면 재미있을 것 같아요. 하지만 조각보를 잇는 건 상상할 거리가 하나도 없잖아요. 솔기를 계속 이어 붙이기만 하지 달라진 것도 없는 것 같고. 물론 다른 곳에 살면서 아무것도 안 하고 놀기만 하는 앤보다는 초록 지붕 집에서 조각보를 잇는 앤이 낫긴 하지만요. 다이애나랑 놀 때처럼 조각보를 이을 때도 시간이 빨리 가면 좋겠어요. 아, 다이애나랑 저는 아주 근사한 시간을 보냈어요, 마릴라 아주머니. 상상은 주로 제가 했지만. 그건 제 장기니까요. 다이애나는 그 외의 모든 면에서 완벽해요. 우리 농장과 배리 아저씨네 농장 사이에 흐르는 시내 건너편에 있는 작은 땅 아시죠? 거기가 윌리엄 벨 아저씨네 땅인데 거기 바로 한가운데에 하얀 자작나무들이 동그랗게 원을 그리며 서 있어요. 세상에서 가장 낭만적인 장소예요. 다이애나와 저는 거기에 우리의 놀이 집을 지었어요. 우린 거기를 한적한 숲이라고 불러요. 아주 시적인 이름이지 않아요? 그 이름을 짓는 데 한참 걸렸어요. 하룻밤을 꼬박 새우다시피 했더니 영감이 찾아왔어요. 다이애나는 그 이름을 듣더니 아주 좋아했어요. 우린 놀이 집을 아주 우아하게 지었어요. 꼭 와서 보셔야 해요, 마릴라 아주머니. 오실 거죠? 우린 거기다 이끼에 덮인 커다란 돌들을 의자로 놓고, 나무와 나무 사이에 판자를 걸쳐서 선반을 만들었어요. 그 선반 위에 접시들을 갖다놓았죠. 물론 다 깨졌지만 그 접시들이 말짱하다고 상상하는 건 일도 아니에요. 그중에 빨간색과 노란색 담쟁이덩굴이 그려진 접시가 특히 예뻐요. 우린 거실에 그 접시와 요정의 거울을 같이 놓아뒀어요. 요정의 거울은 황홀할 정도로 아름다워요. 다이애나가 자기 집 닭장 뒤에 있는 숲속에서 발견했대요. 그 거울은 작고 어린 무지개들로 가득 차 있어요. 다이애나 어머니는 그 거울이 예전에 집의 천장에 매달았던 등의 한 조각이라고 하셨대요. 하지만 어느 날 밤 요정들이 무도회를 열었다가 잃어버렸다고 상상하는 게 훨씬 더 근사하잖아요. 그래서 우리는 그걸 요정의 거울이라고 부르기로 했어요. 매슈 아저씨가 우리 테이블을 만들어주실 거예요. 아, 배리 아저씨네 목초지 너머에 있는 작고 동그란 웅덩이도 버드나무 연못이라고 이름을 지었어요. 다이애나가 빌려준 책에서 나온 이름이에요. 그 책 참 흥미진진했어요, 아주머니. 여주인공에게 애인이 다섯 명이나 있어요. 저라면 하나로 만족할 텐데, 안 그래요? 여주인공은 절세미인인데 수많은 시

런을 겪어요. 거기다 기절을 밥 먹듯 해요. 저도 기절할 수 있으면 좋겠는데, 아주머니는 안 그러세요? 아주 낭만적이잖아요. 하지만 전 마른 것치고는 아주 튼튼해서 틀렸어요. 그래도 점점 살이 찌고 있다는 생각이 들어요. 그런 것 같지 않아요? 매일 아침 일어나서 팔꿈치가 움푹 패는지 확인해봐요. 다이애나는 어머니가 반소매 원피스를 만들어주신대요. 새 옷을 입고 소풍 갈 거예요. 아, 다음 주 수요일 날씨가 좋아야 할 텐데. 뭔가 일이 생겨서 소풍에 가지 못한다면 도저히 그 실망을 견디지 못할 것 같아요. 그런다고 죽진 않겠지만 평생 동안 슬픔으로 남을 거예요. 몇 년이 지난 후에 소풍을 수백 번 가게 된다고 해도 소용없어요. 이번에 못 가게 된 걸 보상해주지는 못할 것 같아요. 소풍 가서 반짝이는 호수에서 보트를 탄대요. 아까 말씀드린 것처럼 아이스크림도 먹고요! 전 한 번도 아이스크림을 먹어본 적이 없어요. 다이애나가 무슨 맛인지 설명하려고 애를 썼지만, 도저히 상상할 수 없는 맛 같아요."

"앤, 너는 장장 10분 동안 지치지도 않고 잘도 떠들어댔구나. 어디 그만큼 입을 다물고 있을지 보자."

앤은 마릴라가 시키는 대로 입을 다물었다. 하지만 그 주 내내 소풍에 대한 이야기만 하고, 소풍만 생각하고, 소풍 꿈을 꿨다. 토요일 아침에 비가 오자 앤은 일어나서 수요일까지 비가 올까 봐 걱정을 태산같이 했다. 마릴라는 앤을 진정시키려고 조각보를 더 많이 잇게 시켰다.

교회에 다녀 오는 길에 앤은 목사님이 설교단에서 소풍 간다고 했을 때 흥분해서 온몸에 소름이 돋았다고 마릴라에게 털어놓았다.

"등에 소름이 쫙 끼쳤어요, 마릴라 아주머니! 목사님이 말씀하시기 전까지는 정말 소풍을 갈까, 의문이 들었나 봐요. 그냥 제가 상상한 건 아닐까 겁이 났었어요. 하지만 목사님이 설교단에서 그런 말씀을 하실 때는 당연히 믿어야죠."

마릴라는 한숨을 쉬며 말했다.

"앤, 너는 모든 일에 너무 많이 기대하는 것 같구나. 앞으로 살아가면서 실망할 일이 많을 텐데 걱정이다."

"아, 마릴라 아주머니, 원래 어떤 일이든 기대하는 게 그 재미의 반인걸요. 바라던 대로 이루어지지 않을지도 모르지만 기대하면서 느끼는 즐거움은 누구도 빼앗아갈 수 없어요. 린드 아주머니는 기대하지 않는 사람은 실망할 것도 없으니 복 받은 거라고 하셨지만 저는 실망하는 것보다 아무것도 기대하지 않는 게 더 안 좋다고 생각해요."

마릴라는 그날도 평소처럼 교회에 자수정 브로치를 하고 나갔다. 교회에 갈 때면 항상 그 자수정 브로치를 단다. 마릴라는 어쩌면 성경책을 깜박 잊거나 헌금을 안 가지고 가는 것보다 브로치를 안 달고 가는 게 더 나쁜 죄라고 생각하는 건지도 모른다. 그 자수정 브로치는 마릴라가 가장 아끼는 물건이다. 선원이었던 삼촌이 마릴라의 어머니에게 준 것을 유산으로 물려받았다. 어머니의 머리카락이 한 줌 들어 있는 구식의 타원형 브로치의 가장자리에는 아주 작은 자수정들이 박혀 있었다. 마릴라는 보석은 잘 몰라서 그 자수정의 값어치는 알 수 없었지만 아주 아름답다고 생각했다. 갈색 새틴 드레스를 입은 목에서 은은하게 보랏빛으로 빛나는 브로치를 생각하면 항상 뿌듯했다.

그 브로치를 처음 보고 한눈에 반한 앤은 탄성을 질렀다.

"아, 마릴라 아주머니, 정말 완벽하게 우아한 브로치예요. 그걸 달고 계시면서 어떻게 목사님의 설교나 기도에 집중할 수 있으세요? 저라면 도저히 그렇게 못해요. 자수정은 정말 아름다운 보석 같아요. 저는 옛날에 다이아몬드가 자수정처럼 생겼을 거라고 생각했어요. 다이아몬드를 보기도 전인 아주 오래전에 다이아몬드에 대한 글을 읽고 어떻게 생겼을지 상상해봤거든요. 저는 다이아몬드가 아름답게 반짝이는 보라색 보석일 거라고 생각했어요. 그러다 어느 날 어떤 귀부인의 반지에서 진짜 다이아몬드를 봤을 때 너무 실망해서 울어버렸어요. 물론 그 반지도 아주 예뻤지만 제가 생각한 다이아몬드는 아니었어요. 그 브로치 잠깐만 만져봐도 될까요, 마릴라 아주머니? 자수정은 착한 바이올렛의 영혼이라는 생각 안 드세요?"

14

앤의 자백

소풍 전날인 월요일 밤, 마릴라가 근심 서린 얼굴로 방에서 내려왔다. 마릴라는 티끌 하나 없는 식탁 앞에 앉아 콩깍지를 까면서, 다이애나가 가르쳐준 대로 감정을 실어서 힘차게 「개암나무 골짜기의 넬리」를 부르고 있는 소녀를 불렀다.

"앤, 혹시 내 자수정 브로치 못 봤니? 어제 교회에서 집에 왔을 때 바늘꽂이에 찔러놨다고 생각했는데 도저히 못 찾겠구나."

앤은 잠시 가만있다가 대답했다.

"오늘 오후에 아주머니가 봉사회에 가셨을 때 봤어요. 아주머니 방문 앞을 지나치는데 쿠션에 꽂혀 있는 걸 봤어요."

"브로치를 만졌니?" 마릴라가 엄하게 물었다.

"네에. 어울리는지 보려고 가슴에 꽂아봤어요." 앤이 인정했다.

"그런 짓을 하면 안 되는 거야. 어린아이가 남의 물건에 손을 대는 건 아주 나쁜 짓이야. 애초에 내 방에 들어오지 말았어야 했고, 네 것도 아닌 브로치를 건드리면 안 되는 거야. 브로치 어디다 뒀니?"

"아, 다시 서랍장 위에 뒀어요. 아주 잠깐 차보았을 뿐이에요. 정말 손을 대려고 했던 게 아니에요, 마릴라 아주머니. 아주머니 방에 들어가서 브로치를 차는 게 나쁜 짓이라고 생각하지 않았어요. 하지만 이제 나쁜 짓인 걸 알았으니까 다시는 안 할게요. 그게 제 유일한 장점이에요. 같은 잘못은 두 번 하지 않는다는 거요."

"네가 제자리에 안 갖다놨잖니. 브로치는 서랍장 위에 없다. 네가 가지고 나갔거나 어디다 놔뒀겠지, 앤."

"전 다시 갖다놨어요." 앤이 재빨리 대꾸했는데 마릴라의 눈에는 그것이 버릇없게 보였다.

"다만 바늘꽂이에 꽂아뒀는지 아니면 도자기 접시 위에 뒀는지는 기억이 안 나요. 하지만 분명히 다시 갖다놨어요."

"내가 가서 다시 찾아보마. 네가 제대로 갖다놨다면 거기 그대로 있겠지. 찾아봐도 없으면 넌 브로치를 갖다놓지 않은 거야. 틀림없어."

마릴라는 이 문제를 공정하게 처리하겠다고 마음먹고 말했다. 그리고 방으로 가서 서랍장뿐만 아니라 브로치가 있을 만한 곳은 구석구석 다 뒤져보았다. 하지만 나오지 않아서 다시 부엌으로 돌아갔다.

"앤, 브로치는 없어. 네가 인정한 것처럼 브로치에 마지막으로 손을 댄 사람은 너야. 자, 브로치를 어떻게 했니? 당장 사실대로 말해다오. 가지고 나갔다가 잃어버렸니?"

"아니에요, 그러지 않았어요." 앤은 진지하게 말하면서 마릴라의 화난 눈을 똑바로 봤다.

"전 절대로 아주머니 방에서 브로치를 가지고 나오지 않았어요. 단두대에 끌려가는 한이 있더라도 그게 진실이에요. 단두대가 뭔지 저도 확실히는 모르겠지만. 그게 다예요, 아주머니."

그게 다라고 한 앤의 말은 그저 자신이 하지 않았다는 걸 강조하는 말이었지만 마릴라에게는 대드는 말처럼 들렸다.

"난 네가 거짓말을 하고 있다고 생각한다, 앤. 네가 그렇다는 걸 알아. 솔직히 다 말하기 전까진 네 방에서 나오지 마라."

"콩도 가지고 갈까요?" 앤이 시키는 대로 일어서면서 물었다.

"아니야, 그건 내가 마저 까마. 시키는 대로 어서 하기나 해."

앤이 올라갔을 때 마릴라는 아주 복잡한 심정으로 집안일을 하나하나 해치웠다. 아끼는 브로치를 잃어버렸을까 봐 속이 상했다. 앤이 잃어버렸으면 어쩌지? 누가 봐도 걔 소행인 게 뻔한데 아니라고 발뺌을 하다니, 못된 것! 저렇게 순진한 얼굴로 말이지!

"이런 일이 이렇게 빨리 일어날 줄 어떻게 알았겠어." 마릴라는 초조하게 콩깍지를 까면서 생각했다.

"물론 앤이 훔치려고 했던 건 아닐 거야. 그냥 가지고 나가서 놀려고 했거나 상상하는 데 도움이 될까 봐 그랬겠지. 저 아이가 가져간 게 분명해. 오늘 밤에 내가 올라오기 전까지 저 방에 앤이 다녀간 후로 아무도 들어온 사람이 없잖아. 그건 자기 입으로 다 이야기했고. 브로치가 없어졌으니 그것보다 더 확실한 증거가 어디 있겠어. 아무래도 브로치를 잃어버리고 벌을 받을까 봐 겁이 나서 말을 못하는 거야. 거짓말을 하다니 생각만 해도 끔찍해. 불같은 성질보다 훨씬 나빠. 믿을 수 없는 아이를 집에 들인다는 건 정말 무서운 일이군. 그 애는 교활하고 솔직하지 못한 본성을 드러냈어. 브로치를 잃어버린 것보다 그게 더 기분 나빠. 사실대로 솔직히 털어놓았더라면 이렇게까지 화가 나진 않앉을 텐데."

마릴라는 저녁에 중간중간 방에 올라가서 브로치를 계속 찾아봤지만 허사였다. 잘 시간이 되어 동쪽 다락방에 가봤지만 달라진 건 없었다. 앤은 여전히 브로치의 행방에 대해선 아무것도 모른다고 부인했다. 하지만 마릴라는 앤이 가져갔다고 점점 더 굳게 확신했다.

마릴라는 다음 날 아침 매슈에게 그 이야기를 했다. 매슈는 당황하고 곤혹스러워했다. 매슈는 앤에 대한 믿음을 금방 잃진 않았지만 상황이 앤에게 불리해 보인다는 점은 인정했다.

"화장대 뒤로 떨어진 건 아니고?"

매슈가 할 수 있는 유일한 추측이었다.

"화장대도 옮겨보고, 서랍이란 서랍은 다 열어서 샅샅이 뒤졌어요. 브로치는 없어졌어요. 걔가 거짓말을 한 거라고요. 속상하겠지만 확실해요. 오라버니도 이제 받아들여요." 마릴라가 확신에 차서 대답했다.

"흠, 이제 어떻게 할 거냐?" 매슈는 내심 이 문제를 해결해야 할 사람이 자신이 아니라 마릴라라는 점에 안도하면서 씁쓸하게 물었다.

"아이가 사실대로 말할 때까지 방에서 못 나오게 해야죠." 마릴라는 지난번에 이 방법이 통했던 걸 떠올리면서 엄하게 말했다.

"그다음에 아이가 어떻게 하는지 두고 보겠어요. 브로치를 어디다 뒀는지 말하면 브로치를 찾을 수 있을지도 몰라요. 하지만 어쨌든 단단히 혼을 내줘야 해요."

"그럼 벌을 주는 건 네가 해라. 난 그 부분은 관여하지 않기로 한 거 기억하지? 네가 먼저 나보고 나서지 말라고 경고했잖니." 매슈는 모자를 집으며 말했다.

마릴라는 모두에게 버림받은 기분이었다. 린드 부인에게 조언을 청하러 갈 수도 없었다. 마릴라는 굳은 표정으로 동쪽 다락방에 올라갔다가 더 험악한 얼굴로 내려왔다. 앤의 태도는 변함이 없었다. 브로치를 가져가지 않았다고 계속 고집했다. 아이의 얼굴을 보니 그동안 울고 있었던 모양이다. 그걸 보자 안쓰러운 마음도 들었지만 애써 꾹 눌러 참았다. 밤이 되자 마릴라는 녹초가 되었다.

"사실대로 털어놓을 때까지 이 방에 있어야 해, 앤. 잘 생각해보고 판단해라." 마릴라가 단호하게 말했다.

"하지만 내일은 소풍 가는 날이잖아요. 설마 소풍도 못 가게 하시는 건 아니겠죠? 오후에는 보내주실 거죠? 그러면 그 후에는 아주머니가 흡족해지실 때까지 기쁜 마음으로 여기 있을 게요. 하지만 내일 소풍엔 꼭 가야 해요." 앤은 흐느껴 울면서 말했다.

"실토하기 전까지는 소풍이고 뭐고 아무 데도 못 간다, 앤."

"아, 마릴라 아주머니." 앤이 숨을 헉 몰아쉬며 부르짖었다. 하지만 마릴라는 이미 문을 닫고 방을 나가버렸다.

수요일 아침은 마치 소풍을 위해 특별히 준비된 날씨처럼 아주 맑고 화창했다. 새들이 초록 지붕 집 주위에서 지저귀고, 정원에 핀 흰 백합 향기는 바람에 실려 안으로 들어와, 축복 받은 영혼처럼 방과 복도를 배회했다. 골짜기의 자작나무들은 평소와 마찬가지로 앤이 아침에 동쪽 다락방에서 인사하는 모습을 기다리는 것처럼 기쁘게 손을 흔들었다. 하지만 앤은 창가에 나오지 않았다. 마릴라는 아침 식사를 가지고 올라갔다가 침대 위에 똑바로 앉아 있는 앤을 봤다. 앤의 창백한 얼굴은 결의에 차 있었고, 입을 꽉 다문 채 눈을 반짝이고 있었다.

"마릴라 아주머니, 사실대로 말할게요."

"아하!" 마릴라는 쟁반을 내려놨다. 이번에도 그 방법이 통했다. 하지만 입맛이 아주 썼다. "어디 한번 들어보자, 앤."

"제가 그 자수정 브로치를 가져갔어요." 앤은 마치 암기한 내용을 다시 반복하는 것처럼 말했다.

"아주머니가 말씀하신 것처럼 제가 가져갔어요. 처음에 아주머니 방에 들어갔을 때는 가져갈 생각을 하지 않았어요. 하지만 브로치가 너무 아름다워서 가슴에 꽂았을 때 도저히 참을 수 없었어요. 그걸 한적한 숲에 가져가서 제가 레이디 코딜리어 피츠제럴드라고 상상하면 얼마나 좋을까, 하는 생각이 들었어요. 진짜 자수정 브로치를 달고 있다면 제가 레이디 코딜리어라고 상상하는 게 훨씬 쉬울 것 같았어요. 다이애나와 들장미로 목걸이를 만들어서 놀았지만 그건 자수정과는 비교도 안 되잖아요. 그래서 브로치를 가져갔어요. 아주머니가 집에 돌아오시기 전에 다시 갖다놓을 수 있을 거라고 생각했어요. 전 조금이라도 더 오래 가지고 있고 싶어서 길을 돌아서 왔어요. 반짝이는 호수 위의 다리를 건너다가 브로치를 다시 한 번 보려고 옷에서 뗐어요. 아, 햇빛에 브로치가 얼마나 환하게 빛났는지 몰라요! 그때 다리 위로 몸을 기대는 와중에 브로치가 손가락 사이로 미끄러져서 밑으로 풍덩 떨어져버렸어요. 보라색 거품이 일면서 브로치는 반짝이는 호수 밑으로 영원히 가라앉아 버렸어요. 그게 제가 할 수 있는 최선의 고백이에요, 마릴라 아주머니."

마릴라의 가슴에 또다시 격렬한 분노가 치밀었다. 자신이 아끼는 자수정 브로치를 가져가서 잃어버린 주제에 잘못을 뉘우치거나 후회하는 기색 하나 없이 다 털어놓다니.

"앤, 정말 황당하구나. 너처럼 나쁜 아이는 내 평생 처음이다." 마릴라는 침착하게 말하려고 애를 썼다.

"네, 그런 것 같아요. 제가 벌을 받아야 한다는 것도 알아요. 당연히 벌을 내리셔야죠. 당장 벌을 내려주시지 않겠어요? 제가 편안한 마음으로 소풍에 갈 수 있게요." 앤은 담담하게 말했다.

"소풍 같은 소리 한다! 넌 오늘 소풍 못 가, 앤 셜리. 그게 네 벌이다. 네가 한 짓을 놓고 보면 벌이라고도 할 수 없지만!"

"소풍에 못 간다고요?" 앤은 벌떡 일어서서 마릴라의 손을 움켜쥐었다.

"하지만 가게 해준다고 약속하셨잖아요! 아, 마릴라 아주머니, 전 반드시 소풍에 가야 해요. 그래서 털어놓은 거란 말이에요. 그것만 빼고 무슨 벌이든 다 주세요. 아, 마릴라 아주머니, 제발, 제발, 소풍에 보내주세요. 아이스크림을 생각해보세요! 아이스크림을 맛볼 기회가 제 평생에 다시 없을지도 모른다는 거 아주머니도 아시잖아요."

마릴라는 매달리는 앤의 손을 무정하게 뿌리쳤다.

"애원해봤자 소용없다, 앤. 넌 소풍에 못 가. 절대 안 된다. 더 이상 아무 말도 하지 마."

앤은 마릴라의 결심이 확고하다는 걸 깨달았다. 앤은 두 손을 맞잡고 새된 비명을 지른 후에, 침대에 몸을 던져 실망과 절망 속에서 몸부림을 치며 통곡했다.

"맙소사!" 경악한 마릴라가 방에서 허둥지둥 나왔다.

"저 아이는 미친 것 같아. 정신이 제대로 박힌 아이라면 저렇게 행동할 수 없어. 미친 게 아니라면 정말 못된 거고. 아, 레이철의 말이 맞았어. 하지만 이미 지난 일이니 후회하지 않을 거야."

처참한 아침이었다. 마릴라는 현관 바닥을 박박 문질러 닦고 더 이
상 할 일이 없자 우유 짜는 곳의 선반까지 닦았다. 선반이나 현관이나
티끌 하나 없이 깨끗했지만 그래도 닦았다. 그리고 밖에 나가서 갈퀴
로 마당을 정리했다. 점심을 준비하고 마릴라는 앤을 불렀다. 눈물로
얼룩진 얼굴이 난간 너머로 내다봤다.

"내려와서 점심 먹어라, 앤."

"생각 없어요, 아주머니. 아무것도 먹을 수 없어요. 가슴이 찢어질 것
같아요. 이렇게 절 아프게 하신 걸 언젠가는 후회하시게 될 거예요. 하
지만 용서해드리겠어요. 그때가 되면 제가 아주머니를 용서해드렸다는
걸 잊지 마세요. 하지만 지금은 제게 뭘 먹으라고 하지 마세요. 특히 삶
은 돼지고기와 콩은 더 싫어요. 슬픔으로 고통스러워하는 사람에게 삶
은 돼지고기와 콩은 너무나 낭만적이지 않단 말이에요."

화가 머리끝까지 난 마릴라는 부엌으로 가 매슈에게 하소연했다. 잘
못한 앤에게 벌을 줘야 하지만 한편으로 안쓰러웠던 매슈는 심난했다.

"앤이 그 브로치를 가져간 건 물론 잘못했지. 거짓말한 것도 그렇고."
매슈는 일단 그렇게 인정하면서 서글픈 눈빛으로 접시 위에 놓인 낭만
적이지 않은 돼지고기와 콩을 훑어봤다. 앤처럼 매슈 역시 이런 상황
에 별로 어울리지 않는 음식이란 생각을 했다.

"하지만 그 아이는 아직 어리잖아. 재미있는 아이이기도 하고. 그렇
게 가고 싶어 하던 소풍을 못 가게 하는 건 너무 가혹하지 않아?"

"매슈 오라버니, 사람 참 놀라게 하는 재주가 있네요. 난 지금 벌이
너무 가볍다고 생각하고 있었는데. 거기다 저 아이는 자기가 얼마나

나쁜 짓을 저질렀는지 깨닫지 못한 것 같단 말이에요. 전 무엇보다 그게 가장 걱정스러워요. 앤이 정말로 뉘우치고 있다면 이렇게까지 속상하지 않을 텐데. 오빠도 상황 판단이 제대로 안 되는 것 같네요. 오빤그저 저 아이 역성만 들어주고 있잖아요. 척 보면 안다고요."

"하지만 저 아이는 아직 어리잖아. 게다가 제대로 배운 적도 없는 아이고." 매슈가 기운 없이 했던 말을 또 했다.

"그러니까 이제 가르치고 있잖아요." 마릴라가 쏘아붙였다.

매슈가 그 말을 납득했는지는 모르겠지만 더 이상 아무 대꾸도 하지 않았다. 두 사람은 아주 우울하게 점심을 먹었다. 유일하게 기분 좋았던 사람은 일꾼인 제리 부트였는데 마릴라는 눈치 없는 그가 얄미웠다.

설거지를 하고, 빵을 만들고, 닭 모이를 주고 나서 마릴라는 월요일 오후에 봉사회를 다녀와서 검은색 레이스 숄을 벗다가 숄에 약간 구멍이 난 걸 봤던 기억이 떠올랐다. 가서 그거나 수선해야지.

숄은 마릴라의 트렁크 속 박스에 있었다. 숄을 들어 올리자, 창가를 빽빽하게 감고 올라온 덩굴 사이로 비치는 햇빛에 숄에 걸린 뭔가가 자수정 빛으로 반짝였다. 마릴라가 헉 소리를 내며 잡아챘다. 그것은 레이스 숄의 올에 걸려 있는 자수정 브로치였다. 마릴라는 멍해졌다.

"맙소사, 이게 뭐야? 여기에 브로치가 있는데 그동안 나는 배리 연못 바닥에 있다고 생각했잖아. 가져가서 잃어버렸다고 한 앤의 자백은 도대체 뭐야? 초록 지붕 집이 귀신에 홀린 건가? 월요일 오후에 숄을 벗어서 잠시 서랍장 위에 뒀는데. 그때 숄에 걸렸나 보구나. 참나!"

마릴라는 브로치를 손에 든 채 동쪽 다락방으로 갔다. 울다 지친 앤은 실의에 빠져 창가에 앉아 있었다. 마릴라가 근엄하게 입을 열었다.

"앤 셜리. 방금 내 검은 레이스 숄에 걸려 있던 브로치를 찾았다. 오늘 아침에 네가 한 그 장황한 이야기는 어찌된 영문인지 말해봐라."

지친 앤이 대답했다.

"아주머니가 제가 털어놓을 때까지 여기서 못 나가게 한다고 하셨잖아요. 그래서 고백을 하기로 결심했어요. 소풍에 꼭 가고 싶었으니까요. 어젯밤 침대에 누워서 어떻게 고백할지 생각하면서 최대한 흥미롭게 꾸몄어요. 그다음에 잊어버리지 않게 계속 연습했죠. 하지만 아주머니가 소풍에 못 가게 하셨으니까 결국 헛수고한 거죠."

마릴라는 웃음을 터뜨릴 뻔했지만 양심의 가책이 느껴졌다.

"앤, 넌 정말 못 말리는 애구나! 하지만 내가 잘못했어. 이제 알겠다. 넌 여태까지 거짓말을 한 적이 없었으니 널 믿었어야 했는데. 물론 하지도 않은 짓을 했다고 고백하는 건 아주 나쁜 짓이야. 하지만 애초에 일을 그렇게 만든 당사자는 나였지. 그러니까 네가 날 용서해준다면 나도 널 용서해주마. 우리 다시 새로 시작해보자. 이제 소풍 갈 준비해라."

앤이 로켓처럼 벌떡 일어났다. "아, 아주머니, 너무 늦지 않았을까요?"

"아니야, 이제 겨우 두 시잖아. 아직 다들 제대로 모이지도 않았을 거고, 한 시간은 더 있어야 차를 마실 거야. 세수하고 머리 빗고 옷 입어라. 내가 바구니에 음식을 담아주마. 집에 구워놓은 과자도 많아. 제리더러 말을 마차에 매서 소풍 장소까지 태워다주라고 하마."

"아, 마릴라 아주머니! 앤이 환호하며 세면대로 달려갔다.

"5분 전만 해도 너무나 비참해서 태어나지 말걸 그랬다고 생각하고 있었는데. 이젠 천사가 된다 해도 제 운명과 바꾸지 않겠어요!"

그날 밤 녹초가 됐지만 행복에 겨운 앤이 말로 표현할 수 없는 기쁨에 잠겨 초록 지붕 집으로 돌아왔다.

"아, 마릴라 아주머니. 오늘은 아주 끝내주는 하루였어요. '끝내주다'
란 말은 오늘 새로 배운 말이에요. 매리 앨리스 벨에게서요. 아주 재미
있는 표현이지 않아요? 모든 게 아주 좋았어요. 우린 맛있는 차를 마
셨어요. 그 후에 하면 앤드루스 아저씨가 우리를 전부 배에 태우고 반
짝이는 호수에서 노를 저었어요. 여섯 명 모두 한꺼번에 탔는데 제인
앤드루스는 하마터면 물에 빠질 뻔했어요. 수련을 꺾으려고 배 밖으로
몸을 내밀었는데 앤드루스 아저씨가 얼른 옷의 장식 띠를 잡지 않았으
면 물에 빠져 죽었을지도 몰라요. 앨리스가 아니라 내가 그런 일을 당
했으면 하고 바랐어요. 물에 빠져 죽을 뻔하다니 얼마나 낭만적이에
요. 사람들에게 해줄 수 있는 아주 스릴 넘치는 이야기이기도 하고. 그
다음에는 아이스크림을 먹었어요. 아이스크림은 도저히 말로는 표현
할 수 없는 맛이에요. 정말 최고였어요!"

그날 밤 마릴라는 양말 바구니 너머로 매슈에게 그날 있었던 일을
다 이야기해줬다. 마릴라는 솔직하게 결론을 내렸다.

"제가 실수했다는 건 깨끗이 인정할게요. 하지만 교훈도 하나 배웠어
요. 앤의 '자백'을 생각하면 웃음이 나오지만 어쨌든 거짓말한 거니까
그럴 수도 없어요. 하지만 앤이 정말 그 브로치를 훔쳤더라면 그건 더
나빴겠죠. 거기다 앤이 거짓말로 자백을 한 건 내 책임이기도 하니까.
저 아이는 정말 이해할 수 없는 구석이 있어요. 하지만 잘 자랄 것 같
아요. 저 아이가 이 집에 있는 한 지루할 틈이 절대 없을 거라는 점만
큼은 확실하네요."

15

∞∞∞∞

학교에서 일어난 소동

앤이 길게 숨을 들이쉬면서 말했다.

"아, 너무나 눈부신 날이야. 이런 날은 그냥 살아 있는 것만으로도 좋지 않아? 아직 세상에 태어나지 않아서 이런 날을 못 보는 사람들이 불쌍해. 물론 그들도 행복하겠지만, 오늘 같은 날은 볼 수 없잖아. 그리고 이렇게 아름다운 길로 학교에 가다니 더 근사하고, 그렇지 않아?"

"큰길로 가는 것보다 이 길로 가는 게 훨씬 나아. 거긴 먼지가 너무 많고 더워." 다이애나는 현실적인 이야기를 하면서 점심이 든 바구니를 슬쩍 보고 그 안에 들어 있는 촉촉하고 맛있는 라즈베리 타르트 세 개를 여자아이 열 명이서 나눠 먹으려면 한 사람이 얼마나 먹어야 할지 머릿속으로 계산했다. 에이번리 학교에 다니는 여자아이들은 항상 점심을 나눠 먹었는데 라즈베리 타르트 세 개를 혼자 다 먹거나 친한 친구하고만 나눠 먹으면 영원히 짠순이로 찍힐 것이다. 하지만 열 명이서 타르트 세 개를 나눠 먹으려면 감질날 텐데.

앤과 다이애나가 학교 가는 길은 아주 아름다웠다. 앤은 다이애나와 학교 갔다가 집에 오는 길이 상상을 초월할 만큼 근사하다고 생각했다. 큰길로 돌아가는 건 낭만적이지 않지만, 연인의 길과 버드나무 연못과 제비꽃 골짜기와 자작나무 길은 모두 다 낭만적이었다.

연인의 오솔길은 초록 지붕 집의 과수원 밑에서 시작되어 숲 속으로 올라가 커스버트 농장 끝까지 이어진다. 그 길을 따라 방목지까지 소를 몰고 가고, 겨울에는 땔감으로 쓸 나무를 집에 가져온다. 앤은 초록 지붕 집에 온 지 한 달도 지나지 않아서 그 길에 연인의 오솔길이라는 이름을 지어주었다. 앤은 마릴라에게 그렇게 지은 이유를 설명했다.

"정말 연인들이 걸어서 그렇게 지은 건 아니고 다이애나와 제가 요즘 읽고 있는 책에서 연인의 오솔길이 나오거든요. 우리도 그런 길을 하나 가지고 싶었어요. 게다가 아주 예쁜 이름이지 않아요? 무지하게 낭만적이잖아요! 그 길에 연인들이 있다고 상상하는 거죠. 거기선 큰 소리로 제 생각을 말해도 미쳤다고 할 사람들이 없어서 좋아요."

앤은 아침에 혼자 집에서 출발해서 연인의 오솔길로 시내까지 간다. 거기서 다이애나와 만나 통나무 다리가 나올 때까지 잎이 무성한 단풍나무 아치 밑을 같이 걸어간다.

"단풍나무들은 아주 다정해요. 항상 살랑살랑 우리에게 속삭여준다니까요." 앤이 말했다. 두 소녀는 그 길을 나와 배리 씨의 농장 뒤쪽 들판을 거쳐서 버드나무 연못을 지나갔다. 버드나무 연못 너머에 제비꽃 골짜기가 있다. 앤드루스 벨 아저씨네 소유인 커다란 숲속에 있는 움푹 들어간 조그마한 풀밭이었다.

"물론 지금은 제비꽃이 없어요. 다이애나 말로는 봄이면 지천으로 핀대요. 아, 마릴라 아주머니, 그 꽃들이 눈앞에 보이는 것 같지 않으세요? 상상만 해도 숨이 멎을 것 같아요. 그래서 제가 제비꽃 골짜기라고 지었어요. 다이애나는 이름을 근사하게 짓는 건 절 못 따라가겠대요. 뭐든지 하나라도 잘하는 게 있는 건 좋은 거죠, 그렇죠? 하지만 다이애나도 자작나무 길이란 이름을 지었어요. 그 이름을 무척 마음에 들어 해서 저도 좋다고 했어요. 저라면 그런 평범한 이름보다는 더 시적인 이름을 생각해냈을 텐데. 그런 이름은 누구나 생각해낼 수 있잖아요. 하지만 자작나무 길은 세상에서 제일 아름다운 길이에요, 마릴라 아주머니." 앤이 말했다.

정말 그랬다. 앤만 그런 게 아니라 이 길에 우연히 들어선 사람들은 다 그렇게 생각했다. 좁고 구불구불한 길은 기나긴 언덕을 내려가 벨 아저씨네 숲속으로 바로 이어졌다. 다이아몬드처럼 투명한 햇살이 겹겹이 둘러친 병풍 같은 초록색 나뭇가지 사이로 스며들어왔다. 길가에는 희고 가녀린 줄기가 달린 어린 자작나무들이 서 있었다. 고사리와 별꽃, 나리꽃과 진홍색 피전베리가 무성하게 열린 덤불도 우거져 있었다. 공기 중에는 늘 상쾌한 향기가 떠돌았고 새들의 노랫소리와 머리 위쪽의 나무에서 바람이 살랑이며 웃는 소리가 들렸다. 조용히 걷다 보면 이따금 토끼 한 마리가 깡충깡충 뛰어서 길을 가로지를 때도 있었지만, 앤과 다이애나에겐 좀처럼 보이지 않았다. 골짜기 아래로 가면 나오는 큰길에서 가문비나무 언덕을 올라가면 학교가 나왔다.

에이번리 학교는 처마가 낮고 창문이 넓은 흰색 건물이었다. 교실에는 편하고 튼튼한 구식 여닫이 책상들이 있는데 책상 뚜껑에 3대에 걸쳐 학교를 다닌 학생들의 이름 첫 글자와 읽기 어려운 글자들이 빽빽이 새겨져 있었다. 길에서 조금 물러난 곳에 있는 학교 뒤편에는 짙은

색의 전나무 숲과 시내가 있었다. 아이들은 점심시간에 시원하고 신선하게 마실 수 있게 우유병을 시냇물에 담가뒀다.

마릴라는 불안한 심정으로 9월 첫날 앤이 학교에 가는 모습을 지켜봤다. 앤 같은 천방지축인 아이가 다른 아이들과 잘 지낼 수 있을까? 거기다 수업 시간에 제대로 입을 다물고 있을 수 있을까? 하지만 걱정보다 앤은 잘 지냈다. 앤은 그날 저녁 아주 신이 나서 돌아왔다.

"학교는 좋은데 선생님은 그저 그래요. 선생님은 내내 콧수염만 배배 꼬면서 프리시 앤드루스만 보세요. 프리시는 나이가 많아요. 열여섯 살인데 내년에 샬럿타운에 있는 퀸스 아카데미 입학시험을 준비 중이래요. 틸리 볼터가 그러는데 선생님이 프리시에게 홀딱 반했대요. 프리시는 피부도 곱고 곱슬곱슬한 갈색머리를 아주 우아하게 틀어 올렸어요. 뒤쪽에 있는 긴 의자에 앉는데 선생님도 틈만 나면 그 옆에 앉아 계세요. 말은 프리시에게 수업 내용을 설명하기 위해서라고 하시지만. 루비 길리스 말로는 선생님이 프리시 석판에 뭐라고 쓰는 걸 봤는데 프리시가 그걸 읽더니 얼굴이 홍당무처럼 빨개져서 킥킥 웃더래요. 분명 수업과는 상관없는 이야기였을 거래요." 앤이 말했다.

"앤 셜리, 다시는 선생님에 대해 그런 식으로 말하지 마라. 넌 선생님 흉을 보려고 학교에 가는 게 아니야. 배우려고 가는 거지. 집에 와서 선생님 험담을 하는 건 나쁜 짓이야. 난 그런 짓은 용납할 수 없다. 학교에서는 얌전하게 잘 있었겠지?" 마릴라가 따끔하게 말했다.

"그럼요. 아주머니가 생각하신 것처럼 그렇게 어렵지 않았어요. 전 다이애나와 짝이 됐어요. 우리 자리는 창가 바로 옆이라서 반짝이는 호수를 내려다볼 수 있어요. 학교에 착한 여자아이들이 많아요. 점심

시간에 아주 재미있게 놀았어요. 여자아이들이랑 같이 노니까 아주 좋았어요. 물론 전 다이애나가 가장 좋고 앞으로도 항상 그럴 거예요. 전 다이애나가 너무 좋아요. 하지만 저는 다른 아이들보다 공부가 한참 뒤처져 있더라고요. 모두 5학년인데 저만 4학년 과정을 배우거든요. 그래서 좀 창피했어요. 하지만 저처럼 상상력이 풍부한 아이는 하나도 없었어요. 그건 금방 알겠더라고요. 오늘 우리는 읽기와 지리, 캐나다 역사와 받아쓰기를 했어요. 필립스 선생님은 제 받아쓰기가 엉망이라면서 틀린 글자들을 모두 볼 수 있게 석판을 높이 들고 있으라고 하셨어요. 정말 얼마나 비참했는지 몰라요, 마릴라 아주머니. 처음 온 학생에게는 좀 더 잘해줄 수도 있잖아요. 루비 길리스가 제게 사과를 하나 줬고 소피아 슬론은 '너희 집에 놀러 가도 되니'라고 적힌 예쁜 핑크색 카드를 빌려줬어요. 내일 돌려주기로 했어요. 틸리 볼터는 오늘 오후 내내 자기 구슬 반지를 끼고 있게 해줬어요. 저도 다락방에 있는 낡은 바늘꽂이에 있는 진주 구슬들로 반지를 만들어도 되나요? 그리고, 아, 마릴라 아주머니. 미니 맥퍼슨이 제인에게 말해줬는데, 프리시 앤드루스가 사라 길리스에게 제 코가 아주 예쁘다고 하는 말을 들었대요. 마릴라 아주머니, 제 평생 그런 칭찬은 처음 들어봤어요. 기분이 얼마나 묘했는지 아주머니는 상상도 못하실 거예요. 마릴라 아주머니, 제 코가 정말 예뻐요? 아주머니는 사실대로 말해주실 거라는 걸 알아요."

"그 정도면 괜찮지." 마릴라는 퉁명스럽게 말했다. 내심 앤의 코가 아주 예쁘다고 생각했지만 그렇게 말해줄 마음은 전혀 없었다.

그게 3주 전이었는데 그 후로 지금까지 매사가 아주 순조로웠다. 그리고 상쾌한 9월의 아침, 에이번리에서 가장 행복한 두 소녀인 앤과 다이애나는 자작나무 길을 즐겁게 걸어가고 있었다. 다이애나가 말했다.

"오늘은 길버트 블라이스가 학교에 올 것 같아. 길버트는 여름 내내 뉴브런즈윅에 있는 사촌 집에 가 있다가 지난주 토요일에 집에 돌아왔거든. 길버트는 엄청 잘생겼어, 앤. 하지만 여자아이들을 놀리는 걸 좋아해. 아주 못살게 군다니까."

다이애나는 길버트에게 놀림을 당하고 싶은 것만 같았다.

"길버트 블라이스라고? 그거 줄리아 벨하고 같이 학교 현관 위에 적힌 이름 아니야? 이름 위에 '관심 집중'이라고 적혀 있던데?" 앤이 물었다.

"맞아. 하지만 길버트는 줄리아 벨을 별로 좋아하는 것 같지 않아. 길버트가 줄리아의 얼굴에 난 주근깨를 가지고 구구단을 공부했다고 했거든." 다이애나가 머리를 뒤로 젖히면서 말했다.

"아, 제발 내 앞에서 주근깨 이야기는 하지 마. 나같이 주근깨투성이인 아이에겐 너무 잔인하니까. 하지만 벽에 여자랑 남자 이름을 같이 써놓고 놀리는 건 정말 바보 같은 짓이라고 봐. 감히 내 이름을 남자아이 이름이랑 같이 쓰는 사람이 있는지 봐야겠어. 물론, 그럴 사람도 없겠지만."

앤은 서둘러 덧붙이고 한숨을 쉬었다. 벽에 자기 이름이 적히는 건 싫지만 절대 그럴 일이 없다고 생각하니 한편으로 조금 창피하기도 했다.

"말도 안 되는 소리." 검은 눈과 윤기 흐르는 머리로 에이번리 남학생들의 마음을 사정없이 흔들어놓아서 현관 위에 여섯 번이나 이름이 올랐던 다이애나가 말했다.

"그건 그냥 장난이야. 그리고 네 이름이 오를 일은 없을 거라고 장담하지 마. 찰리 슬론이 너에게 푹 빠져 있으니까. 찰리가 자기 엄마에게,

다른 사람도 아니고 무려 자기 엄마에게, 네가 학교에서 가장 똑똑한 여자아이라고 했대. 그건 예쁘다는 말보다 훨씬 더 좋은 말이잖아."

앤도 어쩔 수 없는 여자인지라 곧바로 반박했다.

"아니지, 그건 아니야. 난 똑똑하기보다 차라리 예쁘고 싶어. 그리고 찰리 슬론은 딱 질색이야. 그런 퉁방울눈은 너무 싫어. 만약 누가 내 이름과 그 아이 이름을 같이 써놓으면 가만 안 둘 거야, 다이애나. 하지만 반에서 1등을 놓치지 않아서 좋긴 해."

"길버트는 너랑 같은 반에 들어갈 거야. 그런데 길버트도 항상 1등만 했어. 열네 살이 다 됐는데도 길버트가 4학년인 이유는 4년 전에 요양하러 앨버타에 간 편찮으신 아버지를 따라가서 그런 거야. 거기서 지내는 3년 동안 학교는 거의 못 다녔대. 길버트가 오면 너도 1등 자리를 지키기가 쉽지 않을 거야, 앤."

"그거 좋네. 아홉 살 열 살 먹은 아이들 틈에서 1등하는 게 사실 그렇게 자랑스럽지만은 않았거든. 어제는 받아쓰기로 '비등'이란 단어를 썼어. 조시 파이가 제일 먼저 쓰긴 했는데 글쎄 슬쩍 책을 보고 쓰지 뭐야. 필립스 선생님은 프리시만 보느라 못 봤지만 내가 똑똑히 봤어. 내가 무시무시하게 노려봤더니 얼굴이 새빨개지면서 결국 고치더라."

그 말에 큰길로 가는 울타리를 넘던 다이애나가 화를 냈다.

"파이네 집 아이들은 다 속임수를 쓴다니까. 거티 파이는 어제 개울속 내 자리에다 자기 우유병을 담가놓았더라고. 어떻게 그럴 수가 있니? 그래서 개하고는 이제 말 안 해."

필립스 선생님이 교실 뒤쪽에서 프리시 앤드루스가 하는 라틴어를 듣고 있을 때 다이애나가 앤에게 속삭였다.

"통로 바로 맞은편에 앉아 있는 아이가 길버트 블라이스야, 앤. 정말 미남인지 아닌지 네 눈으로 확인해봐."

앤은 다이애나가 시키는 대로 길버트를 쳐다봤다. 마침 다이애나가 말한 길버트 블라이스가 앞에 앉아 있는 루비 길리스의 길게 땋아 내린 금발 머리를 길리스가 앉은 의자 등에 몰래 핀으로 꽂는 데 열중하고 있어서 잘 볼 수 있었다. 길버트는 키가 컸고, 곱슬곱슬한 갈색 머리였다. 갈색 눈동자에는 장난기가 가득했고, 입가에는 짓궂은 미소를 짓고 있었다. 마침 수학 문제의 답을 말하려고 일어서던 루비 길리스가 머리가 뿌리째 뽑혀 나갈 것처럼 비명을 지르며 다시 의자에 주저 앉았다. 모두 루비를 쳐다봤고 필립스 선생님이 엄하게 노려보자 루비는 울기 시작했다. 길버트는 아무도 몰래 얼른 핀을 뽑아버리고 아주 진지한 표정으로 역사책을 보는 척했다. 하지만 소동이 가라앉았을 때 길버트는 앤을 보고 익살스럽게 윙크를 해 보였다.

"네가 말한 그 길버트 블라이스는 잘생기긴 한 것 같아. 하지만 아주 뻔뻔스럽네. 모르는 여자아이에게 윙크를 하다니 무례한 짓이야." 앤이 다이애나에게 속삭였다.

하지만 오후가 되어 진짜 사건이 터졌다.

필립스 선생님은 교실 뒤쪽에서 프리시에게 대수를 설명하고 있었고 나머지 학생들은 사과를 먹거나, 친구들과 소곤거리거나, 석판에 그림을 그리거나, 귀뚜라미에 끈을 매서 통로 위아래로 끌고 다니고 있었다. 길버트 블라이스는 앤이 자길 보게 하려고 애를 쓰고 있었지만, 성공하지 못했다. 그 순간 앤은 길버트 블라이스뿐 아니라 에이번리 학교에 있는 다른 모든 학생들의 존재를 까맣게 잊고 있었기 때문이다. 앤은 두 손에 턱을 괸 채 서쪽 창문 너머로 반짝이는 호수의 파란 물결을 보면서 멀리 아름다운 꿈의 나라에서 상상에 빠져, 보지도 듣지도 못하고 있었다.

길버트 블라이스가 여자아이의 관심을 끄는 데 이렇게 완벽히 실패한 건 처음이었다. 빨간 머리에, 작고 뾰족한 턱에, 에이번리 학교의 여자아이들과는 달리 눈이 무척 큰 이 앤 셜리란 여자아이가 꼭 자기를 보게 만들겠다고 길버트는 생각했다. 길버트는 통로 너머로 손을 뻗어서 앤의 길게 땋아 내린 빨간 머리끝을 잡아서 들어 올리고 날카로운 목소리로 속삭였다.

"홍당무! 홍당무!"

순간 앤이 무시무시한 눈빛으로 길버트를 째려봤다. 그냥 보기만 한 게 아니었다. 앤이 벌떡 일어서면서 아름다운 환상도 박살났다. 앤의 분노가 이글거리는 눈에서 이내 눈물이 흘러내렸다.

"이 비열하고 밉살스런 자식! 감히 어떻게 그런 말을!"

격노한 앤이 소리쳤다. 그리고 퍽 소리가 났다. 앤이 길버트의 머리에 석판을 내리쳐서 두 쪽으로 박살내버렸다. 머리가 아니라 석판을.

에이번리 학생들은 항상 소란이 벌어지는 걸 좋아했다. 거기다 이건 끝내주게 재미있는 사건이었다. 모두 경악한 동시에 흥분해서 "와!" 하고 탄성을 질렀다. 워낙에 호들갑을 잘 떠는 루비 길리스는 울음을 터뜨렸다. 토미 슬론은 입을 떡 벌린 채 그 극적인 장면을 지켜보느라 가지고 놀던 귀뚜라미들이 모두 도망치는 것도 내버려뒀다.

필립스 선생님이 성큼성큼 걸어와 앤의 어깨에 한 손을 짚으며 성난 목소리로 물었다. "앤 셜리, 대체 이게 무슨 짓이냐?"

앤은 아무 대답도 하지 않았다. 전교생이 보는 앞에서 길버트가 자기를 '홍당무'라고 불렀다는 말을 차마 자기 입으로 옮길 수 없었다. 길버트가 먼저 용감하게 입을 열었다.

"제 잘못입니다, 선생님. 제가 앤을 놀렸어요."

필립스 선생님은 길버트가 하는 말은 들은 척도 하지 않았다.

"내 학생이 이렇게 못되게 성질을 부리다니 유감이구나." 필립스 선생님은 자기 제자라는 사실만으로도 어린 학생들의 마음에 있는 모든 나쁜 감정을 뿌리 뽑아야 한다는 투로 근엄하게 말했다.

"앤, 가서 오후 내내 칠판 앞에 있는 교단 위에 서 있어."

이런 벌을 받느니 차라리 회초리로 맞는 편이 나았을 것이다. 섬세한 앤의 영혼은 채찍으로 맞는 것처럼 사정없이 떨렸다. 앤은 하얗게 질리고 굳은 얼굴로 묵묵히 선생님의 지시에 따랐다. 필립스 선생님은 분필로 앤의 머리 위 칠판에 이렇게 썼다.

"앤 셜리는 성질이 아주 고약합니다. 앤 셜리는 성질을 다스리는 법을 배워야 합니다." 그리고 글을 읽지 못하는 1학년 아이들까지 알아들을 수 있도록 큰 소리로 읽었다.

앤은 오후 내내 그 칠판 밑에 서 있었다. 앤은 울지도 않고 고개를 숙이지도 않았다. 아직도 가슴속에 분노가 활활 타오르고 있어서 창피하고 굴욕스런 상황에서도 끝까지 버틸 수 있었다. 앤의 두 뺨은 새빨갛게 달아올라 있었고 분노에 찬 눈은 다이애나의 동정어린 시선과 찰리 슬론이 화가 나서 고개를 끄덕이는 모습과 조시 파이의 심술궂은 미소를 그대로 받아냈다. 길버트 블라이스는 쳐다보지도 않았다. 다시는 길버트를 보는 일 따위는 없으리라! 절대로 말도 섞지 않을 것이다!

수업이 끝났을 때 앤은 빨간 머리를 빳빳이 치켜들고 씩씩하게 걸어 나왔다. 길버트 블라이스가 현관문 앞에서 나가는 앤을 막으려고 했다.

"네 머리를 놀려서 정말 미안해, 앤. 진심이야. 나에게 영원히 화를 내진 말아줘." 길버트는 깊이 뉘우치는 목소리로 말했다.

앤은 길버트를 본체만체 싹 무시하며 지나쳤다.

"어떻게 그럴 수 있어, 앤?" 집에 같이 가는 길에 다이애나가 반쯤은 나무라고 반쯤은 감탄한 것처럼 말했다. 길버트가 그렇게 애원하면 자신은 절대 거부할 수 없었을 것이라고 다이애나는 생각했다.

앤이 단호하게 대답했다.

"난 절대로 길버트 블라이스를 용서하지 않을 거야. 그리고 필립스 선생님은 내 이름을 쓸 때 e를 빼먹으셨어. 내 결심은 확고해, 다이애나."

다이애나는 대체 앤이 무슨 말을 하는지 이해하지 못했지만 뭔가 끔찍한 뜻이라는 건 알아들었다. 다이애나가 다시 앤을 달랬다.

"길버트가 네 머리를 놀린 건 신경 쓰지 마. 걔는 여자아이들에게 다 그래. 내겐 머리가 너무 까맣다고 놀려댔어. 나보고 까마귀라고 수십 번도 넘게 불렀는걸. 그래도 길버트가 사과한 건 이번이 처음이야."

"까마귀라고 불리는 것과 홍당무라고 불리는 건 하늘과 땅 차이야. 길버트 블라이스는 내 마음을 갈기갈기 찢어놨어, 다이애나."

그 후로 다른 사건이 일어나지 않았더라면 이 문제는 더 큰 고통 없이 그럭저럭 지나갔을지도 모른다. 하지만 한번 나쁜 일이 일어나기 시작하면 좀처럼 멈춰지지 않는 법이다.

에이번리 학생들은 점심시간에 종종 언덕 너머 벨 아저씨네 넓은 목초지 맞은편 가문비나무 숲에 송진을 받으러 갔다. 거기서 보면 필립스 선생님의 하숙집인 이븐 라이트 씨의 집이 바로 보였다. 필립스 선생님이 거기서 나오는 모습을 보면 아이들은 곧바로 학교로 달려갔지만 하숙집에서 학교까지 오는 길보다 숲에서 학교까지 가는 길이 세 배나 더 멀어서 숨을 헐떡이며 학교에 도착하기 일쑤였고, 가끔은 3분 정도 늦기도 했다.

다음 날 필립스 선생님은 느닷없이 아이들의 버릇을 고쳐야겠다는 생각을 했다. 점심을 먹으러 하숙집에 가면서 자기가 돌아올 때까지 모두 제자리에 앉아 있으라고 지시했다. 늦게 돌아오는 사람은 벌을 주겠다는 말도 했다.

평소처럼 남자아이들과 여자아이들 몇 명이 벨 아저씨네 가문비나무 숲에 '한 번 씹을 만큼만' 송진을 따서 오겠다는 생각으로 갔다. 하지만 가문비나무 숲은 너무나 매혹적이었고 노란 송진을 찾는 건 무척 재미있었다. 아이들은 송진을 따면서 여기저기 어슬렁거렸다. 그러다 지미 글로버가 평소처럼 늙은 가문비나무 꼭대기에서 "선생님 오신다!"라고 소리치자 비로소 가야 할 시간이란 걸 깨달았다.

나무 밑에 있던 여자아이들이 먼저 뛰어서 아슬아슬하게 시간에 맞춰 도착했다. 급히 나무에서 미끄러져 내려와야 했던 사내아이들이 그 다음에 들어왔고, 송진은 따지 않았지만 숲 저쪽 끝에서 행복하게 돌아다니고 있던 앤은 꼴찌로 들어왔다. 앤은 허리까지 오는 고사리 덤불 속에서 조용히 노래를 흥얼거리며 마치 숲의 여왕이라도 되는 것처럼 머리에 백합 화관을 쓰고 있었다. 하지만 사슴처럼 빠르게 달려서 문 앞에서 남자아이들을 따라잡고 필립스 선생님이 교실에 모자를 걸고 있을 때 다른 남자아이들과 같이 교실에 들어왔다.

아이들의 버릇을 고치겠다는 충동적인 선생님의 열정은 사라져버렸다. 열댓 명이나 되는 아이들을 벌주는 것도 귀찮은 일이었다. 하지만 일단 약속을 했으니 뭐라도 해야 한다는 생각에 희생양을 찾다가 앤을 발견했다. 앤은 숨을 헉헉거리면서, 의자에 털썩 주저앉았는데, 깜빡 잊고 벗지 않은 백합 화관이 한쪽 귀에 비딱하게 걸려 있어서 유난히 부스스해 보였다.

"앤 셜리, 남자아이들과 같이 있는 걸 좋아하는 것 같으니 오늘 오후엔 너의 그런 취향을 만족시켜주마. 그 꽃들은 머리에서 치우고 길버트 블라이스 옆에 가서 앉아라." 필립스 선생님이 비꼬는 투로 말했다.

다른 남자아이들은 낄낄대며 웃었다. 앤에 대한 연민으로 얼굴이 창백해진 다이애나가 앤의 머리에서 화관을 벗겨주고 앤의 손을 꼭 쥐었다. 앤은 갑자기 돌로 변한 것처럼 선생님을 빤히 봤다.

"내가 한 말 못 들었니, 앤?" 필립스 선생님이 엄하게 다그쳤다.

"들었습니다, 선생님. 하지만 진심으로 하신 말은 아닐 거라고 생각합니다." 앤이 천천히 말했다.

"진심으로 한 말이다. 당장 내 말대로 해." 필립스 선생님은 아이들, 특히 앤이 싫어하는 빈정거리는 투로 말했다. 그 말이 앤의 아픈 상처를 헤집었다.

그 순간 앤은 선생님의 지시에 반항하려는 것처럼 보였다. 그러다 어쩔 수 없다는 걸 깨달았는지 도도하게 일어서서 통로를 건너갔다. 앤은 길버트 블라이스 옆에 앉아 책상에 팔을 대고 얼굴을 묻었다. 그런 앤의 얼굴을 힐끗 본 루비 길리스는 학교가 끝나고 집에 가는 길에 다른 아이들에게 말했다. "난 그런 얼굴은 또 처음 봐. 얼굴이 새하얗게 질려서는 빨간 주근깨들이 평소보다 훨씬 도드라지더라니까."

앤에게 이 사건은 세상이 끝난 거나 마찬가지인 충격을 주었다. 똑같이 잘못한 아이들 중에서 자기만 혼자 벌을 받은 것도 기분이 나쁜데 남자아이 옆에 앉으라는 벌은 더 나빴고, 그것도 모자라 그 아이가 길버트 블라이스라는 점에 앤은 더 이상 참을 수 없었다. 참으려고 해봤자 아무 소용없다는 느낌이 들었다. 수치심과 분노와 굴욕감으로 속이 부글부글 끓었다.

처음에 다른 아이들은 앤을 보면서 수군거리며 낄낄 웃고 팔꿈치로 쿡쿡 찔러댔다. 하지만 앤이 고개를 들지 않고, 길버트가 분수 문제를 푸는 데 일생이 걸린 것처럼 집중하자, 아이들도 곧 자신의 책으로 주의를 돌리면서 앤을 잊어버렸다. 필립스 선생님이 역사 시간이라고 외쳤을 때 앤도 수업을 들으러 나가야 했지만 꼼짝도 하지 않았다. 수업에 들어오기 전에 '프리실라에게'라는 시를 쓰고 있던 필립스 선생님은 시의 운을 맞추는 데 여념이 없어서 앤이 빠진 것도 몰랐다. 아무도 안 보고 있을 때 길버트가 책상에서 황금색으로 '넌 달콤해'라는 문구가 새겨진 하트 모양의 핑크색 캔디를 하나 꺼내서 앤의 팔 밑에 슬쩍 밀어 넣었다. 그러자 앤이 고개를 들고, 손가락 끝으로 그 캔디를 조심스럽게 집어서 바닥에 떨어뜨렸다. 그리고 가루가 되도록 밟고 나서, 길버트는 쳐다보지도 않고 다시 책상에 엎드렸다.

학교 수업이 끝났을 때 앤은 원래 자리로 걸어가서 그 안에 있는 책들과 석판과 펜과 잉크와 신약성서와 산수 책을 보란 듯이 꺼내서 두 동강이 난 석판 위에 단정하게 쌓아 올렸다.

"그것들은 왜 다 집으로 가져가는 거야, 앤?" 길가로 나오자마자 다이애나가 곧바로 물었다. 그전에는 감히 물어볼 생각도 하지 못했다.

"난 이제 학교에 안 나올 거야."

다이애나가 헉 숨을 들이쉬면서 앤의 얼굴을 봤다.

"마릴라 아주머니가 학교에 안 가게 놔두실까?"

"그러셔야 할 거야. 난 그 선생님이 있는 학교로는 절대 돌아가지 않을 거니까." 앤이 말했다.

다이애나는 금방이라도 울음이 터질 것 같은 얼굴이었다.

"아, 앤! 너 정말 진심이구나. 그럼 난 어떻게 해? 필립스 선생님이 분명 내 옆에 그 끔찍한 거티 파이를 앉히실 거야. 거티 파이는 지금 짝이 없으니까 그렇게 될 거라고. 제발, 학교는 다녀라, 앤."

"널 위해서라면 난 못할 게 별로 없어. 너에게 도움이 된다면 사지가 찢겨 나가도 괜찮아. 하지만 이건 할 수 없어. 그러니까 제발 부탁하지 마. 자꾸 그러면 내 마음이 너무 아프잖아."

다이애나가 안타까워하며 말했다.

"앞으로 재미있는 일이 얼마나 많을 텐데, 그걸 생각해봐. 우린 시냇가에 세상에서 가장 아름다운 새 집을 지을 거야. 다음 주엔 공놀이를 할 건데 넌 한 번도 해본 적이 없잖아. 그거 정말 어마어마하게 재미있어. 그리고 새로운 노래도 배울 거야. 제인 앤드루스가 지금 그 노래를 연습하고 있어. 앨리스 앤드루스는 다음 주에 새 소설책을 가져올 거야. 우리 모두 시냇가에 모여서 한 장씩 큰 소리로 읽을 거란 말이야. 너 낭독하는 거 아주 좋아하잖아, 앤."

그 어떤 말에도 앤은 흔들리지 않았다. 앤의 결심은 확고했다. 다시는 필립스 선생님이 있는 학교로 돌아가지 않을 것이다. 앤은 집에 갔을 때 마릴라 아주머니에게 그렇게 말했다.

"말도 안 되는 소리." 마릴라가 대꾸했다.

앤은 진지하면서도 힐난하는 눈빛으로 마릴라를 쏘아봤다.

"그렇지 않아요. 이해 못하시겠어요, 마릴라 아주머니? 전 모욕을 당했단 말이에요."

"모욕 같은 소리 한다! 내일 평소처럼 학교에 가."

앤은 고개를 살짝 저었다.

"아뇨, 안 갈래요. 다시는 가지 않겠어요, 마릴라 아주머니. 공부는 집에서 하고, 착하고 얌전히 지내겠어요. 할 수 있으면 입도 다물고 있을게요. 하지만 학교는 가지 않을래요."

마릴라는 앤의 작은 얼굴에서 절대 굽히지 않을 고집을 읽었다. 저 고집을 꺾으려면 꽤나 애를 먹을 거라는 생각이 들었지만 지금은 더 이상 아무 말도 하지 말자고 현명한 결정을 내렸다. 마릴라는 생각했다.

'오늘 저녁에 레이철에게 의논해봐야겠어. 지금 앤을 설득해봤자 소용없을 것 같아. 앤은 너무 흥분한 데다 한번 마음을 먹으면 황소고집이니까. 앤 이야기를 들어봐선 필립스 선생이 좀 멋대로 문제를 처리해 온 것 같군. 하지만 앤에게 그런 말을 해봤자 좋을 것도 없고. 레이철하고 이야기를 해봐야지. 레이철은 아이를 열이나 학교에 보내봤으니 어떻게 해야 할지 알겠지. 지금쯤이면 전후 사정도 다 들었을 테니.'

마릴라가 찾아가자 린드 부인은 평소처럼 아주 부지런하고 기분 좋게 뜨개질을 하고 있었다.

"내가 왜 왔는지 알겠군요." 린드 부인이 고개를 끄덕였다.

"학교에서 앤이 일으킨 소동 때문이죠. 틸리 볼터가 오늘 집에 가는 길에 들러서 이야기해줬어요."

"그 아이를 어떻게 해야 좋을지 모르겠어요. 다시는 학교에 가지 않겠다고 선언하더라고요. 앤이 그렇게 흥분하는 건 처음 봤어요. 그 애가 학교에 다니기 시작한 이후로 말썽이 생길 거라고 예상은 하고 있었어요. 어쩐지 너무 술술 풀린다 싶었죠. 앤은 지금 무척 흥분해 있어요. 어떻게 해야 할까요, 레이철?" 마릴라가 말했다.

"글쎄요, 그렇게 물어보니 말인데요, 마릴라." 남들이 조언을 구하러 오는 걸 좋아하는 린드 부인이 상냥하게 말했다.

"나라면 우선은 앤이 하자는 대로 해주겠어요. 내가 보기엔 이번 일은 필립스 선생님이 잘못한 것 같아요. 물론 그 아이에겐 그렇게 말해서 좋을 것 없다는 건 마릴라 당신도 알겠죠. 어제 앤이 성질을 부려서 선생님이 벌을 준 건 잘한 일이죠. 하지만 오늘은 경우가 달라요. 앤과 같이 늦게 온 다른 아이들도 벌을 받았어야죠. 그리고 벌로 여자아이를 남자아이 옆에 앉게 하는 것도 좋지 않다고 생각해요. 그건 적절한 방법이 아니었어요. 틸리 볼터가 아주 화가 많이 나 있더라고요. 틸리는 앤의 편을 들면서 다른 아이들도 다 그렇게 생각한다고 하더군요. 아무튼 앤이 아이들에게 인기가 많은가 봐요. 그렇게 아이들하고 잘 지낼 거라곤 생각하지 못했는데."

"그럼 정말 앤이 집에 있게 놔두는 편이 좋다고 생각하는 건가요?"

"그래요. 저라면 앤의 입에서 학교 가겠다는 말이 나오기 전까지는 일절 말하지 않겠어요. 상황에 따라서 한두 주 정도 지나면 화도 가라앉고 다시 학교에 갈 마음이 들 거예요. 그런데 당신이 지금 당장 학교로 돌아가라고 하면 다음번에는 어떤 소란을 일으키고 말썽을 부릴지 아무도 모를 일이에요. 이런 일은 가만히 놔두는 게 최선이라고 봐요. 학교에 가지 않는다고 해서 학교 공부에 크게 뒤처지는 일도 없을 거예요. 필립스 선생님은 교사로서 별로 자질이 없는 것 같아요. 그분의 교육 방식에 대해서도 말이 많아요. 어린 학생들은 방치하고 퀸스 아카데미에 갈 고학년들에게만 너무 매달려 있다고 하더군요. 그 사람 삼촌이 학교 이사만 아니었더라면 임기가 연장되지 않았을지도 몰라요. 그이사란 사람이 다른 이사 두 명을 꽉 잡고 있으니까 그나마 그렇게 붙어 있는 거지. 정말 이 섬의 교육이 어떻게 되려는지 모르겠어요."

린드 부인은 자신이 이 지역의 교육을 책임지게 되면 상황이 훨씬 나아지기라도 할 것처럼 고개를 절레절레 흔들었다.

마릴라는 린드 부인의 조언을 받아들여 다시는 앤에게 학교로 돌아가라는 말을 하지 않았다. 앤은 집에서 공부하고, 집안일을 돕고, 보랏빛 가을 황혼이 물드는 쌀쌀한 저녁에 다이애나와 같이 놀았다. 하지만 길에서나 주일학교 가는 길에 길버트 블라이스와 우연히 마주치면 앤은 자신과 화해하고 싶어 하는 길버트를 냉정하게 무시하고 지나갔다. 다이애나가 화해하도록 중간에서 애를 썼지만 아무 소용이 없었다. 앤은 평생 길버트 블라이스를 증오하기로 마음먹은 게 분명했다.

사랑도, 증오도 열정적으로 하는 앤은 길버트에 대한 증오가 큰 만큼 다이애나에 대한 애정도 깊었다. 어느 날 저녁 마릴라는 과수원에서 딴 사과를 한 바구니 안고 들어오다가 앤이 땅거미가 지는 동쪽 다락방 창가에 홀로 앉아 서글프게 흐느껴 울고 있는 모습을 보았다.

"무슨 일이니, 앤?" 마릴라가 물었다.

앤이 엉엉 울면서 대답했다.

"다이애나 때문에요. 전 다이애나를 너무 사랑해요, 마릴라 아주머니. 다이애나 없인 못 살겠어요. 하지만 우리가 어른이 되면 다이애나는 결혼해서 저를 떠나 멀리 가겠죠. 아, 그럼 전 어떻게 해요? 전 다이애나의 남편을 증오해요. 너무너무 증오해요. 전 다이애나의 결혼식을 상상하고 있었어요. 눈처럼 하얀 드레스를 입고, 베일을 쓰고, 여왕처럼 아름답고 당당해 보이는 다이애나의 모습을 그려봤어요. 전 신부들러리로 퍼프소매의 아름다운 드레스를 입고 있어요. 얼굴엔 미소를 짓고 있지만 제 가슴은 찢어질 것 같아요. 그리고 다이애나에게 작별인사를 해요. 안녕……." 앤은 여기까지 말하고 다시 서럽게 통곡했다.

마릴라는 웃음이 터질 것 같아 씰룩거리는 얼굴을 감추려고 얼른 돌아섰지만 소용이 없었다. 마릴라는 가까이 있는 의자에 허물어지듯 앉아서 모처럼 큰 소리로 웃음을 터뜨렸다. 밖의 마당을 건너오던 매슈는 마릴라를 보고 깜짝 놀라 멈춰 섰다. 마릴라가 저렇게 웃는 소리를 언제 들어봤던가?

"아이고, 앤 셜리. 그렇게 사서 걱정하고 싶으면 집안일이나 걱정하려무나. 넌 정말 상상력 하나는 타고났구나." 마릴라가 겨우 웃음을 그치고 말했다.

16

비극으로 끝난 다이애나와의 티파티

초록 지붕 집의 10월은 아름답다. 골짜기의 자작나무들이 햇빛 같은 황금색으로 변신하고 과수원 뒤의 단풍나무들이 위풍당당한 진홍색으로 물들고, 길가에 줄줄이 선 벚나무들은 검붉은 색과 청동빛 초록색으로 차려입었다. 수확을 마친 들판도 나른하게 햇볕을 쬐고 있었다.

앤은 다채로운 색으로 가득 찬 주위 풍경에 흠뻑 빠져 있었다.

"아, 마릴라 아주머니." 앤은 어느 토요일 아침에 색색으로 단풍이 든 가지들을 두 팔 가득 안고 춤을 추듯 걸어 들어오면서 외쳤다.

"전 10월이 있는 세상에 살고 있어서 기뻐요. 10월 없이 9월에서 11월로 곧장 넘어가버린다면 끔찍할 것 같아요, 그렇지 않나요? 이 단풍나무 가지들 좀 보세요. 보기만 해도 가슴이 두근거리지 않으세요? 이걸로 제 방을 장식할 거예요."

"아유, 너저분하게. 넌 툭하면 밖에서 뭘 주워와서 방을 죄다 어질러 놓는구나, 앤. 침실은 잠을 자라고 있는 방이야." 미적 감각이라곤 하나도 없는 마릴라가 대꾸했다.

"아, 그리고 꿈을 꾸는 곳이기도 하죠, 마릴라 아주머니. 예쁜 것들이 있는 방에선 꿈도 더 좋은 꿈을 꾼다고요. 전 이 가지들을 오래된 파란색 물병에 꽂아서 테이블 위에 놔둘 거예요."

"방에 가지고 올라가다 계단에 이파리들 떨어지지 않게 조심해라. 난 오늘 오후에 자선 모임 때문에 카모디에 갈 거다, 앤. 날이 저물어야 돌아올 것 같구나. 네가 매슈 아저씨와 제리에게 저녁을 차려드려야 한다. 그러니까 지난번처럼 식탁에 앉을 때까지 까맣게 잊어버리지 말고 미리 차를 준비해."

앤이 미안해하며 말했다.

"지난번엔 깜박해서 죄송했어요. 그때 전 제비꽃 골짜기 이름을 생각하느라 다른 생각은 할 틈이 없었어요. 매슈 아저씨는 정말 좋아요. 절대로 절 야단치지 않으세요. 아저씨가 직접 차를 끓이시고 조금만 기다리면 된다고 하셨어요. 그래서 기다리는 동안 아저씨에게 아주 아름다운 요정 이야기를 해드렸어요. 그래서 아저씨가 지루해 하지 않으셨어요. 그건 정말 아름다운 요정 이야기였는데, 마릴라 아주머니. 결말을 잊어버려서 그냥 지어냈는데 아저씨는 전혀 눈치 못 챘다고 하셨어요."

"매슈 아저씨는 네가 한밤중에 일어나서 저녁을 먹자고 해도 좋다고 생각하겠지. 하지만 이번에는 정신 똑바로 차리고 있어야 한다. 그리고 이래도 좋을지 모르겠다만, 네가 또 바보짓을 할지도 몰라서, 다이애나를 데리고 와서 오후에 여기서 같이 차를 마셔도 된다."

앤이 두 손을 맞잡았다.

"아, 마릴라 아주머니! 정말 너무나 근사해요! 아주머니도 결국 상상력이 있었던 거네요. 그렇지 않았다면 제가 얼마나 그러고 싶었는지 이해하지 못하셨을 거잖아요. 그럴 수 있다면 아주 근사하고 어른이 된 것처럼 느껴질 것 같아요. 제 손님이 와 있으면 차 준비하는 걸 깜박할 걱정도 없잖아요. 아, 마릴라 아주머니, 그 장미 무늬 찻잔 세트를 써도 될까요?"

"아니, 안 된다! 장미 무늬 찻잔 세트라니! 그러다 다음번엔 또 뭘 달라고 하려고? 내가 목사님이나 봉사 모임 회원들을 접대할 때 말고는 그 찻잔을 안 쓰는 거 알잖니. 넌 낡은 갈색 찻잔을 써라. 하지만 노란 항아리에 든 체리 잼은 먹어도 된다. 맛이 들 때가 됐으니 먹어도 될 거야. 과일 케이크와 쿠키와 비스킷도 먹으렴."

앤은 황홀한 표정으로 눈을 감으며 말했다.

"제가 식탁 윗자리에 앉아서 차를 따르는 모습이 상상돼요. 그리고 다이애나에게 차에 설탕을 넣을지를 물어보는 거죠! 물론 안 넣는 거 알고 있지만 그냥 모르는 것처럼 물어보는 거예요. 다이애나에게 과일 케이크도 한 조각 더 먹고 잼도 더 먹으라고 권할 거예요. 아, 마릴라 아주머니, 생각만 해도 아주 기분이 좋아져요. 다이애나가 왔을 때 손님방에 데려가서 모자를 놔둬도 될까요? 그다음에 응접실에 가서 있어도 되나요?"

"안 된다. 너와 네 손님은 거실이면 충분해. 하지만 지난번 교회 행사에서 마시고 남은 딸기 주스가 반병쯤 있단다. 거실 찬장의 두 번째 선반에 있으니까 마시고 싶으면 다이애나와 같이 마셔. 오후에는 쿠키를 같이 먹어도 되고. 매슈 아저씨는 감자를 배에 실어주고 올 거라서 늦으실 거야."

앤은 골짜기로 날아가듯 달려가서, 드라이어드 샘을 지나 가문비나무 길을 올라가 과수원 언덕으로 가서 다이애나에게 차를 마시러 오라고 초대했다. 마릴라가 카모디로 마차를 몰고 떠난 직후에 다이애나는 차를 마시러 온 손님에 걸맞게 두 번째로 좋은 옷을 차려입고 왔다. 다른 때 같으면 노크도 안 하고 곧바로 부엌으로 달려왔겠지만 이번에는 얌전을 빼며 현관문을 두드렸다. 역시 두 번째로 좋은 옷을 입은 앤이 점잖게 문을 열었을 때 두 소녀는 처음 만난 사이처럼 진지하게 악수했다. 앤의 안내를 받은 다이애나가 동쪽 다락방으로 가서 모자를 벗고 거실에서 발을 모으고 앉았다. 그 후로 10분간이나 이렇게 부자연스럽고 엄숙한 분위기가 계속되었다.

"어머니는 건강이 어떠세요?" 앤은 그날 아침에 아주 건강하고 원기왕성한 배리 부인이 사과를 따는 모습을 전혀 보지 못한 것처럼 공손하게 물었다.

"어머니는 괜찮으세요, 감사합니다. 커스버트 씨는 오늘 오후에 감자를 가지고 릴리 샌즈에 가셨겠네요?" 그날 아침 매슈의 마차를 타고 하면 앤드루스 씨의 집까지 갔던 다이애나가 물었다.

"네. 올해는 감자가 풍년이네요. 댁의 감자도 수확이 좋았으면 하네요."

"아주 좋았어요, 감사해요. 사과는 많이 따셨나요?"

"아, 아주 많이 땄지." 앤은 점잔 빼는 걸 잊고 벌떡 일어섰다.

"과수원에 가서 사과 따먹자, 다이애나. 마릴라 아주머니가 나무에서 아직 안 따고 남아 있는 사과는 다 먹어도 된다고 하셨어. 아주머니는 아주 인심이 좋은 분이셔. 차 마실 때 과일 케이크와 체리 잼도 같이 먹어도 된다고 하셨어. 하지만 손님에게 접대할 음식을 미리 말하는 건 예의가 아니지. 그러니까 우리가 오늘 마실 음료수 이야기는 하지 않겠어. 다만 '딸'로 시작해서 '스'로 끝나는데 아주 밝은 빨간색이야. 난 밝고 빨간 음료수가 좋아, 너도 그렇지 않니? 다른 색보다 맛이 두 배는 더 좋다니까."

소녀들은 가지가 휘어질 만큼 사과가 주렁주렁 열린 과수원에서 오후 내내 무척 재미있게 놀았다. 아이들은 서리를 맞지 않은 과수원 구석의 초록색 풀밭에 앉아 부드럽고 따뜻한 가을 햇볕을 쬐며 사과를 먹고 열심히 수다를 떨었다. 다이애나는 학교에서 일어난 여러 가지 일을 이야기해주었다. 다이애나는 거티 파이와 같이 앉아야 해서 너무 싫었다고 했다. 거티는 글씨를 쓸 때마다 연필로 끽끽 긁는 소리를 내서 소름이 끼친다고 했다. 루비 길리스는 크리크에 사는 메리 조 할머니에게서 받은 마법의 조약돌로 사마귀를 다 없앴다고 했다. 그 조약돌로 사마귀를 문지른 다음에 초승달이 뜰 때 왼쪽 어깨 너머로 던지면 사마귀가 다 없어진단다. 현관 위에 누군가가 찰리 슬론과 엠 화이트를 같이 써놓아서 엠 화이트가 엄청 화를 냈고, 샘 볼터는 필립스 선생님 수업 시간에 '건방지게 굴어서' 필립스 선생님에게 회초리로 맞았다. 다음 날 샘의 아버지가 학교에 오셔서 다시는 자기 자식에게 손을 대지 말라고 따끔하게 말을 하고 갔다고 했다. 그리고 매티 앤드루스는 빨간 새 모자에 파란색 술이 달린 새 옷을 입고 와서 어쩌나 잘난 척을 하는지 아니꼬워 죽을 뻔했다고 했다. 리지 라이트는 메이미 윌슨의 큰 언니가 리지 라이트의 큰 언니와 남자 문제로 절교하는 바람에 메이미 윌슨과 말을 하지 않는다고 했다. 모두 앤을 너무나 그리워하고 앤이 다시 학교에 나오길 바라고 있다고 했다. 그리고 길버트 블라이스는……

앤은 길버트 블라이스에 대한 소식은 듣고 싶어 하지 않았다. 앤은 벌떡 일어나서 집에 들어가 딸기 주스를 마시자고 제안했다.

거실 찬장의 두 번째 선반을 봤지만 거기에 주스 병은 없었다. 다시 찾아보자 맨 위 선반에 있었다. 앤은 쟁반에 딸기 주스 병을 담아서 컵 하나와 함께 식탁 위에 올려놨다.

"자, 마음껏 마셔요, 다이애나. 난 지금은 생각이 없어요. 사과를 잔뜩 먹었더니 배가 부르네요." 앤이 예의를 차려 말했다.

다이애나는 컵에 가득 주스를 따르고, 그 선명한 붉은색을 감탄하며 보더니, 우아하게 조금씩 마셨다.

"이 딸기 주스 정말 맛있다. 딸기 주스가 이렇게 맛있을 줄 몰랐어."

"맛있다니 정말 기뻐요. 마시고 싶은 만큼 마셔요. 난 밖에 가서 불을 좀 보고 올게요. 집안일이라는 게 워낙 할 일이 많잖아요."

앤이 부엌에서 돌아왔을 때 다이애나는 딸기 주스를 두 잔째 마시고 있었다. 그리고 더 마시라는 앤의 권유에 사양하지 않고 세 잔을 마셨다. 잔에 가득 따라 마시는 걸 보니 아주 맛있는 모양이었다.

"지금까지 마셔본 것 중에 가장 맛있어. 린드 아주머니네 주스보다 더 맛있어. 린드 아주머니는 자랑을 많이 하시지만. 린드 아주머니 주스랑은 맛이 전혀 달라." 다이애나가 말했다.

"나도 마릴라 아주머니가 담근 딸기 주스가 린드 아주머니 주스보다 훨씬 맛있을 거라고 생각해. 마릴라 아주머니는 요리 솜씨가 좋기로 유명하시잖아. 아주머니가 내게 요리하는 법을 가르치려고 애를 쓰고 계시지만 정말 만만치 않아. 요리는 상상할 거리가 별로 없거든. 그냥 조리법대로 해야 하니까. 지난번에 케이크를 만들었을 때는 깜빡 하

173

고 밀가루를 안 넣었지 뭐야. 그때 난 너와 내가 나오는 아주 근사한 이야기를 생각하고 있었어, 다이애나. 네가 천연두에 걸려 목숨이 위태로운데 모두 널 버린 거야. 하지만 난 용감하게 네 옆을 지키면서 간호해서 다시 건강을 회복하게 만들었어. 하지만 이번엔 내가 천연두에 걸려서 죽었지 뭐야. 난 묘지에 있는 포플러 나무 밑에 묻혔고 넌 나의 무덤가에 장미 나무를 심고 네 눈물로 물을 줘. 그리고 자신의 목숨을 바쳐 널 구한 친구를 결코 잊지 않게 돼. 아, 그건 너무나 슬픈 이야기였어, 다이애나. 케이크의 밀가루 반죽을 하는 동안 내 뺨에 눈물이 비 오듯 흘러내렸지. 하지만 그러다 밀가루 넣는 걸 깜박해서 케이크는 처참하게 실패해버린 거야. 너도 알겠지만 밀가루 없인 케이크를 만들 수 없잖아. 마릴라 아주머니는 아주 크게 화를 내셨는데 당연하지. 난 아주머니에게 아주 큰 골칫거리야. 지난주에는 푸딩 소스 때문에 아주 큰 망신을 당하셨거든. 우리는 화요일에 저녁 식사로 자두 푸딩을 먹었는데 푸딩 절반하고 소스가 한 항아리 남은 거야. 마릴라 아주머니는 그걸로 식사를 한 번 더 할 수 있다면서 그걸 식료품 저장실 선반에 두고 뚜껑을 잘 덮어놓으라고 하셨어. 나도 그러려고 했어, 다이애나. 그런데 그걸 가지고 저장실로 내려갈 때 내가 수녀라는 상상을 한 거야. 물론 난 개신교 신자지만 가톨릭 신자라고 상상했지. 난 내가 세상과 격리된 수녀원에서 실연의 아픔을 숨기기 위해 베일을 쓴 수녀라고 상상했어. 그러다 푸딩 소스에 뚜껑을 덮는 걸 까맣게 잊어버린 거야. 다음 날 아침에 퍼뜩 생각이 나서 식료품 저장실로 달려갔어. 다이애나, 그 푸딩 소스 항아리에 생쥐 한 마리가 빠져서 죽어 있는 걸 보고 내가 얼마나 깜짝 놀랐을지 상상해봐! 난 스푼으로 그 생쥐를 건져내서 마당에 던진 후에 스푼을 세 번이나 물로 씻었어. 마릴라 아주머니는 밖에서 우유를 짜고 계셨지. 아주머니가 들어오시면 그 소스를 돼지들에게 줘도 될지 물어보려고 난 단단히 마음먹고 있었어. 하지만 아주머니가 들어오셨을 때 난 또다시 내가 서리의 요정으로 숲속을 걸어 다니면서 나무들을 빨갛고 노랗게 물을 들이고 있다는 상상을 하고 있었어. 무슨 색이든 나무들이 원하는 색으로 말이야. 그래서 푸딩 소스는 까맣게 잊어버린 거야. 마릴라 아주머니는 내게 사과를 따오라고 시키셨지. 그런데 글쎄, 그날 아침에 스펜서베일에서 체스터 로스 부부가 우리 집에 오신 거야. 너도 그 멋진 분들 알지? 특히 체스터 로스 부인은 정말 세련되었지. 마릴라 아주머니가 식사 준비가 다 됐다고 부르셔서 우리 모두 식탁에 앉았어. 난 체스터 로스 부인에게 비록 내가 예쁘진 않아도 숙녀처럼 보이고 싶어서 최대한 공손하고 얌전하게 있었어. 모든 것이 다 잘 풀려가다가 마릴라 아주머니가 한 손에는 자두 푸딩을, 다른 손에는 따뜻하게 데운 푸딩 소스 항아리를 들고 오시는 걸 봤어. 다이애나, 그땐 정말 끔찍했어. 순간 푸딩소스가 기억난 나는 그 자리에서 벌떡 일어서서 냅다 소리를 질렀지. '마릴라 아주머니, 그 푸딩 소스는 쓰시면 안 돼요. 거기에 생쥐 한 마리가 빠져 죽었거든요. 말씀드린다는 걸 깜박했어요!'

아, 다이애나, 내가 백 살까지 산다 해도 그 끔찍한 순간은 절대 잊지 못할 거야. 체스터 로스 부인이 어안이 벙벙한 얼굴로 날 보시는데, 난 너무 창피해서 땅속으로 꺼져버리고 싶었어. 체스터 로스 부인은 완벽하고 우리도 당연히 그럴 거라고 생각하고 있었을 텐데. 마릴라 아주머니는 얼굴이 시뻘게졌지만 그때는 한 마디도 하지 않으셨어. 그냥 푸딩과 소스를 가져가고 딸기 잼을 내오셨어. 나에게도 좀 먹으라고 권하셨지만 한입도 삼킬 수 없었지. 그때는 내 머리 위에서 이글이글 타오르는 숯덩이가 계속 쌓여가는 것 같더라니까. 체스터 로스 부인이 가신 후에 마릴라 아주머니에게 어마어마하게 야단맞았어. 어머, 다이애나, 왜 그래?"

다이애나가 비틀거리며 일어서다가 주저앉으면서 머리를 짚었다. 그러다 조금 어눌한 목소리로 말했다.

"난, 난 속이 너무 안 좋아. 난, 난 지금 당장 집에 가야겠어."

"아, 차도 안 마시고 갈 생각은 하지 마. 당장 차를 내올게. 당장 차를 끓일게." 앤이 안타까운 마음에 부르짖었다.

"난 집에 갈래." 다이애나는 어눌하지만 단호하게 말했다.

"그럼 뭐라도 좀 먹고 가. 과일 케이크랑 체리 잼을 좀 내올게. 저기 소파에 잠깐 누워 있으면 괜찮아질 거야. 어디가 어떻게 안 좋아?" 앤이 애원하며 물었다. 하지만 소용없었다.

"난 집에 가야 해." 다이애나는 그 말만 했다.

"손님이 차도 안 마시고 집에 간다는 말은 들어본 적이 없는데. 아, 다이애나, 네가 정말 천연두에 걸리는 게 가능한 걸까? 네가 정말 그 병에 걸렸다면 내가 널 간호할게. 그 점은 믿어도 좋아. 난 절대로 널 저버리지 않을 거야. 하지만 차를 마실 때까지 네가 있었으면 좋겠어. 어디가 안 좋니?" 앤이 슬픈 표정으로 물었다.

"너무 어지러워." 다이애나가 말했다.

다이애나는 정말 어지러운 것처럼 비틀거리며 걸었다. 실망감으로 눈에 눈물을 글썽거리는 앤이 다이애나의 모자를 들고 배리 아저씨네 뜰 울타리까지 다이애나를 데려다줬다. 그러고 나서 집까지 내내 울면서 돌아왔다. 그리고 슬픔에 잠겨 남은 딸기 주스를 식료품 저장실에 넣고 기운 없이 매슈와 제리를 위해 차를 준비했다.

다음 날은 일요일이었는데, 새벽부터 땅거미가 질 때까지 비가 억수같이 쏟아져 내렸다. 덕분에 앤은 집에서 한 발자국도 나가지 못했다. 월요일 오후에 마릴라가 린드 부인 집에 심부름을 보냈다. 앤은 금방 눈물 바람으로 돌아왔다. 부엌으로 달려들어온 앤은 괴로워서 어쩔 줄 모르며 소파에 몸을 던지고 울부짖었다.

"대체 무슨 일이니, 앤? 설마 또 린드 부인에게 못되게 군 건 아니겠지?" 영문을 몰라 깜짝 놀란 마릴라가 물었다.

앤은 아무 대꾸도 하지 않은 채 더 서럽게 흐느껴 울었다.

"앤 셜리, 어른이 물어보면 대답을 해야지. 당장 일어나서 대체 왜 그렇게 우는지 이유를 말해봐."

앤이 비극의 화신 같은 모습으로 일어나 앉았다.

"린드 아주머니가 오늘 배리 아주머니를 보러 가셨는데 배리 아주머니가 화가 잔뜩 나셨대요. 토요일에 제가 다이애나를 엉망으로 취하게 만들어서 남부끄러운 몰골로 집에 보냈다고 배리 아주머니가 그러셨대요. 그리고 제가 아주 못되고 나쁜 여자아이가 틀림없으니 다시는, 다시는 다이애나와 놀지 못하게 하겠다고 하셨다는 거예요. 아, 마릴라 아주머니. 전 괴로워서 죽을 것 같아요."

마릴라는 놀라서 멍하니 앤을 바라보다 이내 정신을 차리고 입을 열었다.

"다이애나를 취하게 만들다니! 앤, 너 아니면 배리 부인이 정신 나간 거니? 대체 다이애나에게 뭘 줬니?"

앤은 엉엉 울면서 말했다.

"딸기 주스밖에 안 줬어요. 딸기 주스를 마시고 취할 줄은 몰랐어요, 마릴라 아주머니. 큰 컵으로 세 컵이나 마신다고 해도 말이죠. 아, 말하고 보니 완전, 완전 토머스 아주머니의 남편같이 말하고 말았네요! 하지만 절대로 다이애나를 취하게 하려는 마음은 없었어요."

"취하다니 말도 안 되는 소리!" 마릴라는 그렇게 외치면서 거실 찬장으로 갔다. 선반 위에 있는 병에 마릴라가 3년 전에 집에서 담근 포도주가 들어 있는 걸 곧바로 알아차렸다. 마릴라가 담근 포도주는 에이번리 마을에서 맛이 좋기로 유명했지만 배리 부인처럼 완고한 사람들은 포도주를 담그는 것을 몹시 못마땅해 했다. 그걸 보자 딸기 주스는 앤에게 말해준 것처럼 거실 찬장이 아니라 지하실에 뒀다는 기억이 났다.

마릴라는 그 포도주 병을 손에 들고 부엌으로 돌아왔다. 참으려고 해도 웃음이 터질 것 같아 얼굴이 씰룩거렸다.

"앤, 넌 정말 말썽 피우는 재주는 천재적이구나. 네가 다이애나에게 준 건 딸기 주스가 아니라 포도주였어. 넌 맛의 차이도 모르니?"

앤이 대답했다.

"전 입도 안 댔어요. 그냥 그게 주스라고 생각했어요. 전 정말, 다이애나에게 손님 접대를 아주 잘하고 싶었단 말이에요. 다이애나는 속이 너무 안 좋아서 집에 가야겠다고 했어요. 배리 아주머니가 린드 아주머니에게 다이애나가 완전히 고주망태가 됐다고 말했대요. 배리 아주머니가 다이애나에게 무슨 일이냐고 묻는데 다이애나는 바보처럼 웃기만 하다가 몇 시간이나 곯아떨어졌대요. 배리 아주머니가 냄새를 맡아보고 술에 취한 걸 아셨대요. 다이애나는 어제 하루 종일 끔찍한 두통에 시달렸고요. 배리 아주머니는 화가 머리끝까지 나셨어요. 아주머니는 제가 일부러 그랬다고 생각하실 거예요."

마릴라가 퉁명스럽게 말했다.

"딸기 주스든 뭐든 세 컵씩이나 마실 정도로 식탐을 부리는 다이애나를 벌줬어야지. 세 잔을 마셨으면 그게 포도주가 아니라 딸기 주스라도 배탈이 났을 거다. 참나, 이 일 때문에 내가 포도주를 담그는 걸 못마땅해 하는 사람들은 얼씨구나 하겠구나. 목사님이 반대하셔서 3년 동안 담그지 않고 있었던 건데. 그 포도주는 아플 때 쓰려고 간직해둔 거야. 자, 얘야, 이제 그만 울어라. 이런 일이 일어나서 유감이긴 하다만 네 잘못은 아닌 것 같다." 마릴라가 앤을 달랬다.

"울지 않을 수 없어요. 제 가슴이 갈기갈기 찢어졌는걸요. 하늘의 별들도 제 편이 아닌가 봐요, 마릴라 아주머니. 다이애나와 전 영원히 못만나게 됐어요. 아, 마릴라 아주머니, 우리가 마음의 친구가 되기로 맹세를 한 후로 이런 날이 오리라곤 생각지도 못했어요."

"바보 같은 소리. 네 잘못이 아니란 걸 알게 되면 배리 아주머니는 마음을 바꿀 거다. 아주머니는 네가 장난쳤다고 생각하는 것 같구나. 네가 오늘 저녁에 가서 아주머니에게 사정을 말씀드리는 게 좋겠다."

"화가 난 다이애나 어머니를 뵐 생각을 하니 용기가 안 나요. 아주머니가 가주시면 안 될까요? 아주머니는 저보다 100배는 더 위엄 있으시잖아요. 저보다는 아주머니 말을 더 잘 들으실 것 같아요." 앤이 한숨을 쉬며 말했다.

그게 더 나을 것 같다고 생각한 마릴라는 흔쾌히 동의했다.

"흠, 그러자꾸나. 이제 그만 그쳐라, 앤. 다 괜찮아질 거야."

마릴라는 과수원 언덕에서 돌아오면서 그 생각을 바꿨다. 기다리고 있던 앤이 마릴라를 맞으러 현관으로 달려 나왔다.

앤은 슬픈 목소리로 부르짖었다.

"아, 마릴라 아주머니 표정을 보니 아무 소용없었군요. 배리 아주머니가 절 용서하지 않으셨나요?"

"배리 부인도 참!" 마릴라는 쏘아붙였다.

"나 원 살다 살다 그렇게 꽉 막힌 여자는 처음 본다. 내가 그건 다 실수였고 네 잘못이 아니라고 말했는데도 막무가내로 내 말을 안 믿더구나. 그리고 내 포도주 탓을 하면서 포도주가 사람들에게 해롭지 않다고 하지 않았냐고 꼬투리를 잡았어. 난 포도주는 원래 한 번에 세 컵씩이나 마시는 것도 아니고, 내가 키우는 아이가 그렇게 식탐을 부렸으면 엉덩이를 때려서라도 술이 번쩍 깨게 해줬을 거라고 했다."

화가 가시지 않은 마릴라는 부엌으로 휙 들어가버리고 심란해진 앤은 현관에 남았다. 앤은 이내 황혼이 내린 쌀쌀한 가을 저녁에 모자도 안 쓰고 밖으로 나갔다. 앤은 굳게 마음을 먹고 시든 클로버 풀밭을 지나 통나무 다리를 건너 서편 숲 위에 창백한 달이 낮게 걸린 가문비나무 숲을 올라갔다. 수줍게 문을 두드리는 소리에 나온 배리 부인은 입술이 하얗게 질린 앤이 애원하는 눈빛으로 문 앞에 서 있었다.

배리 부인의 표정이 굳었다. 배리 부인은 편견도 심하고 호불호가 강한 사람으로, 한번 화가 나면 차갑고 뚱해져서 여간 풀기 힘든 게 아니었다. 배리 부인은 정말 앤이 앙심을 품고 일부러 다이애나를 취하게 만들었다고 믿고 있었다. 그래서 자신의 어린 딸이 이런 나쁜 아이와 어울리다 물들까 봐 진심으로 걱정하고 있었다.

"여긴 왜 왔니?" 부인이 딱딱하게 물었다.

앤이 두 손을 맞잡았다.

"아, 배리 아주머니, 제발 절 용서해주세요. 전 절대로, 절대로 다이애나를 취하게 만들려던 게 아니었어요. 제가 어떻게 그럴 수 있겠어요? 아주머니가 친절한 사람들이 입양한 가난한 고아라고 상상해보세요. 마음의 친구가 세상에 딱 한 명 있는데, 그런 친구를 일부러 취하게 할 거라고 생각하세요? 전 그게 그냥 딸기 주스라고 생각했어요. 그게 딸기 주스라고 굳게 믿고 있었고요. 아, 제발 다시는 다이애나랑 놀 수 없게 하겠다는 말씀은 하지 말아주세요. 아주머니가 그러시면 제 인생은 비탄의 먹구름으로 뒤덮일 거예요."

선량한 린드 부인이라면 눈 깜짝할 사이에 화를 누그러지게 만들었을 이 말도 배리 부인에게는 아무 효과가 없었다. 오히려 앤에 대한 반감만 더 커졌다. 배리 부인은 앤의 거창한 말과 과장된 동작에 믿음이 가지 않았고, 오히려 아이가 자기를 놀리고 있다고 생각했다. 그래서 냉정하고 잔인하게 말했다.

"내가 보기에 넌 다이애나랑 어울릴 만한 아이가 아닌 것 같다. 넌 집에 가서 얌전히 있는 게 좋겠구나."

앤의 입술이 파르르 떨렸다.

"작별 인사를 할 수 있게 마지막으로 다이애나를 한 번만 보게 해주시면 안 될까요?" 앤이 애원했다.

"다이애나는 아버지랑 같이 카모디에 갔다." 배리 부인은 그렇게 말하고 문을 쾅 닫고 집으로 들어가버렸다.

절망한 앤은 마음을 추스르며 초록 지붕 집으로 돌아갔다.

"최후의 희망이 사라졌어요. 다이애나 집에 가서 배리 아주머니를 직접 뵀는데 아주머니가 절 아주 무례하게 대하셨어요. 마릴라 아주머니, 그분은 가정교육을 잘 받은 분 같지 않아요. 이제 기도밖에는 제가 할 수 있는 일이 없어요. 그것도 별 효력은 없을 것 같지만요, 마릴라 아주머니. 하느님도 배리 아주머니처럼 고집 센 분은 어쩌지 못하실 것 같아요."

"앤, 그런 말 하면 못 써." 마릴라는 꾸짖으면서도 웃고 싶은 불경스런 충동을 애써 참았다. 그날 밤 매슈에게 앤의 시련에 대해 이야기하다 마릴라는 결국 웃음을 터뜨렸다. 하지만 자기 전에 동쪽 다락방에 슬쩍 들어가 울다 지쳐 자는 앤을 보자 마릴라의 얼굴에 좀처럼 보기 힘든 부드러운 표정이 떠올랐다.

"딱하기도 하지." 마릴라는 중얼거리면서 눈물로 얼룩진 아이의 뺨에 떨어진 머리 한 가닥을 쓸어 올렸다. 그리고 허리를 숙여 붉어진 뺨에 입을 맞췄다.

17

인생의 새로운 재미

다음 날 오후, 부엌 창가에서 조각보를 잇고 있던 앤은 무심코 창밖을 봤다가 드라이어드의 샘 옆에서 다이애나가 손짓을 하는 걸 봤다. 순간 앤은 표정이 풍부한 눈에 놀람과 희망을 가득 담은 채 집에서 뛰쳐나와 골짜기 아래로 달려 나갔다. 하지만 다이애나의 낙심한 표정을 보자 희망이 스러졌다. 앤이 헉헉거리면서 물었다.

"어머니 화가 아직 안 풀린 거야?"

다이애나는 서글프게 고개를 저었다.

"응. 앤, 엄마가 다시는 너랑 놀지 말라고 하셨어. 난 계속 울면서 네 잘못이 아니라고 말씀드렸지만 소용없었어. 너를 만나서 작별 인사를 할 수 있게 해달라고 얼마나 어렵게 설득했는지 몰라. 엄마가 딱 10분만 주겠다면서 지금 시간을 재고 계셔."

앤은 눈물이 글썽글썽해서 말했다.

"10분은 영원한 작별을 고하기에 너무 짧아. 아, 다이애나, 더 좋은 친구들이 생기더라도 어린 시절의 친구인 나를 결코 잊지 않겠다고 굳게 약속할 수 있니?"

다이애나가 흐느껴 울면서 대답했다.

"그럴게. 마음의 친구는 이제 사귀지 않을 거야. 그러고 싶지 않아. 그 누구도 너보다 많이 사랑할 순 없을 거야."

"아, 다이애나. 날 사랑하니?" 앤이 두 손을 맞잡으며 외쳤다.

"아, 물론이지. 넌 그걸 몰랐니?"

"응, 몰랐어. 물론 네가 날 좋아한다는 생각은 했지만 사랑해줄 거라고는 생각하지 못했어. 아, 다이애나, 그건 생각도 못한 일이야. 지금까지 날 사랑한 사람은 네가 처음이야. 아, 너무 근사해! 이 사랑은 너와 나 사이에 놓인 어둠의 길을 영원히 비춰줄 한줄기 빛이야, 다이애나. 제발 다시 한 번만 말해줘."

다이애나가 간절하게 말했다.

"널 아주 많이 사랑해, 앤. 영원히 사랑할 거야. 믿어도 좋아."

앤은 엄숙하게 손을 내밀며 말했다.

"나 역시 그대를 영원히 사랑할 거요, 다이애나. 그대와의 추억은 우리가 함께 읽은 마지막 이야기처럼 고독한 내 삶을 별처럼 비출 거요. 다이애나, 내가 영원히 간직할 수 있도록 그대의 칠흑 같은 머리칼을 한 줌만 주지 않겠소?"

"자를 게 있니?" 앤의 감동적인 말에 흐르는 눈물을 닦은 다이애나가 현실적인 문제로 돌아왔다.

"응. 마침 앞치마 주머니에 바느질 가위가 있어." 앤이 말했다. 그리고 다이애나의 곱슬곱슬한 머리끝을 진지하게 잘랐다.

"잘 가요, 내 사랑하는 친구. 우린 가까이 살면서도 이방인으로 지내야 하는군요. 하지만 내 마음은 항상 그대의 것이라오."

앤은 일어서서 다이애나가 가는 모습을 보면서 다이애나가 뒤를 돌아볼 때마다 서글프게 손을 흔들어 보였다. 앤은 이 낭만적인 작별에 큰 위로를 받고 집으로 돌아왔다.

앤이 마릴라에게 말했다.

"다 끝났어요. 제게 이제 다른 친구는 없을 거예요. 이제 케이티 모리스도 없고 비올레타도 없으니까 전보다 더 불행해졌어요. 설사 그 아이들이 있다고 해도 결코 예전 같지는 않을 거예요. 진짜 친구를 사귀게 되니 그런 상상의 친구들로는 만족할 수 없어요. 다이애나와 저는 샘가에서 너무나 감동적인 작별 인사를 나눴어요. 영원히 소중한 기억으로 남을 거예요. 전 제가 생각할 수 있는 가장 슬픈 말들을 했고, '그대'라는 말도 했어요. '그대'란 말이 '너'란 말보다 훨씬 더 낭만적인 것 같아요. 다이애나가 머리칼을 조금 잘라줬어요. 작은 주머니를 만들어서 넣어가지고 죽을 때까지 제 목에 차고 다닐 거예요. 전 오래 못 살 것 같으니 절 묻을 때 주머니도 같이 묻어주세요. 제가 차가운 땅에 누워 있는 모습을 보면 배리 아주머니도 우릴 못 만나게 한 것을 후회하고 다이애나가 제 장례식에 가도록 허락해줄지도 몰라요."

"그렇게 입을 놀리는 걸 보니 슬퍼서 죽을 일은 없을 것 같구나."

다음 날인 월요일에 앤은 책 바구니를 팔에 끼고 뭔가 결심한 듯 입을 굳게 다문 채 방에서 내려와 마릴라를 놀라게 했다.

"다시 학교에 나가겠어요. 친구와 잔인한 이별을 당했으니 제게 남은 인생이라곤 그것밖에 없어요. 학교에서는 다이애나를 보면서 지난날을 생각할 수 있겠죠."

일이 뜻밖에 풀려가자 마릴라는 기쁜 마음을 감추고 말했다.

"학교 공부나 수학을 생각하는 게 더 낫지. 다시 학교로 돌아갈 거면 또 남의 머리에 대고 석판을 박살냈다는 소리는 나오지 않게 주의하는 게 좋을 거야. 학교에선 얌전히 지내고 선생님 말씀 잘 들어야 한다."

앤이 침울하게 대답했다.

"모범생이 되도록 노력할게요. 별 재미는 없겠지만요. 필립스 선생님은 미니 앤드루스가 모범생이라고 하셨는데 미니에겐 상상력이나 활기라곤 눈곱만큼도 없거든요. 미니는 따분하고 지루하고 재미란 걸 모르는 아이 같아요. 하지만 전 너무 우울하니까 쉽게 모범생이 될 수 있을 것 같아요. 전 큰길로 돌아서 갈래요. 차마 혼자서 자작나무 길을 가진 못하겠어요. 그랬다간 너무 슬퍼서 눈물이 날 것 같아요."

학교로 돌아간 앤은 대환영을 받았다. 아이들은 게임을 하다가도 거기 없는 앤의 상상력이 아쉬웠고, 노래할 때는 앤의 목소리를, 점심시간에 책을 낭독할 때에는 앤의 연기력을 그리워했다. 루비 길리스는 성경 낭독 시간에 앤에게 파란 자두 세 개를 몰래 줬다. 엘라 메이 맥퍼슨은 에이번리 학교에서 책상을 장식하는 데 인기인 꽃무늬 카탈로그 표지에서 오려낸 아주 크고 노란 팬지 사진을 줬다. 소피아 슬론은 앞치마 가장자리에 어울리는 우아한 레이스 뜨개 패턴을 가르쳐주겠다고 제안했다. 케이티 볼터는 석판용 물을 담을 수 있는 향수병을 줬고, 줄리아 벨은 가장자리가 부채꼴 무늬인 옅은 분홍색 종이에 편지를 적어 보내줬다.

앤에게
황혼이 커튼을 내리고
별이 하나 떠도
너에겐 친구가 있는 걸 잊지 마
그 친구가 머나먼 곳에 있더라도

앤이 그날 밤 기쁨에 겨워 말했다. "환영받으니 너무 좋아요."

여학생들만 앤을 '환영해준' 건 아니었다. 점심시간이 끝난 후에 앤이 자기 자리로 갔을 때(필립스 선생님이 앤에게 모범생인 미니 앤드루스랑 같이 앉으라고 했다) 책상 위에 크고 탐스러운 사과가 하나 있는 걸 봤다. 앤은 사과를 집어서 한 입 먹으려고 하다가 에이번리에서 이런 사과가 열리는 곳은 반짝이는 호수 맞은편에 있는 오래된 블라이스 과수원 한 곳뿐이란 사실을 기억해냈다. 앤은 뜨거운 석탄 덩어리라도 집은 것처럼 사과를 떨어뜨리고 보란 듯이 손수건에 손을 닦았다. 다음 날 아침까지 앤의 책상 위에 남아 있던 그 사과는 학교 청소와 불 피우는 일을 하던 티모시 앤드루스가 집어갔다. 찰리 슬론이 점심시간이 끝난 후에 노란색과 빨간색 줄무늬가 그려진 종이로 포장한 석판용 연필을 앤에게 선물했다. 1센트인 보통 연필보다 두 배나 비싼 그 연필은 사과보다 반응이 더 좋았다. 앤이 고맙게 연필을 받고 찰리 슬론에게 미소를 지어주자 앤을 짝사랑하는 그 소년은 기쁜 마음에 정신을 놓고 받아쓰기에 실수를 연달아 하는 바람에 방과 후에 남아서 다시 쓰는 벌을 받았다.

카이사르의 화려한 행렬에 보이지 않는 브루투스에

카이사르는 또다시 브루투스를 떠올렸다

하지만 위의 시구처럼 거티 파이 옆에 앉아 있는 다이애나는 앤에게 한 마디도 하지 않고 아는 척도 하지 않아서 이런 작은 즐거움들이 오히려 슬프게 느껴졌다. 앤은 그날 밤 슬퍼하며 마릴라에게 말했다.

"다이애나가 저에게 한 번 살짝 웃어준 것 같기도 해요." 다음 날 아침에 꼼꼼하게 접은 두렵고도 근사한 쪽지 하나와 작은 꾸러미 하나가 앤에게 전달됐다.

사랑하는 앤에게(앞사람 전달)

엄마가 학교에서도 너랑 놀거나 말하지 말라고 하셨어. 이건 내 잘못이 아니니까 날 미워하지 마. 난 변함없이 널 사랑하고 있어. 너에게 내 비밀을 다 털어놓고 싶어. 네가 너무 그립다. 거티 파이는 너무너무 싫어. 널 위해 빨간 종이로 새 책갈피를 하나 만들었어. 이게 요즘 엄청 인기인데 만들 줄 아는 아이는 우리 학교에 셋밖에 없어. 이걸 볼 때마다 날 떠올려줘.

너의 진정한 친구, 다이애나 배리

앤은 그 쪽지를 읽고 책갈피에 입을 맞춘 다음, 재빨리 답장을 썼다.

사랑하는 다이애나에게

물론 널 미워하지 않아. 넌 어머니 말씀을 들어야 하잖아. 우리는
영혼으로 소통할 수 있어. 네가 준 예쁜 선물은 영원히 간직할게.
미니 앤드루스는 상상력은 전혀 없지만 아주 착한 아이야. 하지만
마음의 친구는 너니까 미니와는 그런 친구가 될 수 없지. 편지에
틀린 철자가 있더라도 이해해줘. 그래도 많이 늘었어.

죽음이 우리를 갈라놓을 때까지
영원한 너의 친구, 앤 혹은 코딜리어 셜리

P. S. 오늘 밤은 베개 밑에 네 편지를 두고 잘 거야.
A. 또는 C. S.

마릴라는 앤이 다시 학교에 다니기 시작한 후로 또 말썽이 생기지 않
을까 걱정했다. 하지만 아무 일도 일어나지 않았다. 앤이 미니 앤드루
스에게 '모범생'의 기를 받은 건지도 모른다. 어쨌든 그 후로 앤은 필립
스 선생님과 아주 잘 지냈다. 그리고 길버트 블라이스에게는 절대 지지
않겠다고 굳게 마음을 먹고 전력을 다해 공부했다. 둘의 경쟁 관계는
곧 모두가 알게 되었다. 길버트는 순전히 선의의 경쟁이었지만 길버트에
대한 원한을 품고 있는 앤도 그렇다고는 할 수 없었다. 앤은 사랑도 증
오도 격렬하게 하니까. 앤은 길버트와 경쟁하려는 의도를 인정하지 않

왔다. 그러려면 지금까지 끈질기게 무시하던 길버트의 존재를 인정하는 꼴이 될 테니까. 어쨌든 둘은 경쟁자가 되어 번갈아가며 1등을 차지했다. 길버트가 맞춤법에서 1등을 하면 빨간 머리를 길게 땋아 내린 앤이 다시 길버트를 이겼다. 길버트가 수학 문제를 다 맞혀서 칠판에 1등으로 이름이 적히면 앤은 그날 밤 밤새도록 소수와 씨름해서 다음 날 아침 1등을 탈환했다. 동점이 나와서 칠판에 둘의 이름이 나란히 적히는 끔찍한 날도 있었다. 그건 현관문에 '관심 집중'으로 이름이 나란히 적히는 것만큼이나 기분 나빴고, 길버트가 만족스러워하는 만큼 앤은 분노했다. 매달 월말고사를 치를 때면 팽팽한 긴장감이 흘렀다. 첫 달에는 길버트가 3점 차로 앞질렀다. 두 번째 월말고사에서는 앤이 5점 차로 이겼다. 하지만 길버트가 전교생이 보는 앞에서 진심으로 앤에게 축하해서 모처럼 거둔 승리가 맥이 빠져버렸다. 길버트가 괴로워했더라면 승리의 기쁨이 훨씬 더 달콤했을 텐데.

필립스 선생님이 유능한 교사는 아닐지 몰라도 앤처럼 학구열이 강한 학생은 어떤 교사 밑에서 배우든 실력이 늘지 않을 수 없었다. 학기 말에 앤과 길버트는 둘 다 5학년으로 진급해서 라틴어, 기하, 프랑스어, 대수 같은 '기초' 과목들을 배웠다. 기하에서 앤은 참패했다.

앤이 투덜댔다.

"기하는 정말 끔찍해요, 마릴라 아주머니. 정말 무슨 소리인지 하나도 못 알아먹겠어요. 거기엔 상상력을 발휘할 여지가 하나도 없다니까요. 필립스 선생님은 저처럼 미련한 아이는 처음 봤다고 하셨어요. 그리고 길버… 음, 기하를 아주 잘하는 아이들도 있어요. 정말 분해요, 마릴라 아주머니. 심지어 다이애나도 저보다 더 잘한다니까요. 하지만 다이애나에게 지는 건 괜찮아요. 지금은 모르는 사람처럼 지나치지만 전 아직도 다이애나를 열렬히 사랑하고 있어요. 가끔 다이애나를 생각하면 몹시 슬퍼져요. 하지만 이렇게 흥미진진한 세상에서 오랫동안 슬픔에 잠겨 있으면 안 되겠죠, 안 그래요?"

18

목숨을 구해준 앤

세상의 모든 일은 서로 영향을 미친다. 처음에는 캐나다 총리의 순방 일정에 프린스에드워드 섬이 포함된 게, 초록 지붕 집에 사는 앤 셜리의 운명과 아무 상관도 없을 것 같았다. 하지만 그렇게 됐다.

총리가 충성스런 지지자들과, 지지자는 아니어도 대중 집회에 참석한 사람들 앞에서 연설을 하기 위해 샬럿타운을 방문한 게 1월이었다. 에이번리 주민들 대부분은 총리를 지지해서 집회가 있던 날 밤 거의 모든 남자들과 상당히 많은 여자들이 40킬로미터나 떨어진 샬럿타운에 갔다. 레이철 린드 부인도 그곳에 갔다. 린드 부인은 총리의 반대편이었지만 정치에 열정을 품고 있었기 때문에 자신이 빠진 정치 집회가 열린다는 건 상상할 수도 없었다. 부인은 말을 보살피는 데 도움을 주는 남편 토머스도 데리고 갔다. 마릴라 커스버트도 같이 갔다. 마릴라 역시 내심 정치에 관심을 가지고 있었고, 이번이 총리의 얼굴을 볼 수 있는 유일한 기회라고 생각했기 때문에 서둘러 떠났다. 다음 날 마릴라가 돌아올 때까지 앤과 매슈 둘이서 집을 보기로 했다.

그래서 마릴라와 린드 부인이 정치 집회에서 아주 즐거운 시간을 보내는 동안 앤과 매슈는 초록 지붕 집의 부엌에서 기분 좋게 시간을 보내고 있었다. 구식 워털루 난로에서 불이 활활 타고 있었고 창문에는 푸르스름한 기가 도는 하얀 수정 같은 서리가 반짝이고 있었다. 매슈는 소파에 앉아서 ≪농민의 지지자≫라는 잡지를 보며 꾸벅꾸벅 졸고 있었고, 앤은 식탁에 앉아 가끔 시계가 있는 선반 위에 놓인 새 소설책을 아쉬운 눈빛으로 보면서도 굳은 의지로 공부하고 있었다. 그건 그날 제인 앤드루스가 빌려준 책이었다. 아주 스릴 넘친다고 제인이 장담해서 보고 싶어 애가 닳았지만 그랬다간 다음 날 길버트 블라이스에게 1등을 빼앗기게 된다. 앤은 시계가 있는 선반에 등을 돌리고 책이 거기 없다고 상상하려고 애를 썼다.

"매슈 아저씨, 학교 다닐 때 기하 배우신 적 있으세요?"

"글쎄, 아니, 안 배웠다." 꾸벅꾸벅 졸던 매슈가 깜짝 놀라 대답했다. 앤이 한숨을 쉬었다.

"배우셨더라면 좋았을걸. 그럼 제 기분을 이해하실 수 있었을 텐데. 기하를 배운 적이 없으면 제 기분이 어떤지 잘 모르실 거예요. 기하가 제 인생에 먹구름을 드리우고 있어요. 기하는 완전 꽝이거든요."

"아닌 것 같은데. 넌 뭐든 다 잘하겠지. 지난주에 카모디에 있는 블레어 상점에서 필립스 선생님을 만났는데 네가 학교에서 제일 똑똑한 데다 실력도 일취월장하고 있다고 하시더구나. '일취월장'이라고 선생님이 그러셨어. 테디 필립스가 교사로는 신통찮다는 말이 있지만 난 괜찮은 것 같더구나." 매슈가 앤을 달래면서 말했다. 매슈는 앤을 칭찬한 사람이라면 누구든 '괜찮다'고 생각할 것이다. 하지만 앤은 투덜거렸다.

"선생님이 기호만 바꾸지 않아도 훨씬 더 잘할 수 있을 텐데. 제가 명제를 외워버리면 선생님은 칠판에서 지우고 책에 있는 것과 다른 기호들을 쓰세요. 그럼 또 헷갈려요. 선생님이 그렇게 심술을 부리면 안 되는 거 아닌가요? 요즘은 농업을 배우고 있는데 우리 마을의 길들이 왜 붉은색인지 그 이유를 마침내 알아냈어요.* 알고 나니까 후련하더라고요. 마릴라 아주머니와 린드 아주머니는 재미있는 시간을 보내시는지 궁금하네요. 린드 아주머니는 오타와 꼴이 나면 망하니까 유권자들이 정신을 바짝 차려야 한다고 하셨어요. 여자들도 투표할 수 있다면 우리나라가 더 좋아질 거라고도 하셨고요. 아저씨는 어느 쪽에 투표하실 거예요?"

"보수당." 매슈가 재빨리 대답했다. 보수당에 투표하는 것은 매슈에게 신앙과 같았으니까.

앤이 단호하게 말했다. "그렇다면 저도 보수당이에요. 좋네요, 왜냐하면 길버, 아니 우리 학교 남학생 몇 명은 자유당을 지지하거든요. 필립스 선생님도 자유당인 것 같아요. 프리시 앤드루스의 아버지가 자유당원인데 루비 길리스 말로는 남자가 여자에게 구애할 때 종교는 장모에게, 정치는 장인에게 맞춰야 한대요. 그게 사실인가요, 매슈 아저씨?"

"그건 나도 잘 모르겠구나." 매슈가 대답했다.

"매슈 아저씨는 구애해보신 적 있으세요?"

"아니, 한 번도 없다." 평생 그런 생각은 해본 적이 없는 매슈였다.

앤은 두 손에 턱을 괴고 생각에 잠겼다.

---

* 프린스에드워드 섬은 토양에 철을 많이 함유하고 있어서 산화된 붉은빛을 띤다.

"그건 아주 흥미로울 것 같아요. 그렇게 생각하지 않으세요, 매슈 아저씨? 루비 길리스는 어른이 되면 수많은 남자들을 유혹해서 모두 자기에게 환장하게 만들겠다고 했어요. 하지만 그러면 너무 정신없을 것 같아요. 저라면 제대로 된 남자 한 명만 사귈 거예요. 하지만 루비 길리스는 언니들이 많아서 연애에 훤하거든요. 린드 아주머니가 길리스네 딸들은 남자들에게 인기가 많아서 시집도 잘 갔다고 하시던데요. 필립스 선생님은 프리시 앤드루스를 보러 거의 매일 저녁 가세요. 퀸스 아카데미 입학시험 공부를 도와주러 간다지만 미란다 슬론도 똑같은 수험생이거든요. 미란다 슬론이 프리시 앤드루스보다 공부를 훨씬 못하니까 선생님이 도와주셔야 할 것 같은데 거긴 한 번도 안 가세요. 세상엔 이해 안 되는 일이 참 많아요, 매슈 아저씨."

"그러게, 나도 그렇단다." 매슈가 인정했다.

"아, 전 어서 공부를 끝내야 해요. 다 하기 전까지는 제인이 빌려준 새 책을 절대로 보지 않을 거예요. 하지만 보고 싶어 미치겠어요, 매슈 아저씨. 이렇게 등을 돌리고 있는데도 책이 아주 선명하게 보이는 것 같아요. 제인은 저 책을 읽으면서 펑펑 울었대요. 전 사람들을 울리는 책이 좋아요. 아무래도 저 책을 거실로 가져가서 잼을 넣어두는 찬장에 넣고 잠근 다음에 열쇠를 아저씨에게 드려야겠어요. 끝내기 전까지는 열쇠를 주시면 안 돼요. 제가 무릎 꿇고 애원해도 말이죠. 유혹을 참아야 한다지만 아예 그럴 기회를 차단하면 훨씬 참기 쉽겠죠. 지하실에 가서 적갈색 사과를 몇 개 가져와도 될까요, 매슈 아저씨? 사과 좀 드시지 않겠어요?"

"흠, 그럼 한번 먹어볼까." 매슈는 적갈색 사과는 입에 대지도 않지만 앤이 좋아하는 걸 알고 그렇게 말해줬다.

앤이 사과를 접시에 가득 담아서 의기양양하게 지하실에서 올라오고 있을 때 바깥의 얼어붙은 판자 길을 누군가 정신없이 뛰어오는 소리가 들리더니 부엌문이 확 열렸다. 얼굴이 하얗게 질린 채 머리에 숄을 정신없이 두른 다이애나가 숨을 몰아쉬며 나타났다. 깜짝 놀란 앤이 양초와 사과가 든 접시를 떨어뜨리는 바람에 지하실 계단에 촛농이 눌러붙었다. 다음 날 아침에 그걸 본 마릴라는 집에 불이 안 나서 다행이라며 안도했다.

"대체 무슨 일이야, 다이애나? 어머니 화가 마침내 풀린 거야?"

"아, 앤, 빨리 좀 와줘. 미니 메이가 많이 아파. 메리 조가 그러는데 후두염에 걸렸대. 아버지와 어머니는 지금 시내에 가셔서 의사를 부르러 갈 사람이 없어. 미니 메이가 아픈데 메리 조는 어쩔 줄 모르고. 아, 앤, 나 너무 무서워." 다이애나가 불안해하면서 애원했다.

매슈는 아무 말 없이 모자와 코트를 집어들고 밖으로 나갔다.

"아저씨가 마차를 타고 카모디에 가서 의사 선생님을 모셔올 거야." 앤은 서둘러 모자와 재킷을 입으면서 말했다.

"아저씨가 말씀하지 않으셔도 난 잘 알아. 아저씨와 나는 아주 잘 통해서 말하지 않아도 서로 마음을 읽을 수 있거든."

다이애나가 흐느껴 울면서 말했다.

"아저씨가 가셔도 카모디에서 의사 선생님을 찾지 못하실 거야. 블레어 선생님은 시내에 가셨고 스펜서 선생님도 가셨을 거야. 메리 조는 후두염에 걸린 사람은 한 번도 본 적이 없대. 린드 아주머니도 안 계시고. 아, 앤! 어떻게 해?"

앤이 다이애나를 달랬다.

"울지 마, 다이애나. 후두염 치료는 어떻게 해야 하는지 내가 잘 알고 있으니까. 해먼드 아주머니가 쌍둥이를 세 쌍이나 낳았다는 사실을 넌 잊었구나. 쌍둥이를 세 쌍이나 돌보다 보면 자연스럽게 다양한 경험을 하게 되거든. 그 아이들 모두 후두염에 자주 걸렸어. 토근* 병을 챙겨올 테니까 잠깐만 기다려. 너희 집에는 없을지도 몰라. 자, 이제 가자."

두 소녀는 손을 잡고 서둘러 연인의 오솔길을 지나 얼어붙은 들판을 달렸다. 눈이 너무 깊게 쌓여서 지름길인 숲속으로는 도저히 갈 수 없었다. 앤은 미니 메이가 아파서 정말 마음이 아프긴 했지만 이 상황이 너무나 낭만적으로 느껴졌다. 다시 한 번 마음의 친구와 이런 낭만을 나눌 수 있어서 기쁘고 설렜다.

오소소 소름이 돋을 정도로 춥고 맑은 흑단 같은 어둠 속에서 눈 덮인 언덕이 은빛으로 빛났다. 고요한 들판 위에 큰 별들이 반짝이고 있었고, 여기저기 가지에 눈가루가 덮인 검고 뾰족뾰족한 전나무들이 서 있었고, 그 가지들 사이로 바람이 휘파람을 불며 날아다니고 있었다. 앤은 아주 오랫동안 떨어져 있었던 마음의 친구와 이렇게 신비롭고 아름다운 풍경을 지나가고 있어서 정말 기뻤다.

세 살인 미니 메이는 정말 많이 아픈 상태였다. 열에 들떠 괴로워하면서 부엌 소파 위에 누워 있는 아이의 쌕쌕거리는 숨소리가 집 안을 가득 채우고 있었다. 크리크에서 온 얼굴이 넓적하고 가슴이 풍만한 프랑스 소녀인 메리 조는 배리 부인이 집에 없는 동안 아이들을 돌보

---

* 꼭두서닛과의 상록 관목으로 아메바성 이질을 치료하고 가래를 없애거나 토하게 하는 데 쓰인다.

기 위해 왔지만 어쩔 줄 모르고 당황해서 두 손 놓고 있었다.

앤은 재빨리 능숙하게 일을 처리하기 시작했다.

"미니 메이는 후두염에 걸린 게 맞아. 상태가 심하지만 이보다 더 심한 경우도 봤어. 먼저 뜨거운 물이 많이 필요해. 다이애나, 주전자에 있는 물은 한 컵도 안 되겠다! 자, 내가 물을 채웠어. 메리 조는 난로에 장작을 좀 넣어줘요. 기분 상하게 하고 싶진 않지만 조금이라도 상상력을 발휘했다면 이 정도는 생각했을 텐데. 이제 내가 미니 메이의 옷을 벗겨서 침대에 눕힐 테니까 다이애나 넌 부드러운 플란넬 천을 찾아봐줘. 난 먼저 미니 메이에게 토근 즙을 좀 먹일게."

미니 메이는 순순히 토근 즙을 먹으려 하지 않았지만 쌍둥이를 세 쌍이나 키워본 앤에겐 이건 일도 아니었다. 길고 불안한 밤 내내 앤과 다이애나가 아픈 메이에게 끈기 있게 토근 즙을 먹이는 동안 나름대로 돕고 싶었던 메리 조는 계속 불을 지펴서 후두염에 걸린 아이들로 가득 찬 병원에서도 쓰고 남을 만큼 뜨거운 물을 많이 끓였다.

매슈는 마침내 새벽 세 시에 의사 선생님을 모시고 왔다. 의사를 찾으러 스펜서베일까지 가야 했다. 하지만 위험한 고비는 넘겼다. 미니 메이는 훨씬 좋아져서 쌔근쌔근 자고 있었다. 앤이 의사에게 설명했다.

"전 너무 절망해서 포기 직전까지 갔어요. 미니 메이는 너무 아파서 해먼드 아주머니네 막둥이 쌍둥이들보다 상태가 훨씬 악화됐거든요. 이러다 숨이 막혀 죽을 거란 생각도 들었어요. 전 병에 담아온 토근 즙을 마지막 한 방울까지 다 먹이고 혼잣말을 했죠. 다이애나랑 메리 조는 이미 걱정을 태산같이 하고 있어서 더 걱정시키고 싶지 않았어요. 하지만 그렇게 혼잣말이라도 해야 속이 시원해질 것 같았어요. '이게 마지막 남은 희망이야, 헛된 희망일지도 모르지만'이라고요. 그러다 3분 정도 지나니까 미니 메이가 가래를 뱉어내면서 곧바로 상태가 나아지더라고요. 그때 제가 얼마나 안도했을지 의사 선생님은 상상하실 수 있겠죠? 그때 그 기분은 도저히 말로는 표현할 수 없어요. 때로 말로는 표현할 수 없는 것도 있다는 걸 아시죠?"

"그래, 알지." 의사가 고개를 끄덕였다. 그는 말로는 표현할 수 없는 뭔가를 생각하는 눈빛으로 앤을 바라보았다. 그러다 나중에 배리 부부에게 그때 했던 생각을 말했다.

"저기 커스버트 씨 댁에 있는 그 빨간 머리 여자아이는 참 똑똑하더군요. 아기의 목숨은 그 아이가 구한 거나 마찬가지입니다. 그대로 두었다면 제가 도착했을 때는 손을 쓰기엔 이미 늦었을 겁니다. 어린데도 아이가 요령도 좋고 아주 침착하더군요. 병세를 설명하는데 그런 눈빛은 저도 처음 봤습니다."

하얗게 서리가 내린 맑은 겨울 아침, 앤은 잠을 못 자서 눈꺼풀이 무거웠지만 지치지도 않고 매슈 아저씨에게 이야기를 하며 집으로 돌아왔다. 두 사람은 길고 하얀 들판을 건너 연인의 오솔길을 반짝거리는 요정 같은 아치 모양으로 덮은 단풍나무 밑을 걸어왔다.

"아, 매슈 아저씨, 정말 아름다운 아침이지 않아요? 하느님이 보시기에 좋으라고 만드신 것처럼 보여요. 저 나무들은 제가 후 불면 날아가 버릴 것 같아요. 하얀 서리가 내린 세상에 살고 있어서 너무 기뻐요, 아저씨는 안 그래요? 그리고 해먼드 아주머니가 쌍둥이를 세 쌍이나 낳으신 게 너무 기뻐요. 그러지 않았다면 미니 메이를 어떻게 보살펴야 했을지 몰랐을 텐데. 해먼드 아주머니가 쌍둥이를 너무 많이 낳는다고 화를 냈던 게 정말 죄송해요. 하지만, 아, 매슈 아저씨, 전 너무 졸려요. 오늘은 학교에 못 가겠어요. 이렇게 갔다간 눈도 제대로 못 뜨고 멍하니 있을 거예요. 하지만 길버, 아니 다른 아이들에게 뒤질 테니까 결석하긴 너무 싫은데. 한번 처지면 다시 따라잡기 힘들어요. 물론 힘들수록 따라잡으면 더 기쁘긴 하겠지만요, 그렇지 않을까요?"

"글쎄, 너라면 잘 해낼 게다." 매슈는 앤의 작고 창백한 얼굴과 눈 밑에 깔린 검은 그늘을 보며 말했다.

"집에 가자마자 푹 자거라. 집안일은 내가 하마."

앤은 매슈가 시키는 대로 침대에 가서 오랫동안 꿀잠을 잤다. 눈을 떴을 때는 눈에 덮인 온 세상이 이미 붉게 저물어가고 있었다. 부엌에 내려가자 그사이에 집에 돌아온 마릴라가 뜨개질을 하고 있었다.

앤은 마릴라를 보고 소리쳤다.

"아, 총리는 보셨어요? 어떻게 생겼어요, 마릴라 아주머니?"

"흠, 인물 덕에 총리가 된 건 아니었어. 코가 정말 볼만했어! 하지만 말은 참 잘하더라. 보수당 지지자로서 뿌듯하더라고. 물론 린드 부인은 자유당이니까 총리를 싫어했지만. 네 저녁은 오븐에 있다, 앤. 식료품 저장실에서 자두 잼도 갖다 먹고. 배고프겠다. 매슈 아저씨에게 어젯밤 일은 들었다. 네가 어떻게 해야 할지 알고 있어서 다행이었어. 난 후두염 환자를 본 적이 없어서 내가 있었어도 어떻게 해야 할지 몰랐을 거야. 자자, 일단 밥부터 먹어라. 얼굴을 보니 하고 싶은 말이 넘치는 모양이지만 밥 먹고 해도 늦지 않아."

마릴라는 앤에게 할 이야기가 있었지만 지금 했다간 앤이 흥분해서 밥 생각이 곧장 사라질 거라는 걸 알기 때문에 아무 말도 하지 않았다. 앤이 식사를 끝내고 나서야 마릴라가 입을 열었다.

"배리 부인이 오늘 오후에 찾아왔었다, 앤. 널 보고 싶어 했지만 자는 널 깨우고 싶지는 않았어. 배리 부인이 네가 미니 메이의 목숨을 구했다고 하면서 지난번 포도주 사건 때 그렇게 야박하게 굴어서 아주 미안하다고 사과하더구나. 네가 다이애나를 취하게 하려던 게 아니란 걸 이제 알았다고 하면서 자길 용서해주고 다시 다이애나와 좋은 친구가 됐으면 좋겠다고 하더구나. 가고 싶으면 오늘 밤 다이애나 집에 가거라. 다이애나는 어젯밤 일 때문에 독감에 걸려서 밖엔 한 발짝도 못 나간단다. 어머나, 앤 셜리. 그렇게 허겁지겁 일어날 거 없어."

앤은 마릴라의 조언을 듣는 둥 마는 둥했다. 벌떡 일어선 앤의 얼굴에는 기쁨이 넘쳐흘렀다.

"아, 마릴라 아주머니, 지금 가도 될까요? 설거지는 갔다 와서 할게요. 이렇게 설레는 순간에 설거지 같은 너무나 낭만적이지 않은 일에 매여 있을 수 없어서 그래요."

마릴라가 너그럽게 말했다.

"그래그래, 가거라. 앤 셜리, 너 정신 나갔니? 얼른 다시 들어와서 뭐라도 좀 걸치고 가. 차라리 바람에게 말하는 게 낫겠군. 모자도 안 쓰고 숄도 안 걸치고 가버렸어. 신이 나서 머리를 흩날리며 과수원을 달려가는 모습 좀 보라지. 감기 걸리면 안 되는데."

앤은 눈이 내린 길을 지나 보랏빛 황혼이 물드는 오후에 춤을 추며 집으로 돌아왔다. 하얗게 빛나는 땅과 어두운 가문비나무 골짜기 위로 연한 황금빛과 장밋빛이 뒤섞인 머나먼 남서쪽 하늘에 진주 같은 샛별 하나가 희미하게 빛나고 있었다. 눈 덮인 언덕 사이로 서늘한 공기를 가르며 꼬마 요정의 종소리 같은 썰매 방울 소리가 들려왔다. 하지만 그 소리도 앤의 가슴과 입술 위에 흐르는 노랫소리보다 더 달콤하진 않았다.

"지금 아주머니 앞에 완벽하게 행복한 사람이 서 있어요. 네, 빨간 머리지만 완벽하게 행복해요. 지금은 빨간 머리 따위 아무래도 상관없어요. 배리 아주머니가 제게 입을 맞추고 우셨어요. 그리고 너무 미안하다면서 은혜를 갚을 길이 없다고 하시더군요. 전 너무나 당황했지만 아주 공손하게 말했어요. '전 아주머니에게 나쁜 감정 없어요. 다시 한번 말씀드리지만 다이애나를 취하게 할 생각은 전혀 없었어요. 그러니 과거는 망각의 장막으로 덮을게요.' 그 정도면 상당히 품위 있게 사과를 받아들이지 않았나요, 마릴라 아주머니? 배리 아주머니에게 원수를 은혜로 갚은 느낌이 들었어요. 그리고 다이애나와 아주 즐거운 시간을 보냈어요. 다이애나가 카모디에 사는 숙모에게 배운 멋진 코바늘 뜨기를 가르쳐줬어요. 에이번리 마을에서 그걸 아는 사람은 우리 둘밖에 없어요. 우린 아무에게도 가르쳐주지 말자고 엄숙하게 맹세했어요. 다이애나가 제게 장미 화환이 그려져 있고 이런 시가 적힌 예쁜 카드를 하나 줬어요.

내가 당신을 사랑하듯이 당신이 날 사랑한다면
죽음만이 우리를 갈라놓을 수 있으리라.

이 말이 맞아요, 마릴라 아주머니. 우린 필립스 선생님에게 다시 같이 앉게 해달라고 부탁할 거예요. 거티 파이는 미니 앤드루스와 앉으면

되니까. 우리는 우아하게 차를 마셨어요. 배리 아주머니가 가장 좋은 찻잔을 꺼내주셨어요. 제가 진짜 손님인 것처럼 말이죠. 얼마나 황홀했는지 몰라요. 저에게 대접하려고 가장 좋은 찻잔을 내온 사람은 지금까지 하나도 없었거든요. 우린 과일 케이크와 파운드케이크와 도넛과 두 가지 종류의 잼을 먹었어요. 배리 아주머니는 제게 차를 더 마실 건지 물어보고 '여보, 앤에게 비스킷을 좀 건네주지 그래요?'라고 하시지 뭐예요? 어른이 된다는 건 분명 아주 좋을 것 같아요, 마릴라 아주머니. 어른이 된 것 같은 대접을 받기만 해도 이렇게 좋으니 말이죠."

마릴라가 짧게 한숨을 쉬며 대답했다. "그건 잘 모르겠구나."

"음, 어쨌든 제가 어른이 되면 어린 소녀들에게도 어른에게 하듯이 말할 거예요. 그리고 아이들이 거창한 말을 해도 절대로 웃지 않을 거예요. 그게 얼마나 아이의 마음을 아프게 하는지 전 잘 알고 있거든요. 차를 마신 후에 다이애나와 저는 태피*를 만들었어요. 다이애나나 저나 처음 만들어봐서 썩 잘 만든 것 같진 않아요. 다이애나가 접시에 버터를 바르면서 태피 젓는 건 제게 맡겼거든요. 그런데 제가 깜박해서 태워버렸어요. 그다음에 그걸 식히려고 접시 위에 놔뒀는데 고양이가 그 위로 올라가서 버려야 했어요. 하지만 정말 재미있었어요. 집에 갈 때가 되니까 배리 아주머니가 자주 놀러 오라고 하셨어요. 다이애나는 창가에 서서 연인의 오솔길까지 가는 내내 입맞춤을 날려줬고요. 마릴라 아주머니, 오늘 밤 하느님에게 기도드리고 싶어요. 오늘 일에 감사하며 아주 새로운 기도를 생각하겠어요."

---

* 설탕을 녹여 만든 무른 사탕.

19

콘서트, 재앙, 고백

"마릴라 아주머니, 잠깐만 다이애나를 보고 와도 될까요?"

앤이 어느 2월 저녁에 동쪽 다락방에서 숨이 턱에 닿게 뛰어 내려오면서 물었다.

"날이 어두워졌는데 왜 밖에 나가려고 하니? 너랑 다이애나는 학교 끝나고 같이 집에 오고, 집에 다 와서도 눈 속에 족히 30분은 서서 쉴 새 없이 수다를 떨잖니. 그런데 뭘 또 만나러 간다는 거냐?"

마릴라가 통명스럽게 대꾸했다.

"하지만 다이애나가 절 만나고 싶대요. 아주 중요한 할 말이 있대요."

"그걸 네가 어떻게 아니?"

"방금 창문에서 다이애나가 제게 신호를 보냈거든요. 우린 초와 골판지로 서로에게 신호하는 방법을 정했어요. 창턱에 초를 놓아두고 촛불 앞뒤로 판지를 움직여서 깜박거리게 하는 거예요. 아주 많이 깜박거리면 중요한 일이 있다는 뜻이에요. 제가 생각해낸 아이디어예요."

"그럴 줄 알았다. 그렇게 신호를 보낸답시고 난리 치다 커튼에 불을 지르겠다." 마릴라가 강경하게 말했다.

"아, 우린 아주 조심스러워요, 마릴라 아주머니. 거기다 이건 아주 흥미로워요. 촛불을 두 번 깜박이면 '너 거기 있니?'라는 뜻이에요. 세 번은 '응'이고 네 번은 '아니'란 뜻이에요. 다섯 번은 '중요한 일이 있으니까 최대한 빨리 와'라는 뜻이고요. 방금 다이애나가 다섯 번 깜박였어요. 무슨 일인지 궁금해서 죽을 것 같아요."

"뭐, 죽을 것까진 없어. 가도 된다. 하지만 10분 안에 돌아와야 해, 잊지 마라." 마릴라가 비꼬면서 말했다.

앤은 잊지 않고 마릴라가 정한 시간 안에 돌아왔다. 다이애나와 중요한 대화를 10분 안에 하느라 얼마나 힘들었는지 상상이 됐지만 어쨌든 할 이야기는 다 하고 왔다.

"아, 마릴라 아주머니, 무슨 일이 있었는지 아세요? 내일이 다이애나의 생일인 건 아시죠? 배리 아주머니가 다이애나에게 학교 끝나면 저와 같이 집에 와서 하룻밤 같이 자도 된다고 하셨대요. 그리고 다이애나 사촌들이 뉴브리지에서 큰 썰매를 타고 와서 내일 밤 회관에서 하는 토론 클럽 콘서트에 가기로 했대요. 그 사촌들이 저랑 다이애나를 데리고 그 콘서트에 가준대요. 아주머니가 허락하시면요. 허락해주실 거죠, 아주머니? 아, 너무나 설레요."

"네가 거기 갈 일은 없으니까 진정해라. 여자아이가 무슨 외박이니. 그리고 콘서트라니 말도 안 되는 소리. 애들은 그런 데 가면 못써."

"토론 클럽은 아주 좋은 모임이에요." 앤이 애원했다.

"토론 클럽이 나쁘다는 게 아니야. 하지만 넌 아직 그런 콘서트에 간답시고 밤늦게 싸돌아다닐 나이가 아니야. 아이들은 그러면 안 돼. 배리 부인이 다이애나를 그런 곳에 가게 허락하다니 놀랍구나."

"하지만 이건 아주 특별한 경우인걸요." 앤은 금방이라도 눈물을 쏟을 것 같은 얼굴로 호소했다.

"다이애나의 생일은 1년에 단 한 번이잖아요. 생일이 흔한 일도 아니고요, 마릴라 아주머니. 프리시 앤드루스가 거기서 「오늘 밤 종을 울리지 마세요」를 낭송할 거예요. 이건 정말 윤리적으로 훌륭한 시예요. 그시 낭송을 듣는 건 저에게도 아주 좋을 거예요. 그리고 합창단이 찬송가만큼이나 아름답고 감동적인 노래를 네 곡 부른대요. 아, 마릴라 아주머니. 목사님도 오세요. 거기서 연설을 하실 거예요. 그건 설교나 다름없잖아요. 제발, 가면 안 돼요, 마릴라 아주머니?"

"내가 아까 한 말 들었잖니, 앤? 이제 신발 벗고 잠자리에 들어라. 여덟 시가 넘었다."

앤은 마지막 남은 비장의 무기를 꺼냈다.

"하나 더요. 배리 아주머니가 우리를 손님방에서 재워주신대요. 아주머니의 꼬마 앤이 손님방에서 잘 수 있다니 얼마나 명예로워요."

"손님방에서 안 자는 게 명예로운 거야. 어서 자라, 앤. 이제 그 이야기는 그만 해라."

앤이 눈물을 흘리며 슬픈 마음으로 올라가자, 마릴라와 앤이 실랑이를 하는 내내 거실 의자에서 자는 줄 알았던 매슈가 눈을 뜨고 단호하게 말했다.

"저기, 마릴라. 내 생각엔 앤을 보내줘야 할 것 같아."

마릴라가 반박했다.

"전 그렇게 생각하지 않아요. 이 아이를 키우는 사람이 누구죠? 오라버니예요, 아니면 저예요?"

"뭐, 그거야 너지." 매슈는 마지못해 인정했다.

"그럼 참견하지 말아요."

"참견하려는 게 아니야. 네 생각에 간섭하려는 것도 아니고. 단지 네가 앤을 보내줘야 한다고 생각한다."

마릴라가 부드럽게 반박했다.

"앤이 하고 싶어 하면 오라버니는 분명 앤을 달에라도 보내줘야 한다고 생각하잖아요. 다이애나와 그냥 하룻밤 같이 자겠다면 보내줬을지도 몰라요. 하지만 그 콘서트는 못 보내요. 가서 감기라도 걸리면 어떡해요. 거기다 잔뜩 헛바람이 들어올지도 몰라요. 다녀오면 한 일주일은 싱숭생숭할 거라고요. 다 저 아이 성격을 알고 하는 말이에요. 아이에게 뭐가 좋을지는 오라버니보다 제가 더 잘 안다고요."

"난 앤을 보내줘야 한다고 생각해." 매슈는 굽히지 않고 강경하게 다시 말했다. 매슈는 논쟁하는 데 영 서투르지만 한번 마음을 정하면 굽히지 않았다. 마릴라는 어째야 좋을지 몰라서 말없이 자신의 방으로 물러났다. 다음 날 아침 앤이 아침 먹고 설거지를 하고 있을 때 매슈가 헛간에 나가다 멈춰 서서 다시 마릴라에게 말했다.

"앤을 보내줘, 마릴라."

마릴라는 잠시 어이없는 표정을 지었다. 그러다 포기하고 말했다.

"좋아요. 오라버니가 그렇게 고집을 부리시니 앤을 보내죠."

앤이 물이 뚝뚝 흐르는 행주를 들고 부엌에서 달려 나왔다.

"아, 마릴라 아주머니, 아주머니. 그 행복한 말씀을 다시 해주세요."

"한 번이면 충분할 것 같구나. 이건 매슈 아저씨가 내린 결정이지 나

완 아무 상관없다. 네가 낯선 침대에서 자다가, 아니면 한밤중에 더운 회관에서 나오다 폐렴에 걸려도 매슈 아저씨를 원망해라. 앤 셜리, 너 지금 바닥에다 기름기가 흐르는 물을 뚝뚝 흘리고 있잖니. 어쩜 이렇게 조심성이 없니?"

"아, 아주머니가 저 때문에 힘드신 거 알아요. 제가 워낙 실수투성이니까. 하지만 속상하실 땐 제가 아직까지 저지르지 않은 실수들을 생각해보세요. 언젠가는 또 할지도 모르지만. 학교에 가기 전에 모래를 가져와서 얼룩진 부분은 지워놓을게요. 아, 마릴라 아주머니, 그 콘서트에 갈 생각에 가슴이 막 부풀어 올라요. 전 평생 단 한 번도 콘서트에 가본 적이 없어요. 학교에서 다른 여자아이들이 콘서트 이야기를 할 때마다 항상 소외된 느낌이었어요. 어떤 기분인지 아주머니는 모르세요. 하지만 매슈 아저씨는 아셨던 거예요. 매슈 아저씨는 절 이해해주세요. 이해받는다는 건 정말 행복한 일이에요, 마릴라 아주머니."

앤은 너무 흥분해서 그날 아침 학교에서 수업도 제대로 못 들었다. 길버트 블라이스는 철자 시험에서 앤을 이겼고 암산에서는 아주 큰 점수 차로 이겼다. 하지만 앤은 콘서트와 손님방 침대에서 잘 생각에 평소와는 다르게 굴욕감도 별로 느끼지 않았다. 앤과 다이애나는 하루 종일 그 이야기만 쉴 새 없이 떠들어대서 필립스 선생님이 훨씬 더 엄격했다면 벌을 받았을 것이다.

그날 학교에서는 콘서트 이야기만 나와서 앤은 콘서트에 가지 못한다면 견디지 못했을 거라고 느꼈다. 겨우내 2주에 한 번씩 모인 에이번리 토론 클럽은 그전에도 몇 번 소규모로 무료 공연을 했다. 하지만 이번에는 도서관 건립 기금을 모으기 위해 입장료로 10센트를 받는 큰 행사였다. 에이번리 젊은이들이 몇 주 동안 연습했고, 학생들은 모두 언니나 오빠가 참여하기 때문에 특히 관심을 가졌다. 마릴라와 마찬가지로, 어린 여자아이들은 콘서트에 가선 안 된다고 아버지가 반대한 캐리 슬론만 빼고 아홉 살이 넘은 학생들은 모두 가기로 했다. 캐리 슬론은 오후 내내 문법책에 엎드려 콘서트도 못 가는 인생은 살 가치가 없다며 울어댔다.

앤은 학교가 끝나면서 본격적으로 흥분하기 시작했다. 내내 고조되던 흥분은 콘서트에서 절정에 이르렀다. 앤과 다이애나는 '완벽하게 우아한 차'를 마셨다. 그리고 이층에 있는 다이애나의 작은 방에서 옷을 차려입으며 즐거워했다. 다이애나는 앤의 앞머리를 이마 위로 높이 빗어 올리는 새로운 스타일을 시도했고, 앤은 숙련된 기술로 다이애나의 리본을 멋지게 매줬다. 뒷머리는 이런저런 모양으로 적어도 여섯 번은 바꿔댔다. 마침내 준비를 마친 아이들의 볼은 발그레해졌고 두 눈은 설렘으로 반짝거렸다.

사실 앤은 아무 모양도 없는 자신의 검정 모자와 집에서 만든 보잘것없고 소매도 좁은 회색 코트가 다이애나의 말쑥한 털모자와 작고 근사한 재킷과 비교되어서 마음이 아팠다. 하지만 이내 자신의 상상력을 활용하자고 생각했다.

그때 뉴브리지에서 다이애나의 사촌인 머레이 집안 아이들이 도착했다. 모두 밀짚과 털 담요를 두른 채 큰 썰매가 비좁게 느껴질 정도로 몰려 탔다. 앤은 회관까지 가는 내내 황홀했다. 공단처럼 부드러운 길을 지나는 썰매 밑으로 눈이 뽀드득뽀드득 소리를 냈다. 해가 지는 풍경이 장엄했다. 눈이 쌓인 언덕과 세인트로렌스 만의 깊고 푸른 바닷물이 그 아름다운 풍경의 가장자리를 둘러쌌다. 마치 진주와 사파이어로 만든 거대한 그릇에 포도주와 불꽃이 가득 차서 넘실거리는 것 같았다. 딸랑거리는 썰매 종소리와 숲의 요정이 웃는 것 같은 소리가 사방에서 들렸다. 앤은 한숨을 쉬면서 털 담요 밑에 있는 다이애나의 장갑 낀 손을 꼭 쥐었다.

"아, 다이애나. 이게 다 아름다운 꿈같지 않니? 내가 정말 평소와 똑같니? 마치 다른 세계에 온 것 같은 기분이라 내 얼굴도 달라 보일 것 같아."

"너 오늘 너무 예뻐. 정말 사랑스러워." 방금 사촌에게 예쁘다는 칭찬을 들은 다이애나는 앤에게도 칭찬을 해줘야겠다 싶었다.

그날 밤 프로그램은 적어도 관객 한 명에게는 계속 너무나 '멋졌고' 앤이 장담했듯이 시간이 흐를수록 점점 더 황홀하게 느껴졌다. 핑크색 새 실크 드레스를 입고 매끄럽고 하얀 목에는 진주 목걸이를 걸고, 필립스 선생님이 시내까지 가서 구해줬다고 소문이 자자한 진짜 카네이션을 머리에 꽂은 프리시 앤드루스가 '빛은 한줄기도 없는 어둠 속에서 미끄러운 계단을 올라갈 때'라고 읊자 앤은 시 속 주인공에 대한 연민에 전율했다. 합창단이 「고결한 데이지는 저 높은 곳으로」를 불렀을 때 앤은 거기에 천사들이 그려진 벽화라도 있는 것처럼 천장을 응시했다. 샘 슬론이 '소커리가 암탉에게 알을 품게 하는 방법'을 그림으로 설명했을 때는 앤이 너무 웃어서 주위에 있는 사람들까지 따라 웃었다. 에이번리에서조차 한물 간 농담 때문이 아니라 너무나 즐거워하는 앤 때문에. 필립스 선생님이 한 문장 한 문장 끝날 때마다 프리시 앤드루스를 보면서 마음을 뒤흔드는 목소리로 카이사르의 시체 앞에서 안토

니우스가 한 연설을 했을 때 앤은 로마 시민 한 명만 앞장서면 자신도 그 자리에서 일어나 반란을 일으킬 수 있을 것만 같았다.

유일하게 한 프로그램만 앤의 흥미를 끌지 못했다. 길버트 블라이스가 「라인 강변의 빙엔」을 암송하러 나왔을 때 앤은 로다 머레이가 도서관에서 빌린 책을 집어서 낭송이 끝날 때까지 읽었고, 다이애나가 손바닥이 얼얼해질 때까지 박수를 치는 동안 뻣뻣하게 앉아 있었다.

앤과 다이애나가 집에 왔을 때는 이미 열한 시가 넘어 있었다. 둘은 녹초가 되도록 즐거운 시간을 보냈으면서도 앞으로 남은 즐거움에 대해 끝도 없이 이야기를 나누었다. 식구들은 다들 자는 것 같았고, 집은 어둡고 조용했다. 앤과 다이애나는 발끝을 들고 살금살금 걸어서 길고 좁은 응접실을 지나 손님방으로 갔다. 손님방은 기분 좋게 따뜻했고 벽난로에는 타다 남은 잉걸불이 희미하게 빛나고 있었다.

"여기서 옷을 벗자. 아주 따뜻하고 좋아." 다이애나가 말했다.

"오늘 정말 즐겁지 않았니?" 앤이 황홀해서 한숨을 쉬며 말했다.

"무대 위에 올라가서 암송하면 아주 근사할 거야. 우리에게도 그런 날이 올까, 다이애나?"

"그럼, 물론이지, 언젠가는 그러겠지. 암송할 고학년들이 항상 부족하거든. 길버트 블라이스도 자주 하는데 우리보다 두 살밖에 많지 않잖아. 아, 앤, 길버트가 낭송하는데 어쩜 그렇게 안 듣는 척할 수 있어? 길버트가 '내게는 누이가 아닌 다른 여자가 있지'라는 구절을 암송할 때 널 똑바로 쳐다봤단 말이야."

앤이 위엄 있게 말했다.

"다이애나, 넌 내 마음의 친구야. 하지만 내 앞에서 그 사람 이야기를 하는 건 허락할 수 없어. 잘 준비 됐니? 누가 침대에 먼저 도착하는지 달리기 시합하자."

다이애나는 앤의 제안을 마음에 들어 했다. 흰 잠옷을 입은 두 소녀는 긴 응접실을 달려서 손님 방문을 지나, 동시에 침대 위로 펄쩍 뛰어올랐다. 바로 그때 뭔가가 그들 밑에서 움직이며 비명을 질렀다. 누군가 이불 밑에서 소리쳤다.

"누구야!"

앤과 다이애나는 어떻게 그 침대에서 내려와 도망쳤는지 기억도 나지 않았다. 정신을 차리고 보니 둘이서 정신없이 방을 나와 덜덜 떨면서 발꿈치를 들고 이층으로 가는 계단을 오르고 있었다.

"어머나, 그 사람 누구, 아니 뭐였니?" 춥기도 하고 무섭기도 해서 이를 딱딱 부딪치며 앤이 속삭였다.

"조세핀 할머니였어." 다이애나는 웃겨서 숨도 제대로 못 쉬면서 대답했다. "왜 거기 계시는지 모르겠지만 조세핀 할머니였어, 앤. 아, 할머니가 엄청 화내실 거야. 일 났어, 정말 일 났다고. 하지만 너무 웃기지 않니, 앤?"

"조세핀 할머니가 누군데?"

"할머니는 우리 아버지의 숙모 되시는 분인데 샬럿타운에 사셔. 아주 나이가 많으셔. 한 일흔 살쯤. 조세핀 할머니는 어렸던 적이 없었을 것 같아. 오실 거라고 예상은 했지만 이렇게 일찍 오실 줄은 몰랐어. 엄청 깐깐하고 예의범절을 따지는 분이라 호되게 야단치실 거야, 난 알아. 뭐, 오늘 밤은 미니 메이와 같이 자야겠다. 미니 메이가 얼마나 발길질을 해대는지 몰라."

조세핀 배리 할머니는 다음 날 이른 아침 식사에 나타나지 않았다. 배리 부인은 두 소녀에게 다정하게 미소를 지어 보였다.

"어젯밤에 재미있었니? 너희들이 올 때까지 기다리려고 했어. 조세핀 할머니가 오셔서 너희들은 이층에서 자라고 말하려고 했는데 너무 피곤해서 그만 잠이 들어버렸구나. 할머니 주무시는데 방해하진 않았겠지, 다이애나?"

다이애나는 신중하게 입을 다물고 있었지만 테이블 맞은편에 앉은 앤과 은밀하게 죄책감 어린 미소를 주고받았다. 아침을 먹은 후에 앤은 바로 집에 가서 다이애나의 집에서 무슨 일이 일어났는지 전혀 모르고 있다 오후 늦게 마릴라의 심부름으로 린드 부인의 집에 가서 사실을 알게 되었다.

린드 부인은 눈을 반짝이면서도 엄한 목소리로 말했다.

"너랑 다이애나가 어젯밤에 불쌍한 조세핀 할머니를 놀라게 해서 돌아가시게 할 뻔했다면서? 몇 분 전에 배리 부인이 카모디에 가는 길에 우리 집에 들렀어. 부인이 그 일 때문에 걱정하고 있더라. 조세핀 할머니가 오늘 아침에 일어나셨을 때 화를 이만저만 내신 게 아니라더구나. 성미가 보통이 아닌 양반이거든. 다이애나에게 말 한 마디 안 붙이셨단다."

"제 잘못이에요. 제가 침대까지 달리기 시합을 하자고 했거든요."

"내가 그럴 줄 알았다!" 린드 부인은 의기양양해서 소리쳤다.

"그 생각이 네 머리에서 나왔을 줄 알았다. 어쨌든 그것 때문에 큰 문제가 생겼다. 조세핀 할머니가 여기에 한동안 지내러 오신 조세핀 할머니가 하룻밤도 더 못 있겠다면서 일요일인 내일 곧바로 돌아가겠다고 하셨대. 오늘 갈 수 있었으면 오늘 가셨을 거야. 원래는 다이애나의 음악 수업료를 한 학기 대주기로 하셨는데 이제 그런 말괄량이에게는 한 푼도 줄 수 없다고 딱 자르셨대. 참나, 배리 씨 부부가 오늘 아침에 참 힘들었을 거야. 다들 속이 많이 상했을걸. 조세핀 할머니는 부자라서 그 집 식구들이 잘 지내고 싶어 하거든. 물론 배리 부인이 그렇게 말한 건 아니지만 사람 마음이 다 거기서 거기지."

앤이 한탄했다.

"전 어쩜 그렇게 운도 없을까요? 항상 곤경에 빠지기나 하면서 가장 친한 친구들까지 힘들게 만들어요. 제가 목숨도 바칠 수 있는 그런 소중한 친구들인데 말이에요. 도대체 왜 그럴까요, 린드 아주머니?"

"너무 조심성이 없고 충동적이니까 그렇지, 얘야. 넌 뭐든 일단 멈춰서 찬찬히 생각해보는 법이 없거든. 항상 생각나는 대로 말해버리거나 해치우지. 먼저 곰곰이 생각해봐야지."

"아, 하지만 그게 제 장점이기도 한걸요. 아주 흥미로운 생각이 떠오르면 반드시 해봐야죠. 자꾸 이것저것 생각하다 보면 못 하게 되잖아요. 그런 생각 해보신 적 없으세요, 린드 아주머니?"

아니, 잠시 생각에 잠긴 린드 부인은 고개를 저었다.

"앤 너는 무턱대고 행동하기 전에 먼저 생각하는 법을 좀 익혀야 해. 뛰기 전에 살피라는 속담도 있잖니. 특히 손님방에 뛰어들기 전에는."

린드 부인은 자신의 농담에 기분 좋게 웃었지만 앤은 골똘히 생각에 잠겨 있었다. 이렇게 심각한 상황에 대체 뭐가 우스운 건지 이해가 안 됐다. 린드 아주머니 댁을 나왔을 때 앤은 얼어붙은 들판을 지나 과수원 언덕으로 갔다. 다이애나는 부엌 문 앞에서 앤을 맞았다.

"조세핀 할머니가 노발대발하셨다면서?" 앤이 소곤거렸다.

"그랬지." 다이애나는 어깨 너머로 닫혀 있는 거실 문을 불안한 눈빛으로 흘낏 보고 나서 웃음을 참으며 말했다.

"할머니가 화가 나서 펄펄 뛰셨어. 아, 얼마나 혼났는지 몰라. 할머니는 나처럼 선머슴애 같은 여자아이는 처음 본다고 하시면서 우리 부모님에게 자식 교육을 어떻게 시켰냐고 따지셨어. 우리 집에선 하룻밤도 더 못 있겠다고 하셨는데 나야 뭐 상관없지. 하지만 엄마랑 아빠가 걱정하고 계셔."

"왜 내 잘못이라고 말씀드리지 않았어?" 앤이 다그쳐 물었다.

"아니, 내가 그럴 것 같아? 난 고자질쟁이가 아니야, 앤 셜리. 어쨌든 내 탓도 큰데 뭐." 다이애나가 어이없어 하며 대답했다.

"음, 내가 직접 할머니에게 가서 말씀드려야겠어."

다이애나가 눈을 동그랗게 뜨고 앤을 봤다.

"앤, 무슨 소리야! 할머니가 널 산 채로 잡아드실 거야!"

"그렇지 않아도 무서운데 그런 소리 하지 마. 지금 마음 같아선 호랑이 굴에 들어가는 게 더 나을 것 같아. 하지만 꼭 해야 해, 다이애나. 내 잘못이니까 내 입으로 말해야지. 다행히 그동안 고백하는 연습은 많이 해봤어." 앤이 말했다.

"할머니는 방에 계셔. 정 하고 싶으면 들어가도 돼. 난 그럴 엄두도 안 난다. 그래봤자 별로 달라질 것도 없을 것 같지만."

격려 같지 않은 격려를 받은 앤은 굳게 마음을 먹고 거실 문을 조용히 노크했다. 들어오라는 사나운 목소리가 들려왔다.

깡마르고 단정한 차림에 깐깐한 조세핀 배리 할머니는 벽난로 옆에서 뜨개질에 몰두해 있었다. 아직도 화가 안 풀린 표정에 금테 안경 너머로 보이는 눈빛이 노기로 번쩍였다. 조세핀 할머니는 다이애나가 들어온 줄 알고 의자를 돌렸다가 얼굴이 하얗게 질린 채 필사적으로 용기를 내면서도 두려움에 움츠러들어 커다란 눈만 보이는 소녀를 봤다.

"넌 누구냐?" 조세핀 배리 할머니가 다짜고짜 물었다.

"전 초록 지붕 집에 사는 앤이라고 합니다." 앤은 평소 하던 대로 두 손을 맞잡고 덜덜 떨면서 대답했다.

"고백을 하러 왔습니다. 제발 들어주세요."

"무슨 고백을 한단 말이냐?"

"어젯밤에 할머니 침대에 뛰어든 건 다 제 잘못이에요. 제가 하자고 했어요. 다이애나는 절대로 그런 생각은 못해요. 아주 얌전한 아이거든요, 배리 할머니. 그러니 다이애나를 야단치는 건 아주 부당한 일이라는 걸 아셔야 해요."

"그걸 내가 알아야 한다고? 다이애나도 그렇게 뛰어들었으니 마찬가지로 잘못한 거야. 체통이 있는 집에서 그런 방정맞은 짓거리를 하다니!"

앤이 굴하지 않고 변명을 계속했다.

"하지만 저흰 그저 재미로 그랬어요. 이렇게 죄송하다고 사과드리니 용서해주세요, 할머니. 적어도 다이애나만이라도 용서해주시고 음악 수업을 받게 해주세요. 다이애나가 얼마나 음악 수업을 받고 싶어 했는데요, 배리 할머니. 그렇게 간절히 원했던 일이 이뤄지지 않았을 때 어떤 기분인지 전 너무나 잘 알아요. 정말 역정을 내시겠다면 저에게 내세요. 전 어렸을 때부터 그런 일에 아주 익숙해져 있어서 다이애나 보다 훨씬 더 잘 견딜 수 있어요."

이쯤 되자 노부인의 눈에 서린 노기는 거의 다 풀리고 재미있다는 듯이 반짝였다. 하지만 노부인은 여전히 엄격하게 말했다.

"그냥 재미로 그랬다는 말로는 용서할 수 없을 것 같은데. 내가 어렸을 때는 어린 여자아이들은 절대로 그런 놀이를 하지 않았다. 오랜 시간 아주 고된 여행 끝에 단잠을 자고 있는데 말만 한 계집아이 둘이서 덮치는 바람에 잠이 깨서 얼마나 놀랐는지 넌 모른다."

"아, 모르지만 상상은 할 수 있어요. 분명 아주 불쾌하셨을 거예요. 하지만 저희도 깜짝 놀랐어요. 할머니도 상상하실 수 있잖아요? 한번 저희 입장에서 생각해주세요. 우리도 침대에 누가 있을 거라곤 꿈에도 생각하지 못해서 놀라 죽을 뻔했어요. 게다가 손님방에서 잘 수 있다고 허락을 받았는데 그러지도 못했잖아요. 할머니는 손님방에서 주무시는 것에 익숙하시겠죠. 하지만 한 번도 그런 특권을 누려보지 못한 어린 고아 소녀의 꿈이 깨졌을 때 어땠을지 한번 상상해보세요."

이제 할머니의 분노는 다 풀렸다. 배리 할머니는 사실 웃기까지 했다. 그 소리에 문 밖 부엌에서 말없이 불안하게 기다리고 있던 다이애나가 안도의 한숨을 쉬었다.

"유감스럽게도 내 상상력은 조금 녹이 슨 것 같구나. 상상력을 발휘해본 지도 너무 오래되어서 말이다. 너도 나만큼이나 놀랐겠구나. 세상일이라는 게 다 어느 각도에서 보느냐에 따라 다르니까. 자, 여기 앉아서 너에 대한 이야기를 좀 해보거라."

"죄송하지만 그럴 수 없어요. 할머니는 아주 재미있는 분 같고, 안 그래 보이지만 저랑 영혼이 비슷한 분일 것 같기도 하지만요. 전 마릴라 아주머니가 기다리시는 집으로 이만 가봐야 하거든요. 마릴라 아주머니는 절 맡아서 올바르게 키워주시는 아주 좋은 분이세요. 아주머니는 최선을 다하고 계시지만 힘들 때도 많으시죠. 제가 침대에 뛰어들었다고 해서 마릴라 아주머니를 비난하시면 안 돼요. 하지만 가기 전에 다이애나를 용서해주고 예정대로 에이번리에 머무신다고 말씀해주시면 좋겠어요."

"네가 가끔 놀러 와서 내 말동무가 되어준다면 그렇게 하마."

그날 저녁에 배리 할머니는 다이애나에게 은팔찌를 하나 주고 짐을 다시 풀었다. 배리 할머니는 솔직하게 말했다.

"난 그 앤이란 아이와 좀 더 친해지고 싶어서 가지 않기로 마음을 먹었단다. 참 재미있는 아이더구나. 내 나이가 되면 재미있는 사람이 흔하지 않거든."

그 이야기를 들었을 때 마릴라는 딱 한마디했다.

"제가 뭐라고 했어요." 그 말은 매슈를 겨냥한 말이기도 했다.

배리 할머니는 원래 예정했던 한 달보다 더 오래 머물렀다. 앤 덕분에 기분이 좋아서 평소보다 불평도 덜 했다. 두 사람은 아주 가까워졌다.

배리 할머니는 이렇게 말하고 떠났다.

"잊지 마라, 앤. 샬럿타운에 오면 우리 집에 놀러 오너라. 우리 집에서 제일 좋은 손님방에서 재워주마."

앤이 마릴라에게 털어놓았다.

"배리 할머니는 결국 저랑 영혼이 비슷한 분이셨어요. 얼굴을 봐선 그럴 것 같지 않지만 정말 그런 분이세요. 매슈 아저씨처럼 언뜻 봐선 모르지만 시간이 좀 흐르면 알게 되죠. 전에 생각했던 것과는 달리 그런 사람이 드물지 않네요. 세상에 그런 사람이 많다는 걸 알게 되니 너무 기뻐요."

20

우시우시한 상상

초록 지붕 집에 다시 봄이 왔다. 마지못해 오는 것처럼 변덕을 부리며 다가오는 캐나다의 봄은 상쾌했다. 신선한 날씨가 이어지는 4월과 5월 내내 만물이 되살아나 성장하는 기적을 보여주며 해 질 녘이면 어김없이 온 세상이 분홍빛으로 물들었다. 연인의 오솔길에 줄줄이 선 단풍나무마다 발그스름한 새싹이 돋았고, 드라이어드 샘 주위에는 동글동글 말린 고사리들이 고개를 쏙쏙 내밀었다. 사일러스 슬론 씨 집 뒤편에 있는 황무지에서는 산사나무 꽃들이 갈색 나뭇잎 밑에서 분홍색과 흰색 별모양으로 어여쁘게 피어났다. 전교생은 화창한 오후에 꽃을 따면서 즐거운 시간을 보내다가 꽃다발을 가슴에 안거나 바구니에 가득 담은 채 석양이 머뭇머뭇 질 무렵 집으로 돌아갔다. 앤이 말했다.

"산사나무꽃이 안 피는 육지에 사는 사람들은 너무 안됐어요. 다이애나는 거기에 예쁜 꽃이 더 많을지도 모른다고 했지만 산사나무보다 더 예쁜 꽃이 있을 리가 없잖아요, 안 그래요? 마릴라 아주머니, 다이애나는 세상에 산사나무가 있다는 걸 모르면 그리워할 수도 없다고 했어요. 하지만 그거야말로 정말 슬픈 일인 것 같아요. 산사나무꽃이 뭔지도 몰라서 그리워하지 않는다니, 그거야말로 비극이잖아요. 제가 산사나무를 어떻게 생각하는지 아세요, 마릴라 아주머니? 전 산사나무가 작년 여름에 죽은 꽃들의 영혼이라고 생각해요. 여기가 그들의 천국이고요. 저흰 오늘 아주 근사한 하루를 보냈어요. 아주 오래된 샘 옆의 이끼로 뒤덮이고 움푹 들어간 자리에서 점심을 먹었어요. 아주 낭만적인 장소였죠. 찰리 슬론이 아티 길리스에게 그 우물을 뛰어넘어 보라고 했어요. 안 한다고 뺄 수는 없어요. 학교에서는 요즘 이 게임이 아주 인기거든요. 필립스 선생님은 직접 딴 산사나무꽃을 프리시 앤드 루스에게 다 줬어요. 선생님이 '아름다운 그대에게 아름다운 꽃을'이라고 하셨어요. 책에 나온 말이라는 건 저도 알지만, 선생님도 상상력이 없진 않나 봐요. 저도 산사나무꽃을 받았지만 코웃음 치면서 거절했어요. 누가 줬는지는 말할 수 없어요. 살아생전 다시는 그 이름을 입에 올리지 않겠다고 맹세했으니까요. 우린 산사나무꽃으로 화환을 만들어서 모자에 둘렀어요. 집에 갈 때 두 명씩 꽃다발을 들고 화환을 쓴 채 「언덕 위의 집」을 부르면서 걸었어요. 아, 정말 신났어요. 사일러스 슬론 씨 식구들이 다 달려 나와서 우릴 봤죠. 길에서 만나는 사람들도 전부 다 멈춰 서서 우리를 빤히 쳐다봤어요. 우리가 엄청난 돌풍을 불러일으켰다니까요."

"놀랄 일도 아니다. 그런 바보 같은 짓을 하니!" 마릴라가 대꾸했다.

산사나무꽃이 지자 제비꽃이 만발한 골짜기에 보랏빛이 흘러넘쳤다. 앤은 마치 성지를 순례하는 것처럼 경건하게 그 길을 걸어 학교로 갔다.

"어쩐지 여기를 지날 때면 길버, 아니 누구든 반에서 날 앞지르든 말든 사실 상관없다는 느낌이 들어. 그러다가도 일단 학교에 도착하면 그 마음이 싹 가시면서 다시 전처럼 신경이 쓰이지. 내 속에는 아주 많은 앤이 살고 있나 봐. 가끔 그래서 내가 그렇게 말썽꾸러기인가 싶기도 해. 내 속에 앤이 딱 하나라면 지금보다 훨씬 살기 편하겠지만 그러면 재미는 절반으로 줄겠지."

과수원에 또다시 분홍색 꽃이 만개했다. 개구리들이 반짝이는 호수 위의 습지에서 낭랑하게 노래하고, 클로버 들판과 전나무 숲에서 퍼지는 싱그러운 향기가 가득 맴도는 6월의 어느 저녁에 앤은 다락방 창가에 앉아 있었다. 계속 공부하고 있었지만 날이 어두워지면서 책이 보이지 않아 눈을 크게 뜬 채 다시 활짝 피어난 눈의 여왕 가지를 보며 공상에 잠겨 있었다.

앤의 작은 다락방은 근본적으로는 변한 게 없었다. 벽은 여전히 하얗고, 바늘꽂이는 딱딱하고, 허리를 꼿꼿이 세운 노란색 의자도 여전했다. 하지만 분위기는 싹 달라졌다. 활기차고 생기가 넘치는 앤의 성격이 방 안 구석구석 스며든 것처럼 느껴졌다. 그런 개성은 여학생의 책과 옷과 리본과는 또 다른 분위기를 자아냈고, 테이블 위에 있는 사과꽃이 가득 꽂힌 파란 단지와도 다른 느낌이 풍겼다. 마치 상상력이 풍부한 이 방 주인이 밤낮없이 꾸는 꿈들이 눈에 보이는 형태로 변해, 황량했던 이 방을 무지개와 달빛으로 엮은 은은한 막으로 덮은 것처럼 보였다. 마릴라가 새로 다린 앤의 학교 앞치마를 가지고 방에 들어왔다. 마릴라는 앞치마를 의자에 걸쳐놓고 짧게 한숨을 쉬며 의자에 앉았다. 그날 낮부터 두통이 있었는데 이제 두통은 가셨지만 힘이 없고 진이 빠졌다고 했다. 앤은 안쓰러운 마음에 마릴라를 쳐다봤다.

"제가 아주머니 대신 두통을 앓을 수 있으면 좋겠어요. 아주머니를 위해서 기쁘게 견딜 수 있었을 텐데."

"네가 도와준 덕분에 쉴 수 있으니 네 몫은 다한 거야. 넌 이제 일도 꽤 잘하고 실수도 많이 줄었잖니. 물론 매슈 아저씨의 손수건에 풀을 먹일 필요는 없었다만. 그리고 대부분의 사람들이 오븐에 파이를 넣는 것은 식사할 때 따뜻하게 먹으려고 그런 거지, 그렇게 바싹 태우려고 넣는 건 아니란다. 하지만 네 방식은 좀 다른 모양이더라."

마릴라는 두통을 앓고 나면 좀 빈정거리는 습관이 있었다.

앤이 실수를 뉘우치면서 말했다.

"아, 정말 죄송해요. 그 파이는 오븐에 넣는 순간부터 지금까지 까맣게 잊고 있었어요. 식탁에 뭔가 빠졌다는 느낌이 직감적으로 들긴 했지만요. 오늘 아침에 제게 식사 준비를 맡기셨을 때는 아무것도 상상하지 않겠다고 굳게 다짐했거든요. 파이를 오븐에 넣을 때까지만 해도 잘하고 있었어요. 그러다 제가 마법에 걸려 탑에 홀로 갇혀 있는 공주인데 잘생긴 기사가 절 구해주려고 흑마를 타고 오고 있다는 공상에 빠지고 만 거예요. 그래서 파이를 깜박했지 뭐예요. 손수건에 풀을 먹인 건 저도 모르고 있었어요. 다리미질 하는 내내 다이애나와 제가 시내 위쪽에서 발견한 새 섬의 이름을 생각해보고 있었거든요. 마릴라 아주머니, 거긴 정말 기가 막히게 아름다운 곳이에요. 단풍나무 두 그루가 있고 시냇물이 그 섬 주위를 바로 지나쳐서 가요. 결국 거긴 빅토리아 섬으로 부르는 게 좋겠다는 생각이 들었어요. 여왕님의 생일에 그 섬을 발견했거든요. 다이애나와 저 둘 다 여왕님의 충성스런 시민이니까. 하지만 그 파이와 손수건은 정말 잘못했어요. 오늘은 기념일이니

다른 날보다 특별히 더 잘하고 싶었는데. 작년 오늘에 무슨 일이 있었는지 기억나세요, 마릴라 아주머니?"

"아니, 특별한 건 없는 것 같은데."

"아, 마릴라 아주머니. 오늘이 바로 제가 초록 지붕 집에 온 지 1년이 되는 날이잖아요. 전 결코 이날을 잊지 못할 거예요. 제 인생이 바뀐 날이니까요. 물론 아주머니에겐 그렇게 중요하지 않을 수도 있죠. 여기 온 후로 전 너무나 행복했어요. 물론 말썽을 일으킨 적도 몇 번 있었지만 시간이 지나면 만회할 수 있겠죠. 절 키우기로 한 걸 후회하세요, 마릴라 아주머니?"

"아니, 후회하지 않는다." 마릴라는 가끔 앤이 초록 지붕 집에 오기 전에는 어떻게 살아왔는지 의아해하니까.

"아니, 절대 후회 안 해. 공부 다 했으면 가서 배리 부인에게 다이애나의 앞치마 본 좀 빌려줄 수 있는지 여쭤보고 와라."

"아, 그게… 지금은 너무 어두운데요." 앤이 소리쳤다.

"너무 어둡다고? 이제 초저녁인데 무슨 소리냐. 그리고 해가 지고 나서도 넌 수도 없이 나갔잖아."

"내일 아침 일찍 다녀올게요. 해가 뜨자마자 일어나서 갈게요, 마릴라 아주머니." 앤이 간절하게 말했다.

"대체 무슨 생각을 하는 거야, 앤 셜리? 오늘 저녁에 네 새 앞치마를 만들어야 하니까 그 본이 필요해. 여러 말 말고 당장 가거라."

"그럼 큰길로 돌아서 갈게요." 앤이 마지못해 모자를 집으면서 말했다.

"돌아 가면 30분이나 더 걸리잖아! 대체 왜 그러는 거니!"

"유령의 숲을 지나갈 수 없어서요." 앤이 털어놓았다.

"유령의 숲이라니! 너 정신 나갔니? 대체 유령의 숲이 뭐냐?"

"시내가 있는 가문비나무 숲 말이에요." 앤이 속삭였다.

"말도 안 되는 소리! 세상에 유령의 숲이란 없어. 누가 너에게 그런 소리를 하던?"

앤이 고백했다.

"아무도 없어요. 다이애나와 제가 그냥 그 숲에 유령이 나온다고 상상한 거예요. 여기 있는 곳들은 모두 너무, 너무 평범하잖아요. 우린 그저 재미있으라고 꾸며낸 이야기예요. 4월에 지어냈어요. 유령의 숲이라니 아주 낭만적이잖아요, 마릴라 아주머니. 가문비나무 숲을 고른 이유는 거기가 아주 어두워서 그랬어요. 아, 우린 아주 오싹한 이야기를 생각해냈어요. 하얀 옷을 입은 숙녀가 하루 중 이맘때쯤 시내를 따라 두 손을 움켜쥐고 흐느끼면서 걸어가요. 그 여자는 가족 중에 어떤 한 사람이 죽을 때 나타나요. 그리고 살해된 어린아이의 유령이 한적한 숲 가장자리를 배회하다 지나가는 사람 뒤에 스윽 나타나서 차가운 손으로 그 사람 손을 잡는 거죠. 아, 생각만 해도 소름이 끼쳐요, 마릴라 아주머니. 그리고 머리가 없는 사람이 오솔길에서 슬금슬금 따라오기도 하고 나뭇가지들 사이로 해골들이 노려보기도 하죠. 아, 마릴라 아주머니. 전 절대로 해가 진 다음에는 유령의 숲을 지나가지 않을 거예요. 나무들 뒤에서 허연 유령들이 손을 뻗어서 절 잡아갈 거예요."

"다른 사람에게 그런 말을 했니?" 멍하니 그 이야기를 듣고 있던 마릴라가 꽥 소리를 질렀다.

"앤 셜리, 너 지금 네가 상상해낸 그 터무니없는 소리를 믿고 있단 말이야?"

"믿고 있는 건 아니에요. 적어도 대낮에는 믿지 않아요. 하지만 해가 지면 다르죠. 그때는 유령들이 걸어 다니는 때란 말이에요." 앤이 머뭇머뭇 말했다.

"세상에 유령은 없어, 앤."

"아, 정말 있어요. 제가 아는 사람들 중에 유령을 본 사람들이 있다고요. 다 정상적인 사람들이라고요. 찰리 슬론이 그러는데 찰리 할아버지가 돌아가셔서 땅에 묻힌 지 1년이 넘은 어느 날 밤에 소 떼를 몰고 집에 오는 걸 할머니가 보셨다고 했어요. 찰리 슬론 할머니가 괜히 그런 말씀을 하진 않으셨을 거라는 거 아주머니도 아시잖아요. 그 할머니는 아주 독실한 분이시잖아요. 그리고 토머스 아주머니의 아버지는 어느 날 밤 잘린 목이 덜렁거리고 온몸에 불이 붙은 양에게 쫓겨서 집에 돌아오셨대요. 그 할아버지는 그 양이 동생의 영혼이란 걸 알고 계셨대요. 그건 할아버지가 아흐레 내로 돌아가시게 될 거라는 경고라는 거죠. 아흐레는 아니지만 할아버지는 2년 후에 돌아가셨어요. 그러니 다 사실인 거잖아요. 그리고 루비 길리스가 그러는데……."

마릴라가 단호하게 앤의 말을 잘랐다.

"앤 셜리. 앞으로 절대 이런 말은 하지 마라. 처음부터 네 상상력이 좀 찜찜했는데 이런 식으로 발전한다면 더 이상 용납할 수 없다. 당장 배리 씨 댁에 가. 반드시 그 가문비나무 숲으로 가야 한다. 그게 내가 너에게 주는 교훈이자 경고야. 다시는 유령의 숲에 대한 말은 한 마디도 입 밖에 내지 말고."

앤은 정말 두려워서 마릴라에게 애원도 하고 울어도 봤다. 상상이 너무 강렬해서 어둠이 내리고 나면 그 숲이 정말 죽을 정도로 무서웠다. 하지만 마릴라는 가차 없었다. 마릴라는 두려움에 주눅 든 앤을 샘까지 억지로 데려가서 거기서부터 곧바로 다리를 건너 흐느끼는 여인들과 머리 없는 유령들이 배회하는 어두운 숲으로 들어가라고 했다. 앤은 흐느껴 울면서 말했다.

"아, 마릴라 아주머니, 어쩜 이렇게 잔인하실 수 있어요? 정말 하얀 유령이 절 잡아가면 기분이 어떨 것 같으세요?"

"모험을 해봐야지. 내가 마음에 없는 소리는 안 하는 거 너도 알고 있지. 유령이나 상상하는 너의 그 버릇을 이참에 고쳐놓아야겠다. 어서 가거라."

결국 앤은 마릴라의 지시대로 숲으로 들어갔다. 비틀거리며 다리를 건너고 덜덜 떨면서 그 어둡고 무서운 길을 걸어갔다. 앤은 결코 그날 저녁에 걸어갔던 그 길을 잊지 못했다. 자신의 기발한 상상력이 너무나 후회스러웠다. 한 발자국씩 내디딜 때마다 주위에 숨어 있던 유령들이 살 한 점 없는 차가운 손을 내밀어 그들을 현실로 불러낸 겁에 질린 소녀를 잡으려 했다. 골짜기에서 날아온 하얀 자작나무 껍질이 숲의 갈색 땅바닥 위에 있는 걸 보고 앤은 심장이 멎을 뻔했다. 오래된 나뭇가지 두 개가 서로 몸을 부딪치며 윙윙거리는 소리에 앤의 이마에 식은땀이 송골송골 맺혔다. 앤의 머리 위 어둠 속에서 휙휙 날아드는 박쥐들도 무시무시한 괴물의 날개처럼 보였다. 윌리엄 벨 아저씨의 들판에 도착했을 때 앤은 하얀 유령 군대에 쫓기는 것처럼 미친 듯이 달려가느라 배리 씨네 부엌문에 도착했을 때는 숨이 차서 앞치마 본을 달라는 말도 제대로 하지 못했다. 다이애나가 집에 없어서 거기 더 머물 만한 핑계도 없었다. 어쩔 수 없이 집으로 돌아가려면 그 무서운 길을 다시 지나가야 했다. 하얀 유령을 보느니 나뭇가지에 박치기를 할 위험을 무릅쓰는 게 더 낫다고 여긴 앤은 눈을 질끈 감은 채 걸어갔다. 마침내 비틀거리며 통나무 다리를 건넜을 때 덜덜 떨면서 안도의 한숨을 길게 내쉬었다.

"어떠니, 널 잡는 유령은 없디?" 마릴라가 아무렇지도 않게 물었다.

"아, 마릴, 마릴라 아주머니. 전 이제 평, 평범한 곳에 만족하기로 했어요." 앤이 이를 딱딱 부딪치면서 대답했다.

21

맛의 신세계

"아아, 린드 아주머니 말씀대로 세상은 만남과 작별뿐인 것 같아요."
앤은 6월 마지막 날 식탁 위에 석판과 책들을 내려놓고 축축해진 손수
건으로 붉어진 눈을 닦으며 서글프게 말했다.

"오늘 학교에 손수건을 한 장 더 가지고 가서 다행이었어요, 마릴라
아주머니. 어쩐지 필요할 거란 예감이 들더라고요."

"네가 그렇게 필립스 선생님을 좋아하는지 몰랐구나. 선생님이 간다
고 눈물 닦는 데 손수건이 두 장이나 필요하다니." 마릴라가 대답했다.

"선생님을 너무 좋아해서 울었던 건 아니고요. 다른 아이들이 다 울
어서 저도 울었어요. 루비 길리스가 제일 먼저 울음을 터뜨렸어요. 루
비 길리스는 항상 필립스 선생님이 싫다고 했는데 선생님이 작별 인사
를 하려고 일어나시자마자 울기 시작했어요. 그러니까 다른 여자아이
들도 하나씩 따라 울었고요. 전 참으려고 했어요, 마릴라 아주머니. 필
립스 선생님이 저를 길버트 옆에 앉게 하신 때를 기억하려고 애를 썼
죠. 선생님이 칠판에 제 이름을 쓰실 때 e를 빼먹은 일, 기하 시간에

저처럼 미련한 아이는 없다고 하고 제 철자를 보고 비웃으신 것도 기억하려고 했고요. 선생님이 지독하게 빈정대시던 때를 다 기억하려고 했는데 어쩐지 그럴 수 없었어요, 마릴라 아주머니. 저도 막 눈물이 나더라고요. 제인 앤드루스는 한 달 내내 선생님이 가시면 얼마나 기쁠지 이야기하면서 절대로 눈물 한 방울 흘리지 않겠다고 맹세했거든요. 그런데 제일 심하게 울어서 남동생에게 손수건을 빌려야 했어요. 당연히 남자아이들은 울지 않았으니까요. 제인 앤드루스는 자기가 울 거라고 생각하지 못했기 때문에 손수건도 안 가져온 거죠. 아, 마릴라 아주머니, 정말 너무 슬펐어요. 필립스 선생님은 '이제 우리가 헤어져야 할 시간이 되었습니다'라는 말씀을 시작으로 아주 아름다운 작별 인사를 하셨어요. 선생님 눈에도 눈물이 글썽거렸죠. 그동안 학교에서 떠들고, 석판에 선생님 얼굴을 그리고, 선생님과 프리시 사이를 흉본 게 너무 죄송스럽고 후회가 됐어요. 제가 미니 앤드루스 같은 모범생이었으면 얼마나 좋았을까, 하고 생각했죠. 그 아이는 양심에 거리낄 게 하나도 없거든요. 여자아이들은 학교에서 집까지 내내 울면서 갔어요. 캐리 슬론이 계속 '이제 우리가 헤어져야 할 시간이 되었습니다'라고 몇 분에 한 번씩 말하면 다들 다시 눈물을 흘렸어요. 전 정말 너무나 슬퍼요, 마릴라 아주머니. 하지만 앞으로 방학이 두 달이나 되니까 계속 깊은 슬픔에 빠져 있을 순 없겠지요? 게다가 오는 길에 역에서 오시는 새 목사님 부부를 봤어요. 필립스 선생님이 가셔서 슬프긴 했지만 새 목사님에게 관심이 생기는 것도 어쩔 수 없더라고요. 목사님 사모님은 참 미인이셨어요. 물론 아주 화려한 미인은 아니었지만요. 목사님 부인이 그렇게 화려한 미인이라면 사람들에게 나쁜 영향을 미칠지도 모르니까요. 린드 아주머니는 뉴브리지의 목사님 부인이 너무 유행을 따르는 옷을 입어서 안 좋다고 말씀하시더라고요. 새 목사님 부인은 소매를 예쁘게 부풀린 파란 모슬린 드레스에 장미로 장식한 모자를 쓰셨어요. 제인 앤드루스는 사모님이 그렇게 소매를 부풀린 옷을 입는 건 고상하지 못하다고 말했지만 전 그런 생각은 들지 않았어요, 마릴라 아주머니. 부풀린 소매를 입어보고 싶은 게 어떤 마음인지 너무나 잘 알거든요. 게다가 그분은 목사님 부인이 되신 지 얼마 안 됐으니 그 정도는 이해해야죠. 새로 오신 목사님 부부는 목사관이 준비될 때까지 린드 아주머니 댁에 머무르신대요."

그날 저녁 마릴라는 지난겨울에 빌린 조각보 틀을 돌려주려고 린드 부인 집에 갔다. 그 목적 말고도 다른 이유가 있었지만. 그런 이유로 린드 부인 집에 간 건 마릴라뿐만이 아니었다. 린드 부인이 빌려준 많은 물건들, 때로는 돌려받을 거라고 기대도 하지 않았던 물건까지 들고 수많은 이웃들이 찾아왔으니까. 화젯거리가 극히 드문 작고 조용한 마을에 온 새로운 목사 부부에게 호기심이 생기는 건 당연한 일이었다.

상상력이 부족하다고 앤이 평한 늙은 벤틀리 목사는 에이번리 마을에서 18년 동안 목사로 활동했다. 벤틀리 목사는 홀아비로 이 마을에 부임해 해마다 이 여자, 저 여자랑 결혼한다는 소문만 무성했지만 끝내 독신으로 남아 있었다. 그러다 지난 2월에 목사직을 그만두고 아쉬워하는 사람들을 뒤로한 채 마을을 떠났다. 주민들은 설교는 잘하지 못해도 선량한 목사와 오랜 세월 동안 같이하면서 정이 들었다. 그 후로 에이번리 마을 주민들은 주말마다 찾아오는 여러 목사 후보들의 시험 설교를 들으며 다양한 종교적 경험을 즐겼다. 결정이야 어른들 몫이지만 커스버트 가족석에 얌전히 앉아 있던 빨간 머리 소녀 역시 매슈 아저씨와 같이 토론을 했다. 마릴라는 어떤 식으로든 목사들을 평가 하는 것은 원칙적으로 반대했다.

"스미스 목사님은 아닌 것 같아요, 매슈 아저씨. 린드 아주머니는 스 미스 목사님 설교가 아주 서툴대요. 하지만 제 생각에 목사님의 가장 치명적인 단점은 벤틀리 목사님처럼 상상력이 전혀 없다는 거예요. 반 면 테리 목사님은 유령의 숲에서 제가 그랬던 것처럼 상상력이 지나치 신 것 같아요. 게다가 린드 아주머니가 그러시는데 목사님의 신학 이 론은 건전하지 않대요. 그레섬 목사님은 아주 좋은 분이고 신앙심도 깊지만 교회에서 너무 웃긴 이야기를 많이 해서서 사람들을 웃기시잖 아요. 목사님이라면 좀 점잖아야 하는데 그레섬 목사님은 안 그러신 것 같아요, 그렇지 않아요, 매슈 아저씨? 전 마셜 목사님이 아주 매력 적인 분이라고 생각해요. 하지만 린드 아주머니 말로는 그 목사님은 아직 결혼을 안 하셨고, 약혼도 안 하셨대요. 아주머니가 좀 알아보셨 는데 에이번리에 결혼도 안 한 젊은 목사님이 있는 건 안 좋대요. 독신 인 목사님이 신자들 중 한 명과 결혼할지도 모르는 상황이 되면 마을 에 말썽이 일어날지도 모른다는 거죠. 린드 아주머니는 통찰력이 대단 하신 것 같아요, 그렇지 않아요, 매슈 아저씨? 전 앨런 목사님이 오셔 서 아주 기뻐요. 앨런 목사님의 설교는 아주 재미있고 기도도 그냥 습 관적으로 하는 게 아니라 진심으로 하시거든요. 린드 아주머니 말로는 앨런 목사님도 완벽하진 않지만 1년에 연봉 750달러론 완벽한 목사님 을 기대할 순 없대요. 게다가 목사님의 신학 이론도 건전한 편이라고 하셨어요. 아주머니가 목사님에게 교리에 대해 철저하게 물어보았기 때문에 아신다나요. 그리고 사모님의 가족도 아시는데 아주 점잖으신 분들이고 여자들도 모두 훌륭한 주부였대요. 린드 아주머니가 건전한 신학 이론을 지닌 목사님과 살림을 잘하는 주부인 사모님은 이상적인 목사 부부라고 하셨어요."

새 목사 부부는 젊고 인상 좋은 부부로, 아직 신혼인 데다 자신이 선택한 일에 대한 아름다운 열정으로 가득 차 있었다. 에이번리 주민들은 처음부터 두 사람에게 마음의 문을 열었다. 나이를 가릴 것 없이 모든 주민이 솔직하고 유쾌하고 높은 이상을 지닌 젊은 목사와 밝고 부드러운 성격의 숙녀를 좋아했다. 앤은 곧장 앨런 부인을 좋아하게 되었다. 자신과 영혼이 비슷한 또 다른 사람을 찾은 것이다.

어느 일요일 오후에 앤이 선언했다.

"앨런 사모님은 정말 매력적인 분이세요. 사모님은 주일학교에서 우리 반을 맡으셨는데 아주 멋진 선생님이세요. 사모님은 처음부터 선생님만 질문을 하는 건 공정하지 못하다고 말씀하셨어요. 마릴라 아주머니, 전 항상 그런 생각을 하고 있었잖아요. 어떤 질문이든 해도 된다고 하셔서 제가 질문을 아주 많이 했어요. 전 질문하는 데 소질 있잖아요, 마릴라 아주머니."

"그거야 맞는 말이지." 마릴라가 단호하게 대답했다.

"루비 길리스 말고는 질문한 아이가 없었어요. 루비가 이번 여름에 주일학교 소풍을 갈 거냐고 물었어요. 수업하고 아무 상관없는 내용이라 물어봐도 되나 싶었는데. 그때 우린 사자 굴에 들어간 다니엘에 대해 배우고 있었거든요. 앨런 사모님은 빙긋 웃으시면서 갈 것 같다고 하셨어요. 아, 사모님의 미소가 얼마나 아름다운지 몰라요. 뺨에 아주 우아하게 보조개가 패더라고요. 저도 보조개가 생기면 좋겠어요, 마릴라 아주머니. 처음 여기 왔을 때보다 많이 통통해졌지만 그래도 아직 보조개는 안 생겼거든요. 저에게 보조개가 있다면 사람들에게 좋은 영향을 줄 수 있을 텐데. 앨런 사모님은 항상 다른 사람들에게 좋은 영향을 주도록 노력해야 한다고 하셨어요. 사모님은 모든 일에 대해 아주 좋게 말씀하셔요. 전에는 종교가 그렇게 유쾌한 줄 몰랐어요. 항상 좀 우울했거든요. 하지만 앨런 사모님은 그렇지 않아요. 저는 앨런 사모님 같은 기독교인이 되고 싶어요. 벨 장로님 같은 기독교인 말고요."

"벨 장로님에 대해 그런 식으로 말하면 못써. 벨 장로님은 아주 좋은 분이야." 마릴라가 호되게 꾸짖었다.

"아, 물론 장로님은 좋은 분이죠. 하지만 종교에서 별로 위안을 받으시는 것 같지는 않아요. 전 착한 사람이 될 수 있다면 하루 종일 춤추고 노래할 거예요. 기쁘니까요. 앨런 사모님은 이제 어른이라 노래하고 춤추는 건 어려울 것 같아요. 게다가 목사님 부인이라 체통을 지키셔야 하니까 그럴 수도 없겠지만요. 하지만 사모님이 기독교인이라는 사실을 기뻐하시는 걸 느낄 수 있었어요. 설사 기독교인이 아닌 채로 천국에 가시더라도 기독교인이 되셨을 것 같아요."

마릴라는 곰곰이 생각하면서 말했다.

"조만간 앨런 목사님 부부를 초대해야겠구나. 우리 집 말고는 거의 다 가보셨으니. 어디 보자. 다음 주 수요일이 좋겠다. 하지만 매슈 아저씨에겐 아무 말도 하지 마라. 목사님 부부가 오시는 줄 알면 그날 또 도망갈 구실을 찾을 테니까. 벤틀리 목사님이야 워낙 익숙해져서 그다지 신경 쓰지 않았지만, 새로운 목사님과는 친해지는 데 어려워할 거야. 거기다 새 목사님 부인까지 보면 질겁할 거다."

앤이 마릴라를 안심시켰다.

"입도 뻥긋하지 않을게요. 하지만, 아, 마릴라 아주머니. 제가 케이크를 만들어도 될까요? 앨런 사모님을 위해 뭔가를 만들고 싶어요. 요즘에는 저도 케이크는 꽤 잘 만들잖아요."

"층층이 케이크는 만들어도 된다." 마릴라가 약속했다.

초록 지붕 집은 월요일과 화요일 내내 손님 접대를 준비하느라 여념이 없었다. 목사와 부인에게 차를 대접하는 것은 아주 중요한 일이었다. 마릴라는 다른 에이번리 주부들에게 뒤처지지 않는 접대를 해야겠다고 단단히 결심했다. 앤은 기쁘고 설레서 난리도 아니었다. 앤은 화요일 해 질 녘에 드라이어드의 샘 옆에 있는 크고 붉은 돌 위에 다이애나와 같이 앉아서 전나무 진을 바른 작은 나뭇가지로 물 위에 무지개를 그리며 그 이야기를 나눴다.

"다이애나, 내일 아침에 내가 구울 케이크만 빼고는 다 준비됐어. 마릴라 아주머니가 차를 마시기 직전에 비스킷을 만드실 거야. 정말 요이틀 동안 마릴라 아주머니랑 난 눈코 뜰 새 없이 바빴어. 목사님 내외를 집으로 초대하는 건 정말 엄청난 일이야. 이런 일은 나도 처음이야. 네가 우리 집 찬장 안을 한번 봐야 하는데. 입이 떡 벌어질 거야. 우린 육즙으로 만든 젤리 치킨과 차가운 혀 요리를 낼 거야. 빨강과 노랑 두 가지 젤리, 생크림과 레몬 파이, 체리 파이와 세 가지 종류의 쿠키와 과일 케이크, 마릴라 아주머니가 목사님을 위해 특별히 아껴둔 유명한 노란 자두 설탕 절임과 아까 말한 비스킷을 대접할 거야. 거기다 새로 구운 빵과 구운 지 조금 지난 빵도 같이 준비했어. 목사님이 소화불량이라 새 빵을 드실 수 없을 경우를 대비해서 말이야. 린드 아주머니는 목사님들은 위가 안 좋다고 하시지만 앨런 목사님은 목사님이 되신 지 얼마 안 지났으니까 그럴 것 같진 않아. 내가 만들 층층이 케이크만 생각하면 긴장돼. 아, 다이애나, 케이크를 망치면 어떡하지! 어젯밤 머리가 커다랗고 무서운 층층이 케이크 괴물에게 쫓기는 꿈을 꿨어."

다이애나가 앤의 마음이 편안해지도록 달래줬다.

"잘될 거야, 걱정하지 마. 2주 전에 한적한 숲에서 우리가 점심으로 먹은 그 케이크도 정말 맛있었잖아."

앤이 한숨을 쉬면서 물 위에 나무진이 아주 많이 묻은 가지를 띄우며 말했다.

"그래, 하지만 케이크를 정말 아주 잘 만들고 싶을 때 종종 실패작이 나온단 말이야. 어쨌든 뜻에 맡기고 밀가루 넣는 걸 잊어버리지 말아야지. 어머나, 이것 봐, 다이애나. 정말 아름다운 무지개야! 우리가 여길 떠나면 숲의 요정이 나와서 이 무지개를 스카프로 쓰지 않을까?"

"숲의 요정이 없다는 건 너도 알잖아." 다이애나가 대꾸했다.

유령의 숲에 대해 알게 된 다이애나의 엄마는 매우 화를 냈다. 그래서 다이애나는 더 이상 상상력을 발휘하지 않기로 했고 아무런 해를 끼치지 않는 숲의 요정도 믿지 않는 게 낫다고 생각했다.

"하지만 그런 요정이 있다고 상상하는 건 아주 쉽잖아. 나는 매일 밤 잠자리에 들기 전에 창밖을 보면서 정말 숲의 요정이 여기 앉아서, 샘물을 거울 삼아 머리를 빗을지 궁금해. 가끔 아침에 이슬 젖은 길에 요정의 발자국이 찍히지 않았는지 찾아보기도 하고. 아, 다이애나, 제발 숲의 요정에 대한 믿음을 포기하지 마!" 앤이 말했다.

수요일 아침이 왔다. 앤은 너무 설레서 잠을 설치는 바람에 동이 트자마자 일어났다. 어제 저녁에 샘에서 물장난을 치는 바람에 감기에 걸려 머리가 심하게 아팠다. 하지만 폐렴에 걸려 눕지 않고서야 앤의 요리 열정을 꺾을 수 없었다. 아침을 먹은 후에 앤은 케이크를 만들기 시작했다. 마침내 오븐 문을 닫은 앤은 길게 심호흡을 했다.

"이번에는 분명 하나도 까먹지 않았어요, 마릴라 아주머니. 하지만 케이크가 제대로 부풀어 오를까요? 베이킹파우더가 안 좋은 거면 어떡하죠? 새 통에 있는 걸 쓰긴 했는데. 린드 아주머니가 요즘에는 불량품이 너무 많아서 베이킹파우더의 품질이 좋은지 어떤지 확신할 수가 없다고 그러셨어요. 정부가 해결해야 할 문제지만 보수당이 정권을 잡고 있는 한 그런 날은 오지 않을 거라고 하시던데. 마릴라 아주머니, 케이크가 부풀어 오르지 않으면 어떡해요?"

마릴라는 냉정하게 대답했다.

"케이크 아니더라도 요리는 많다."

하지만 케이크는 잘 부풀어 올랐고, 오븐에서 꺼냈을 때 황금빛 거품처럼 가볍고 폭신폭신했다. 기뻐서 얼굴이 발그레하게 달아오른 앤이 빨간 젤리를 케이크의 층층마다 발랐다. 앤은 앨런 부인이 그 케이크를 먹고 한 조각 더 먹을 수 있냐고 물어보는 장면을 상상했다!

"아주머니는 물론 가장 좋은 찻잔을 내오시겠죠? 제가 고사리와 들장미로 테이블을 장식해도 될까요?"

마릴라가 코웃음을 쳤다.

"다 쓸모없어. 중요한 건 음식이지 그런 장식이 아니잖니."

"배리 아주머니도 테이블을 장식하셨대요. 목사님이 아주 우아하다

고 칭찬하셨대요. 입도 즐겁고 눈도 즐거워지는 진수성찬이라고 하셨
대요." 앤은 뱀처럼 잔꾀를 쓰는 것에 약간 죄책감을 느끼면서 말했다.

배리 부인이든 누구든 절대 지고 싶지 않았던 마릴라가 대꾸했다.

"뭐, 좋을 대로 해. 다만 접시와 음식 놓을 자리는 넉넉히 비워둬."

앤은 배리 부인과는 비교가 안 될 정도로 식탁을 근사하게 장식하기
위해 밖으로 나갔다. 들장미와 고사리와 멋스런 취향으로 식탁을 아주
아름답게 꾸민 덕분에 목사님 부부는 칭찬을 아끼지 않았다.

"앤이 했답니다." 마릴라는 무뚝뚝하게 말했다. 하지만 앨런 부인의
만족스러워하는 미소를 본 앤은 행복해서 어쩔 줄 몰랐다.

매슈도 그 자리에 있었는데 그 이유는 신과 앤만 알고 있었다. 너무
나 낯을 가리고 긴장하는 매슈에 마릴라도 두 손 두 발 다 들었지만
앤의 설득으로 매슈는 가장 좋은 옷을 차려입고 식탁에 앉아 목사님
에게 말을 걸고 있었다. 앨런 부인에게는 한 마디도 하지 않았지만 그
정도만 해도 감지덕지였다.

모든 것이 즐거웠다. 앤의 층층이 케이크가 나올 때까지는…… 당
황스러울 정도로 많은 음식을 대접받은 앨런 부인은 케이크를 사양했
다. 하지만 실망한 앤의 얼굴을 본 마릴라가 미소를 지으며 말했다.

"아, 이건 꼭 한 조각 드셔야 해요, 앨런 부인. 앤이 부인을 위해 특별
히 만들었거든요."

"그렇다면 맛을 봐야겠네요." 앨런 부인은 웃으면서 케이크를 한 조
각 집어 들었고, 목사와 마릴라도 그렇게 했다.

앨런 부인이 케이크를 한입 먹는 순간 아주 묘한 표정이 떠올랐다.
하지만 부인은 한 마디도 하지 않고 계속 먹었다. 마릴라는 그 표정을

보고 얼른 케이크 맛을 보고 소리쳤다.

"앤 셜리! 대체 이 케이크에 뭘 넣은 거니?"

"조리법대로 하고 다른 건 하나도 안 넣었는데요. 아니, 맛이 이상해요?" 앤이 몹시 괴로워하며 물었다.

"이상하냐고! 정말 끔찍한 맛이야. 앨런 부인, 그만 드세요. 앤, 네가 직접 먹어봐. 대체 무슨 향신료를 쓴 거니?"

"바닐라요." 앤은 케이크를 맛본 후에 창피해서 새빨개진 얼굴로 대답했다. "바닐라만 넣었는데. 아, 마릴라 아주머니. 바닐라가 아니라 그게 베이킹파우더였나 봐요. 전 그게 그……."

"베이킹파우더라니 이게 무슨 소리야! 얼른 가서 네가 쓴 그 바닐라 병을 가져와라."

앤이 찬장으로 달려가 갈색 액체가 들어 있는 작은 병 하나를 가지고 돌아왔다. 그 병에는 '최고급 바닐라'라는 노란 상표가 붙어 있었다.

병을 받은 마릴라는 뚜껑을 열고 냄새를 맡았다.

"맙소사, 앤, 네가 케이크에 넣은 건 진통제야. 지난주에 약병을 깨뜨리는 바람에 남은 약을 다 쓴 바닐라 병에 부어놓았거든. 내 잘못도 있는 것 같구나. 너한테 미리 말해줬어야 하는 건데. 그나저나 넌 냄새도 못 맡니?"

앤은 창피하고 부끄러운 마음에 주룩주룩 눈물을 흘렸다.

"맡을 수 없었어요. 전 엄청 심한 감기에 걸렸단 말이에요!" 그러고 앤은 지붕 밑 다락방으로 달려가서 침대에 몸을 던지고 엉엉 울었다.

잠시 후에 계단을 올라오는 가벼운 발소리가 들리더니 누군가 방에 들어왔다. 앤은 고개를 들지도 않고 흐느껴 울면서 말했다.

"아, 마릴라 아주머니. 이런 망신이 어디 있어요. 전 절대로 이 일을 극복하지 못할 거예요. 곧 소문이 퍼지겠죠. 에이번리에는 비밀이란 게 없으니까. 다이애나가 케이크가 어떻게 됐냐고 물어보면 전 사실대로 말해야 해요. 전 케이크에 진통제를 넣은 아이로 항상 놀림을 받겠죠. 길버, 그러니까 남학생들은 영원히 절 비웃을 거예요. 아, 마릴라 아주머니, 아주머니가 기독교인으로서 조금이라도 자비심이 있다면 이런 상황에서 제게 내려가서 설거지를 하란 말씀은 하지 말아주세요. 목사님과 사모님이 가시면 할게요. 지금은 앨런 사모님 얼굴을 볼 자신이 없어요. 사모님은 제가 사모님에게 독을 먹이려고 했다고 생각하실지도 몰라요. 린드 아주머니는 자기를 키워준 은인을 독살하려고 한 고아 소녀를 알고 있다고 하셨어요. 하지만 그 진통제는 독약이 아니에요. 그건 약으로 먹는 거잖아요. 비록 케이크에 넣는 향신료는 아니지만요. 그렇게 사모님에게 말씀해주지 않겠어요, 마릴라 아주머니?"

"일어나서 직접 말하지 그러니?" 명랑한 목소리가 들렸다.

후다닥 일어난 앤은 침대 옆에 서서 웃음기 어린 눈으로 자신을 바라보고 있는 앨런 부인을 쳐다보았다.

"사랑스런 아가씨, 그렇게 울지 마. 이건 그냥 누구나 할 수 있는 재미있는 실수였어." 앨런 부인은 슬픔에 젖은 앤의 얼굴을 보고 진심으로 걱정하면서 말했다.

"아니에요, 저나 되니까 이런 실수를 하는 거예요. 하지만 전 사모님에게 아주 맛있는 케이크를 만들어주고 싶었단 말이에요."

"그래, 나도 안다, 꼬마 아가씨. 그리고 케이크가 잘되지 않았더라도 너의 그 다정하고 사려 깊은 마음에 아주 고마워하고 있어. 자, 이제 그만 울고 나랑 같이 내려가서 너의 정원을 보여주지 않겠니? 커스버트 부인 말로는 네가 가꾸는 작은 꽃밭이 있다고 하시던데. 거길 보고 싶구나. 난 꽃에 관심이 아주 많거든."

앤은 앨런 부인이 자신과 비슷한 영혼이라 다행이라고 생각하면서 부인을 따라 내려가며 위로받았다. 진통제를 넣은 케이크에 대해선 더 이상 아무 말도 나오지 않았고, 손님들이 갔을 때 앤은 그 끔찍한 사건이 일어났는데도 기대했던 것보다 식사가 훨씬 더 즐거웠다는 사실을 깨달았다. 그래도 어쩔 수 없이 한숨이 나왔다.

"마릴라 아주머니, 내일은 아무 실수도 저지르지 않은 새날이라고 생각하면 기분 좋지 않으세요?"

"넌 분명 실수를 아주 많이 저지를걸. 너처럼 실수를 달고 사는 아이도 처음 본다, 앤." 마릴라가 말했다.

"맞아요, 그건 저도 잘 알아요. 하지만 저에게도 장점이 있는 거 아세요, 마릴라 아주머니? 전 절대 같은 실수는 두 번 저지르지 않아요."

"넌 항상 새로운 실수를 하니 딱히 장점이란 생각은 안 든다만"

"아, 모르시겠어요, 마릴라 아주머니? 한 사람이 저지를 수 있는 실수에는 분명 한계가 있을 거예요. 제가 그 한계에 이르면 더 이상 실수할 일이 없을 거라고요. 그 생각을 하면 마음이 편해져요."

"그래, 이제 나가서 그 케이크는 돼지들에게 줘라. 도저히 사람이 먹을 건 못 되니까. 그건 제리 부트라도 못 먹겠다."

22

목사관에 초대받은 앤

"대체 무슨 일로 그렇게 눈이 튀어나오려고 하는 게야? 영혼이 비슷한 사람이라도 또 만났니?" 앤이 우체국에 갔다가 막 집에 달려 들어왔을 때 마릴라가 물었다.

신이 나서 흥분에 휩싸인 앤의 눈은 반짝반짝 빛이 났고 얼굴은 기쁨으로 환했다. 앤은 마치 바람에 날리는 요정처럼 부드러운 햇빛이 비치는 나른한 8월 저녁의 오솔길을 춤을 추며 달려왔다.

"아니에요, 마릴라 아주머니. 하지만 아, 어떻게 생각하세요? 내일 오후에 목사관에 차 마시러 오라는 초대를 받았어요! 우체국에서 앨런 사모님이 제게 보내신 편지를 받았어요. 이것 좀 보세요, 마릴라 아주머니. '초록 지붕 집의 앤 셜리 양에게.' 누가 제게 '양'이라고 불러준 건 처음이에요. 이걸 보고 얼마나 설렜는지 몰라요. 제가 가장 아끼는 보물들 속에 이 편지를 넣어서 영원히 간직할 거예요."

"앨런 부인이 자기가 가르치는 주일학교 반 아이들을 순서대로 초대해서 차를 마시겠다고 한 모양이더라. 그러니까 그렇게 호들갑 떨 거

없어. 좀 매사를 차분히 받아들이는 법을 배워라, 얘야." 마릴라는 그 기분 좋은 사건을 아주 냉정하게 평가하면서 말했다.

앤에게 매사를 차분히 받아들이란 말은 본성을 바꾸란 말과 똑같았다. 불같이 정열적이고 이슬처럼 맑은 영혼을 지닌 앤에게 인생의 기쁨과 고통은 다른 사람들보다 세 배는 더 강렬하게 느껴졌다. 마릴라는 그 점을 알아차리고 조금 걱정하고 있었다. 마릴라는 이 충동적인 아이가 인생의 기복을 견디기 힘들 것이라는 사실을 알아차렸지만 사소한 일에도 큰 기쁨을 느끼는 능력이 앤에게 힘이 될 것이란 점은 이해하지 못했다. 그래서 마릴라는 앤에게 차분한 성품을 길러주는 것이 자신의 의무라고 생각했지만, 그건 얕은 시냇물 위에 춤추는 햇빛을 길들이는 것만큼이나 불가능한 일이었다. 마릴라가 서글프게 인정한 것처럼 그쪽으로는 별 진척이 없었다. 간절하게 원하는 희망이나 계획이 어그러지면 앤은 깊은 고통에 빠졌다. 반면 그런 희망이 이뤄졌을 때는 아찔한 기쁨의 왕국으로 날아갔다. 이 철부지 말괄량이 소녀를 얌전하고 새침한 아이로 개조하려 했던 마릴라는 체념하기 시작했다. 그렇게 바뀐 앤이 지금의 앤보다 더 마음에 들 것 같지도 않았다.

매슈 아저씨가 북동쪽에서 불어온 바람 때문에 내일은 비가 올 것 같다고 해서 앤은 그날 밤 말없이 우울한 표정으로 잠자리에 들었다. 집 주위에서 살랑거리는 포플러 이파리 소리가 마치 빗방울이 떨어지는 소리처럼 들려 걱정이 되었다. 다른 때 같으면 저 멀리서 낭랑하고 독특한 리듬으로 울려 퍼지는 파도 소리도 이제는 폭풍이 밀려올 전조처럼 느껴져서 내일 날이 화창하길 바라는 소녀에겐 재앙처럼 생각되었다. 이러다 아침이 영영 오지 않을 것 같다는 생각까지 들었다.

하지만 모든 일엔 끝이 있기 마련이고, 목사관에 차를 마시러 오라는 초대를 받은 전날 밤도 그랬다. 매슈 아저씨의 예측과 달리 다음 날은 화창했고 앤의 마음도 한없이 가벼워졌다. 앤은 설거지를 하면서 외쳤다.

"아, 마릴라 아주머니. 오늘 저는 만나는 모든 사람을 사랑하게 될 것 같아요. 제가 얼마나 기분이 좋은지 아주머니는 모르실 거예요! 이런 기분이 영원히 지속된다면 얼마나 좋을까요? 매일 차를 마시러 오라는 초대를 받는다면 정말 착한 아이가 될 수 있을 것 같아요. 하지만 이건 정말 예의를 갖춰야 하는 자리잖아요. 너무 긴장돼요. 제대로 처신하지 못하면 어떡하죠? 전 목사관에서 차를 마셔본 적이 한 번도 없잖아요. 그리고 적절한 예의범절을 다 아는지 자신도 없고. 여기 온 후로 《패밀리 헤럴드》 신문의 에티켓 코너를 계속 읽긴 했지만요. 뭔가 바보 같은 짓을 하거나 해야 할 일을 잊어버릴까 봐 너무 두려워요. 정말 먹고 싶으면 음식을 한 접시 더 먹는 게 예의에 어긋날까요?"

"앤, 너의 문제는 너에 대한 생각을 너무 많이 한다는 거야. 지금은 앨런 부인에게 뭐가 제일 좋고 적절할지 생각해봐야지." 마릴라는 처음으로 아주 명쾌하고 타당한 조언을 했다. 앤은 그 점을 곧바로 알아챘다.

"아주머니 말씀이 옳아요. 제 생각만 하지 않도록 노력할게요."

앤은 심각한 실수 없이 무사히 방문을 마쳤는지 짙은 노란색과 분홍색 구름이 아름답게 물든 하늘 아래 더 없이 행복한 마음으로 돌아왔다. 지친 앤은 부엌문 앞에 있는 붉고 큰 사암 위에 앉아 곱슬머리를 마릴라의 면직 스커트 무릎에 기댄 채 재잘재잘 이야기했다.

전나무가 빽빽이 서 있는 서쪽 언덕에서 서늘한 바람이 수확 철의 들판 위로 불어와 포플러 이파리 사이를 지나갔다. 과수원 위에 별 하나가 반짝이고 있었고, 연인의 오솔길 위로는 반딧불이가 날아다니다 고사리와 살랑거리는 가지 사이를 오락가락했다. 앤은 마릴라에게 이야기를 하면서 그 풍경을 바라보았다. 바람과 별과 반딧불이가 어우러진 모습이 너무나 사랑스럽고 매혹적이라고 느꼈다.

"아, 마릴라 아주머니. 오늘 정말 너무나 황홀한 시간을 보냈어요. 그동안 헛되이 살지 않았다는 생각이 들었어요. 다시는 목사관에 차 마시러 오라는 초대를 받지 못한다 해도 괜찮을 것 같아요. 목사관에 도착했을 때 앨런 사모님이 문 앞에서 절 맞아주셨어요. 주름이 겹겹이 잡히고 반소매인 옅은 핑크색 모슬린 드레스를 입으신 모습이 천사 같았어요. 저도 크면 목사 부인이 되고 싶어요. 목사는 외모 같은 세속적인 것엔 신경 쓰지 않을 테니까 제 빨간 머리도 괜찮겠죠. 하지만 목사의 부인이 되려면 천성적으로 착해야 하는데 전 그런 사람은 될 수 없으니 다 소용 없죠 뭐. 어떤 사람들은 태어날 때부터 착하기도 하지만 안 그런 사람도 있잖아요. 제가 그런 사람이에요. 린드 아주머니 말씀으로는 제가 원죄가 많대요. 아무리 노력해도 타고나기를 착한 사람처럼 될 수는 없다는 거죠. 이건 기하와 비슷한가 봐요. 하지만 그렇게 열심히 노력하면 약간이라도 성과가 있어야 하는 거 아닌가요?

앨런 사모님은 타고나기를 착한 분이에요. 전 사모님이 너무 좋아요. 매슈 아저씨와 앨런 사모님처럼 첫눈에 사랑에 빠지게 되는 사람들이 있는 거 아시잖아요. 그런가 하면 린드 아주머니처럼 사랑하려면 아주 열심히 노력해야 하는 사람들도 있죠. 린드 아주머니 같은 분들은 아는 것도 많고 교회에서도 아주 적극적으로 일을 하시니 사랑해야 하는 건 알지만 염두에 두지 않으면 금방 까먹게 돼요. 목사관에 저 말고 초대를 받아서 온 또 다른 여자아이가 있었어요. 화이트샌즈 주일학교에서 온 아이였어요. 이름이 로레타 브래들리인데 아주 착한 아이예요. 저랑 마음이 잘 맞지는 않았지만 그래도 좋았어요. 우린 아주 우아하게 차를 마셨어요. 전 그만하면 예의범절을 잘 지켰다고 생각해요. 차를 마시고 난 후에 앨런 사모님은 노래를 부르셨어요. 저와 로레타에게도 노래를 하라고 권하셨죠. 앨런 사모님이 제 목소리가 좋다면서 다음 주부터 주일학교에서 성가대를 하라고 하시는 거예요. 그 생각만으로도 얼마나 가슴이 두근거렸는지 아주머니는 모르실 거예요. 전 다이애나처럼 주일학교 성가대에서 노래를 부르길 간절히 원했지만, 감히 꿈도 꿀 수 없는 일이라고 생각하고 있었거든요. 오늘 밤 화이트샌즈 호텔에서 대형 콘서트가 있는데 거기서 로레타의 언니가 낭독을 하기로 해서 로레타는 집에 일찍 가야 했어요. 로레타가 그러는데 호텔에 있는 미국인들이 샬럿타운 병원을 돕기 위해 2주에 한 번씩 콘서트를 연대요. 그래서 화이트샌즈 주민들에게도 낭독을 해달라고 요청했다고 하더라고요. 로레타는 언젠가는 자기도 그런 요청을 받길 기대한다고 했어요. 전 감탄해서 로레타를 멍하니 바라봤죠.

로레타가 간 후에 앨런 사모님과 저는 마음을 터놓고 이야기를 나눴어요. 전 사모님에게 다 이야기했어요. 토머스 아주머니와 쌍둥이들, 케이트 모리스와 바이올렛 이야기, 초록 지붕 집에 오게 된 이야기와 기하 때문에 골치를 앓고 있는 이야기 전부 다요. 그런데 이거 아세요, 마릴라 아주머니? 사모님도 기하를 정말 못하셨대요. 그 말이 제게 얼마나 위로가 되었는지 몰라요. 제가 집에 가기 직전에 린드 아주머니가 목사관에 오셨는데 무슨 일이었는지 아세요, 마릴라 아주머니? 이

사회에서 새 선생님을 모셔왔는데 여자 선생님이래요. 성함이 뮤리엘 스테이시래요. 아주 낭만적인 이름 아니에요? 린드 아주머니 말씀으로 는 에이번리 학교에 여자 선생님이 오는 건 처음이래요. 너무 획기적인 일이라 걱정스럽다고 하셨지만 전 여자 선생님이 오는 건 멋지다고 생 각해요. 빨리 선생님이 보고 싶어서 개학할 때까지 2주 동안 어떻게 기다려야 할지 모르겠어요."

23

°°°°°°

자존심의 대가를 치른 앤

하지만 앤은 2주 이상 기다려야 했다. 진통제 케이크 소동이 일어난 지 거의 한 달이 지났으니 앤이 새로운 말썽을 일으킬 때가 되기는 했다. 물론 아무 생각 없이 돼지 죽통에 부어야 할 탈지우유를 찬장에 있는 뜨개질 바구니에 부어버리기도 했고, 공상에 빠져 통나무 다리를 건너다가 시냇물에 빠지는 소소한 실수는 그동안에도 몇 번 있었다.

목사관에서 차를 마신 지 일주일 후에 다이애나가 파티를 열었다.

"몇 명만 초대 받았어요. 우리 반 여자아이들만." 앤이 마릴라를 안심시켰다.

아이들은 즐거운 시간을 보냈고 차를 마시고 나서 정원에서 놀 때까지만 해도 별다른 일은 없었다. 하지만 슬슬 하던 게임이 지겨워진 아이들은 못된 장난을 치고 싶어 몸이 근질거렸다. 이내 아이들은 '도전'이라는 놀이를 떠올렸다.

도전은 요즘 에이번리 아이들 사이에서 아주 인기 있는 게임이었다. 남자아이들이 먼저 시작했지만 곧 여자아이들에게 퍼져서 그해 여름에 도전을 하는 아이들은 책 한 권을 채우고도 남을 만큼 별의별 유치한 일들을 다 해치웠다.

먼저 캐리 슬론이 루비 길리스에게 문 앞에 있는 오래되고 거대한 버드나무의 어느 지점까지 올라가보라고 부추겼다. 나무에 통통한 초록색 애벌레들이 우글거린다는 소문에 끔찍해하고, 새로 장만한 모슬린 드레스를 찢기라도 하면 엄마에게 혼날 생각에 두려워하기도 했지만 루비 길리스는 민첩하게 나무에 기어올라 가서 캐리 슬론의 코를 납작하게 해줬다.

그다음엔 조시 파이가 제인 앤드루스에게 정원을 왼발로만 뛰어서 한 바퀴 돌아보라고 도전했다. 중간에 쉬지도 말고 오른발을 땅에 대서도 안 된다고 했다. 제인 앤드루스는 과감하게 시도했지만 세 번째 모퉁이에서 포기하고 패배를 인정했다.

조시가 차마 두고 볼 수 없을 정도로 우쭐대자 앤 셜리가 조시에게 정원 동쪽을 두른 판자 울타리 위를 걸어보라고 도전했다. 판자 울타리를 걷는 일은 생각보다 기술도 많이 필요하고 침착하게 균형을 잘 잡아야 했다. 조시 파이가 아이들에게 인기는 없어도 판자 울타리를 걷는 것만큼은 타고난 소질이 있었을 뿐만 아니라 제대로 연습도 했다. 조시 파이는 이런 일은 '도전'할 가치도 없을 만큼 시시한 일이라는 듯 잘난 척하며 울타리 위를 걸어갔다. 아이들은 울타리 위를 걷는 게 얼마나 어려운지 대부분 경험해봤기 때문에 마지못해 조시의 승리를 보며 감탄했다. 조시는 이겼다는 기쁨에 발그레해진 얼굴로 내려와 앤을 흘끗 봤다. 앤이 빨간 양 갈래 머리를 뒤로 휙 넘기며 말했다.

"저렇게 낮고 넓적한 판자 울타리를 걷는 건 별로 대단한 일 같지 않은데. 매리스빌에 사는 어떤 여자아이는 지붕 마룻대 위를 걸었대."

조시가 딱 잘라 말했다.

"믿을 수 없어. 마룻대 위를 걸을 수 있는 사람이 어디 있어? 어쨌든
너는 못해."

"내가 못한다고?" 앤이 경솔하게 소리쳤다.

조시가 시비조로 말했다.

"그럼 어디 네가 한번 도전해봐. 저기 다이애나 집 부엌 지붕의 마룻
대 위에 올라가서 걸어보란 말이야."

앤의 얼굴에서 핏기가 가셨지만 하지 않을 수가 없었다. 앤은 부엌
지붕에 기대어져 있는 사다리를 향해 걸어갔다. 5학년 여자아이들이
흥분과 놀라움으로 "앗!" 하고 소리를 질렀다.

다이애나가 애원했다.

"하지 마, 앤. 그러다 떨어져서 죽을지도 몰라. 조시 파이 말은 무시해
버려. 이렇게 위험한 도전을 시키는 건 공정하지 않아."

"난 반드시 해야 해. 명예가 걸린 일이야. 내가 저 마룻대 위를 걷든지
아니면 죽든지 둘 중에 하나야. 내가 죽으면 내 진주반지는 네가 가져."

모두가 숨을 죽이고 지켜보는 가운데 앤은 사다리를 올라가서 마룻
대 위로 올라갔다. 앤은 몸을 똑바로 세우고 균형을 잡은 후에 걷기 시
작했다. 위험할 정도로 높이 올라온 걸 의식하자 현기증을 느꼈다. 마
룻대 위를 걷는 건 아무리 상상력을 발휘해도 별 도움이 되지 않는다
는 걸 깨달았다. 그래도 간신히 몇 걸음 걷다가 재앙이 찾아왔다. 앤의
몸이 순간 흔들리다가 비틀거리면서 균형을 잃고 햇볕에 뜨겁게 달구
어진 지붕 밑으로 미끄러져서 담쟁이덩굴 속으로 쿵 소리를 내며 떨어

졌다. 밑에서 둥그렇게 모여 아슬아슬한 심정으로 앤이 떨어지는 모습을 지켜보던 아이들이 겁에 질려 동시에 비명을 질러댔다.

앤이 올라갔던 쪽으로 떨어졌다면 다이애나는 그 자리에서 진주반지를 물려받아야 했을지도 모를 일이었다. 다행히 앤은 지붕과 현관 위가 이어진, 땅에서 아주 가까운 쪽에 떨어져서 심각한 부상은 입지 않았다. 다이애나와 다른 소녀들이 미친 듯이 앤이 떨어진 쪽으로 달려갔을 때 앤은 하얗게 질려서 망가진 담쟁이덩굴 속에 축 늘어져 있었다. 루비 길리스만 정신을 놓고 그 자리에 그대로 얼어붙어 있었다.

다이애나가 친구 옆에 무릎을 꿇고 새된 소리를 질렀다.

"앤, 너 죽었니? 아, 사랑스런 앤! 제발 죽지 않았다고 한마디만 해."

앤이 어지러워하면서 일어나 앉아 멍한 소리로 대답하자 아이들은 모두 안도했다. 특히 상상력은 부족하지만 앤 셜리의 비극적이고 때 이른 죽음의 장본인이라고 미래에 낙인이 찍힐까 봐 두려워하던 조시 파이는 누구보다 더 가슴을 쓸어내렸다.

"아니, 다이애나, 죽지 않았어. 하지만 왠지 감각이 없는 것 같아."

캐리 슬론이 흐느껴 울면서 말했다.

"어디? 아, 앤, 어디가?"

앤이 대답하기도 전에 배리 부인이 그 자리에 나타났다. 배리 부인을 본 앤은 허둥지둥 일어나려고 했지만 짧게 비명을 지르면서 다시 주저앉았다. 배리 부인이 다그쳐 물었다.

"무슨 일이니? 어디 다쳤니?"

앤이 고통스러워서 헉 소리를 내며 말했다.

"발목이요. 아, 다이애나, 제발 너희 아빠에게 나 좀 집에 데려다달라고 부탁드려줘. 도저히 못 걸어가겠어. 제인은 한 발로 정원 한 바퀴도 돌지 못했는데 이 발로는 집까지 갈 수 없을 것 같아."

마릴라는 과수원에서 여름 사과를 따다가, 통나무 다리를 건너 언덕을 올라오는 배리 씨와 그 옆에 선 배리 부인, 배리 씨 뒤로 한 줄로 따라오고 있는 여자아이들의 모습을 봤다. 배리 씨는 앤을 안고 있었는데 앤의 머리가 그의 어깨에 기대 축 늘어져 있었다.

그 순간 마릴라는 뜻밖의 사실을 깨달았다. 갑작스런 공포가 심장을 관통하면서 앤이 자신에게 어떤 존재였는지 깨달았다. 전에도 앤을 좋아한다고, 아니, 사실 아주 좋아한다고 인정했다. 하지만 허겁지겁 언덕을 뛰어 내려가면서 마릴라는 자신에게 앤이 세상 그 무엇보다 소중한 존재라는 걸 가슴 사무치게 느꼈다.

"배리 씨, 앤에게 무슨 일이 생긴 거예요?" 평생 자제력이 강하고 이성을 잃지 않았던 마릴라가 충격을 받아 하얗게 질린 얼굴로 숨도 제대로 못 쉬고 물었다.

앤이 고개를 들고 직접 대답했다.

"놀라지 마세요, 마릴라 아주머니. 제가 지붕 마룻대 위를 걷다가 떨어졌어요. 발목을 삔 것 같아요. 하지만 목이 안 부러진 것도 어디예요, 마릴라 아주머니. 그나마 불행 중 다행이잖아요."

안도한 마릴라가 잔소리를 퍼부었다.

"그 파티에 널 보내줄 때부터 이런 일이 생길 줄 알았다. 여기 이쪽 소파에 앤을 눕혀주세요, 배리 씨. 맙소사, 아이가 기절했어요!"

정말 그랬다. 통증을 이기지 못한 앤이 드디어 소원을 이룬 것이다. 앤은 죽은 사람처럼 의식을 잃었다.

밭에 있던 매슈가 급히 불려왔고 곧바로 의사를 데리러 갔다. 이내 의사가 왔다. 생각보다 부상이 심했다. 앤의 발목이 부러진 것이다.

그날 밤 마릴라가 동쪽 다락방에 올라갔을 때 얼굴에 핏기가 가신 앤이 침대에 누워 애처로운 목소리로 그녀를 맞았다.

"제가 불쌍하지 않으세요, 마릴라 아주머니?"

마릴라는 블라인드를 내리고 램프에 불을 켜면서 말했다.

"다 네 잘못으로 일어난 일이잖아."

"그러니 절 불쌍히 여기셔야죠. 이게 다 제 잘못이란 생각 때문에 너무 힘들단 말이에요. 다른 사람 탓을 할 수 있으면 훨씬 기분이 나아질 텐데. 하지만 마룻대 위를 걸어보라는 도전을 받으면 아주머니는 어떻게 하시겠어요?" 앤이 말했다.

"난 그 자리에 버티고 서서 그런 도전을 한 아이들은 무시해버릴 거다. 그런 바보 같은 짓을 하다니!" 마릴라가 말했다.

앤이 한숨을 쉬었다.

"하지만 아주머니는 마음이 아주 강인한 분이시잖아요. 전 그렇지 못해요. 조시 파이가 비웃는 걸 도저히 참을 수 없었어요. 그때 그 도전에 응하지 않았으면 조시 파이가 평생 절 놀렸을걸요. 이만하면 큰 벌을 받았으니까 아주머니도 너무 화내지 마세요. 기절하는 건 하나도 좋지 않았어요. 그리고 의사 선생님이 제 발목을 고정시킬 때 끔찍하게 아팠어요. 앞으로 6, 7주는 돌아다니지 못할 거고, 새 여자 선생님도 만날 수 없을 거예요. 제가 학교로 돌아갈 때쯤이면 선생님은 더이상 새 선생님도 아니겠죠. 거기다 길버, 아니 다른 아이들이 저보다 진도를 앞서 나갈 텐데. 아, 전 너무나 괴로워요. 하지만 아주머니가 화내지 않으시면 용감하게 이 모든 고통을 참아볼게요."

마릴라가 앤을 달랬다.

"자, 자, 난 화나지 않았다. 넌 운이 없었어, 그건 확실해. 하지만 네가 말한 것처럼 앞으로 좀 힘들 거야. 이제 저녁을 좀 먹어봐라."

"제게 상상력이 있어서 정말 다행이지 않아요? 상상력 덕분에 이 고통을 잘 이겨낼 것 같아요. 상상력이 없는 사람이 뼈가 부러지면 어떻게 시간을 보낼까요, 마릴라 아주머니?"

그 후 지루한 7주 동안 앤은 자신에게 상상력이 있다는 사실을 아주 다행으로 생각하게 되었다. 하지만 상상력에만 의지했던 건 아니었다. 문병하러 사람들이 많이 왔고, 매일 한두 명의 여학생들이 꽃이나 책을 가져다주고 학교에서 무슨 일이 일어나고 있는지 전해주었다.

"다들 제게 너무 잘해주세요, 마릴라 아주머니." 앤은 처음으로 발을 절뚝이면서 걸어 다닐 수 있게 된 날 한숨을 쉬며 행복하게 말했다.

"하루 종일 누워서 지내는 건 별로 즐겁지 않았지만 좋은 면도 있어요, 마릴라 아주머니. 제게 친구들이 얼마나 많이 있는지 알게 되죠. 심지어 벨 장로님까지 제 문병을 오셨더라고요. 벨 장로님은 정말 아주 좋은 분이에요. 물론 저랑 영혼이 비슷한 건 아니지만 그래도 전 장로님이 좋아요. 전에 장로님의 기도에 대해 불평한 게 너무 죄송했어요. 이젠 장로님이 진심으로 기도한다고 믿어요. 다만 그렇게 보이지 않는 것뿐이죠. 조금만 더 공을 들이면 좋아질 것 같은데. 제가 장로님에게 살짝 힌트를 드렸어요. 혼자 기도할 때 재미있게 하려고 얼마나 노력하는지 말했죠. 장로님은 어렸을 때 발목이 부러진 이야기를 해주셨어요. 벨 장로님이 아이였던 적이 있다고 생각하니 아주 묘하더라고

요. 제 상상력에도 한계가 있는지 도저히 그건 상상이 안 됐어요. 장로
님이 어렸을 적 모습을 상상해보려고 하면 몸집만 작아진 채 주일학교
에서 보는 장로님처럼 희끗희끗한 수염과 안경이 떠오르더라고요. 아,
앨런 사모님의 어렸을 적 모습을 상상하는 건 아주 쉬웠어요. 앨런 사
모님은 절 열네 번이나 보러 오셨어요. 이거 자랑할 일 맞죠, 마릴라
아주머니? 목사님 사모님이라 다른 일로 많이 바쁘실 텐데! 사모님은
아주 유쾌한 분이에요. 절대로 제 잘못이란 말도 안 하시고 이 일을 계
기로 제가 더 나은 아이가 되길 바라고 계세요. 린드 아주머니는 절
보러 오실 때마다 항상 제가 더 나은 아이가 되길 바라지만 왠지 그럴
것 같지 않다는 식으로 말씀하시거든요. 조시 파이까지 문병 왔어요.
전 최대한 예의 바르게 조시 파이를 맞았어요. 제가 지붕 위를 걷게
만든 것 때문에 조시가 미안해한다는 생각이 들었거든. 제가 죽었더
라면 조시 파이는 평생 죄책감에 시달렸을 거예요. 다이애나는 다정한
친구예요. 매일 찾아와서 저의 외로움을 달래줬죠. 아, 학교에 돌아가
면 정말 기쁠 것 같아요. 새 선생님에 대해 아주 설레는 소식을 많이
들었거든요. 여자아이들은 전부 다 선생님이 아주 좋은 분이라고 그랬
어요. 다이애나 말로는 선생님이 아주 예쁘고 곱슬곱슬한 금발 머리에
아주 매혹적인 눈을 가지고 있다고 그랬어요. 옷도 아주 예쁘고 소매
는 에이번리에서 가장 크게 부풀렸대요. 2주에 한 번씩 금요일 오후에
선생님이 아이들에게 낭독을 시켜서 모두 시를 낭송하거나 대화극에
참여해야 한대요. 아, 생각만 해도 가슴이 뛰어요. 조시 파이는 그 수
업이 너무 싫다고 하지만 그건 조시 파이가 상상력이라곤 눈곱만큼도
없기 때문이에요. 다이애나와 루비 길리스와 제인 앤드루스는 다음 주

금요일에 공연할 〈아침의 방문〉이라는 제목의 대화극을 준비하고 있대요. 낭송을 하지 않는 금요일에는 스테이시 선생님이 아이들을 데리고 숲에 가서 야외 수업을 한대요. 거기서 고사리와 꽃들과 새들을 관찰한다고 했어요. 매일 아침저녁으로 신체를 단련하는 체조도 하고요. 린드 아주머니는 그런 수업은 한 번도 들어본 적이 없다면서 그게 다 여자 선생님이라서 그런 거라고 하셨어요. 하지만 전 아주 근사한 수업이라고 생각해요. 어쩐지 스테이시 선생님의 영혼은 저와 비슷할 거란 느낌이 들어요."

마릴라가 대꾸했다.

"한 가지 분명한 점은 있구나, 앤. 네가 배리 씨네 지붕에서 떨어졌을 때에도 네 혀는 하나도 다치지 않았다는 점 말이야."

24

스테이시 선생님과 학생들의 학예회

다시 10월이 되자 앤은 학교로 돌아갈 수 있었다. 모든 것이 빨갛고 노랗게 물든 아름다운 10월, 골짜기는 가을의 요정이 말리려고 부어버린 것 같은 자줏빛, 진주 빛, 은빛, 장밋빛, 연푸른 안개가 가득 찬 그윽한 아침으로 하루가 시작되곤 했다. 풀잎에 맺힌 이슬이 영글어서 들판은 은색 천을 펼친 것처럼 반짝였고, 움푹 꺼진 땅에는 가지가 무성한 나무에서 떨어진 나뭇잎들이 수북이 쌓여 걸어갈 때마다 바스락바스락 소리가 났다. 자작나무 길은 노란 지붕을 두른 것 같았고 길가에 있는 고사리들은 갈색으로 시들었다. 공기 속에 톡 쏘는 상쾌한 향기에 설렌 여자아이들은 경쾌하고 빠르게 학교로 걸어갔다. 다시 학교에 돌아온 앤은 다이애나 옆 작은 갈색 책상에 앉을 수 있어 즐거웠다. 루비 길리스는 통로 건너편에서 고개를 끄덕이며 인사했고, 캐리 슬론은 쪽지를 보냈고, 줄리아 벨은 뒷자리에서 껌을 전달했다. 앤은 행복한 마음으로 길게 숨을 들이쉬면서 연필을 깎고 책상 속에 그림 카드를 정리했다. 산다는 건 정말이지 매우 즐거운 일이었다.

새로운 선생님은 앤을 도와주는 진정한 친구가 되어주었다. 스테이시 선생님은 밝고 공감하는 능력이 뛰어난 젊은 여성으로, 학생들의 마음을 단숨에 사로잡았고 정신적으로나 도덕적으로나 아이들이 지닌 최고의 잠재력을 이끌어냈다. 앤은 이렇게 좋은 환경에서 꽃처럼 활짝 피어나 자신을 애지중지하는 매슈와 까다로운 마릴라에게 학교에서 일어난 일들과 자신의 목표에 대해 열정적으로 이야기했다.

"전 진심으로 스테이시 선생님을 사랑해요, 마릴라 아주머니. 선생님은 진정한 요조숙녀에다 목소리가 아주 예뻐요. 선생님이 제 이름을 부르실 때 전 본능적으로 뒤에 e를 붙여서 발음하신다는 걸 느껴요. 제가 「스코틀랜드의 메리 여왕」을 낭송하는 걸 아저씨랑 아주머니가 들으셨으면 얼마나 좋을까요. 영혼을 실어서 낭송했는데. 루비 길리스가 집에 오는 길에 말해줬는데요, 제가 '그녀가 말했네. 이제 내 아버지의 자리를 찾기 위해 여인의 마음을 버리겠노라'라는 구절을 읊었을 때 오싹했다고 그랬어요."

"음, 나중에 우리 헛간에서 날 위해 낭송해주지 그러니."

매슈의 제안에 앤이 곧장 대답했다.

"당연히 그럴 거예요. 하지만 학교에서 할 때처럼 잘할 순 없을 것 같아요. 학교에서 아이들이 모두 숨을 죽인 채 제가 하는 말 한 마디 한 마디에 귀를 기울일 때처럼 흥분되진 않을 테니까요. 아저씨가 소름끼치게 만들 만큼 암송할 순 없을 거예요."

마릴라가 말했다.

"린드 부인이 그러는데 지난주 금요일에 남자아이들이 벨 씨의 언덕에 있는 그 큰 나무 꼭대기까지 올라가는 걸 보고 소름이 끼쳤다고 하더라. 스테이시 선생님이 그러라고 부추긴 건 아닌지 궁금하구나."

앤이 설명했다.

"하지만 자연 학습을 하는 데 까마귀 둥지가 필요했어요. 그날 오후는 야외 수업이었거든요. 야외 수업은 정말 좋아요, 마릴라 아주머니. 스테이시 선생님이 설명을 아주 잘해 주시거든요. 오후에 야외 수업을 할 때는 그 내용으로 작문을 해야 하는데 제가 제일 잘 써요."

"그렇게 잘난 척하다니 허영이 심하구나. 그런 말은 네가 아니라 선생님이 해주시는 게 더 낫지."

"하지만 사실 전 제 자랑을 하는 게 아니란 말이에요. 기하가 그렇게 형편없는데 어떻게 자랑할 수 있겠어요? 다만 이젠 기하가 조금씩 이해되긴 해요. 스테이시 선생님이 아주 명쾌하게 설명해주시거든요. 그래도 제가 기하를 잘하는 일은 결코 없을 거예요. 이건 겸손하게 생각하는 거잖아요. 하지만 작문은 좋아해요. 스테이시 선생님은 작문 주제는 주로 우리한테 정하라고 하세요. 하지만 다음 주에는 위인에 대해 글을 써야 해요. 지금까지 살아온 무수히 많은 위인 중에 하나를 고르기가 정말 어려워요. 위인으로 살다가 죽은 후에 다른 사람이 자신의 삶에 대해 글을 쓴다는 건 아주 멋진 일 아니에요? 아, 저도 아주 훌륭한 사람이 되고 싶어요. 어른이 되면 간호사가 될 거예요. 적십자사에 들어가서 전쟁터에 나가 사람들을 돕는 거예요. 해외 선교사로 나가지 않는다면 말이죠. 그건 정말 낭만적이겠지만, 선교사가 되려면 아주 많이 착해야 할 텐데 그게 문제라서요. 우린 매일 체조도 해요. 그러면 몸매가 아주 우아해진대요. 소화도 잘돼요."

"소화가 잘된다고? 바보 같은 소리를 하는구나!" 마릴라는 내심 그런 건 다 헛소리라고 생각했다.

하지만 금요일마다 하는 야외 수업과 시 낭송과 체조도 스테이시 선생님이 11월에 계획한 일 때문에 흐지부지 끝났다. 학교에 달 국기 기금을 마련한다는 훌륭한 목적을 위해 에이번리 학생들이 크리스마스 밤에 회관에서 학예회를 열기로 한 것이다. 아이들이 모두 찬성해서 당장 프로그램 준비가 시작되었다. 출연자로 뽑힌 아이들 중에 앤 셜리보다 더 흥분한 아이는 없었다. 앤은 전심전력으로 열정을 바쳐 학예회 준비를 했지만 마릴라가 반대하고 나섰다. 마릴라는 이 모든 게 다 바보 같은 짓이라고 생각해서 툴툴거렸다.

"공부해야 할 시간에 머릿속에 헛바람만 집어넣는 꼴이잖아. 난 아이들이 발표회를 한답시고 연습하느라 법석을 떠는 걸 용납할 수 없다. 모두 허영에 들떠서 건방지게 굴고, 여기저기 몰려다니기만 하잖아."

"하지만 좋은 일로 하는 거잖아요. 국기가 있으면 애국심이 더 강해질 거라고요, 마릴라 아주머니."

"말도 안 되는 소리! 너희들의 머릿속에 애국심이 있을 턱이 있니. 그저 재미있게 시간을 보내려는 속셈이지."

"애국심과 재미를 같이 합치면 좋지 않나요? 물론 학예회를 하는 건 정말 좋아요. 우린 합창을 여섯 곡 부르고 다이애나가 독창을 할 거예요. 전 〈험담 금지 모임〉과 〈요정의 여왕〉이라는 대화극 두 편에 나가요. 남자아이들도 대화극을 할 거예요. 그리고 제가 시를 두 편이나 낭송해요, 마릴라 아주머니. 그 생각만 해도 떨려요. 하지만 이건 아주 기분 좋은 떨림이죠. 그리고 마지막에 '믿음, 소망, 사랑'이라는 주제로 활인화*를 해요. 다이애나와 루비와 제가 모두 하얀 옷을 입고 머리를 늘

267

어뜨리고 나와요. 제가 소망이에요. 전 두 손을 이렇게 맞잡고 높은 곳을 바라보죠. 이제부터 시 낭송 연습을 하러 다락방으로 올라갈게요. 제가 내는 신음 소리를 들으시더라도 놀라지 마세요. 아주 구슬프게 신음 소리를 내야 하는데 그걸 예술적으로 내기가 정말 어렵거든요, 마릴라 아주머니. 조시 파이는 그 대화극에서 원하던 역을 맡지 못해서 삐쳤어요. 조시는 요정의 여왕이 되고 싶어 했거든요. 조시처럼 뚱뚱한 여왕이 어디 있다고, 웃겨서 정말. 요정의 여왕은 날씬해야 하잖아요. 조시는 빨간 머리 요정은 뚱뚱한 요정만큼이나 우스꽝스럽다고 주장했지만 전 조시 말에 신경 쓰지 않을 거예요. 전 백장미 화관을 쓰기로 했고 루비 길리스가 덧신을 빌려주기로 했어요. 제겐 덧신이 없잖아요. 요정에게 덧신이 필요한 건 아시죠? 부츠를 신은 요정은 상상할 수 없잖아요? 그것도 앞부리가 구리로 된 부츠는 더더욱 이상하죠. 우린 가문비나무와 전나무 가지에다 분홍색 종이 장미를 달아서 화관을 장식하기로 했어요. 그리고 모든 관객들이 자리에 앉은 후에 엠마 화이트가 오르간으로 행진곡을 연주하면 두 줄로 서서 입장할 거예요. 아, 마릴라 아주머니, 이 행사에 별로 관심이 없으신 건 알지만 아주머니는 아주머니의 앤이 돋보이길 바라지 않으세요?"

"난 그저 네가 처신을 제대로 하길 바랄 뿐이다. 이 난리 법석이 다 끝나고 네가 마음을 다잡을 수 있으면 정말 기쁘겠구나. 네 머릿속은 온통 그 대화극과 신음 소리와 활인화 같은 허튼소리로 가득 차 있잖니. 그렇게 쉴 새 없이 재잘거리는데도 혀가 닳지 않다니 경이로울 뿐

---

* 배경을 적당히 꾸미고 분장한 사람이 그림 속의 사람처럼 보이게 만든 구경거리.

이다."

앤은 한숨을 쉬면서 뒷마당으로 나갔다. 엷은 황록색으로 물든 서쪽 하늘에서 잎이 다 떨어진 포플러 나무 가지 사이로 초승달이 이제 막 떴고, 매슈 아저씨는 장작을 패고 있었다. 앤은 장작더미 위에 걸터앉아 매슈 아저씨는 잘 들어주고 호응도 잘해 줄 거라고 믿고 학예회 이야기를 했다.

"흠, 아주 멋진 행사가 될 것 같구나. 너도 맡은 역을 잘 해낼 거야." 매슈는 생기와 열정이 넘치는 앤의 작은 얼굴을 보고 미소를 지으며 말했다. 앤도 매슈 아저씨를 보며 생긋 웃었다. 둘은 가장 친한 친구였고 매슈는 앤을 가르치는 책임을 맡지 않아도 된다는 사실을 다행으로 여겼다. 그건 마릴라 전담이었으니까. 매슈가 그 역할을 맡았더라면 앤의 말은 무조건 다 들어주고 싶은 마음과 제대로 가르쳐야 한다는 의무 사이에서 수도 없이 갈등했을 것이다. 사실 매슈는 마릴라의 표현대로 마음껏 '앤의 응석, 받아줄 수 있었다. 하지만 그것이 그렇게 나쁜 것만은 아니었다. 매슈의 그런 '인정'이 마릴라의 성실한 '교육'만큼이나 앤에게 좋은 영향을 미쳤기 때문이다.

25

퍼프소매를 고집한 매슈

매슈는 곤혹스러운 10분을 보내고 있었다. 그는 땅거미가 지고 쌀쌀한 12월 저녁에 부엌에 들어와 무거운 부츠를 벗으려고 장작통 모서리에 걸터앉았다. 거실에서 앤과 앤의 친구들이 '요정 여왕'을 연습하고 있는 건 전혀 모르고 있었다. 좀 있다 아이들이 웃으면서 유쾌하게 이야기를 나누며 복도를 지나 부엌으로 들어왔다. 부끄러움을 많이 타는 매슈는 한 손에 부츠 한 짝을 들고 다른 손에 신발 주걱을 든 채 장작통 뒤에 있는 어둠 속으로 물러났다. 그 바람에 아이들은 매슈를 보지 못했다. 매슈는 난감한 표정을 지으며 10분 동안, 모자를 쓰고 코트를 입고 대화극과 학예회에 대해 이야기를 나누는 아이들을 지켜보았다. 앤은 아이들과 같이 서서 환한 눈으로 생기발랄하게 이야기를 하고 있었다. 하지만 매슈는 불현듯 앤이 친구들과 어딘가 다르다는 점을 깨달았다. 그게 뭔지는 모르겠지만 그래선 안 될 것 같은 강렬한 느낌이 들었다. 앤은 다른 아이들보다 표정도 환했고, 눈도 더 크고 반짝거렸고, 이목구비도 더 섬세했다. 낯을 가리는 데다 눈썰미가 별로 없는 매슈의 눈에도 그런 면이 보였다. 하지만 그의 마음을 어지럽힌 차이는 그런 것이 아니었다. 그건 대체 무엇이었을까?

매슈는 아이들이 서로 팔짱을 긴 채로 꽝꽝 얼어붙은 긴 오솔길을 걸어 돌아가고, 앤이 공부하러 부엌을 나간 후에도 아주 오랫동안 그 의문에 대해 생각했다. 마릴라에게는 그 이야기를 할 수 없었다. 분명 코웃음을 치면서 앤과 다른 아이들의 유일한 차이는 앤이 끝도 없이 말을 하는 동안, 다른 아이들은 가끔은 입을 다물고 있는 점이라고 할 테니까. 그건 매슈가 찾던 답이 아니라는 느낌이 들었다.

그날 저녁 내내 파이프 담배를 피우면서 그 문제를 골똘히 생각하는 매슈를 마릴라는 못마땅한 눈빛으로 쳐다보았다. 두 시간 동안 담배를 피우면서 고민한 매슈는 문득 답을 찾았다. 앤은 다른 아이들과 옷차림이 달랐다!

매슈는 생각하면 할수록 앤이 초록 지붕 집에 온 이후로 다른 아이들처럼 옷을 입은 적이 한 번도 없다는 점을 확신하게 되었다. 마릴라는 항상 똑같은 모양의 평범하고 어두운 색 원피스를 만들어서 앤에게 입혔다. 옷에도 유행이 있다는 걸 알았다 해도 별수 없었겠지만 앤의 원피스 소매가 다른 여자아이들이 입은 원피스 소매와 모양이 다른 건 확실했다. 그날 저녁에 앤 주위에 있던 여자아이들의 옷차림은 모두 붉은색이나 파란색, 분홍색이나 하얀색으로 화사했다. 매슈는 마릴라가 왜 앤에게 항상 그렇게 단순하고 소박한 옷만 입히는지 궁금했다.

물론 그게 나쁘다는 건 아니었다. 마릴라는 앤을 위해 뭐가 최선인지 알고 있었고 앤을 가르치는 것도 결국 마릴라다. 그러니까 지혜롭고도 심오한 이유가 있을 것이다. 하지만 아이가 예쁜 옷을 하나쯤 입어도 분명 해가 되진 않을 텐데. 다이애나 배리가 입는 그런 옷처럼 말이다. 매슈는 앤에게 그런 옷을 하나 사주어야겠다고 결심했다. 마릴라가 괜한 간섭이라고 반대할 수도 없을 것이다. 크리스마스가 2주밖에 안 남았으니까. 크리스마스 선물로 예쁜 새 옷은 안성맞춤일 것이다. 매슈는 한숨을 한 번 쉬고, 파이프를 치운 후 만족스럽게 잠자리에 들었다. 그사이에 마릴라는 문이란 문은 다 열고 집 안을 환기시켰다.

바로 다음 날 아침 매슈는 드레스를 사는 곤혹스런 일을 얼른 해치워버리자고 굳게 다짐하고 카모디로 향했다. 분명 만만찮은 일일 거란 감이 왔다. 매슈도 제대로 흥정해가면서 살 수 있는 물건들이 있었다. 하지만 여자아이가 입을 옷을 사는 일은 어쩔 수 없이 가게 직원에게 휘둘리게 될 게 뻔했다.

오랫동안 심사숙고한 끝에 매슈는 윌리엄 블레어의 상점 대신 새뮤얼 로슨의 가게에 가기로 마음먹었다. 물론 커스버트 가문은 항상 윌리엄 블레어의 상점을 이용했다. 매슈에게 이건 장로교회에 나가고 보수당을 지지하는 것처럼 도의적인 일이었다. 하지만 그 가게에는 윌리엄 블레어의 두 딸이 종종 나와서 일하는데 매슈는 그들이 무척이나 두려웠다. 뭘 사야 할지 정확히 알고 손으로 가리킬 수 있다면 그럭저럭 그 두 딸을 상대할 수 있겠지만 직원에게 설명도 하고 상담도 받아야 할 이런 일에는 반드시 남자가 있어야 할 것 같았다. 그래서 매슈는 새뮤얼이나 새뮤얼의 아들이 도와줄 가게로 갔다.

아, 그런데 이를 어쩌나! 매슈는 새뮤얼이 최근에 사업을 확장하면서 여자 직원을 고용했다는 사실을 모르고 있었다. 새뮤얼의 처조카인 그 여자 직원은 이마 위로 머리를 높이 빗어 올리고 큰 갈색 눈을 데

굴데굴 굴렸다. 그녀는 사람을 당혹스럽게 만드는 미소를 활짝 짓고서 기세 좋게 매슈에게 다가왔다. 아주 세련되게 차려입은 그 아가씨는 손을 움직일 때마다 짤랑거리는 소리가 나는 팔찌를 몇 개씩이나 차고 있었다. 매슈는 가게에 들어갔다가 그 여직원을 보고 그만 당황하고 말았다. 쉴 새 없이 짤랑거리는 그 팔찌들 때문에 매슈는 혼이 나갈 것만 같았다.

"뭘 도와드릴까요, 커스버트 씨?"

루실라 해리스 양이 두 손으로 카운터를 톡톡 치면서 큰 소리로 싹싹하게 물었다.

"저기, 저기, 저기… 정원용 갈퀴 있소?" 매슈가 더듬거리며 물었다.

해리스 양은 한겨울에 정원용 갈퀴를 찾는 매슈를 보고 놀랐다.

"한두 개쯤 남았을 거예요. 하지만 이층 창고에 있어요. 제가 가서 찾아볼게요." 해리스 양이 간 사이에 매슈는 정신을 차리려고 애를 썼다.

해리스 양이 갈퀴를 가지고 돌아와서 발랄하게 물었다.

"뭐 더 필요하신 건 없나요?"

매슈는 주먹을 불끈 쥐고 용기를 내서 말했다.

"음, 그렇게 물어봤으니까, 그러니까, 저기, 그걸 좀 볼 수, 그러니까 건초를 좀 살 수 있을까요?"

매슈 커스버트가 괴짜란 말은 해리스 양도 들었지만 이제 보니 완전히 돌아버린 모양이라는 생각이 들었다. 해리스 양이 퉁명스럽게 대답했다.

"건초는 봄에만 파는데요. 지금은 없어요."

"아, 물론, 물론, 그렇겠죠." 자괴감에 빠진 매슈는 갈퀴를 들고 문을 향해 가면서 더듬거렸다. 그러다 문 앞에 이르자 갈퀴 값을 치르지 않은 것이 생각났다. 매슈는 우울한 표정으로 다시 카운터로 돌아갔다. 해리스 양이 잔돈을 계산하는 동안 매슈는 용기를 내어 마지막으로 한 번 더 시도해보기로 했다.

"저기, 수고스럽지 않다면, 그러니까, 저기, 내가 보고 싶은 게… 혹시 설탕 있나요?"

"백설탕요? 아니면 황설탕요?" 해리스 양이 인내심을 가지고 물었다.

"아, 그게. 황설탕." 매슈가 기운 없이 대답했다.

"저쪽 통에 있어요. 우리 가게에는 저것밖에 없어요." 해리스 양이 그쪽을 가리키자 팔찌가 흔들렸다.

"그, 그럼 9킬로그램 줘요." 매슈는 이마에서 땀을 흘리며 대답했다.

매슈는 집에 절반쯤 와서야 간신히 정신을 차렸다. 아주 끔찍한 경험이었지만 단골 가게를 배신했으니 그런 일을 당해도 싸다고 생각했다. 집에 도착했을 때 매슈는 연장을 넣어두는 창고에 갈퀴를 숨기고 설탕은 그대로 들고 마릴라에게 갔다.

"대체 황설탕을 왜 이렇게 많이 샀어요? 일꾼에게 줄 죽이나 검은색 과일 케이크를 구울 때 말고는 황설탕은 안 쓰는 거 오라버니도 알잖아요. 제리도 떠났고 케이크도 오래전에 만들어놨는데. 거기다 이건 질도 안 좋아요. 알갱이가 굵고 색도 거무칙칙하잖아요. 윌리엄 블레어 상점에선 이런 설탕은 안 갖다놓는데." 마릴라가 투덜거렸다.

"언젠가는 쓸모가 있을 것 같아서." 매슈는 그렇게 슬쩍 빠져나갔다.

매슈는 다시 생각해보고 이 일을 해결하려면 여자가 필요하다고 결심했다. 마릴라에게 도움을 청하는 건 말도 안 되는 일이고. 말을 꺼내

자마자 그의 계획에 곧바로 찬물을 끼얹을 게 뻔했다. 남은 사람은 린드 부인밖에 없었다. 그녀 말고는 매슈가 에이번리에서 감히 조언을 구할 여자도 없었다. 그래서 매슈는 린드 부인을 찾아갔고, 그 선량한 부인은 고통에 시달린 매슈의 문제를 곧바로 맡아줬다.

"앤에게 줄 옷을 골라달라고요? 당연히 해드리죠. 제가 내일 카모디에 가서 둘러볼게요. 뭐 마음에 둔 특별한 옷이 있나요? 없어요? 그럼 제가 알아서 할게요. 앤에겐 진한 갈색 옷이 잘 어울릴 것 같아요. 윌리엄 블레어 상점에 새 글로리아 옷감이 들어왔는데 아주 예뻐요. 마릴라가 만들면 완성하기도 전에 앤이 알아채서 놀라게 해줄 수 없을 테니 제가 만드는 게 낫겠죠? 제가 해드릴게요. 아니에요, 수고로울 거하나도 없어요. 제가 워낙 바느질을 좋아하잖아요. 제 조카딸 길리스의 치수에 맞춰서 지을게요. 제니랑 앤이랑 체형이 똑같으니까."

"정말 감사합니다. 그런데, 그런데 제가 잘은 모르지만……. 요즘은 옷소매 모양이 전과 달라진 것 같더라고요. 크게 번거롭지 않으시다면 새로 나온 소매로 만들어주시면 좋겠어요." 매슈가 말했다.

"퍼프소매요? 물론이죠. 그런 걱정은 붙들어 매세요. 제가 아주 최신 유행하는 옷으로 만들게요." 린드 부인이 말했다. 매슈가 갔을 때린드 부인이 혼자 중얼거렸다.

"그 딱한 아이가 단 한 번이라도 제대로 된 옷을 입는 걸 보면 내 마음이 다 시원해질 것 같아. 마릴라는 정말 앤에게 우스꽝스런 옷만 입힌다니까. 열 번도 넘게 그 이야기를 해주고 싶어 혼났는데. 마릴라는 내가 충고하는 것도 싫어하고 아이를 여럿 키운 나보다 노처녀인 자기가 아이 양육에 대해선 더 많이 안다고 생각하고 있으니 그동안 입을 다물고 있긴 했지만. 하긴 다 그렇지. 아이를 키워본 사람은 모든 아이에게 적용되는 정답 같은 건 없다는 걸 알고 있지. 한 번도 키워본 적 없는 사람들은 수학 공식처럼 아주 쉽고 간단하다고 생각하지만. 공식을 대입하면 정답이 나올 거라 생각하는 거지. 하지만 사람이란 게 어디 그렇게 딱딱 맞아떨어질 수 있나. 마릴라는 그걸 몰라요. 앤에게 그런 흉한 옷을 입혀서 겸손하게 키우려는 모양이지만 오히려 다른 아이들을 시기하고 불만만 키울 공산이 크지. 앤은 분명 자기 옷과 다른 여자아이들의 옷이 다르다고 느끼고 있을 거야. 하지만 매슈가 그걸 눈치 채다니! 매슈가 예순이 넘어서야 비로소 인생에 눈을 뜨나 봐."

그 후 2주 동안 마릴라는 매슈에게 무슨 꿍꿍이가 있다는 걸 눈치는 챘지만 그게 뭔지는 파악하지 못했다. 그러다 크리스마스이브에 린드 부인이 새 옷을 갖다줬다. 마릴라는 생각보다 순순히 받아들였다. 마릴라가 옷을 만들었다간 앤이 너무 일찍 알게 될까 봐 자기가 만들었다는 린드 부인의 재치 있는 설명은 믿지 않는 것 같았지만.

마릴라는 조금 딱딱하지만 너그럽게 말했다.

"그래서 오라버니가 지난 2주 동안 그렇게 묘한 표정으로 혼자 싱글거렸군요. 뭔가 일을 벌이고 있는 건 알았는데. 사실 앤에게 옷은 더 필요 없어요. 이번 가을에 따뜻하고 실용적이고 튼튼한 옷을 세 벌이나 만들어줬으니 더 이상은 사치라고요. 저 소매만 가지고도 윗도리 하나는 더 만들 수 있겠어요. 그렇지 않아도 허영심이 많은 앤의 비위를 오라버니가 맞춰주고 있는 거라고요. 어쨌든 저 옷이 앤의 마음에 들었으면 좋겠네요. 저 우스꽝스런 소매가 나온 후로 계속 갖고 싶어 했으니까. 물론 한 번 말한 후로는 더 이상 입에 올리지 않았지만. 소매가 그 후로 점점 더 커지고 우스꽝스러워지고 있네요. 지금은 풍선만 하잖아요. 내년에 저런 소매를 입는 사람은 몸을 옆으로 돌려야 문을 지나갈 수 있겠어요."

크리스마스 아침에 눈부시게 새하얀 세상이 열렸다. 올해 12월은 아주 따뜻해서 사람들은 화이트 크리스마스를 기대하지 않았지만 밤 사이 조용히 내린 눈이 에이번리 마을 풍경을 바꿔놓았다. 앤은 기쁨에 찬 눈으로 서리가 붙은 다락방 창밖을 내다보았다. 유령의 숲에 있는 전나무들은 하얀 깃털을 꽂은 것처럼 아름다웠다. 자작나무들과 벚나무들은 진주로 테두리를 두른 것 같았다. 쟁기로 간 들판은 새하얀 잔물결이 치는 것 같았고, 아침 공기는 톡 쏘는 것처럼 차갑고 상쾌했다. 앤이 계단을 달려 내려오며 부르는 큰 노랫소리가 초록 지붕 집에 울려 퍼졌다.

"메리 크리스마스, 마릴라 아주머니! 메리 크리스마스, 매슈 아저씨! 정말 아름다운 크리스마스죠? 화이트 크리스마스라니 너무 기뻐요. 눈이 내려야 진짜 크리스마스 같죠, 안 그래요? 전 그린 크리스마스*는 싫어요. 초록이 아니라 그냥 지저분하고 희미한 갈색과 회색이잖아요. 그런데 왜 그린 크리스마스라고 부를까요? 아, 매슈 아저씨, 이거 제 선물인가요? 우와, 매슈 아저씨!"

매슈가 쑥스러워하면서 포장지를 벗기고 드레스를 꺼내 마릴라를 한번 슬쩍 쳐다본 후 앤에게 내밀었다. 마릴라는 모르는 척하면서 찻주전자에 물을 채웠지만 곁눈질로 그 모습을 관심 있게 지켜봤다.

---

* 눈이 오지 않는 크리스마스.

드레스를 받아 든 앤은 말없이 황홀한 표정으로 바라봤다. 아, 너무나 아름다운 드레스였다. 부드럽고 사랑스런 갈색 글로리아 옷감에 반짝이는 실크가 섞였다. 화려한 주름 장식과 프릴이 달린 스커트에 가늘고 긴 주름 장식이 아주 세련되고 우아하게 박혀 있었고, 거기다 목에는 물결치는 섬세한 레이스가 달려 있었다. 그중에서도 가장 아름다운 건 소매였다! 팔꿈치까지 올라오는 긴 소매 위쪽을 두 단으로 부풀렸고 거기다 갈색 실크 리본을 묶었다.

매슈가 수줍어하며 말했다.

"너에게 주는 크리스마스 선물이다, 앤."

앤의 눈에 갑자기 눈물이 고였다.

"아니, 왜, 마음에 들지 않니? 저런, 그런가 보구나."

"너무 마음에 들어요!" 앤은 드레스를 걸쳐두고 두 손을 맞잡았다.

"매슈 아저씨, 정말 완벽하게 아름다운 드레스예요. 뭐라고 감사를 드려야 할지 모르겠어요. 저 소매들을 좀 보세요! 아, 지금 행복한 꿈을 꾸고 있는 것 같아요."

마릴라가 끼어들었다.

"자, 자, 그만 진정하고 아침 먹자. 너에게 새 드레스가 필요하다는 생각은 들지 않는다. 하지만 매슈 아저씨가 널 위해 준비했으니 잘 관리해야 한다. 린드 부인이 널 위해 머리에 묶을 리본도 만들어주셨구나. 드레스에 맞춘 갈색 리본이야. 자, 그만 앉아라."

행복에 겨운 앤이 말했다.

"아침을 먹을 수 있을 것 같지 않아요. 이런 흥분된 순간에 아침 식사라니 너무 평범하게 느껴져요. 전 차라리 저 드레스를 보며 배를 채

우겠어요. 퍼프소매가 아직 유행이라서 정말 기뻐요. 제가 퍼프소매 드레스를 입어보기도 전에 유행이 지나가버렸다면 절대로 그 슬픔을 이겨내지 못했을 것 같아요. 평생 가슴 한구석에 응어리로 남아 있었을 것 같아요. 저 리본도 만들어주시다니 린드 아주머니께 정말 감사드려요. 정말 착한 아이가 되어야 할 것 같아요. 이럴 때면 제가 모범생이 아니라서 죄송해요. 앞으로는 모범생이 되어야겠다고 결심했어요. 도저히 이겨낼 수 없는 유혹이 찾아오면 그 결심을 지키기 어려워지겠지만, 그래도 드레스를 받았으니 더 열심히 노력하겠어요."

평범한 아침 식사가 끝났을 때 새빨간 얼스터코트를 입은 다이애나가 눈이 쌓인 하얀 통나무 다리를 달려오는 게 보였다. 앤은 한달음에 달려 나가 다이애나를 맞았다.

"메리 크리스마스, 다이애나! 정말 근사한 크리스마스야. 너에게 보여줄 게 있어. 매슈 아저씨가 아주 아름다운 소매가 달린 완벽한 드레스를 선물로 주셨어. 그보다 더 멋진 드레스는 상상할 수 없을 정도야."

다이애나가 숨을 헉헉 몰아쉬면서 대꾸했다.

"나도 너에게 줄 게 있어. 자, 이 상자 받아. 조세핀 할머니가 선물이 잔뜩 든 큰 상자를 하나 보내주셨는데. 이건 네 거야. 어젯밤에 갖다주고 싶었지만 상자가 너무 늦게 도착한 데다 어두울 때 유령의 숲을 지나기가 무서워서 못 왔어."

앤은 상자를 열어 안을 들여다보았다. '앤에게, 메리 크리스마스'라고 적힌 카드가 있었고 안엔 발끝에 구슬이 달리고 새틴 리본과 반짝이는 버클 장식이 있는 아주 멋진 가죽 덧신 한 켤레가 들어 있었다.

"아, 다이애나. 이건 나에게 과분해 꿈을 꾸고 있는 것 같아."

"이건 하느님의 뜻이야. 넌 이제 루비의 덧신을 빌려 신을 필요가 없잖아. 네 치수보다 큰 덧신을 신을 필요가 없으니 신의 축복이지. 요정이 신발을 질질 끌면서 걸으면 끔찍할 거야. 조시 파이라면 고소해하겠지만. 그런데 말이야, 롭 라이트가 그제 밤에 연습 끝나고 거티 파이랑 같이 집에 갔대. 그 이야기 들었어?" 다이애나가 말했다.

학예회는 저녁에 열렸고 대성공을 거뒀다. 작은 회관은 사람들로 꽉 찼고, 출연자들도 모두 잘했지만 그중에서도 앤이 유독 눈에 띄게 잘해서 앤을 시기하는 조시 파이마저도 토를 달지 못했다.

"아, 정말 멋진 저녁이었어!" 행사가 모두 끝나고 다이애나와 함께 별이 총총 뜬 어두운 밤하늘 아래서 집으로 걸어가면서 앤이 말했다.

다이애나가 현실적인 대답을 했다.

"다 아주 잘됐지. 기금으로 10달러 정도 모은 것 같아. 앨런 목사님이 샬럿타운 신문에 오늘 행사를 기사로 써서 보내실 거래."

"아, 다이애나, 정말 우리 이름을 신문에서 보게 된단 말이야? 생각만 해도 가슴이 설렌다. 너의 독창은 정말 우아했어, 다이애나. 앙코르 요청이 나왔을 때는 내가 더 뿌듯하더라니까. 난 혼잣말을 했지. '저 친구가 바로 제 마음의 친구랍니다.'"

"너도 시 낭독으로 박수갈채를 받았잖아, 앤. 정말 근사했어."

"아, 난 너무나 떨렸어, 다이애나. 앨런 목사님이 내 이름을 부르셨을 때 어떻게 무대 위에 올라갔는지 기억도 안 나. 백만 개의 눈동자가 날 뚫어지게 보고 있는 것처럼 느껴지니까, 순간 입도 떼지 못할 것 같더라. 그때 내가 입은 아름다운 퍼프소매 드레스를 생각하면서 용기를 냈지. 그 소매에 어울리는 사람이 되어야 한다고 생각했어. 그래서 낭독을 시작했는데 내 목소리가 아주 먼 곳에서 나오는 것처럼 느껴지더라고. 마치 내가 앵무새가 된 기분이었어. 다락방에서 그렇게 연습을 많이 하지 않았다면 절대로 끝까지 해내지 못했을 거야. 내가 신음 소리는 제대로 냈니?"

"응, 정말 감동적인 신음 소리였어." 다이애나가 안심시켜줬다.

"자리에 앉을 때 슬론 할머니가 눈물을 닦으시는 모습을 봤어. 내 낭독에 누군가가 감동했다고 생각하니 기분이 정말 좋았어. 참 낭만적이야, 그렇지 않니? 정말 잊을 수 없을 것 같아."

다이애나가 연이어 말했다.

"남자아이들 말이야, 대화극 참 잘하지 않았니? 길버트 블라이스는 완전 멋졌어. 앤, 넌 참 길버트에게 못되게 군다는 생각이 들어. 잠깐, 내 이야기를 끝까지 들어봐. 〈요정의 여왕〉 대화극이 끝난 후에 네가 무대에서 달려 내려올 때 네 머리에 꽂았던 장미 한 송이가 떨어졌어. 길버트가 그걸 집어서 자기 가슴 주머니에 꽂더라. 자, 이제 말해봐. 넌 아주 낭만적이니까 그 말을 들으면 분명 기뻐할 거라고 생각해."

앤이 도도하게 말했다.

"그 사람이 무슨 짓을 하든 나랑 아무 상관없어. 그 아이 생각을 하는 것조차 시간 낭비야, 다이애나."

그날 밤 20년 만에 처음으로 학예회에 다녀온 마릴라와 매슈는 앤이 잠자리에 든 후에도 부엌 난롯가에 앉아 있었다.

매슈가 자랑스럽게 말했다.

"흠, 내가 보기엔 우리 앤이 아이들 중에서 제일 잘한 것 같더라."

"맞아요. 앤이 제일 잘했어요. 앤은 똑똑한 아이예요, 매슈 오라버니.

그리고 오늘 아주 예뻐 보이기도 했고. 처음엔 반대했지만 그렇게 나빠진 않은 것 같네요. 어쨌든 오늘 밤은 앤이 자랑스러웠어요. 물론 앤에게 그렇게 말해줄 생각은 없지만 말이에요." 마릴라도 동의했다.

"난 앤이 자랑스러워서 이층에 올라가기 전에 말해줬다. 앞으로 앤을 위해 뭘 해줄 수 있는지 생각해봐야 해, 마릴라. 에이번리 학교만으로는 부족할 것 같아."

"생각할 시간은 충분해요. 앤은 오는 3월에 겨우 열세 살이 되는걸요. 하지만 오늘 밤에 보니 그동안 꽤 컸더라고요. 린드 부인이 드레스를 길게 만들어서 앤의 키가 아주 커 보였어요. 앤은 배우기도 금방 배우니 나중에 퀸스 아카데미에 보내는 게 좋을 것 같아요. 하지만 앞으로 1, 2년간은 그런 말은 할 필요가 없겠죠."

"글쎄, 가끔씩 미리 생각해두는 것도 나쁘지 않을 것 같아. 그런 일은 생각을 많이 해보는 게 좋으니까." 매슈가 말했다.

26

이야기 클럽 결성

학예회가 끝난 후 에이번리 학생들은 다시 평범한 일상으로 돌아오기까지 애를 먹었다. 특히 몇 주 동안 들떠 있던 앤에게 일상은 무시무시하게 단조롭고 지루하고 재미없게 느껴졌다. 학예회 이전의 그 조용하고 즐거운 나날로 돌아갈 수 있을까? 앤이 다이애나에게 말한 것처럼 처음에는 도저히 불가능할 거라고 생각했다.

"다이애나, 다시는 예전으로 돌아갈 수 없을 거야." 앤은 한 50년은 지난 옛날이야기를 하는 것처럼 서글프게 말했다.

"시간이 좀 지나면 다시 익숙해지겠지만 학예회 같은 행사들이 일상의 즐거움을 망가뜨리는 것 같아. 그래서 마릴라 아주머니가 반대하셨나 봐. 마릴라 아주머니는 분별력이 있는 분이거든. 그렇게 분별력이 있다면 아주 좋을 거야. 그래도 사실 나는 그렇게 되고 싶지 않아. 그건 너무 낭만적이지 않잖아. 린드 아주머니는 내가 그렇게 될 가능성은 전혀 없다고 하시지만 그거야 모르는 거지. 지금만 해도 크면 분별 있는 어른이 될지도 모른다는 느낌이 들어. 하지만 그건 아마 지금 피곤해서 그럴 거야. 어젯밤에 한숨도 못 잤거든. 난 멍하니 누워서 계속 학예회를 떠올렸어. 그게 그런 행사의 근사한 점이지. 생각하고 또 생각해봐도 근사하거든."

하지만 결국 에이번리 학생들은 다시 일상과 예전의 관심사로 돌아갔다. 물론 학예회가 남긴 후유증도 있었다. 무대에서 서로 앞에 서겠다고 싸운 탓에 루비 길리스와 엠마 화이트 사이에 있었던 지난 3년간의 우정은 깨져버렸다. 그들은 이제 서로 짝꿍도 하지 않게 되었다. 조시 파이와 줄리아 벨은 석 달 동안 말을 하지 않았다. 줄리아 벨이 낭독을 하려고 일어나서 인사했을 때 조시 파이가 베시 라이트에게 마치 닭이 고개를 끄덕이는 것처럼 보였다고 말했는데, 베시가 그걸 줄리아에게 일러바쳤기 때문이다. 슬론 가 아이들은 벨 가 아이들과 서로 본척만척했다. 벨 가 아이들이 슬론 가 아이들이 학예회 프로그램에 너무 많이 나왔다고 말한 것이다. 그러자 슬론 가의 아이들은 벨 가의 아이들이 그나마 맡은 시시한 역할도 제대로 못했다고 반박해서 사이가 틀어진 것이다. 마지막으로 찰리 슬론은 무디 스퍼전과 다투었다. 무디 스퍼전이 앤 셜리가 낭독할 때 잘난 척했다고 한마디했다가 찰리에게 두들겨 맞은 것이다. 그래서 무디 스퍼전의 여동생인 엘라 메이는 겨우내 앤 셜리와는 말도 하지 않았다. 이런 사소한 다툼을 제외하면 스테이시 선생님의 작은 왕국은 별일 없이 순조로웠다.

겨울이 깊어갔다. 예년과 달리 아주 따뜻하고 눈도 거의 오지 않아서 앤과 다이애나는 매일같이 자작나무 길을 걸어 학교에 갈 수 있었다. 앤의 생일에도 두 소녀는 주위 풍경에서 눈을 떼지 않고 귀를 쫑긋 세운 채 숲을 관찰하며 가볍게 걸어갔다. 스테이시 선생님이 곧 '겨울

숲 산책'을 주제로 글을 써야 한다고 했기 때문이다.

앤이 경이로워하며 말했다.

"생각해봐, 다이애나, 난 오늘로 열세 살이 됐어. 내가 십 대라는 게 믿겨지지 않아. 오늘 아침에 눈을 떴을 때 모든 것이 달라진 것처럼 느껴졌어. 넌 한 달 전에 열세 살이 됐으니까 나처럼 신기하진 않겠지. 인생이 훨씬 더 흥미로워진 느낌이야. 2년 후엔 나도 정말 어른이 되어 있겠지. 그때는 남들이 비웃는 일 없이 마음껏 거창한 단어들을 쓸 수 있을 거라고 생각하니 기분이 참 좋아."

"루비 길리스는 열다섯 살이 되자마자 남자 친구를 사귈 거라고 했어." 다이애나가 말했다.

앤이 시시하다는 듯이 말했다.

"루비 길리스는 허구한 날 남자 타령이야. 누가 현관 벽에 자기 이름을 써놓으면 엄청 화난 척하지만 사실은 좋아한다니까. 이렇게 야박하게 말하면 안 될 것 같다. 앨런 사모님이 그러면 안 된다고 하셨거든. 하지만 미처 생각하기도 전에 말이 나와버리는 걸 어떡해? 조시 파이에 대한 생각만 해도 그런 말이 저절로 나와버리니까 그건 아예 말을 안 하겠어. 너도 눈치 챘을 거야. 앨런 사모님은 완벽한 분 같아서 가능한 한 사모님처럼 되려고 노력 중이야. 앨런 목사님도 그렇게 생각하시는 것 같아. 린드 아주머니가 그러시는데 앨런 목사님은 사모님이 걸어 다니는 땅마저도 숭배하신대. 아주머니는 목사님이 그렇게 신이 아닌 인간을 열정적으로 사랑하는 건 바람직하지 못하다고 생각하셨지만 다이애나, 목사님도 인간인데 다른 사람처럼 죄의 유혹에 빠질 수 있잖아. 지난 일요일에 앨런 사모님하고 그 주제로 재미있는 이야기를 나눴어. 일요일에 이야기하기에 적절한 주제였지. 내가 짓기 쉬운 죄는 상상을 너무 많이 하고 내 의무를 잊어버리는 거야. 그 결점을 고치려고 무진 노력하고 있는데 이제 열세 살이 되었으니 더 나아지겠지."

다이애나가 말했다.

"4년만 더 있으면 우리는 머리를 올릴 수 있어. 앨리스 벨은 열여섯 살밖에 안 됐는데 머리를 올렸지 뭐야. 하지만 내가 보기엔 좀 웃겨. 난 열일곱 살이 될 때까지 기다릴 거야."

앤이 단호하게 말했다.

"내가 앨리스 벨처럼 코가 비뚤어졌다면 난 절대로⋯ 아니다, 이런 말은 하면 안 되는데! 너무 인정머리 없는 말이잖아. 게다가 앨리스의 코와 내 코를 비교하는 건 교만한 거야. 옛날에 내 코가 예쁘다는 말을 들은 후로는 코에 대한 생각을 너무 많이 하는 것 같아. 그 말이 정말 큰 위로가 됐거든. 아, 다이애나, 저기 봐, 토끼가 있어. 우리 글짓기에 써먹으면 좋겠다. 숲은 여름에도 근사하지만 겨울에도 정말 아름다운 곳 같아. 마치 예쁜 꿈을 꾸는 것처럼 새하얗고 고요하잖아."

다이애나가 한숨을 쉬었다.

"이번 글짓기는 그럭저럭 괜찮아. 숲에 대해선 쓸 수 있지만 월요일에 내야 하는 글짓기는 끔찍해. 이야기를 지어서 쓰라고 스테이시 선생님이 말씀하셨잖아!"

"그거야 식은 죽 먹기지." 앤이 대꾸했다.

"너야 상상력이 풍부하니까 쉽지. 하지만 상상력이 없는 사람은 어쩌라고? 넌 글짓기 다 해놓았겠구나." 다이애나가 볼멘소리로 받아쳤다.

앤은 다이애나를 생각해서 안 그런 척했지만 흡족한 표정을 감추지

못하고 고개를 끄덕였다.

"지난 월요일 저녁에 다 썼어. 제목은 '질투하는 경쟁자' 혹은 '죽음도 갈라놓을 수 없는 사랑'이야. 마릴라 아주머니에게 읽어드렸더니 말도 안 되는 헛소리라고 하셨어. 하지만 매슈 아저씨에게 읽어드리니까 잘 썼다고 하시더라고. 난 매슈 아저씨 같은 비평가가 좋아. 그건 슬프고도 감미로운 이야기야. 난 그 이야기를 쓰면서 펑펑 울었다니까. 코딜리어 몽모랑시와 제럴딘 세이모어라는 두 아름다운 아가씨가 주인공이야. 두 사람은 같은 마을에 사는데 서로에게 아주 헌신하는 친구야. 코딜리어는 까만 머리에 여왕처럼 기품이 넘치는 검은 눈에 피부가 가무잡잡해. 제럴딘은 마치 황금으로 짠 것처럼 아름다운 금발 머리에 눈동자는 벨벳 같은 보라색이야."

"눈동자가 보라색인 사람은 한 번도 본 적이 없는데."

"나도 못 봤어. 그냥 상상한 거야. 독특한 외모를 묘사하고 싶었거든. 제럴딘은 또 이마가 설화석고 같아. 설화석고 같은 이마가 어떤 건지 알아냈어. 그게 열세 살이 된 장점 중 하나지. 열두 살이었을 때는 몰랐던 것들을 아주 많이 알게 되거든."

"그래서 코딜리어와 제럴딘은 어떻게 됐어?" 이제 그 아가씨들의 운명에 관심을 갖기 시작한 다이애나가 물었다.

"두 친구는 열여섯 살이 될 때까지 같이 예쁘게 컸어. 그러다 그 마을에 버트럼 드 비어라는 남자가 나타나 금발 머리인 제럴딘과 사랑에 빠졌지. 제럴딘이 탄 마차를 끄는 말이 제멋대로 달려갔는데 버트럼이 와서 구해줬거든. 버트럼은 자기 품에서 기절한 제럴딘을 안고 5킬로미터 떨어진 집까지 데려다줘. 마차가 박살나버렸거든. 난 그런 경험이

291

없어서 버트럼이 제럴딘에게 청혼하는 장면을 상상하느라 애 좀 먹었어. 그래서 루비 길리스에게 남자들이 어떻게 청혼하는지 아냐고 물어봤어. 루비는 결혼한 언니들이 많으니까 잘 알 것 같았거든. 루비는 맬컴 앤드루스가 수전 언니에게 청혼할 때 복도 벽장에 숨어 있었대. 루비가 그러는데 맬컴이 수전 언니에게 자기 아버지가 농장을 물려주셨다면서 이렇게 말했대. '이번 가을에 우리 결혼하는 거 어때, 자기?' 그러니까 수전 언니가 이렇게 대답했어. '좋아요. 아니요, 사실 잘 모르겠어요. 생각 좀 해볼게요.' 그래놓고 곧바로 약혼했다는 거야. 하지만 그런 청혼은 별로 낭만적이지 않은 것 같아. 그래서 결국은 있는 힘껏 상상력을 발휘해야 했어. 아주 아름답고 시적인 청혼을 만들어냈지. 버트럼은 무릎을 꿇어. 루비 길리스는 요즘엔 그렇게 안 한다고 했지만 말이야. 제럴딘은 한 페이지에 달하는 그의 청혼을 받아들여. 버트럼이 제럴딘에게 청혼하는 말을 쓰느라 얼마나 힘들었는지 몰라. 다섯 번이나 고쳐 썼다니까. 나의 걸작이지. 버트럼이 제럴딘에게 다이아몬드 반지와 루비 목걸이를 주면서 신혼여행으로 유럽에 가자고 제안해. 버트럼은 어마어마한 부자거든. 하지만 그때, 아아, 그들의 운명에 먹구름이 드리워지기 시작하지. 코딜리어도 남몰래 버트럼을 짝사랑하고 있었는데 제럴딘과 그의 약혼 소식을 듣고 화가 머리끝까지 난 거야. 특히 제럴딘이 한 목걸이와 다이아몬드 반지를 보고 걷잡을 수 없는 질투를 느낀 거야. 제럴딘에 대한 코딜리어의 사랑은 격렬한 증오로 바뀌었고 절대로 둘이 결혼하지 못하게 할 거라고 속으로 맹세해. 하지만 겉으로는 여전히 제럴딘의 친구인 척하지. 어느 날 저녁 둘이서 물살이 거센 시내 위에 있는 다리에 서 있었어. 코딜리어는 둘만 있다고 생각하고 제럴딘을 다리 밑으로 밀어버리고 큰 소리로 비웃었지. '하, 하, 하.' 하지만 버트럼이 그 광경을 다 본 거야. '내가 구해주겠소, 내 소중한 제럴딘'이라고 외치면서 그는 물속으로 뛰어들었어. 하지만 버트럼은 자신이 수영을 못한다는 사실을 잊어버렸어. 둘은 꼭 껴안은 채 물에 빠져 죽었어. 얼마 지나지 않아서 두 사람의 시체가 물가로 밀려왔지. 두 사람은 한 무덤에 묻혔고, 아주 성대하게 장례식이 치러졌어. 다이애나. 결혼식보다는 장례식으로 이야기를 끝내는 게 훨씬 더 낭만적이야. 코딜리어는 죄책감에 시달리다 미쳐서 정신병원에 갇히고. 그게 코딜리어가 저지른 죄를 시적으로 벌하는 방식이라고 생각했어."

"아, 너무 감동적이야!" 매슈처럼 앤의 이야기에 감탄한 다이애나가 한숨을 쉬며 말했다.

"어떻게 그런 근사한 이야기를 상상해낼 수 있니, 앤. 나도 너처럼 상상력이 풍부했으면 좋겠다."

"상상력은 키우면 돼." 앤이 다이애나의 기운을 북돋워주면서 말했다.

"좋은 생각이 떠올랐어, 다이애나. 우리끼리 이야기 클럽을 만들어서 이야기 쓰는 연습을 하는 거야. 네가 혼자서 이야기를 쓸 수 있을 때까지 도와줄게. 너도 상상력을 키워야 하잖아. 스테이시 선생님도 그렇게 말씀하셨고. 제대로 된 방법으로 하면 돼. 내가 선생님에게 유령의 숲에 대해 말씀드렸더니 그건 상상의 방식이 틀렸다고 하셨어."

그렇게 해서 이야기 클럽이 탄생했다. 처음에는 다이애나와 앤 둘만 있었지만 곧 제인 앤드루스와 루비 길리스에 이어 상상력이 부족하다고 느낀 두어 명이 더 들어왔다. 남자아이들이 끼면 더 재미있을 거라고 루비 길리스가 말했지만 받아들이지 않았고 각자 일주일마다 이야기를 하나씩 만들기로 했다.

앤이 마릴라에게 말했다.

"아주 흥미로워요. 한 명씩 자기가 쓴 이야기를 큰 소리로 읽은 후에 모두 같이 그것에 대해 이야기를 나눠요. 그 이야기들을 모두 소중하게 보관했다가 우리 후손들에게 물려줄 거예요. 우린 모두 필명을 써요. 제 필명은 로자먼드 몽모랑시예요. 모두 글을 꽤 잘 써요. 루비 길리스는 상당히 감상적이에요. 사랑을 나누는 부분이 너무 많이 나오거든요. 지나치면 모자란 것만 못하잖아요. 제인은 오히려 지나치게 합리적이에요. 다이애나는 이야기에서 죽는 사람이 너무 많아요. 등장인물들을 어떻게 처리해야 할지 모르면 그냥 죽이게 된다나요. 소재는 제가 주로 정하는데 제겐 아이디어가 아주 많아서 하나도 힘들지 않아요."

마릴라가 코웃음을 치며 말했다.

"이야기 클럽이라니 듣던 중 가장 바보 같은 것이구나. 그런 것을 해봤자 머릿속에 허튼 생각만 가득 차고 공부에 집중해야 할 시간을 낭비하게 되잖아. 이야기를 읽는 것도 안 좋은데 하물며 쓰는 건 더 나빠."

앤이 마릴라를 설득했다.

"하지만 우리는 이야기를 쓸 때마다 교훈을 넣으려고 아주 많이 노력해요, 마릴라 아주머니. 제가 그러자고 고집했어요. 착한 사람들은 모두 잘살게 되고 나쁜 사람들은 벌을 받게 하자고. 그러니 분명 좋은 영향을 받게 될 거예요. 앨런 목사님도 그렇게 말씀하셨어요. 제가 쓴 이야기 하나를 읽어드렸는데 목사님과 사모님 두 분 다 아주 훌륭한 교훈이라고 하셨어요. 다만 엉뚱한 부분에서 웃으시더라고요. 전 독자들이 눈물을 흘릴 때가 더 좋은데. 제인과 루비는 제 이야기에서 슬픈 부분이 나올 때는 항상 울먹거려요. 다이애나가 조세핀 할머니에게 우리의 이야기 클럽에 대해 편지를 썼더니 조세핀 할머니가 우리가 쓴 이야기를 몇 개 보내달라고 답장을 보내셨어요. 그래서 제일 잘 쓴 네 편을 골라 베껴 써서 보내드렸어요. 조세핀 할머니가 평생 이렇게 재미있는 이야기들은 처음 읽었다고 답장을 보내주셨어요. 우리가 보낸 이야기들은 다 아주 슬프고 거의 모든 사람들이 죽는 이야기였기 때문에 뭐가 재미있다는 건지 이해는 좀 안 됐어요. 하지만 배리 할머니 마음에 드셨다니 기뻐요. 우리의 글쓰기 클럽이 세상에 좋은 일을 하고 있다는 뜻이니까요. 앨런 사모님이 어떤 일을 하든 그게 목적이 되어야 한다고 하셨거든요. 전 정말 그렇게 하려고 열심히 노력하지만 재미있는 시간을 보낼 땐 종종 잊어버려요. 크면 앨런 사모님처럼 되고 싶어요. 그럴 가능성이 있을까요, 마릴라 아주머니?"

마릴라는 앤을 격려하며 말했다.

"가능성이 아주 크다고는 할 수 없지. 앨런 부인은 어렸을 때 너처럼 그렇게 잘 잊어먹고 어처구니없는 짓을 하진 않았을 테니까."

앤이 진지하게 말했다.

"그렇죠. 하지만 지금처럼 그렇게 항상 착한 아이도 아니었다고 하셨어요. 어렸을 때는 장난도 많이 치고 말썽도 많이 일으켰다고요. 그 말을 들었을 때 얼마나 기운이 났는지 몰라요. 다른 사람도 어렸을 때 그렇게 착하지 않고 장난꾸러기였다는 말을 듣고 위로를 받는 건 나쁜 건가요? 린드 아주머니는 그렇다고 하셨어요. 린드 아주머니는 아무리 어릴 때 일이라도 누군가 아주 말썽꾸러기였다는 말을 들으면 항상 충격을 받는다고 하셨어요. 한번은 어떤 목사님이 어렸을 때 숙모님 찬장에서 딸기 타르트를 하나 훔쳤다고 고백하시는 걸 듣고 다시는 그 목사님을 존경하지 않게 됐다고 하셨어요. 저라면 그러지 않았을 텐데. 목사님이 그런 고백을 하셨다니 아주 훌륭하다고 생각했을 거예요. 말썽을 피우고 후회하는 어린 남자아이들이 목사님의 그 말씀을 듣고 자기도 나중에 그렇게 될 수도 있다고 생각하면 얼마나 힘이 나겠어요. 전 그렇게 생각해요, 마릴라 아주머니."

마릴라가 대꾸했다.

"내 생각은 말이다. 지금은 네가 설거지를 할 때라고 생각한다. 이렇게 수다 떠느라 다른 때보다 30분이나 더 늦었다. 먼저 할 일부터 하고 수다는 그 후에 떠는 법을 배워야지."

27

허영심과 난감한 고통

4월도 다 저물어가는 어느 날 저녁 봉사회 모임을 끝내고 집으로 걸어오던 마릴라는 마침내 겨울이 물러가고 명랑한 젊은이에게나 서글픈 늙은이에게나 공평하게 설레는 기쁨을 안겨주는 봄이 왔음을 깨달았다. 마릴라는 자신의 생각과 감정을 차근차근 분석하는 사람은 아니었다. 그저 자신은 지금 봉사회와 선교 기금 모금이나 교회 제의실 바닥에 깔 카펫을 고민하고 있다고 생각했지만, 한편으로는 또 저물어가는 태양 아래 연자줏빛 안개가 떠도는 붉은 들판, 시내 너머 초원으로 길게 그림자를 드리우는 길고 뾰족한 전나무, 거울 같은 연못 주위로 붉은 싹을 틔우는 단풍나무들, 기지개를 켜며 깨어난 생명과 회색 땅속에서 희미하게 들리는 고동 소리에서 다가오는 봄을 느끼고 있었다. 사방에 완연한 봄기운에 중년인 마릴라의 근엄한 걸음걸이도 봄이 주는 깊고 원초적인 환희에 젖어 저절로 가볍고 빨라졌다.

마릴라는 무성한 나무들 사이로 창문에 반사된 햇빛에 반짝이는 초록 지붕 집을 애정에 찬 눈빛으로 바라봤다. 안개에 젖은 길을 걸어오면서 마릴라는 앤이 이 집에 오기 전에는 항상 썰렁한 집으로 돌아와야 했지만 이제는 벽난로에 장작불이 활활 타오르고 식탁에는 근사하게 차를 마실 준비가 돼 있으리라는 기대하며 아주 흡족해했다.

그래서 부엌에 들어왔는데 불도 꺼져 있고, 앤은 어디에도 보이지 않자 당연히 실망하고 화가 났다. 분명히 다섯 시까지 차를 준비해놓으라고 했는데. 마릴라는 오늘 입었던 두 번째로 좋은 옷을 얼른 벗고 밭을 갈고 돌아온 매슈를 위해 식사를 직접 준비해야 한다.

"앤이 집에 돌아오면 단단히 혼을 내주겠어요." 마릴라가 불쏘시개로 쓸 나무를 일부러 힘을 줘서 격으면서 단호하게 말했다. 매슈는 집의 한쪽 구석에서 참을성 있게 차를 기다리고 있었다.

"또 다이애나랑 어딘가 쏘다니면서 이야기를 지어내거나 대화극을 연습하거나 그런 바보 같은 짓을 하고 있겠죠. 지금 시간이 어떻게 됐는지, 자기가 해야 할 일은 생각도 안 하고. 다시는 그러지 못하게 해야지. 앨런 부인은 앤이 자기가 본 가장 영리하고 다정한 아이라고 말했다지만 그게 다 무슨 소용이에요. 영리하고 다정할지는 모르지만 머리에 헛바람이 잔뜩 들어서 다음에 또 무슨 사고를 칠지 항상 조마조마하잖아요. 이제 좀 끝났나 싶으면 또 다른 일을 저지르고. 참나, 어이가 없어! 오늘 봉사회에서 린드 부인이 이렇게 말해서 열이 확 받았는데 내 입에서 또 이런 말이 나오다니. 앨런 부인이 앤의 편을 들어줬을 때는 정말 기뻤는데. 앨런 부인이 나서지 않았더라면 내가 쏘아붙였겠지만. 앤이 단점이 많은 아이란 건 나도 부인하고 싶지도 않지만 앤을 키우는 사람은 린드 부인이 아니라 나잖아요. 린드 부인은 에이번리에 가브리엘 천사가 살았더라도 흠을 잡을 사람이라고요. 아무리 그렇다

해도 오늘 오후에는 밖에 나가지 말고 집안일을 해놓으라고 그렇게 당부했는데 이렇게 다 팽개치고 나가버리면 어쩌자는 건지. 단점투성이 아이이긴 해도 이렇게 말을 안 듣거나 약속을 깬 적은 없었는데 정말 실망이네요."

인내심이 많고 현명한 데다 무엇보다 배가 고팠던 매슈는 그간 경험으로 마릴라의 화가 풀릴 때까지 건드리지 않는 게 최선이라고 생각했다. 경험상 쓸데없이 끼어드는 것보다 가만히 놔두면 마릴라가 하던 일을 더 빨리 해치운다는 걸 알고 있었기 때문이다.

"흠, 너무 성급하게 판단하는 게 아닐까, 마릴라. 앤이 정말 네 말을 듣지 않았다는 걸 확인하기 전까지는 실망했다는 말은 좀 참아. 다 그럴 만한 이유가 있었을 거야. 앤은 설명을 잘하잖아."

"밖에 나가지 말라고 내가 그렇게 말했는데 보세요, 집에 없잖아요. 그건 아무리 설명해도 납득이 안 되잖아요. 물론 오라버니가 앤의 역성을 들 거라는 건 알고 있었어요. 하지만 앤을 가르치는 사람은 오라버니가 아니라 바로 저예요." 마릴라가 쏘아붙였다.

저녁 준비가 끝났을 무렵에 이미 날은 어두워져 있었다. 그런데도 서둘러 통나무 다리를 건너오거나 깜박 잊어버린 집안일을 기억해내고 허겁지겁 연인의 오솔길에서 뛰어오는 앤의 모습은 보이지 않았다. 마릴라는 화가 머리끝까지 나서 설거지를 했다. 그다음에 지하 저장실에 가기 위해 촛불이 필요했던 마릴라가 앤의 테이블 위에 있는 초를 가지러 동쪽 다락방에 올라왔다. 마릴라는 초에 불을 붙이고 돌아섰다가 앤이 베개 사이에 얼굴을 묻은 채 침대에 엎드려 있는 걸 봤다.

"에구머니. 자고 있었니, 앤?" 마릴라가 깜짝 놀라서 물었다.

"아뇨." 베개에 얼굴을 묻은 채 앤이 희미한 목소리로 대답했다.

"그럼 어디 아프니?" 걱정이 된 마릴라가 침대로 다가가 물었다.

앤은 얼굴을 보이고 싶지 않은 것처럼 베개에 더 깊이 파고들었다.

"아뇨. 하지만 제발, 마릴라 아주머니, 절 보지 말고 가주세요. 전 지금 절망의 구렁텅이에 빠져 있어서 누가 반에서 일등을 하고 가장 글을 잘 쓰든, 주일학교 합창 반에서 누가 제일 노래를 잘하든 관심 없어요. 그런 사소한 일은 중요하지 않아요. 다시는 아무 데도 나갈 수 없을 것 같거든요. 제 인생은 끝났어요. 제발, 마릴라 아주머니, 절 보지 마시고 그만 가주세요."

"아니, 이게 대체 무슨 소리냐?" 마릴라는 더욱더 궁금해졌다.

"앤 셜리, 도대체 무슨 일이니? 이번에는 또 무슨 사고를 친 거야? 당장 일어나서 말해봐. 내가 당장이라고 했다. 얼른! 무슨 일이야?"

낙심한 앤은 마릴라의 말에 따라 부스스 일어나 바닥에 섰다.

"제 머리를 보세요, 마릴라 아주머니." 앤이 속삭였다.

그래서 마릴라는 초를 들고 앤의 등 뒤로 흘러내린 머리를 꼼꼼히 살펴봤다. 확실히 뭔가 아주 이상해 보였다.

"앤 셜리, 도대체 머리에 무슨 짓을 한 거니? 맙소사, 초록색이잖아!"

세상에 이런 색이 있다면 초록색이라고밖에 표현할 수 없을 것 같았다. 칙칙한 구릿빛 초록색 머리카락은 여기저기 앤의 원래 머리색인 빨간색과 뒤섞여서 훨씬 더 끔찍해 보였다. 마릴라 평생 앤의 머리처럼 기괴한 꼴은 처음 보았다. 앤이 신음하며 말했다.

"맞아요, 초록색이에요. 전 빨간 머리보다 더 나쁜 게 세상에 있을 거라곤 생각도 못했어요. 하지만 이제 초록색 머리가 빨간 머리보다 열 배는 더 끔찍하다는 걸 알았어요. 아, 마릴라 아주머니, 제가 지금 얼마나 불행한지 아주머니는 상상도 못하실 거예요."

"어쩌다 이런 지경이 됐는지는 모르겠다만 지금부터 알아내야지. 여긴 너무 추우니까 어서 부엌으로 가자. 거기서 무슨 짓을 했는지 말하는 게 좋을 거야. 그렇지 않아도 또 엉뚱한 짓을 한 것 같더라니. 지난 두 달 동안 어째 아무 일 없이 지나간다 싶었다. 이제 또 사고를 칠 때도 됐지. 도대체 머리에 무슨 짓을 한 거니?" 마릴라가 말했다.

"염색했어요."

"염색이라고! 머리를 염색했단 말이야? 앤 셜리, 그건 나쁜 짓이야!"

"네, 조금은 나쁜 짓이란 걸 알고는 있었어요. 하지만 빨간 머리를 없앨 수만 있다면 그럴 만한 가치가 있다고 생각했어요. 저도 어떤 대가를 치러야 할지 따져봤어요, 마릴라 아주머니. 게다가 다른 면에서 아주 착한 아이가 돼서 보상을 할 생각이었어요."

"참나, 내가 염색을 하자고 마음을 먹었다면 적어도 좀 점잖은 색깔로 했을 거야. 초록색을 고르진 않았을 텐데." 마릴라가 빈정거렸다.

"하지만 저도 초록색으로 염색하려던 게 아니었어요. 나쁜 짓을 하려면 어떤 의도가 있었겠죠. 그 아저씨가 염색을 하면 제 머리가 칠흑처럼 까맣고 아주 아름답게 변할 거라고 했단 말이에요. 분명 그렇게 될 거라고 장담했다니까요. 제가 어떻게 그 아저씨 말을 의심할 수 있었겠어요, 마릴라 아주머니? 전 의심 받는 게 어떤 느낌인지 잘 안다고요. 거기다 앨런 사모님이 확실한 증거가 있기 전까지는 다른 사람이 하는 말을 거짓말이라고 의심해선 안 된다고 하셨어요. 그런데 이제 증거가 생겼어요. 이만하면 확실한 증거죠. 하지만 그때는 증거도 없어서 아저씨가 하는 말을 다 믿었어요." 풀이 죽은 앤이 반박했다.

"누가 그랬다는 거니? 도대체 누구 말이냐?"

"오늘 오후에 온 행상 아저씨에게서 염색약을 샀어요."

"앤 셜리, 그런 이탈리아 장사꾼은 절대 집에 들이지 말라고 내가 몇 번이나 말했니! 그런 사람들이 자꾸 들락거리게 하면 안 돼!"

"아, 집에 들이진 않았어요. 아주머니가 하신 말씀을 기억했기 때문에 문을 닫고 밖으로 나가서 계단 위에 아저씨가 펼쳐놓은 물건들을 구경했어요. 게다가 그 아저씨는 이탈리아 사람이 아니라 독일계 유대인이었어요. 그 아저씨의 커다란 가방은 재미있는 물건들로 가득 차 있었어요. 그 아저씨는 독일에서 데려온 아내와 자식들에게 충분한 생활비를 주려고 열심히 일한다고 하셨어요. 아저씨가 어찌나 감정을 실어서 식구들 이야기를 하시는지 가슴이 뭉클해졌어요. 그런 보람 있는 일을 도울 수 있게 뭐가 사드리고 싶었단 말이에요. 그때 갑자기 염색약 병이 눈에 들어왔어요. 아저씨가 그 염색약은 어떤 머리든 아름다운 검은색으로 물들이는 데다 감아도 색이 변하지 않는다고 보증했어요. 그 순간 검은 머리의 제 모습이 떠올랐는데 도저히 그냥 있을 수 없었어요. 하지만 염색약은 75센트인데 제겐 고작 50센트밖에 없더라고요. 그 아저씨는 나니까 50센트에 팔겠다면서 거저 주는 거나 다름없다고 하셨어요. 전 아주 친절한 아저씨라고 생각했죠. 그래서 그 염색약을 샀어요. 그리고 그 아저씨가 가자마자 제 방에 올라와서 사용법에 적힌 대로 낡은 빗에 발라서 빗었어요. 한 병을 몽땅 다 썼는데, 아, 마릴라 아주머니. 제 머리가 끔찍한 색으로 변하는 걸 보고 나쁜 짓을 저지른 걸 바로 후회했어요. 그건 확실히 말씀드릴 수 있어요. 그 후로도 쭉 반성하고 있고요."

"그래, 제발 좀 깊이 반성하기 바란다. 허영심 때문에 어떤 꼴이 됐는지 잘 봐둬라, 앤. 널 도대체 어떻게 해야 할지 모르겠구나. 먼저 머리부터 감아보자." 마릴라가 엄격하게 말했다.

그래서 앤은 비누와 물을 써서 머리를 박박 문질러 감았지만 전혀 아무런 변화가 일어나지 않았다. 다른 건 몰라도 염색이 절대 빠지지 않는다고 한 행상의 말은 사실인 모양이었다. 앤이 울면서 물었다.

"아, 마릴라 아주머니. 어떻게 하죠? 전 절대로 이 방을 나갈 수 없어요. 제가 한 다른 실수들은 사람들이 잊어버렸을지 몰라요. 진통제 케이크라든가 다이애나를 취하게 만들고 린드 아주머니에게 대들었던 일 말이에요. 하지만 이건 절대로 잊지 않을 거예요. 절 천박하다고 생각하겠죠. 아, 마릴라 아주머니, '남을 속이려고 할 때 우리가 치는 그물은 그 얼마나 복잡하게 얽히는가.' 이건 시에 나오는 말이지만 너무나 옳은 말이에요. 그리고 아, 조시 파이는 또 얼마나 절 비웃겠어요! 마릴라 아주머니, 전 도저히 조시 파이의 얼굴을 볼 자신이 없어요. 전 프린스에드워드 섬에서 가장 불행한 아이예요!"

앤의 불행은 일주일 동안 계속되었다. 그동안 앤은 아무 데도 가지 않고 매일 머리를 감았다. 식구 외에 오직 다이애나만 그 치명적인 비밀을 알고 있었지만 절대로 누구에게도 발설하지 않겠다고 엄숙하게 맹세했다. 주말에 마릴라가 단호하게 말했다.

"안 되겠다, 앤. 이건 정말 강력한 염색약이구나. 머리를 잘라야겠어, 다른 방법이 없구나. 이런 꼴로 밖에 나갈 수는 없잖니."

앤의 입술이 바르르 떨렸다. 괴롭지만 마릴라의 말이 맞다는 걸 깨달은 앤은 한숨을 쉬며 가위를 가지러 갔다.

"한 번에 잘라서 끝내주세요, 마릴라 아주머니. 아, 가슴이 찢어질 것 같아요. 이건 정말이지 전혀 낭만적이지 않은 고통이에요. 책에 나오는 소녀들은 열이 나서 머리가 빠지거나 착한 일을 하려고 돈을 벌기 위해 머리카락을 잘라 파는데……. 그런 이유로 머리를 자른다면 이렇게 속상하지는 않을 거예요. 머리를 흉한 색으로 염색해서 자르다니 위로가 될 만한 구석이 하나도 없잖아요. 아주머니에게 방해가 되지 않는다면 머리를 자르는 내내 울고 싶어요. 이건 너무나 비극적이에요."

앤은 그때 울었지만, 나중에 이층에 올라가서 거울을 보자 절망한 나머지 오히려 침착해졌다. 초록색 머리가 보이지 않도록 최대한 짧게 자른 머리는 아무리 좋게 봐주려 해도 전혀 어울리지 않았다. 앤은 얼른 거울을 벽 쪽으로 돌려버렸다. 앤은 굳게 다짐했다.

"머리가 다시 자라기 전까지는 절대로 거울을 보지 않겠어."

그러다 다시 거울을 원래대로 돌려놓았다.

"아니야, 볼래. 나쁜 짓을 한 벌로 봐야지. 내 방에 들어올 때마다 거울을 보면서 내가 얼마나 못생겼는지 볼 거야. 이런 머리가 아니라고 상상하지도 않겠어. 내 머리에 허영심을 품은 적은 없다고 생각했는데 이제 보니 아니었어. 빨간 머리이긴 했지만 길고 숱이 많고 곱슬곱슬해서 내심 자랑스럽게 생각했던 거야. 이러다 다음번엔 코에 또 무슨 일이 생기는 거 아닌지 몰라."

다음 주 월요일에 앤이 학교에 갔을 때 모두들 난리가 났지만, 다행히 진짜 이유는 아무도 짐작하지 못했다. 심지어 조시 파이도 몰랐지만, 앤이 허수아비처럼 보인다는 말은 빼먹지 않았다.

"조시가 그 말을 했을 때 전 아무 말도 하지 않았어요." 앤은 그날 밤 두통이 심해서 소파에 누워 있는 마릴라에게 털어놓았다.

"그것도 제가 받아야 할 벌 중 하나라고 생각해서 참아야 한다고 생각했거든요. 허수아비처럼 보인다는 말을 들으니 괴로워서 뭐라고 반박해주고 싶지만 꾹 참았죠. 그냥 속으로 한번 비웃어주고 조시를 용서했어요. 사람들을 용서할 때는 제가 아주 고결한 사람처럼 느껴져요, 그렇지 않나요? 이 일이 일어난 후로는 모든 에너지를 착한 아이가 되는 데 쏟으려 해요. 다시는 아름다워지려고 애를 쓰지 않겠어요. 물론 착한 아이가 되는 게 더 좋긴 하죠. 저도 그걸 알지만, 가끔은 머리로는 잘 알아도 마음으로는 받아들이기 힘들 때가 있잖아요. 전 정말 착해지고 싶어요. 아주머니와 앨런 사모님과 스테이시 선생님처럼 말이에요. 그래서 어른이 되면 아주머니가 자랑스러워하는 사람이 되고 싶어요. 다이애나는 제 머리가 자라기 시작하면 검은 벨벳 리본으로 묶어서 한쪽에 나비매듭을 하래요. 그러면 아주 잘 어울릴 것 같대요. 전 그걸 스노드*라고 부를 거예요. 아주 낭만적이지 않아요? 제가 말이 너무 많죠, 마릴라 아주머니? 저 때문에 머리가 아프세요?"

"두통은 한결 낫구나. 오후에는 끔찍했는데. 이놈의 두통은 갈수록 심해지는구나. 의사 선생님을 찾아가봐야겠어. 네 수다는 이제 익숙해져서 아무렇지도 않다."

그건 앤의 수다를 듣는 게 좋다는 마릴라만의 표현이었다.

---

* 스코틀랜드 리본.

28

비운의 백합 아가씨

"당연히 일레인은 네가 해야지, 앤. 난 저 아래로 떠내려갈 자신 없어."
다이애나가 말했다. 루비 길리스는 몸서리를 치며 말했다.

"나도 그래. 다들 같이 뗏목을 타고 내려가는 건 괜찮아. 그건 재미
있지. 하지만 나 혼자 죽은 척 누워 있는 건 도저히 못해. 난 정말 무서
워 죽을 거야."

"물론 그건 낭만적이겠지만 난 가만히 누워 있지 못해. 여기가 어딘
지, 너무 멀리 떠내려온 건 아닌지 아마 1분 간격으로 일어나서 확인할
거야. 그러면 극적 효과가 떨어지잖아, 앤." 제인 앤드루스도 거들었다.

"하지만 빨간 머리의 일레인이라니 너무 웃기잖아. 난 일레인이 되고
싶고 물 위를 떠내려가는 것도 무섭지 않아. 하지만 웃긴 건 웃긴 거
야. 일레인은 루비가 해야지. 루비는 피부가 아주 하얀 데다 머리도 길
고 아름다운 금발이니까. '일레인의 빛나는 금발이 물결쳤다'라고 책에
도 나와 있잖아. 일레인은 백합 아가씨란 말이야. 빨간 머리는 백합 아
가씨가 될 수 없어." 앤이 한탄하며 말했다.

"너도 루비만큼이나 피부가 하얗잖아. 그리고 네 머리는 자르기 전보다 훨씬 더 색이 진해졌어." 다이애나가 열심히 설득했다.

"정말 그렇게 생각해?" 앤은 기뻐서 얼굴이 발그레해졌다.

"나도 가끔 그런 생각을 했거든. 하지만 착각하는 것 같아서 차마 물어보지 못했어. 이제는 적갈색이라도 해도 될까, 다이애나?"

"그래. 그리고 정말 예뻐." 다이애나는 검은 벨벳 리본을 멋지게 두른 앤의 짧고 곱슬곱슬 윤기가 흐르는 머리를 감탄하는 눈빛으로 보면서 말했다. 아이들은 과수원 언덕 집 아래 있는 연못 둑에 서 있었다. 자작나무가 둑 가장자리에 줄줄이 늘어서 있고, 그 끝에 낚시꾼과 오리 사냥꾼들을 위해 물 위에 지은 작은 나무 발판이 있었다. 루비와 제인은 다이애나와 함께 이곳에서 한여름의 느긋한 오후를 즐기고 있었다. 그리고 그곳에 앤이 같이 놀자고 온 것이다.

앤과 다이애나는 그해 여름내 주로 연못가에서 놀았다. 한적한 숲은 이제 지나간 과거가 되었다. 벨 아저씨가 봄에 집 뒤 목초지에 동그랗게 모여 있던 나무들을 인정사정없이 베어버린 것이다. 앤은 낭만이라곤 찾아볼 수 없는 잘려 나간 그루터기들 사이에 앉아 눈물지었다. 하지만 다이애나와 이야기한 것처럼, 둘 다 곧 열네 살이 되어가는 마당에 놀이 집 같은 유치한 장난을 하기에는 이제 너무 나이를 많이 먹었다고 섭섭한 마음을 달랬다. 거기다 연못 주위에 재미있는 놀이 장소가 더 많았다. 다리 위에서 송어를 잡는 것도 즐거웠고 배리 아저씨가 오리 사냥할 때 쓰는 바닥이 평평하고 작은 배를 젓는 법도 익혔다.

일레인 이야기를 연극으로 만들어보자고 제안한 건 앤이었다. 지난 겨울에 학교에서 모두 테니슨의 시를 배웠다. 프린스에드워드 교육감이 섬에 있는 모든 학교의 국어 교과서에 그 시를 넣게 한 것이다. 아이들은 더 이상 아무 의미가 없을 정도까지 시 하나하나를 낱낱이 해체해서 분석했지만, 아름다운 백합 아가씨와 기사 랜슬롯과 기네비어 왕비와 아서 왕은 정말 살아 있던 사람들처럼 느껴졌다. 앤은 마음속으로 캐멀롯에서 태어났으면 좋았을 거라고 안타까워하기까지 했다. 그때는 지금보다 훨씬 더 낭만적인 시대였다고 앤은 생각했다.

아이들은 앤의 계획에 열광했다. 나루터에서 배를 밀면 물살을 타고 다리 밑으로 흘러내려가 연못의 구부러진 쪽에 있는 땅에 이르게 된다는 걸 모두 알고 있었다. 다들 배를 타고 자주 내려가보았기 때문에 일레인 연극을 하기에 더할 나위 없이 좋은 장소라는 걸 알고 있었다.

"그럼 내가 일레인 역을 할게." 앤은 마지못해 아이들의 제안을 받아들였다. 주인공 역할을 맡아서 기쁜 마음도 있었지만 타고난 예술적 감각에 비추어 자신이 이 역에 어울리지 않는다는 아쉬움도 있었다.

"루비, 넌 아서 왕을 맡고, 제인 너는 기네비어 왕비, 다이애나는 기사 랜슬롯 역을 하기로 하자. 먼저 백합 아가씨의 오빠들과 아버지 연기를 해야 해. 늙은 벙어리 하인은 빼야겠다. 내가 눕게 되면 배에 다른 사람이 탈 자리가 없어지니까. 검은 비단으로 배를 덮어야 하는데, 너희 어머니가 쓰시는 오래된 검은 숄이 딱 좋을 것 같아, 다이애나."

다이애나가 검은 숄을 가져오자 앤이 그걸 배 바닥에 깔고 그 위에 누워 두 눈을 꼭 감고 가슴 위에 두 손을 모았다.

"아, 앤은 정말 죽은 것처럼 보여. 무서워, 얘들아. 이래도 되는 걸까? 린드 아주머니는 연극이 아주 사악한 짓이라고 하셨는데."

루비 길리스가 자작나무 가지들의 흔들리는 그림자 밑에서 미동도

하지 않는 앤의 작고 하얀 얼굴을 불안한 표정으로 보며 속삭였다.

앤이 엄하게 꾸짖었다.

"루비, 제발 린드 아주머니 말은 하지 마. 분위기 깨지잖아. 이건 린드 아주머니가 태어나기 100년도 더 전의 일이야. 제인, 네가 맡아서 진행해. 죽은 일레인이 말하면 웃기잖아."

제인이 나서서 잘 처리했다. 황금빛 덮개는 없었지만 낡고 노란 피아노 덮개가 멋진 대용품이 되어주었다. 하얀 백합은 철이 지나서 구하지 못해 길고 파란 붓꽃 한 송이를 앤의 손에 쥐여주니 아주 근사해졌다. 제인이 말했다.

"자, 이제 준비가 다 됐어. 우리가 일레인의 정숙한 이마에 키스하면, 다이애나 네가 이렇게 말해. '누이여, 영원히 안녕.' 그리고 루비는 이렇게 말해. '안녕, 사랑하는 누이여.' 둘 다 최대한 슬프게 말해야 해. 앤, 너는 살짝 미소를 지어. '일레인이 미소를 짓는 표정으로 누워 있었다'라고 시에도 나와 있으니까. 자, 이제 배를 밀어서 출발시키자."

배는 오래된 말뚝에 거칠게 부딪히면서 밀려 나갔다. 다이애나와 제인과 루비는 배가 물살을 타고 다리로 향할 때까지 잠시 지켜보다가 이내 허겁지겁 달려갔다. 숲을 지나고 길을 건너 연못 아래 배가 도착할 곳을 향해 계속 달렸다. 그곳에서 셋은 랜슬롯과 기네비어 왕비와 아서 왕이 되어 백합 아가씨를 맞을 준비를 해야 했다.

앤은 천천히 밑으로 떠내려가면서 그 낭만적인 상황을 한껏 즐겼다. 그러다 전혀 낭만적이지 않은 일이 일어났다. 배에 물이 새기 시작한 것이다. 앤은 허겁지겁 일어서면서, 황금빛 덮개와 검은색 숄을 들고 커다란 틈으로 물이 콸콸 들어오는 모습을 멍하니 봤다. 배를 밀어서 출발시킬 때 말뚝에 부딪히면서 바닥에 구멍이 난 것이다. 앤은 그 사실을 몰랐지만 지금 위기에 처했다는 건 금방 알 수 있었다. 이렇게 가다간 연못 아래에 닿기도 전에 배에 물이 가득 차서 가라앉을 것이다. 노는 어디다 됐더라. 맙소사, 나루터에 두고 왔어!

앤의 짧고도 격렬한 비명은 아무에게도 들리지 않았다. 앤은 입술까지 하얗게 질렸지만 평정을 유지했다. 앤에게 남은 건 단 한 번의 기회였다. 다음 날 앤이 앨런 부인에게 말했다.

"정말 무서웠어요. 물은 시시각각 차오르는데 배가 다리까지 가려면 몇 년은 걸리는 것처럼 느껴지는 거예요. 전 정말 간절하게 기도했어요, 앨런 사모님. 하지만 하느님이 절 구해주실 수 있는 유일한 방법은 가능한 한 배가 다리 기둥에 가까이 떠내려가게 해서 제가 거기 매달리는 것밖에 없다는 걸 알기 때문에 눈을 감진 않았어요. 다리 기둥들은 사실 오래된 나무둥치들이라 옹이도 많고 가지 그루터기들이 달려 있잖아요. 그런 상황에서는 당연히 기도를 해야 하지만, 배가 흘러가는 곳을 잘 보는 것도 제가 해야 할 일이었어요. 전 이렇게 말했죠. '하느님, 제발 배를 기둥 가까이만 흘러가게 해주시면 나머지는 제가 할게요.' 이렇게 계속 말했어요. 그런 상황에서 근사한 기도를 생각해낼 정신은 없잖아요. 하지만 하느님이 제 기도를 들어주셨죠. 1분 정도 지난 후에 배가 바로 다리 기둥에 부딪혀서 전 덮개와 숄을 어깨 위에 걸치고 허겁지겁 그 행운의 기둥을 잡고 기어 올라갔어요. 그 미끌미끌한 나무 기둥에 더 이상 올라가지도 못하고 내려가지도 못한 채 잡고 매달린 거죠. 그다지 낭만적이지 못한 자세였지만 그때는 그런 생각을 할 여유가 없었어요. 물에 빠져 죽을 뻔한 마당에 낭만이고 자시고 무슨 소용이에요. 전 하느님께 감사의 기도를 드리고 기둥에 매달리는 데 온 정신을 집중했어요. 누군가 나타나 날 도와주기 전에는 땅으로 다시 돌아갈 방법이 없다는 걸 알고 있었으니까요."

배는 다리 밑으로 흘러가던 도중에 가라앉아버렸다. 이미 아래쪽으로 가서 앤을 기다리고 있던 루비와 제인과 다이애나는 눈앞에서 배가 사라지는 모습을 보고, 앤도 같이 물에 빠졌을 거라고 생각했다. 그 비극적인 광경에 아이들은 백지장처럼 하얗게 질렸다. 그들은 공포에 사로잡혀 잠시 멍하니 서 있었다. 그러다 목청껏 비명을 지르면서 미친 듯이 숲을 달려가느라 도로 건너편의 다리는 살펴볼 생각도 하지 않았다. 미끄러운 다리 기둥에 필사적으로 매달려 있던 앤은 아이들이 뛰어가면서 지르는 비명 소리를 들었다. 곧 사람들이 도와주러 오겠지만, 자세가 너무 불편했다.

몇 분이 흘렀을 뿐인데 불운한 백합 아가씨에겐 1분 1분이 한 시간처럼 길게 느껴졌다. 왜 아무도 안 오지? 아이들은 다 어디 간 거야? 혹시 다 기절했나? 아무도 안 오면 어쩌지? 기운이 점점 빠지고 쥐가 나서 더 이상 매달려 있을 수 없게 되면 어떡해! 앤은 매끄러운 그림자가 일렁거리는 깊고 사악한 초록색 물을 보며 몸을 떨었다. 곧이어 자신에게 닥칠 온갖 무시무시한 상황들이 떠오르기 시작했다.

팔과 손목이 아파서 더 이상은 버틸 수 없을 것 같다고 생각하던 차에 길버트 블라이스가 하먼 앤드루스 씨의 낚싯배를 타고 다리 밑으로 노를 저어오는 게 아닌가! 길버트는 고개를 들어 위를 봤다가 앤을 발견하고 깜짝 놀랐다. 겁에 질렸지만 여전히 경멸에 찬 앤의 회색 눈동자와 하얗게 질린 작은 얼굴이 그를 내려다보고 있었다.

"앤 셜리! 대체 거긴 어떻게 올라갔어?" 길버트가 소리를 질렀다.

그는 앤의 대답도 기다리지 않고 기둥 가까이로 노를 저어가서 손을 내밀었다. 달리 어쩔 수가 없었다. 앤은 길버트의 손에 매달려서 허둥지둥 낚싯배로 내려와 물이 뚝뚝 떨어지는 숄과 젖은 덮개를 품에 안고 흙투성이가 된 몸으로 배 끄트머리에 앉아 분노를 삼켰다. 이런 상황에서 품위를 지키기란 보통 어려운 일이 아니었다!

"어떻게 된 거야, 앤?" 길버트가 노를 잡으며 물었다.

앤은 자기를 구해준 길버트는 쳐다보지도 않고 뻣뻣하게 말했다.

"우린 일레인 연극을 하고 있었어. 내가 배를 타고 캐멀롯까지 떠내려가기로 했는데 배에 물이 새기 시작해서 아까 그 기둥에 올라간 거야. 다른 여자아이들은 도움을 청하러 갔어. 미안하지만 나루터까지 데려다줄래?"

길버트는 나루터까지 노를 저어 앤을 데려다주었다. 앤은 길버트가 도와주려는 걸 무시하고 얼른 연못가로 뛰어내렸다.

"정말 큰 신세를 졌어." 앤은 돌아서서 길버트를 보고 퉁명스럽게 말했다. 그러자 길버트가 배에서 뛰어내려 앤의 팔을 붙잡았다.

"앤, 나 좀 봐. 우리 좋은 친구가 될 수 없을까? 내가 그때 네 머리를 놀린 건 정말 미안해. 널 화나게 하려던 생각은 없었어. 그냥 장난으로 그런 거야. 게다가 아주 오래전 일이잖아. 지금은 네 머리가 아주 예쁘다고 생각해. 정말이야. 우리 친구가 되자."

순간 앤은 망설였다. 이렇게 창피하고 굴욕스런 상황에 화가 나면서도 길버트의 수줍음과 간절함이 섞인 갈색 눈동자가 어쩐지 마음에 들었다. 뭔가 새롭고도 묘한 감정도 생겨났다. 순간 앤의 마음이 잠시 설렜다. 하지만 해묵은 상처가 다시 떠올라 앤은 흔들리는 마음을 다 잡았다. 그때 일이 어제 일처럼 생생하게 떠올랐다. 길버트는 앤에게 전교생 앞에서 모욕을 줬다. 다른 사람들이나 어른들이 보기엔 웃어넘길 만한 앤의 분노는 시간이 흘렀다고 해서 누그러지지 않았다. 앤은 길버트 블라이스를 증오한다! 절대로 용서 못해!

"싫어. 난 절대로 너와 친구가 되지 않을 거야, 길버트 블라이스. 그러고 싶은 마음도 없고!" 앤이 쌀쌀맞게 말했다.

길버트도 화가 나서 시뻘게진 얼굴로 배에 올라탔다.

"좋아! 나도 다시는 너에게 친구하자고 하지 않겠어. 나도 이젠 너한테 관심 없어!"

길버트가 거칠게 노를 저어 가버린 후 앤은 단풍나무 아래 양치식물이 무성하게 자란 가파른 길을 올라갔다. 도도하게 머리를 치켜세우고 걸었지만 이상하게도 후회가 되었다. 길버트에게 그러지 말걸, 하는 생각마저 들었다. 물론 그때 길버트는 앤을 끔찍하게 모욕했지만, 그래도……. 주저앉아 펑펑 울면 마음이 시원해질 것 같았다. 게다가 방금 전까지 겁에 질려 기둥에 매달려 있느라 온몸에 힘이 다 빠졌다.

길을 절반쯤 올라갔을 때 미치기 일보 직전의 상태로 다시 연못으로 달려가는 제인과 다이애나와 마주쳤다. 그들은 과수원 언덕 집에 갔지만 배리 씨 부부는 둘 다 외출해서 아무도 없었다. 루비 길리스는 히스테리를 일으키는 바람에 진정하도록 놓아둔 채, 제인과 다이애나가 유령의 숲을 통과해서 시내를 건너 초록 지붕 집으로 갔다. 거기에도 아무도 없었다. 마릴라는 카모디에 갔고 매슈는 뒤쪽 목초지에서 건초를 만들고 있었다. 다이애나가 앤에게 와락 달려들어 앤의 목을 끌어안고 안도와 기쁨의 눈물을 흘리며 소리쳤다.

"아, 앤. 아, 우리는 네가 물에…… 빠졌다고…… 생각했어. 우리가 살인자처럼 느껴졌어……. 우리가 너한테…… 일레인 역을 하라고 했잖아. 루비는 히스테리를 일으켰어. 아, 앤, 어떻게 빠져나왔니?"

앤이 지친 목소리로 말했다.

"나무 기둥에 올라탔어. 그러다 앤드루스 아저씨 낚싯배를 타고 가던 길버트 블라이스가 날 발견하고 데려다줬어."

"아, 앤, 길버트 너무 멋지다! 정말 낭만적이야!" 제인은 마침내 턱까지 차오르던 숨을 돌리고 말했다.

"이제 너도 길버트랑 다시 이야기를 하겠구나."

다시 예전의 분노가 떠오른 앤이 발끈해서 말했다.

"아니, 물론 안 할 거야. 그리고 '낭만적'이란 말은 다신 하지 마, 제인 앤드루스. 모두 놀라게 한 건 정말 미안해. 다 내 잘못이야. 난 정말 불운한 운명을 타고났나 봐. 뭘 하든 항상 나나 친한 친구들이 곤경에 휘말리게 되잖아. 네 아버지의 배는 가라앉아버렸어, 다이애나. 아무래도 앞으로 우리끼리 배를 못 타게 하실 거라는 예감이 든다."

예감은 적중했다. 오후의 사건이 알려지자 모두들 경악했다.

"도대체 언제 철이 들 거니, 앤?" 마릴라가 끙 소리를 내며 물었다.

"아, 앞으로는 정신 차릴게요, 마릴라 아주머니." 앤은 아주 긍정적으로 대답하곤 동쪽 다락방에서 혼자 실컷 울었다. 그러고 나자 두렵고 긴장했던 마음이 풀리면서 다시 원래의 생기발랄한 앤으로 돌아왔다.

"제가 철이 들 가능성이 아주 높아진 것 같아요."

"어째서?" 마릴라가 대꾸했다.

"그게 오늘 아주 가치 있고 새로운 교훈을 배웠거든요. 제가 초록 지붕 집에 온 후로 여러 가지 실수를 했는데, 실수를 저지를 때마다 덕분에 큰 결점을 하나씩 고칠 수 있었죠. 자수정 브로치 사건으로 남의 물건은 손대지 않게 됐죠. 유령의 숲 사건으로 지나치게 상상력을 발휘하는 병을 고쳤어요. 진통제 케이크 사건으로 요리할 때 정신을 바짝 차리게 되었고요. 머리 염색 사건으로 허영심을 버리게 되었어요. 요즘은 제 머리와 코에 대해 전혀 생각하지 않아요. 아주 가끔 하긴 하지만. 그리고 오늘의 실수 덕분에 낭만적으로 살려고 애쓰는 습관을 고치게 될 거예요. 에이번리 마을에서는 그래봤자 아무 소용없다는 결론을 내렸거든요. 높은 탑이 솟아 있는 몇백 년 전 캐멀롯이었다면 그러기 쉬웠겠지만 지금은 낭만이 별 의미가 없어요. 그러니까 앞으로 제가 크게 나아진 모습을 보실 수 있을 거라고 확신해요, 마릴라 아주머니." 앤이 조곤조곤 설명했다.

"그러면 좋겠지만." 마릴라는 과연 그럴까, 싶은 표정으로 대꾸했다.

하지만 말없이 구석에 앉아 있던 매슈는 마릴라가 나갔을 때 앤의 어깨에 한 손을 올리며 수줍게 말했다.

"낭만을 다 포기하진 마라, 앤. 물론 낭만이 지나치면 안 되지만 약간은 낭만적인 게 좋아. 그러니 약간은 간직해두렴, 앤, 약간은 말이야."

29

일생일대의 획기적 사건

앤은 집 뒤에 있는 목초지에서 소 떼를 몰면서 연인의 오솔길을 거쳐 집으로 돌아오던 중이었다. 9월 저녁 붉은 석양이 숲 구석구석과 빈터들을 가득 채우고 있었다. 길가 여기저기도 석양으로 물들었지만 단풍나무 아래는 벌써 어두워졌고, 전나무 밑은 포도주 같은 투명한 보라색 황혼으로 가득 차 있었다. 저녁 무렵 전나무 꼭대기를 지나가는 바람 소리는 그 어떤 음악 소리보다 감미로웠다.

소들이 조용히 몸을 흔들며 오솔길을 내려갔고, 앤은 꿈을 꾸듯 그 소들을 따라가면서 『마미온』*에 나온 전쟁 시를 큰 소리로 읊었다. 작년 겨울 국어 시간에 배운 시였는데, 스테이시 선생님은 모두에게 이 시를 외우게 했다. 앤은 병사들이 돌진하고 창과 창이 부딪치는 장면을 상상하며 승리의 기쁨에 취했다.

---

* 1808년에 발표된 월터 스콧의 서사시.

불굴의 창병들은 잘 싸웠네.

난공불락인 검은 숲이여.

이 구절에서 황홀해진 앤은 걸음을 멈추고 자신이 마치 그 영웅들 중 하나가 된 것처럼 상상하며 눈을 감았다. 다시 눈을 떴을 때 다이애나가 자기 집 밭으로 통하는 문을 열고 오는 모습이 보였다. 뭔가 중요한 일이 있어 보여서 다이애나가 어떤 소식을 전할 거라고 직감했다. 하지만 절대로 너무 궁금해 보이는 표정은 보이지 말아야지.

"오늘 저녁은 마치 보라색 꿈같지 않니, 다이애나? 살아 있다는 게 무척 기뻐. 아침이면 항상 아침이 최고라고 생각하지만 이런 저녁은 아침보다 훨씬 아름답다는 생각이 들어."

"아주 아름다운 저녁이긴 해. 하지만 빅뉴스가 있어, 앤. 맞혀봐. 세 번의 기회를 줄게." 다이애나가 말했다.

"샬럿 길리스가 교회에서 결혼식을 올리게 되어서 앨런 사모님이 우리에게 교회를 장식하라고 하신 거구나." 앤이 소리를 질렀다.

"아니, 그건 샬럿의 남자 친구가 동의하지 않을걸. 지금까지 교회에서 결혼한 사람이 한 명도 없어서 결혼식이 아니라 장례식 같을 거라고 생각할 거야. 너무 고리타분하지 않니? 교회에서 하면 아주 재미있을 텐데. 다시 생각해봐."

"제인의 엄마가 제인이 생일 파티 하는 거 허락하셨어?"

다이애나의 검은 눈이 즐거움에 춤을 추면서 고개를 흔들었다.

"도저히 못 맞히겠어. 무디 스퍼전 맥퍼슨이 어젯밤에 기도회가 끝난 후에 너를 집에 데려다준 게 아니라면 말이야. 그랬니?"

다이애나가 발끈해서 소리쳤다.

"절대 아니야. 설사 그랬다 해도 그게 무슨 자랑거리니! 그 징그러운 아이랑. 네가 못 맞힐 줄 알았어. 오늘 조세핀 할머니가 보내신 편지를 엄마가 보여줬어. 조세핀 할머니가 우리 둘이 다음 주 화요일에 샬럿타운에 같이 오면 어떠냐고 하셨어. 같이 박람회를 보러 가자고 하신 거야. 환상적이지!"

"아, 다이애나." 앤은 순간 아찔해져 몸을 기댈 단풍나무를 찾았다.

"그거 정말이야? 그런데 마릴라 아주머니가 안 보내주실까 봐 걱정돼. 그렇게 싸돌아다니는 건 허락할 수 없다고 하실 거야. 지난주에 제인이 화이트샌즈 호텔에서 열리는 미국인 콘서트에 같이 마차를 타고 가자고 날 초대했을 때에도 그렇게 말씀하셨어. 난 가고 싶었지만, 아주머니는 나나 제인이나 집에서 공부하는 게 더 낫다고 하셨어. 정말 이만저만 실망한 게 아니었어, 다이애나. 너무 마음이 아파서 잠자리에 들었을 때 기도도 안 하려고 했을 정도야. 나중에 후회가 돼서 한밤중에 일어나 기도하긴 했지만."

"이렇게 하자. 우리 엄마한테 마릴라 아주머니에게 말해달라고 할게. 그럼 허락해주실지도 몰라. 그렇게 되면 우린 그야말로 인생 최고의 시간을 보내게 될 거야, 앤. 난 한 번도 박람회에 가본 적이 없어. 다른 아이들이 거기 다녀왔다는 말을 들을 때마다 얼마나 약이 올랐는데. 제인과 루비는 두 번이나 다녀왔는데, 올해도 또 간대."

"확실히 가게 될지 안 가게 될지 정해지기 전까지는 그 일에 대해선 생각하지 않을래. 기대했다 못 가게 되면 실망을 도저히 견딜 수 없을지도 모르니까. 하지만 가게 되면 그때쯤 새 코트가 완성될 테니 정말 기쁠 거야. 마릴라 아주머니는 내게 새 코트가 필요 없다고 생각하셔. 원래 있던 코트로도 이번 겨울에 너끈히 입을 수 있고 새 원피스를 갖게 된 걸로 만족해야 한다고 하셨지. 그 원피스는 정말 예뻐, 다이애나. 짙은 파란색에 최신 유행으로 만들었거든. 마릴라 아주머니는 이제는 항상 유행에 맞춰서 내 옷을 만들어주셔. 매슈 아저씨가 또 린드 아주머니에게 옷을 만들어달라고 하지 못하게 말이야. 나야 완전 좋지. 멋진 옷을 입으면 착해지기도 훨씬 더 쉬워. 적어도 나는 그래. 원래부터 착한 사람은 그런 건 상관없겠지. 하지만 매슈 아저씨가 내게 새 코트가 반드시 있어야 한다고 하셔서 마릴라 아주머니가 아름다운 파란색 옷감을 사셨어. 카모디에 있는 진짜 양장점에서 내 코트를 만들고 있어. 토요일 밤에 완성된다는데, 새 코트와 모자를 쓰고 일요일에 교회 통로를 걸어가는 내 모습을 상상하지 않으려고 노력 중이야. 그런 걸 상상하는 건 나쁜 짓 같아서 말이야. 하지만 어쩔 수 없이 자꾸 생각이 나. 내 모자도 아주 예뻐. 매슈 아저씨가 다 같이 카모디에 갔던 날 사주셨어. 요즘 한창 유행하는 파란 벨벳 모자인데 금색 끈과 술이 달렸어. 네 새 모자도 우아하고 너한테 아주 잘 어울린다, 다이애나. 지난주 일요일에 네가 그 모자를 쓰고 교회에 나타났을 때 네가 가장 친한 내 친구란 생각에 마음이 너무나 뿌듯했어. 우리가 이렇게 옷 생각을 많이 하는 게 잘못일까? 마릴라 아주머니는 아주 큰 죄라고 하셨어. 하지만 너무 재미있지 않니?"

마릴라는 앤이 샬럿타운에 가는 걸 허락했다. 배리 씨가 아이들을 다음 주 화요일에 샬럿타운에 데려다주기로 했다. 샬럿타운은 50킬로미터나 떨어져 있었고 배리 씨는 그날 갔다 그날 집에 돌아오길 원했기 때문에 아주 일찍 출발해야 했다. 하지만 앤은 그것마저도 신나서 해가 뜨기도 전에 일어났다. 창밖을 보았는데 유령의 숲에 있는 전나무 너머 동쪽 하늘이 구름 한 점 없이 맑았다. 그걸 보니 날씨가 좋을 거라는 예감이 들었다. 나무들 사이로 과수원 언덕의 서쪽 다락방에 불빛이 반짝이는 걸로 봐서 다이애나도 일어난 모양이었다.

앤은 매슈가 불을 피웠을 쯤에 옷을 다 입고, 마릴라가 내려왔을 때 아침을 차려놓았지만 너무 흥분해서 아무것도 먹지 못했다. 아침 식사가 끝난 후에 말쑥한 새 모자와 외투를 차려입은 앤은 서둘러 시내를 건너가 전나무 숲을 통과해서 과수원 언덕으로 갔다. 앤을 기다리고 있던 배리 씨와 다이애나는 앤이 도착하자마자 바로 출발했다.

먼 길이었지만 앤과 다이애나는 순간순간이 즐거웠다. 추수를 끝낸 들판을 슬금슬금 돌아다니는 붉은 햇살을 받으며 이른 아침 촉촉한 길을 덜컹덜컹 달리는 마차에 타고 있으니 아주 기분이 좋았다. 공기는 서늘하면서도 상쾌했고, 연기같이 푸른 안개가 골짜기에서 빙글빙글 피어올라 언덕 위로 흘러갔다. 가끔 길은 단풍나무가 주홍색 깃발처럼 물들기 시작한 숲으로 들어가기도 했고, 이제는 기분 좋게 가슴이 두근거리는 강 위의 오래된 다리들을 건너기도 하고, 해변을 따라 구불구불 이어지는 길을 따라 비바람에 시달려 잿빛으로 변한 낚시용 오두막들을 지나치기도 했다. 그러다 다시 언덕 위로 올라가 구불구불한 고원이나 안개 낀 파란 하늘을 보기도 했다. 어디를 가든지 흥미진진한 이야기가 이어졌다. 정오 가까운 무렵 살럿타운에 도착해 배리 할머니가 사는 '너도밤나무 집'으로 갔다. 큰 길에서 좀 떨어진 곳에 초록색 느릅나무와 가지가 무성한 너도밤나무들로 둘러싸인 고풍스럽고 멋진 저택이었다. 배리 할머니는 또렷한 까만 눈을 반짝이며 문 앞에서 그들을 맞아줬다.

"드디어 날 보러 와줬구나, 앤. 맙소사, 너 정말 많이 컸구나! 이제 나보다 키가 더 크잖아. 그리고 전보다 훨씬 더 예뻐졌어. 내가 이런 말 안 해도 잘 알고 있겠지만."

앤은 기쁨으로 환해져서는 즐겁게 대답했다.

"정말 전 몰랐어요. 전보다 주근깨가 줄었다는 건 알아요. 감사해야 할 일이지만 다른 건 아예 기대도 안 하고 있었어요. 그렇게 생각해주시다니 정말 기뻐요, 배리 할머니."

배리 할머니의 집은 앤이 나중에 마릴라에게 말한 것처럼 대단히 웅장하고 호화로웠다. 저녁 준비가 됐는지 살펴보기 위해 배리 할머니가 응접실에 두 사람만 놓아두고 나가자, 시골에서 온 두 소녀는 그 화려한 실내를 보며 얼이 빠졌다. 다이애나가 속삭였다.

"여기 궁전 같지 않니? 조세핀 할머니 집은 나도 처음 와보는데 이렇게 어마어마할 줄은 몰랐어. 줄리아 벨도 이걸 봐야 하는 건데. 걔는 자기 집 응접실이 좋다고 어찌나 잘난 척을 하는지."

"벨벳 카펫이라니. 거기다 실크 커튼까지! 전부 다 내가 꿈꿔온 것들이야, 다이애나. 하지만 이렇게 실제로 보니 별로 편안할 것 같지 않아. 이 방에는 아주 멋진 것들이 너무 많아서 상상할 여지가 없어. 가난의 유일한 장점이 뭔지 알아? 상상할 거리가 아주 많다는 거야."

몇 년 동안 시내 여행을 꿈꿔온 두 사람은 여행 첫날부터 마지막 날까지 즐거움으로 꽉 찬 시간을 보냈다. 수요일에 배리 할머니는 그들을 박람회장에 데려갔고 그들은 하루 종일 거기서 보냈다.

나중에 앤은 마릴라에게 이렇게 말했다.

"그곳은 정말 멋졌어요. 그렇게 흥미로운 게 세상에 있을 거라곤 상상도 못했어요. 어떤 전시가 가장 재미있었는지 사실 그것도 잘 모르겠어요. 말과 꽃과 수예품을 전시한 곳이 가장 좋았던 것 같아요. 조시 파이가 레이스 뜨기에서 일등을 해서 정말 기뻤어요. 제가 기뻐했다는 사실 때문에 기쁘기도 했고. 그건 제가 착해지고 있다는 증거죠, 마릴라 아주머니? 제가 조시의 성공에 기뻐할 수 있다는 거 말이에요. 하면 앤드루스 아저씨는 그라벤슈타인 종 사과 부문에서 이등을 하셨어요. 벨 장로님은 돼지 부문에서 일등을 하셨고. 다이애나는 교회 장로님이 돼지 키우는 걸로 일등을 해서 웃기다고 했지만 전 그게 어때서, 하는 생각이 들었어요. 아주머니도 우습다고 생각하세요? 다이애나는 벨 장로님이 앞으로 교회에서 엄숙하게 기도할 때마다 돼지 생각이 날 거라고 했어요. 클라라 루이스 맥퍼슨이 그림 대회에서 상을 받았고, 린드 아주머니가 수제 버터와 치즈 부문에서 일등을 하셨어요. 그러니까 에이번리 사람들 수준이 꽤 높은 거죠, 그렇죠? 린드 아주머니도 그날 박람회에 오셨는데 온통 낯선 사람들 틈에서 낯익은 얼굴을 보니까 제가 얼마나 아주머니를 좋아하는지 깨달았어요. 거기에 사람들이 수천 명 왔어요, 마릴라 아주머니. 그래서 제가 아주 시시한 존재로 느껴지더라고요. 배리 할머니가 경마를 보여주려고 우리를 지붕이 있는 야외 관람석으로 데려가주셨어요. 린드 아주머니는 경마는 아주 나쁜 것이니 교회 신도로서 모범을 보이기 위해서라도 그런 곳에 발을 들이면 안 된다고 하셨어요. 경마장에 사람이 워낙 많아서 린드 아주머니가 안 가셔도 티도 안 났을 것 같아요. 하지만 저도 경마장에 자주 가선 안 될 것 같다는 생각이 들었어요. 너무 재미있었거든요. 다 이애나는 정신없이 흥분해서 붉은 말이 우승하는 데 10센트를 걸자고 했어요. 전 그 말이 우승할 것 같지 않았지만 내기는 거절했어요. 앨런 사모님한테 박람회에 구경 간 이야기를 다 해드리고 싶었는데 그런 짓을 하면 안 될 것 같았거든요. 사모님에게 말할 수 없는 짓은 하지 않는 게 좋죠. 목사님 사모님을 친구로 두는 건 양심이 하나 더 있는 것과 같아요. 게다가 내기를 안 하길 잘했어요. 정말로 붉은 말이 이겼거든요. 하마터면 10센트를 잃을 뻔했지 뭐예요. 착한 일을 하면 복이 온다는 말이 사실인가 봐요. 우리는 어떤 사람이 기구를 타고 올라가는 것도 봤어요. 저도 기구 타고 싶어요, 마릴라 아주머니. 정말 신날 것 같아요. 점쟁이 아저씨도 찾아갔어요. 10센트를 내면 작은 새 한 마리가 그 사람의 운명이 적힌 종이를 물어와요. 배리 할머니가 다이애나와 저에게 점을 쳐보라고 10센트씩 주셨어요. 저는 돈이 아주 많고 살결이 검은 남자와 결혼해서 섬을 떠나 살 거래요. 그 뒤로 박람회장에서 피부가 거무스름한 남자들은 다 주의 깊게 살펴봤지만 마음에 드는 사람이 하나도 없었어요. 어쨌든 지금 남편감을 찾아보는 건 너무 이른 것 같기도 하고. 아, 전 그날을 영원히 잊지 못할 거예요, 마릴라 아주머니. 그날은 너무 피곤해서 밤에 잠이 오지 않을 것 같았어요. 배리 할머니는 약속대로 저희에게 손님방을 내주셨어요. 아주 우아한 방이었지만 손님방에서 자는 건 제가 생각했던 것과는 다르더라고요. 어른이 된다는 건 그런 면에서 좋지 않다는 걸 깨닫기 시작했어요. 어렸을 때 그렇게 간절히 바라던 소원도 현실에서 이뤄지면 생각만큼 좋지 않더라고요."

앤과 다이애나는 목요일에 공원에서 마차를 타고 달렸고, 저녁에는 배리 할머니가 유명한 오페라 여가수의 콘서트에 데려다줬다. 앤에게 그날 저녁은 온통 기쁨으로 환하게 반짝거렸다.

"아, 마릴라 아주머니, 뭐라 말로 표현할 수 없을 정도로 멋졌어요. 전 너무 감동해서 입을 떼지 못했어요. 그러니까 어느 정도였는지 짐작하실 수 있겠죠. 전 그냥 말없이 황홀경에 빠져 가만히 앉아 있었어요. 새하얀 새틴 드레스에 다이아몬드로 장식한 여가수 셀리츠키는 완벽하게 아름다웠어요. 그녀가 노래를 부르기 시작하자 정말 아무 생각도 안 났어요. 아, 어떤 느낌이었는지 도저히 말로 표현할 수 없어요. 하지만 앞으론 착한 아이가 되는 게 절대로 힘들지 않을 것처럼 느껴졌어요. 마치 하늘의 별들을 올려다보고 있는 것 같은 느낌이었죠. 제 눈에 눈물이 고였지만 그건 기쁨의 눈물이었어요. 공연이 끝났을 때 너무 아쉬워서 배리 할머니에게 어떻게 다시 평범한 일상으로 돌아가야 할지 모르겠다고 말씀드렸어요. 할머니는 길 건너편에 있는 레스토랑에 가서 아이스크림을 먹으면 도움이 될지도 모른다고 하셨죠. 정말 평범한 답변이라고 생각했는데 놀랍게도 그 말이 맞았어요. 아이스크림은 정말 맛있었어요, 마릴라 아주머니. 거기다 밤 열한 시에 레스토랑에 앉아 아이스크림을 먹고 있으니 우울한 기분이 휙 날아가버리면서 너무나 즐거웠어요. 다이애나는 도시 생활이 자기에게 딱 맞는 것 같다고 했어요. 배리 할머니가 제게도 어떠냐고 물어보셨는데 먼저 생각을 좀 해봐야 할 것 같다고 했어요. 그래서 밤에 침대에 누워서 곰곰이 생각해봤어요. 그때가 생각하기에 가장 좋거든요. 진 이런 결론을 내렸어요, 마릴라 아주머니. 전 도시 체질이 아니라서 기쁘다고요.

가끔은 밤 열한 시에 근사한 레스토랑에서 아이스크림을 먹는 것도 좋겠죠. 하지만 매일 같은 일상이라면 차라리 제 방에서 열한 시에 잠을 푹 자는 게 좋아요. 제가 잠을 자고 있는 동안에도 제 다락방 밖에는 별들이 반짝반짝 빛나고 있고 바람이 시내 건너편의 전나무들 사이를 불어오겠죠. 다음 날 아침을 먹으면서 배리 할머니에게 그렇게 말씀드렸더니 할머니가 웃으셨어요. 배리 할머니는 제가 말하면 항상 웃으세요. 제가 아주 심각한 이야기를 할 때도 말이죠. 그건 좀 별로예요, 마릴라 아주머니. 할머니를 웃기려고 한 말이 아니었거든요. 하지만 배리 할머니는 아주 친절하신 분이고 우리를 아주 극진하게 대접해주셨어요."

집에 돌아가야 할 금요일이 오자 배리씨가 마차를 몰고 왔다.

"둘 다 아주 즐거웠기를 바란다." 배리 할머니는 아이들에게 작별 인사를 하면서 말했다.

"정말 즐거웠어요. 넌 어때, 앤?"

앤은 저도 모르게 배리 할머니의 목을 꼭 껴안고 쭈글쭈글한 뺨에 입을 맞추며 말했다. "즐겁지 않은 순간이 없었어요, 할머니."

감히 그럴 용기가 없는 다이애나는 앤의 그런 거리낌 없는 행동에 깜짝 놀랐다. 하지만 배리 할머니는 아주 기뻐했고, 베란다에 서서 마차가 멀어지는 모습을 지켜봤다. 그리고 한숨을 쉬며 커다란 저택으로 들어갔다. 생기발랄한 소녀들이 떠나자 집이 갑자기 아주 쓸쓸하게 느껴졌다. 배리 할머니는 사실 이기적인 노부인으로, 지금까지는 자신에게 도움이 되거나 자기를 재미있게 해주는 사람만 중요하게 생각하지, 남은 별로 신경 쓰지 않고 살아왔다. 앤은 재미있는 아이라 좋았다. 하

지만 이제는 앤의 엉뚱하고 재미있는 말보다 앤의 생기발랄한 열정과 투명하고 솔직한 감정과 애교와 다정한 눈과 입술에 더 호감이 갔다.

"마릴라 커스버트가 고아원에서 여자아이를 하나 입양했다는 말을 들었을 때는 바보 같은 짓을 한다고 생각했는데, 이제 보니 나쁘지 않은 것 같아. 우리 집에도 앤 같은 아이가 하나 있다면 난 훨씬 더 행복하고 괜찮은 사람이 됐을 텐데." 그녀는 혼잣말을 했다.

집에 돌아오는 길도 여행을 떠날 때만큼 즐거웠다. 이제 그들을 기다리는 그리운 집으로 돌아가는 기쁨이 있으니까. 화이트샌즈를 지나서 바닷가 도로에 들어섰을 때 해가 졌다. 노랗게 물든 하늘 너머로 에이번리의 언덕이 거무스름하게 보였다. 그 언덕 뒤로 바다에서 떠오른 달이 점점 부풀어 오르면서 환하게 빛나고 있었다. 길이 구부러지는 후미진 곳마다 물결이 넘실거렸다. 파도가 부드럽게 바위에 부서졌고, 신선하고 강렬한 공기 속에 톡 쏘는 바다 냄새가 실려왔다.

"아, 살아 있는 것도 좋고, 집에 돌아가는 것도 좋구나." 앤이 숨을 들이쉬며 말했다.

앤이 시내에 걸린 통나무 다리를 건넜을 때 초록 지붕 집의 부엌에서 돌아온 앤을 환영하는 불빛이 반짝이고 있었다. 열린 문으로 활활 타오르는 장작불에서 쌀쌀한 가을밤을 덥혀줄 붉은 불빛이 흘러나왔다. 앤은 기쁜 마음으로 언덕 위로 달려가서 부엌으로 들어갔다. 식탁 위에 따뜻한 저녁 식사가 차려져 있었다.

"드디어 돌아왔구나." 마릴라가 뜨개질거리를 접으며 말했다.

"네, 아주머니. 집에 돌아오니 너무 좋아요. 다들 입 맞추고 싶어요. 시계에까지도요. 마릴라 아주머니, 구운 닭고기잖아요! 설마 저를 위해서 요리하신 거예요?" 앤이 기쁜 목소리로 말했다.

"그래, 너 주려고 했다. 오랫동안 마차를 타고 오느라 입맛이 없을 것 같아서. 어서 옷 갈아입고 와라. 매슈 아저씨가 들어오는 대로 저녁을 먹자. 돌아와서 기쁘구나. 네가 없는 집이 얼마나 적적했는지 모른다. 나흘이 이렇게 길 줄은 몰랐어." 마릴라가 다정하게 말했다.

저녁을 먹은 후에 앤은 난롯불 앞에서 매슈와 마릴라 사이에 앉아 그동안 있었던 일을 다 들려줬다. 앤은 행복한 결론을 내렸다.

"전 정말 근사한 시간을 보냈어요. 제 인생에 획기적인 사건이 될 것 같아요. 하지만 역시 가장 좋았던 건 집에 돌아오는 거였어요."

30

퀸스 입시 반 결성

마릴라는 무릎에 뜨개질거리를 놓고 의자에 등을 기댔다. 눈이 피로해서 다음번 시내에 나갈 때는 안경을 바꿔야겠다고 멍하니 생각했다. 요즘 들어 눈이 자주 피곤해졌다.

초록 지붕 집 주위로 11월의 석양이 내려앉으면서 날이 어두워졌고, 난로에서 춤추는 빨간 불빛만이 부엌을 밝히고 있었다. 앤은 터키풍의 깔개 위에 몸을 동그랗게 말고 앉아서 단풍나무 장작에 스며들었던 수백 년에 걸친 햇살이 즐겁게 타오르는 모습을 물끄러미 바라보고 있었다. 읽고 있던 책은 바닥에 떨어져 있었는데, 앤은 공상에 빠져 살짝 벌린 입가에 미소를 머금고 있었다. 앤의 상상 속에서는 연기와 무지개 너머로 스페인의 반짝거리는 성들이 실감나게 모습을 드러내고 있었다. 꿈나라 속에서 멋지고 매혹적인 모험이 일어나고 있었다. 모험은 현실처럼 곤경에 빠지는 일 없이 언제나 행복하게 끝났다.

마릴라는 다정한 눈빛으로 앤을 바라봤다. 환한 대낮에는 어림도 없지만 난롯불이 타오르고 그림자가 일렁이는 저녁에는 무심코 드러내는 표정이었다. 마릴라는 솔직하고 자연스럽게 애정 표현을 하는 법을 익히지 못했다. 하지만 내색은 하지 않아도 깡마른 회색 눈동자의 이 소녀를 마음속 깊이 사랑하게 되었다. 사실 너무 사랑하게 된 나머지 아이를 망치지 않을까 걱정스러울 정도였다. 마릴라는 앤에게 하는 것처럼 인간에게 지나치게 사랑을 쏟는 것은 죄악이라고 여겼기 때문에 사실 마음이 편치 않았다. 그래서 마음은 안 그런데도 일부러 앤을 엄격하게 다뤄서 속죄하고 있는 건지도 몰랐다. 앤은 물론 마릴라가 자신을 얼마나 사랑하는지 모르고 있었다. 가끔 마릴라가 아주 까다로운 데다 자신의 마음을 잘 몰라줘 서글플 때도 있었다. 하지만 그러다가도 마릴라가 얼마나 큰 은혜를 베풀고 있는지 떠올리면서 자책했다.

마릴라가 느닷없이 입을 열었다.

"앤, 오늘 오후에 네가 다이애나와 놀러 나갔을 때 스테이시 선생님이 찾아오셨다."

깜짝 놀란 앤은 상상의 세계에서 돌아와 한숨을 쉬었다.

"선생님이 오셨어요? 아, 제가 없을 때 오시다니 죄송하네요. 왜 저를 부르지 않으셨어요, 마릴라 아주머니? 저와 다이애나는 바로 저 유령의 숲에 있었는데요. 요즘 숲은 아주 아름다워요. 고사리와 반짝거리는 나뭇잎들과 풀산딸나무 같은 작은 식물들은 다들 잠이 들었어요. 마치 누군가가 봄이 올 때까지 나뭇잎 이불을 덮어 재운 것 같아요. 어젯밤 달빛 아래서 무지개 스카프를 두른 작은 회색 요정이 몰래 와서 한 것 같아요. 하지만 다이애나는 별말 하지 않으려고 했어요. 유령의 숲에 있는 유령들을 상상하다가 엄마에게 야단맞은 일을 잊을 수 없대요. 그게 다이애나의 상상력에 아주 안 좋은 영향을 끼쳤어요. 상상력을 말려 죽여버렸죠. 린드 아주머니가 그러시는데 머틀 벨 아주머니는 아주 메마른 사람이래요. 루비 길리스에게 그 이유를 물어봤더니 아마 젊은 남자 친구에게 배신을 당해서 그럴 거래요. 루비 길리스의 머릿속에는 젊은 남자밖에 없는데 나이를 먹을수록 점점 더 심해져요. 젊은 남자들도 나쁠 건 없지만 매사를 그들 탓으로 돌리면 안 되죠. 다이애나와 저는 앞으로 절대 결혼하지 말고 근사한 독신으로 영원히 함께 살자고 맹세할까, 진지하게 고민 중이에요. 하지만 다이애나는 아직 결정을 내리지 못했어요. 늠름하지만 거칠고 나쁜 남자와 결혼해서 그 남자를 구원해주는 게 더 고귀한 일일지도 모른다고 생각하고 있거든요. 다이애나와 저는 요새 그런 진지한 이야기를 아주 많이 나눠요. 이제 전보다 많이 성숙해졌으니 유치한 이야기는 그만하려고요. 열네 살이 거의 다 됐다는 건 아주 중요한 일인 것 같아요, 마릴라 아주머니. 스테이시 선생님이 지난주 수요일 시내에 우리 학교의 십 대 소녀들을 다 데리고 가서 그 점에 대해 이야기해주셨어요. 선생님은 십 대 시절에 어떤 습관을 형성하고 어떤 이상을 가질 것인지가 아주 중요하다고 하셨어요. 우리가 스무 살이 될 때쯤이면 평생 동안 지속될 우리의 인격과 삶의 토대가 다 형성되니까요. 선생님은 토대가 흔들리면 절대로 그 위에 가치 있는 것들을 세울 수 없다고 하셨어요. 다이애나와 저는 집에 오면서 그 이야기를 했어요. 우린 아주 진지했어요, 마릴라 아주머니. 우린 정말 신중히 생각하고 노력해서 좋은 습관을 형성하고 최선을 다해 공부해서 스무 살이 되면 훌륭한 인격을 가꾸자고 마음먹었어요. 스무 살이 된다고 생각하니 오싹해져요, 마릴라 아주머니. 스무 살은 아주 나이 많은 어른 같아요. 그런데 스테이시 선생님은 오늘 왜 오셨어요?"

"그 이야기를 하려던 참인데 네가 좀처럼 틈을 안 줬잖니. 선생님은 네 이야기를 하러 오셨다."

"제 이야기요?" 앤은 약간 겁을 먹은 것처럼 보였다. 그러다 얼굴이 빨개지더니 소리쳤다.

"아, 무슨 말씀을 하셨는지 알겠어요. 저도 아주머니에게 말씀드리려고 했어요, 정말이에요. 잊어버리긴 했지만. 어제 오후 역사 시간에 제가 『벤허』를 읽고 있다가 스테이시 선생님에게 들켰거든요. 제인 앤드루스가 빌려줬는데 점심시간에 읽다가 전차 경주를 하는 장면에서 딱 수업이 시작된 거예요. 전 경주가 어떻게 끝났을지 알고 싶어 미칠 것 같았어요. 물론 벤허가 이길 거라고 확신하긴 했죠. 소설에선 항상 착한 사람이 승리하잖아요. 그래서 책상 뚜껑 위에 역사책을 펴놓고 책상과 제 무릎 사이에 『벤허』를 끼워놓고 몰래 읽었어요. 역사책을 보는 척하면서 『벤허』에 폭 빠져 있었던 거죠. 책이 너무 재미있어서 스테이시 선생님이 제게 오시는 것도 모르고 있었죠. 고개를 들어보니 선생님이 절 꾸짖는 표정으로 내려다보고 계셨어요. 얼마나 창피했는지 몰라요, 마릴라 아주머니. 특히 조시 파이가 낄낄거리는 소리를 들었을 때 더 창피하더라고요. 스테이시 선생님이 『벤허』를 가져가셨지만 그때는 한 마디도 안 하셨어요. 쉬는 시간에 남으라고 말씀하셨죠. 제가 아주 큰 잘못을 두 가지 했다고 하셨어요. 먼저 공부해야 할 시간을 낭비했고, 두 번째로 소설책을 보면서 역사책을 읽는 것처럼 꾸며서 선생님을 속였다는 점이죠. 그때까지는 제가 선생님을 속이고 있었다는 사실을 깨닫지 못했어요, 마릴라 아주머니. 전 충격을 받아서 엉엉 울면서 다시는 안 그럴 테니 용서해달라고 했어요. 그리고 반성하는 뜻으로 앞으로 일주일 동안은 절대로 『벤허』를 읽지 않겠다고, 전차 경기가 어떻게 끝났는지조차 확인하지 않겠다고 말씀드렸어요. 하지만 스테이시 선생님은 그럴 필요 없다면서 너그럽게 용서해주셨어요. 그 렇게까지 하시고 우리 집에 와서 마릴라 아주머니에게 그 일을 말씀하 시다니 스테이시 선생님에게 실망했어요."

"스테이시 선생님은 그런 말씀은 일체 없으셨다, 앤. 네가 양심에 찔 려서 고백한 거지. 학교에 소설책은 가지고 가지 말았어야지. 어쨌든 넌 소설책을 너무 많이 읽어. 어렸을 때 난 소설책은 구경도 못했다."

앤이 항의했다.

"아니 어떻게 『벤허』를 소설책이라고 하실 수 있어요. 그건 사실 아 주 종교적인 책인데요? 물론 일요일에 읽기엔 약간 지나치게 흥미진진 해서 저는 평일에만 읽어요. 거기다 전 이제 스테이시 선생님이나 앨런 사모님이 열세 살 하고도 아홉 달 된 소녀들이 읽기에 적합하지 않다고 생각하는 책은 절대 읽지 않아요. 스테이시 선생님이 제게 다짐을 받았 어요. 한번은 제가 『유령의 저택에 깃든 무시무시한 미스터리』란 책을 읽고 있는 걸 스테이시 선생님이 보셨어요. 루비 길리스가 빌려준 책이 었는데, 아, 마릴라 아주머니, 그건 정말 너무나 재미있으면서도 섬뜩한 이야기였어요. 소름이 오싹오싹 돋았죠. 하지만 스테이시 선생님이 그 건 아주 어리석고 건전하지 못한 책이라고 하면서 앞으로 그런 책은 더 이상 읽지 말라고 하셨거든요. 선생님에게 그러겠다고 약속하는 건 어렵지 않았지만, 결말을 못 보고 책을 돌려줘야 해서 너무나 고통스 러웠어요. 하지만 스테이시 선생님에 대한 사랑으로 그 시련을 이겨냈어요. 진심으로 누군가를 기쁘게 해주고 싶을 때 할 수 있는 일이 있다는 건 너무나 멋진 일이에요, 마릴라 아주머니."

마릴라가 대꾸했다.

"흠, 난 램프에 불을 켜고 일이나 해야겠다. 스테이시 선생님이 무슨 말을 하러 오셨는지 넌 듣고 싶지 않은 것 같으니 말이야. 넌 네 이야기에 온통 정신이 팔려서 다른 건 귓등으로도 안 들으니 말이다."

앤이 잘못을 깨닫고 소리쳤다.

"앗, 아니에요, 마릴라 아주머니. 정말 듣고 싶어요. 이제부터는 입도 벙긋 안 할게요. 제가 말이 너무 많다는 건 알아요. 하지만 고치려고 무진 애를 쓰고 있어요. 그리고 말이 너무 많긴 하지만 제가 하고 싶은 말이 어마어마하게 많은데도 참고 있다는 걸 아주머니가 아시면 기특하다고 하실 거예요. 제발 말씀해주세요, 마릴라 아주머니."

"스테이시 선생님이 상급반 학생들 중에서 퀸스 아카데미에 입학시험을 보고 싶은 학생들을 모아서 특별반을 하나 만들고 싶다고 하더구나. 방과 후에 그 특별반 아이들에게 한 시간씩 과외수업을 하시겠다고. 그래서 너도 들어가고 싶은지 물어보려고 우리 집에 오신 거야. 넌 어떻게 생각하니, 앤? 퀸스 아카데미에 가서 선생님이 되고 싶니?"

앤은 무릎을 똑바로 하고 두 손을 맞잡았다.

"아, 마릴라 아주머니! 그건 제 평생의 꿈이었어요. 루비와 제인이 입학시험을 대비해야겠다는 이야기를 한 후로 지난 6개월 동안 내내 꿈꿔왔어요. 하지만 아무 소용 없을 것 같아서 아무 말 안 했어요. 전 선생님이 되고 싶지만 학비가 엄청 비싸지 않을까요? 프리시를 거기 보내는 데 150달러가 들었다고 앤드루스 아저씨가 그러셨거든요. 프리시는 기하를 못하는 것도 아닌데 말이에요."

"그건 네가 걱정하지 않아도 된다. 매슈 오라버니와 내가 널 키우기로 했을 때 우리는 최선을 다해 널 밀어주고 가르치기로 결심했다. 난 여자도 자기 밥벌이는 할 수 있어야 한다고 믿는다. 매슈 오라버니와 내가 여기 있는 한 너는 언제나 여기로 돌아올 수 있어. 하지만 이 불확실한 세상에서 앞으로 무슨 일이 일어날지 아무도 모르는 거잖니. 그러니 대비를 든든하게 해두는 게 좋아. 네가 원한다면 퀸스 아카데미 입시 반에 들어가도 된다, 앤."

"아, 마릴라 아주머니, 고맙습니다." 앤은 마릴라의 허리를 와락 껴안고 고개를 들어 마릴라를 올려다봤다.

"아주머니와 매슈 아저씨께 정말 감사드려요. 전 최선을 다해 공부해서 두 분의 자랑이 되도록 할게요. 기하는 크게 기대하지 마세요. 하지만 다른 과목들은 열심히 하면 잘할 수 있어요."

"넌 잘 해낼 거야. 네가 똑똑하고 성실하다고 스테이시 선생님이 말씀하시더구나." 마릴라는 스테이시 선생님이 앤에 대해 한 말을 그대로 해줄 생각은 전혀 없었다. 그래봤자 앤의 자만심만 커질 테니까.

"당장 몸이 축날 정도로 공부할 필요는 없어. 아직 시간이 넉넉히 남아 있으니까. 시험은 1년 반 뒤에 보니까. 하지만 여유 있게 시작해서 철저하게 기초를 다지는 편이 좋다고 스테이시 선생님이 말씀하셨다."

앤은 더없이 행복한 목소리로 말했다.

"이제부터 공부에 더 집중할게요. 인생에 목표가 생겼으니까요. 앨런 목사님이 사람은 누구나 인생에 목표를 가지고 열심히 노력해야 한다고 하셨어요. 다만 먼저 그게 가치가 있는 목표인지 그것부터 확실히 해야 한다고 하셨죠. 스테이시 선생님 같은 교사가 되고 싶은 건 가치 있는 목표라고 할 수 있죠, 마릴라 아주머니? 선생님은 아주 훌륭한 직업이라고 생각해요."

곧 퀸스 입시 반이 꾸려졌다. 길버트 블라이스, 앤 셜리, 루비 길리스, 제인 앤드루스, 조시 파이, 찰리 슬론과 무디 스퍼전 맥퍼슨이 들어왔다. 다이애나의 부모님은 다이애나를 퀸스 아카데미에 보낼 마음이 없었기 때문에 다이애나는 입시 반에 들어오지 않았다. 앤에겐 크나큰 재앙이었다. 미니 메이가 후두염에 걸렸던 그날 밤 이후로 앤과 다이애나는 한시도 떨어져 지낸 적이 없었는데. 학교 수업이 끝나고 처음으로 퀸스 입시 반에서 과외수업을 받았던 날 앤은 다이애나가 다른 아이들과 함께 천천히 학교를 나가는 걸 보았다. 다이애나가 혼자서 자작나무 길과 제비꽃 골짜기를 지나갈 생각에 앤은 당장 쫓아가고 싶은 충동을 억지로 누르며 앉아 있어야 했다. 순간 목이 메어 얼른 들고 있던 라틴 문법책으로 얼굴을 가려 눈에 고인 눈물을 감췄다. 길버트 블라이스나 조시 파이에게 눈물을 보일 생각은 결코 없었으니까.

"하지만, 아, 마릴라 아주머니. 지난주 일요일에 앨런 목사님이 설교에서 말씀하셨던 죽음의 맛을 정말 느낀 것 같았어요. 다이애나가 혼자 나가는 걸 봤을 때 말이에요." 앤은 그날 저녁에 서글프게 말했다.

"다이애나도 같이 입시 공부를 하면 얼마나 좋을까 생각했어요. 하지만 린드 아주머니가 말씀하신 것처럼 이 불완전한 세상에서 완벽한 인생을 기대해선 안 되는 거겠죠. 린드 아주머니는 가끔 위로는 안 되지만 맞는 말씀을 많이 하세요. 퀸스 입시 반은 아주 재미있을 것 같아요. 제인과 루비는 교사가 되려고 공부해요. 그게 그 아이들의 최종 목표래요. 루비는 졸업한 후에 2년 동안만 아이들을 가르치고 나서 결혼할 생각이래요. 제인은 교직에 평생 헌신하면서 결혼은 절대로, 절대로 하지 않겠대요. 교사가 되면 월급을 받지만, 남편은 돈 한 푼도 안 주면서 생활비를 달라고 하면 투덜거리기나 할 거라나요. 제 생각엔 제인에게 아픈 기억이 있는 것 같아요. 린드 아주머니가 그러시는데 제인의 아버지는 아주 괴짜인 데다 인색하기 짝이 없대요. 조시 파이는 생활비를 벌 필요는 없으니까 그냥 교육을 받을 목적으로 대학교에 가겠다고 했어요. 그러면서 물론 자기는 남의 도움에 의지해서 얼른 학교를 마쳐야 하는 고아랑은 처지가 다르다나요. 무디 스퍼전은 목사가 될 거래요. 린드 아주머니가 그런 이름으로는 목사 말고는 아무것도 할 게 없다고 하셨어요. 나쁜 의도는 없지만 무디 스퍼전이 목사가 된다는 생각만 해도 웃음이 나와요. 무디 스퍼전은 크고 통통한 얼굴에다 파란 눈은 아주 작고 귀는 납작하고 축 늘어져 있는 게 아주 웃기게 생겼잖아요. 하지만 크면 좀 더 지적으로 보이겠죠. 찰리 슬론은 정계에 입문해서 의원이 되고 싶다지만 린드 아주머니는 절대로 성공하지 못할 거라고 하셨어요. 슬론 가 사람들은 다들 정직한데 요즘 정계에서 출세하는 자들은 다 악당들이라고요."

"길버트 블라이스는 뭐가 될 거래?" 마릴라는 앤이 『카이사르』를 펼치는 걸 보면서 물었다.

"길버트 블라이스에게 꿈이 있는지 모르겠고, 있다 해도 모르겠어요." 앤이 비웃듯이 말했다.

이제 길버트와 앤은 공개적으로 경쟁자가 되었다. 전에는 앤 혼자 일방적이었지만 이제는 길버트가 앤처럼 반에서 일등을 하기로 다짐한

게 분명했다. 길버트는 앤의 좋은 경쟁 상대였다. 다른 아이들은 둘의 실력이 월등히 뛰어나다는 점을 암묵적으로 인정하고 그들과 겨룰 생각조차 하지 않았다.

연못가에서 용서해달라는 길버트의 청을 앤이 거절한 후로 길버트는 앤에 대한 경쟁의식을 느낄 때 말고는 앤을 투명인간 취급했다. 그는 다른 여자아이들과 이야기를 하면서 농담을 주고받았고, 서로 책을 바꿔보거나 퀴즈를 내기도 하고, 수업 내용과 계획에 대해 토론하고, 가끔은 기도회나 토론 클럽이 끝난 후에 여자아이들을 집에 데려다주기도 했다. 하지만 앤은 본체만체했는데 앤은 그렇게 무시당하는 것이 좋지만은 않다는 걸 깨달았다. 앤은 고개를 꼿꼿이 들고 관심 없는 척했지만 허사였다. 앤도 여자라 그런 길버트의 태도가 내심 신경 쓰였고, 그날 그 반짝이는 호수에서와 같은 기회가 다시 찾아온다면 그때와는 다르게 대답하리란 걸 알고 있었다. 안타깝고 당혹스럽게도 길버트에 대해 품었던 해묵은 분노가 가장 필요할 때 사라져버렸다는 걸 깨달았다. 그 잊을 수 없는 사건과 그때 느꼈던 감정을 떠올리며 오래된 분노를 다시 느끼려고 해보았지만 허사였다. 그날 연못가에서 발작적으로 터져 나온 분노를 마지막으로 감쪽같이 사라져버렸다. 앤은 자신도 모르는 사이에 길버트를 용서하고 그 일을 잊어버렸다는 사실을 깨달았다. 하지만 이미 너무 늦어버렸다.

하지만 적어도 길버트나 다른 사람들은, 다이애나까지 포함해서 모두, 앤이 얼마나 미안해하는지, 그동안 길버트에게 그렇게 거만하고 밉살스럽게 굴었던 걸 얼마나 후회하는지 모르고 있었다. 앤은 자신의 감정을 깊은 망각에 묻어두기로 결심했고, 그 마음을 누구에게도 비치지 않았다. 그래서 겉보기와 달리 여전히 앤에게 관심을 두고 있는 길버트는 자신의 무관심한 태도에 앤이 전혀 신경 쓰지 않는다고 생각하며 속상해했다. 그나마 앤이 찰리 슬론에게 계속 곁을 주지 않고 쌀쌀맞게 굴어서 위로를 받았다.

그런 일들을 제외하면 그해 겨울은 모두 공부하고 해야 할 일을 하며 즐겁게 지나갔다. 앤에게 그 시간은 한 해의 목걸이에 꿰인 황금 구슬들이 하나씩 빠져나가는 것처럼 흘러갔다. 앤은 행복했고, 열심히 공부했고, 흥미진진하게 시간을 보냈다. 배워야 할 지식들과 차지해야 할 일등 자리가 있었고, 읽어야 할 재미있는 책들이 있었다. 주일학교 성가대에서 새 곡들을 연습해야 했고, 목사관에서 앨런 사모님과 즐거운 토요일 오후를 보냈다. 그러다 미처 깨닫기도 전에 다시 초록 지붕 집에 봄이 찾아와서 온 세상이 다시 한 번 활짝 피어났다.

그러자 공부도 조금 시시해졌다. 학교가 끝난 후에 다른 아이들은 초록으로 물든 길들과 잎이 무성한 숲과 초원의 작은 길로 흩어졌다. 창밖으로 그 모습을 부러운 표정으로 바라보던 퀸스 입시 반 아이들은 차가운 겨울에 가졌던 라틴어 동사며 프랑스어 수업에 대한 열기와 재미가 어쩐지 시들해졌다는 걸 깨달았다. 앤과 길버트조차 흥미를 잃어갔다. 즐거운 방학이 다가오자 교사와 학생들은 모두 기뻐했다.

마지막 날 저녁에 스테이시 선생님이 아이들 앞에서 말했다.

"여러분은 작년 한 해 동안 아주 잘 해줬어요. 그러니 아주 즐겁고 행복한 방학을 보낼 자격이 있어요. 밖에 나가서 건강하고 활기차게 실컷 뛰어놀면서 다음 학기도 열심히 공부할 수 있게 좋은 기운을 받아서 돌아와요. 다음 학기는 입학시험을 앞두고 한 판 승부를 벌여야 하니까요."

"다음 학기에 돌아오실 건가요, 스테이시 선생님?"

조시 파이가 물었다. 조시 파이는 항상 남의 눈치 안 보고 질문하는데 이번에는 다른 아이들도 조시 파이에게 고마운 마음이 들었다. 아무도 감히 물어보지 못했지만 스테이시 선생님이 고향에 있는 학교에서 와달라는 제안을 받아서 수락할 생각이라 다음 학기엔 돌아오지 않을 거라는 불길한 소문이 학교에 퍼져 있어 다들 궁금해 하고 있었다. 퀸스 입시 반 학생들은 모두 숨도 못 쉰 채 선생님의 대답을 기다렸다.

스테이시 선생님이 대답했다.

"네, 그럴 생각이에요. 다른 학교에 갈까 생각하기도 했지만 에이번리로 돌아오기로 결정했어요. 솔직히 말해서 여기 학생들에게 너무 정이 들어서 여기를 떠날 수 없었어요. 그러니까 남아서 끝까지 여러분을 도울 겁니다."

"야호!" 무디 스퍼전이 외쳤다. 무디 스퍼전은 한 번도 이렇게 흥분해서 솔직하게 감정을 표현한 적이 없었다. 그래서 그 후로 일주일 동안 그 일만 생각하면 혼자 얼굴을 붉히며 어쩔 줄 몰라 했다.

앤이 눈을 반짝이며 말했다.

"아, 너무나 기뻐요, 스테이시 선생님. 선생님이 돌아오시지 않는다면 너무 끔찍할 거예요. 다른 선생님이 오신다면 공부를 계속할 마음이 나질 않았을 거예요."

그날 밤 집으로 돌아온 앤은 교과서를 모두 다락방에 있는 낡은 트렁크에 넣고 잠근 후에, 열쇠를 담요 상자에 던져 넣고 마릴라에게 말했다.

"방학 동안에 교과서는 한 권도 보지 않을 거예요. 학교 다닐 때는 최선을 다해 공부했어요. 기하도 책에 나온 명제들을 달달 외워서 기호들을 바꾼다 해도 알 수 있을 때까지 공부했어요. 공부는 지겹게 했으니 여름엔 마음껏 상상하면서 놀겠어요. 아, 놀라지 마세요, 마릴라 아주머니. 상상을 해도 적당한 선에서 그칠 테니까요. 하지만 이번 여름은 정말 즐겁게 보내고 싶어요. 어쩌면 이번이 제 어린 시절의 마지막 여름일지도 모르니까요. 린드 아주머니는 제가 내년까지 계속 이런 식으로 크면 스커트 길이를 늘려야 한다고 하셨어요. 절 보면 다리하고 눈밖에 안 보인다나요. 긴 스커트를 입게 되면 거기에 걸맞게 아주 점잖게 행동해야 할 것 같아요. 유감스럽지만 그때가 되면 세상에 요정이 있다고 믿으면 안 될 것 같아요. 그래서 이번 여름은 진심으로 요정의 존재를 믿으려고요. 우린 아주 즐거운 방학을 보내게 될 것 같아요. 루비 길리스가 곧 생일 파티를 열기로 했어요. 주일학교 소풍도 가고 다음 달에는 선교 음악회도 있어요. 배리 아저씨가 언제 하루 날을 잡아서 저녁에 다이애나와 저를 화이트샌즈 호텔에 데리고 가서 저녁을 사주겠다고 하셨어요. 사람들이 거기 호텔에서 저녁 식사도 하고 그러나 봐요. 제인 앤드루스가 작년 여름에 한 번 가봤는데 전구 불빛들이 휘황찬란하고 꽃들이 화려하게 장식되어 있고 여자들은 아주 아름다운 드레스를 입고 있었대요. 그때 처음 상류사회를 슬쩍 봤는데 죽는 날까지 결코 잊을 수 없을 거라고 했어요."

린드 부인이 다음 날 오후에 찾아왔다. 마릴라가 목요일에 나오기로 한 봉사회 모임에 왜 나오지 않았는지 궁금했기 때문이다. 마릴라가 봉사회에 나오지 않는 건 초록 지붕 집에 무슨 일이 생겼을 때문이라는 걸 사람들은 알고 있었다.

마릴라가 설명했다.

"목요일에 매슈 오라버니 심장 때문에 한바탕 난리가 났어요. 오라버니를 놔두고 가고 싶지 않더라고요. 아, 지금은 다시 괜찮아졌어요. 하지만 전보다 발작이 더 잦아져서 걱정이에요. 의사 말로는 흥분하지 않게 조심해야 한다고 하네요. 오라버니가 그럴 일을 찾아다니는 사람도 아니니 그건 쉽지만, 힘든 일도 하지 말라잖아요. 그건 오라버니한테 숨을 쉬지 말라는 말하고 똑같은 거죠. 좀 앉았다 가요, 레이철. 차마시고 갈 거죠?"

"그렇게 권하니 그러면 차를 한잔하고 가야겠네요." 어차피 그럴 생각으로 왔던 린드 부인이 말했다.

린드 부인과 마릴라가 응접실에서 편안히 앉아 있는 동안 앤이 차를 끓이고 비스킷을 구웠다. 비스킷은 바삭바삭하고 하얗게 구워져서 까다로운 린드 부인도 흠잡을 수 없었다.

마릴라가 린드 부인을 배웅하러 나와 석양이 물든 오솔길 끝까지 왔을 때 린드 부인이 말했다.

"앤이 참 잘 자랐어요. 의지가 많이 되겠어요."

"정말 그래요. 지금은 아주 착실하고 믿음직스러워요. 전에는 덤벙대는 버릇을 고치지 못할까 봐 걱정한 적도 있지만 이젠 그것도 괜찮아졌고. 뭐든 안심하고 맡길 수 있어요."

"3년 전에 앤을 처음 봤을 때는 저렇게 잘 자랄 거라고 생각도 못했어요. 맙소사, 그 대단한 성질머리를 어떻게 잊겠어요! 그날 밤 집에 돌아왔을 때 남편에게 그랬어요. '내 분명히 말해두는데, 여보, 마릴라 커스버트는 자기가 한 일을 후회하게 될 거예요'라고. 하지만 내 오판이었죠. 그래서 기뻐요. 난 자신의 실수를 인정하지 않는 그런 사람은 아니에요, 마릴라. 그래서 다행이죠. 내가 앤을 잘못 보긴 했지만, 사실 앤처럼 독특하고 엉뚱한 아이가 어디 있겠어요. 다른 아이들을 판단하는 잣대로는 절대 앤을 판단할 수 없으니까. 앤이 정말 여러모로 좋아졌는데 특히 인물이 확 달라졌어요. 대단한 미인이란 말은 못하겠어요. 난 그렇게 피부가 창백하고 눈이 큰 스타일은 별로 안 좋아하니까. 그보다는 다이애나 배리나 루비 길리스처럼 생기가 넘치고 발그레한 아이가 더 좋아요. 여자아이들 중에선 특히 루비 길리스가 눈길을 끄는 외모죠. 하지만 왜 그런지는 모르겠는데, 앤과 다른 여자아이들이 같이 있을 때 보면, 앤은 막 그렇게 돋보이는 외모는 아닌데 다른 아이들이 좀 평범하기도 하고 너무 꾸민 것 같다는 느낌이 들더라고요. 마치 다른 아이들이 크고 붉은 작약이라면, 그 옆에 있는 앤은 그 애 말로 수선화라고 부르는 6월의 백합 한 송이라고나 할까."

31

시내와 강물이 만나는 곳

앤은 여름 방학을 마음껏 즐겼다. 앤과 다이애나는 연인의 오솔길과 드라이어드 샘과 버드나무 연못과 빅토리아 섬을 돌아다니며 야외에서 실컷 놀았다. 앤이 그렇게 놀아도 마릴라는 뭐라 하지 않았다. 방학이 시작되고 어느 날 오후였다. 미니 메이가 후두염에 걸렸던 날 밤 왕진을 왔던 스펜서베일 의사 선생은 한 환자의 집에서 앤을 만나 찬찬히 뜯어보다가 입을 일그러뜨리고 고개를 저었다. 그러고 나서 인편에 마릴라에게 전갈을 보냈다.

"댁의 빨간 머리 아이가 방학 동안 밖에서 맑은 공기를 많이 쐬게 하고, 좀 더 힘차게 걷게 될 때까지 책은 읽지 못하게 하세요."

그 전갈에 마릴라는 더럭 겁이 났다. 의사의 말을 따르지 않으면 앤의 몸이 약해져서 죽을 것 같다는 뜻으로 받아들인 것이다. 그래서 앤은 마음껏 자유를 누리며 신나게 노는 인생 최고의 여름을 보냈다. 앤은 기분 내키는 대로 여기저기 걸어 다니고, 배의 노를 젓고, 딸기를 따고, 공상에 잠겼다. 9월이 왔을 때 앤의 눈은 초롱초롱해졌고, 스펜서베일 의사가 보면 흡족할 만큼 기운차게 걸었다. 앤의 마음속에는 예전처럼 열정과 꿈이 살아났다.

앤은 다락방에서 책을 가지고 오면서 선언했다.

"이제 전력을 다해 공부할 수 있을 것 같아요. 아, 나의 그리운 옛 친구들아, 너희들의 정직한 얼굴을 다시 보니 기쁘구나. 그래, 기하 너까지도 말이야. 전 완벽하게 환상적인 여름을 보냈어요, 마릴라 아주머니. 마라톤에 나간 건강한 남자처럼 기운이 넘쳐요. 앨런 목사님이 지난 일요일에 쓰신 비유처럼요. 앨런 목사님의 설교는 정말 대단하지 않아요? 린드 아주머니는 목사님의 설교가 나날이 늘어서 곧 도시 교회에서 목사님을 잡아채갈 거라고 했어요. 그러면 우린 다시 끈 떨어진 연 신세가 되어서 풋내기 목사님의 설교에 익숙해져야 할 거라고요. 하지만 공연히 사서 걱정할 필요가 있나요, 마릴라 아주머니? 그냥 앨런 목사님이 계실 때 훌륭한 설교를 즐기는 게 더 낫죠. 제가 남자였다면 목사님이 되고 싶었을 것 같아요. 목사님의 믿음이 깊다면 아주 크고 좋은 영향력을 발휘할 수 있잖아요. 근사한 설교로 신자들의 마음을 감동시킬 수 있다면 얼마나 멋지겠어요? 왜 여자는 목사가 될 수 없나요, 마릴라 아주머니? 린드 아주머니에게 여쭤봤더니 기겁을 하시면서 그러면 난리가 날 거라고 하셨어요. 미국에는 여자 목사들이 있는 것 같지만 다행히 아직 캐나다는 그 정도는 아니고, 앞으로도 그럴 일은 없기를 바란다고 하셨어요. 하지만 저는 이해가 안 돼요. 여자도 훌륭한 목사가 될 수 있을 것 같은데. 교회 친목회나 다과회나 모금을 해야 할 때는 항상 여자들이 주도하잖아요. 린드 아주머니도 벨 장로님만큼이나 기도를 잘하실 것 같은데. 연습만 좀 하시면 설교도 하실 수 있을 거고."

마릴라가 냉정하게 말했다.

"그래, 나도 그럴 수 있다고 생각한다. 레이철은 지금도 비공식적인 설교는 많이 하니까. 레이철이 에이번리 마을을 지켜보는 한 에이번리에서는 아무도 나쁜 길에 빠질 일이 없지."

앤이 느닷없이 용기를 내서 말했다.

"마릴라 아주머니. 드릴 말씀이 있어요. 아주머니 생각은 어떤지 여쭤보고 싶어요. 그것 때문에 걱정이 많이 됐었거든요. 특히 일요일 오후마다 그 문제에 대해서 생각해볼 때면 그랬어요. 전 정말 착해지고 싶어요. 그리고 아주머니나 앨런 사모님이나 스테이시 선생님과 있을 때는 정말이지 모두 기뻐하고 인정할 만한 일만 하고 싶은 마음이 얼마나 큰지 몰라요. 하지만 주로 린드 아주머니와 있을 때는 제가 굉장히 나쁜 아이가 된 것처럼 느껴지면서 아주머니가 해선 안 된다고 하는 그런 짓만 하고 싶어지는 거예요. 정말 그런 유혹이 너무나 크게 느껴져요. 왜 그렇게 느끼는 걸까요? 제가 정말 구제 불능의 못된 아이라서 그런 걸까요?"

마릴라는 한동안 묘한 표정을 짓고 있다가 갑자기 웃음을 터뜨렸다.

"너만 그런 게 아니라 나도 그렇단다, 앤. 나도 그런 느낌을 자주 받는다. 가끔 레이철이 사람들에게 잔소리를 좀 덜하면 훨씬 더 좋은 영향을 미치지 않을까, 싶기도 해. 성경에 잔소리하지 말라는 계율이 있으면 좋을 텐데. 하지만 이런 말 하면 안 되겠지. 레이철은 훌륭한 기독교 신자이고 좋은 마음에서 그러는 거니까. 에이번리에 레이철보다 더 친절한 사람도 없단다. 그리고 자기 일도 똑소리 나게 하고."

"아주머니도 그렇게 느끼신다니 기뻐요. 아주머니의 말을 들으니 기운이 나요. 이제 그 문제에 대해선 걱정하지 않아도 되겠어요. 하지만 또 다른 고민이 생기겠죠. 항상 답을 모르는 새로운 걱정거리가 생기니까요. 하나가 풀리면 바로 또 다른 문제가 생기죠. 나이를 한 살 한 살 먹어가니 생각하고 결정해야 할 일들도 많아지고. 뭐가 옳은지 생각하고 결정하느라 늘 바빠요. 어른이 된다는 건 결코 쉬운 일이 아닌 것 같아요 그렇죠, 마릴라 아주머니? 하지만 제 옆엔 아주머니와 매슈 아저씨와 앨런 사모님과 스테이시 선생님 같은 좋은 분들이 계시니 전 아주 잘 자랄 수 있을 거예요. 잘 자라지 않는다면 그건 분명 전적으로 제 잘못일 거예요. 제겐 단 한 번의 기회밖에 없으니 부담스럽기도 해요. 좋은 어른이 되지 못한다 해도 어린 시절로 돌아가서 처음부터 다시 시작할 수가 없잖아요. 전 이번 여름에 키가 5센티미터나 컸어요, 마릴라 아주머니. 길리스 아저씨가 루비의 생일 파티에서 재주셨어요. 아주머니가 새 옷을 길게 만들어주셔서 정말 기뻤어요. 그 진초록색 원피스는 아주 예뻐요. 주름 장식을 달아주셔서 감사해요. 물론 주름 장식이 꼭 필요한 건 아니지만 올 가을엔 주름 장식이 유행이어서 조시 파이는 옷마다 주름 장식을 달았거든요. 그 주름 장식 덕분에 공부를 더 잘하게 될 것 같아요. 주름 장식이 있다고 생각하니 마음이 아주 편해졌거든요."

"주름 장식을 단 보람이 있구나." 마릴라도 수긍했다.

에이번리 학교에 돌아온 스테이시 선생님은 모든 학생들이 다시 공부에 대한 열의에 차 있다는 걸 알았다. 특히 입시 반 학생들의 열기가 뜨거웠다. 내년 학기말에 있을 입학시험이 임박했기 때문이었다. 그 생각만으로도 아이들은 가슴이 철렁 내려앉았다. 시험에 떨어지면 어쩌지! 그 생각이 그해 겨우내 앤이 깨어 있는 매순간 따라다녔다. 일요일 오후에조차 그 생각이 떠나질 않아서 윤리적이고 신학적인 문제를 생각할 틈이 없었다. 길버트의 이름이 맨 꼭대기에 있고 자신의 이름은 보이지도 않는 합격자 명단을 비참하게 바라보는 악몽을 몇 번이나 꾸었다. 하지만 즐겁고 바쁘고 행복하게 시간이 휙휙 지나가는 겨울이기도 했다. 학교 공부는 흥미로웠고, 경쟁도 치열했다. 앤의 눈앞에서 사고와 감정과 꿈의 세계, 신선하고 매혹적이고 낯선 지식의 세계가 펼쳐지는 것 같았다.

스테이시 선생님은 주도면밀하고 신중하고 대담하게 분위기를 만들어갔다. 선생님은 학생들 스스로 생각하고 탐구하고 지식을 발견하도록 이끌어가면서 낡고 진부한 길에서 벗어나도록 격려해주었다. 혁신이라면 색안경을 끼고 보는 린드 부인과 학교 이사들조차 깜짝 놀랐다.

공부 외에 앤의 사교 범위도 넓어졌다. 스펜서베일 의사 선생님의 조언을 명심한 마릴라는 더 이상 앤의 외출을 막지 않았다. 토론 클럽의 발표회도 몇 번 열렸다. 어른들의 파티와 비슷한 파티도 한두 번 열렸고, 썰매나 스케이트를 타면서 모두 즐겁게 어울렸다.

앤은 그런 틈에 쑥쑥 자랐다. 어느 날 마릴라는 앤과 나란히 서 있다가 앤이 자기보다 더 큰 걸 보고 깜짝 놀랐다.

"어머나, 앤. 정말 많이 컸구나!"

믿기지 않는 듯이 하는 말끝에 한숨이 이어졌다. 마릴라는 부쩍 큰 앤을 보며 이상하게도 아쉬운 마음이 들었다. 마릴라에게 사랑을 가르쳐준 아이는 어딘가로 사라지고 이렇게 키가 훌쩍 크고 진지한 눈빛의 열다섯 살 소녀가 사려 깊은 얼굴로 당당하게 고개를 들고 서 있었던 것이다. 마릴라는 그 아이만큼이나 이 소녀도 사랑하지만 묘하게도 서글픈 상실감이 느껴졌다. 그날 밤 앤이 다이애나와 같이 기도회에 갔을 때 마릴라는 해가 지는 쌀쌀한 저녁에 혼자 앉아 울고 있었다. 등을 들고 들어오던 매슈가 마릴라의 그런 모습을 보고 깜짝 놀란 표정을 짓는 바람에 눈물을 흘리던 마릴라는 그만 웃음이 나왔다.

"앤 생각을 하고 있었어요. 이제 앤도 다 컸어요. 내년 겨울엔 우리를 떠나겠죠. 앤이 너무나 보고 싶을 것 같아요."

"앤은 자주 올 거야. 그때쯤이면 카모디까지 철로가 연결될 거고."

매슈에게 앤은 항상 4년 전 6월의 어느 날 저녁 브라이트 리버 역에서 집으로 데려온 작고 생기 넘치는 여자아이였고 앞으로도 영원히 그럴 것이다.

"그래도 여기서 같이 사는 거랑은 다르죠. 남자들은 이런 마음을 모른다니까!"

마릴라는 위로받을 수 없는 슬픔이라면 차라리 실컷 슬퍼하겠다는 마음으로 울적하게 한숨을 쉬었다.

앤에게는 외모 말고도 확실히 다른 변화들이 일어났다. 우선 훨씬 더 조용해졌다. 생각이 더 많아지고, 공상에 잠기는 것도 변함없었지만 분명 말수가 줄어들었다. 마릴라가 눈치를 채고 말했다.

"요즘은 전처럼 말을 많이 하지 않는 것 같구나, 앤. 거창한 말도 별로 안 하고. 무슨 일 있었니?"

앤은 얼굴을 붉히며 슬며시 웃더니 책을 내려놓고 꿈을 꾸는 것 같은 표정으로 창밖을 내다봤다. 봄 햇살의 유혹에 화답하듯이 담쟁이덩굴에서 커다랗고 빨간 싹이 올라오고 있었다.

"저도 모르겠어요. 전처럼 그렇게 말을 많이 하고 싶지 않아요."

앤은 생각에 잠긴 표정으로 집게손가락으로 턱을 누르면서 말했다.

"이제는 소중하고 예쁜 생각들을 마음에 보물처럼 조용히 담아두는 게 더 좋은 것 같아요. 사람들이 제 말을 비웃거나 이상하게 생각하는 것도 싫고요. 그리고 어쩐지 이제는 거창한 말들을 쓰고 싶지 않아졌어요. 좀 아깝긴 해요. 이제는 마음만 내키면 거창한 말을 쓸 수 있을 만큼 컸는데. 어떤 면에선 어른이 된다는 게 재미있기도 하지만 제가 기대했던 것과는 다르더라고요, 마릴라 아주머니. 배우고 해야 하고 생각할 것이 너무 많아서 거창한 말을 할 틈도 없고요. 게다가 스테이시 선생님은 짧은 말이 더 강력하고 효과적이라고 말씀하셨어요. 에세이는 최대한 간단하게 쓰라고 하시죠. 처음엔 쉽지 않았어요. 전 제가 생각해낼 수 있는 거창하고 좋은 말들은 다 쓰는 데 익숙해져 있었거든요. 그런 말들을 잘 생각해내기도 했고. 하지만 이젠 새로운 스타일에 적응이 되니까 그게 훨씬 좋다는 걸 알게 됐어요."

"이야기 클럽은 어떻게 되고 있니? 네가 그 클럽 이야기를 한 지도 아주 오래된 것 같구나."

"이야기 클럽은 없어졌어요. 다들 시간도 없고, 지겨워지기도 해서요. 사랑, 살인, 도피, 미스터리에 대한 이야기를 짓는다는 게 바보 같았어요. 스테이시 선생님이 가끔 작문 연습으로 이야기를 쓰게 하시지만 에이번리에서 우리에게 일어날 만한 일 외에 다른 건 못 쓰게 하세요. 그렇게 쓴 글은 아주 예리하게 비평해주시면서 우리에게도 서로 비평하라고 하세요. 제가 직접 결점을 찾기 전까진 제 글에 그렇게 결점이 많을 거라곤 생각도 못했어요. 너무 창피해서 다 포기하고 싶었지만 선생님이 제 글을 스스로 엄격하게 비평하는 훈련을 들이면 잘 쓰는 법을 익힐 수 있다고 하셨어요. 그래서 그러려고 노력 중이에요."

"이제 입학시험까지 두 달밖에 안 남았구나. 합격할 수 있을 것 같니?" 마릴라가 묻자, 앤이 몸서리를 쳤다.

"저도 모르겠어요. 가끔은 그럴 수 있을 것 같다가도 더럭 겁이 나기도 해요. 우린 모두 열심히 공부했고 스테이시 선생님이 철저하게 대비를 시켜주셨지만, 그래도 떨어질 수 있죠. 다들 약점이 하나씩 있어요. 제 약점은 물론 기하고, 제인은 라틴어, 루비와 찰리는 대수, 조시는 계산에 약해요. 무디 스퍼전은 영국 역사에서 망할 거란 느낌이 든대요. 스테이시 선생님이 6월에 입학시험만큼 어려운 모의고사를 내서 엄격하게 채점하겠다고 하셨어요. 그러니까 우리 실력이 어느 정도 되는지 알 수 있겠죠. 시험이 얼른 끝났으면 좋겠어요, 마릴라 아주머니. 시험 생각이 머리에서 떠나질 않아요. 가끔 너무 걱정되어서 한밤중에 잠이 깨기도 해요."

마릴라가 무심하게 말했다.

"그럼 다음번에 다시 보면 되지."

"아, 전 그럴 용기가 없을 것 같아요. 떨어지면 얼마나 창피하겠어요. 특히 길버, 다른 아이들은 다 합격했는데. 거기다 너무 긴장해서 시험을 망칠 것 같아요. 저도 제인 앤드루스처럼 배짱이 두둑하다면 얼마나 좋을까요? 제인은 절대 안 떨거든요."

앤은 한숨을 쉬었다. 그리고 푸른 하늘과 산들바람이 손짓하고, 정원에서 연둣빛 새싹이 올라오는 봄의 마력으로 가득 찬 바깥세상에서 눈길을 거두고 단호하게 시선을 책 속으로 돌렸다. 내년에도 봄은 또다시 찾아오겠지만, 입학시험에 합격하지 못하면 다시는 그 봄을 즐길 수 없을 정도로 마음의 상처가 클 거란 생각이 들었다.

32

합격자 명단 발표

6월 말에 학기가 끝나고 스테이시 선생님도 에이번리 학교를 떠났다. 앤과 다이애나는 그날 오후에 아주 무거운 마음을 안고 집으로 걸어 갔다. 눈이 빨갛게 충혈되고 손수건도 축축한 걸 보니 3년 전 필립스 선생님의 인사 못지않게 스테이시 선생님의 작별 인사도 뭉클했던 게 분명했다. 다이애나는 가문비나무 언덕 밑에서 학교를 돌아보고 땅이 꺼져라 한숨을 쉬었다. 다이애나가 울적하게 말했다.

"모든 게 끝나버린 것 같아, 그렇지 않니?"

앤은 젖은 손수건에서 마른 부분을 찾으면서 말했지만 허사였다. "넌 그래도 나만큼 슬프진 않을 거야. 넌 새 학기에 다시 돌아오지만 난 영원히 이곳을 떠날지도 모르잖아. 그것도 운이 좋으면 말이야."

"설사 그렇다 쳐도 예전 같지 않을 텐데 뭐. 스테이시 선생님도 안 계실 거고, 너나 제인이나 루비도 없겠지. 난 혼자 앉아야 할 거야. 너와 짝꿍을 한 후로 또 다른 짝꿍이 생기는 건 견딜 수 없으니까. 아, 그동안 정말 즐거웠는데, 그렇지 않니, 앤? 이제 다 끝났다고 생각하니 너무 슬퍼."

굵은 눈물방울이 다이애나의 코 옆으로 흘러내렸다.

앤이 다이애나를 달랬다.

"네가 눈물을 그치면 나도 그칠게. 이제 그만하려고 해도 또 네 눈물을 보면 나도 다시 눈물이 나오잖아. 린드 아주머니도 이런 말을 하셨잖아. 기운이 안 나도 기운을 내야 한다고. 어쨌든 아무래도 난 새 학기에 다시 학교로 돌아올 것 같아. 이번에 떨어질 것 같은 심상치 않은 느낌을 자주 받아."

"무슨 소리야, 너 모의고사를 아주 잘 봤잖아."

"맞아. 하지만 모의고사에선 떨지 않았거든. 진짜 시험을 생각하면 얼마나 떨리고 긴장되는지 몰라. 거기다 내 수험번호가 13번인데 조시 파이 말로는 그건 재수 없는 번호래. 난 미신을 믿지 않으니까 별 의미는 두지 않아. 그래도 13번은 아니었으면 좋았을 텐데."

다이애나가 말했다.

"내가 너랑 같이 시험 보러 간다면 얼마나 좋을까. 거기서 아주 근사한 시간을 함께 보낼 수 있을 텐데. 하지만 시험 전날 밤엔 공부를 해야겠지?"

"아니야. 스테이시 선생님은 전날 밤에는 책도 펴지 말라고 하셨어. 그래봤자 피곤하고 헷갈리니까 나가서 아무 생각 없이 산책이나 하고 일찍 들어와서 자라고 하셨어. 좋은 충고이긴 하지만 그대로 하긴 힘들 것 같아. 좋은 충고란 게 다 그렇지 뭐. 프리시 앤드루스가 그러는데 입학시험 보는 주 내내 매일 밤늦게까지 잠도 안 자고 공부를 했대. 나도 프리시처럼 열심히 해보기로 했어. 조세핀 할머니가 친절하게도 샬럿타운에 있는 동안 너도밤나무 집에서 묵으라고 하셨어."

"거기 있을 때 내게 편지 쓸 거지?"

"첫날 어떻게 지냈는지 화요일 밤에 편지 쓸게." 앤이 약속했다.

"그럼 수요일에 우체국에서 기다릴래." 다이애나가 맹세했다.

앤은 다음 주 월요일에 샬럿타운에 갔고 다이애나는 약속대로 수요일에 우체국에서 지키고 있다가 앤의 편지를 받았다.

사랑하는 다이애나

화요일 밤인 오늘 너도밤나무 집에 있는 서재에서 이 편지를 쓰고 있어. 어젯밤엔 손님방에서 혼자 있는데 얼마나 쓸쓸했는지 몰라. 네가 같이 있었더라면 정말 좋았을 텐데. 스테이시 선생님에게 약속했기 때문에 공부는 하지 않았어. 하지만 공부를 끝내기 전에 소설책을 펴고 싶은 마음을 참을 수 없는 것처럼, 역사책을 펴고 싶은 마음을 참는 것이 너무 힘들더라.

오늘 아침에 스테이시 선생님이 오셔서 같이 아카데미로 갔어. 가는 길에 제인과 루비와 조시가 묵은 곳에 들러 모두 같이 갔지. 루비가 자기 손 좀 한번 잡아보라고 해서 잡았는데 얼음장처럼 차더라. 조시는 내가 한숨도 안 잔 것처럼 보인다면서 설사 내가 합격한다 해도 학교생활을 버틸 체력이 안 될 것 같다는 거야. 조시 파이를 안지가 그렇게 오래되었는데도 정말 좋아하기 너무 힘든 아이야!

아카데미엔 섬 이곳저곳에서 온 학생들이 많이 있었어. 제일 처음에 본 아이는 계단 위에 앉아서 혼잣말을 중얼거리는 무디 스퍼전이었어. 제인이 대체 뭘 하고 있냐고 물어보니까 마음을 진정시키려고 구구단을 외우고 있는 중이니까 제발 방해하지 말아달라는 거야. 잠시라도 멈추면 겁이 나서 배운 걸 다 까먹을 것 같다고. 구구단을 외우면 그동안 배운 것들이 그 자리에 그대로 있을 것 같다나!

우리 모두 교실을 지정받았을 때 스테이시 선생님은 그만 가셔야 했어. 난 제인과 같이 앉았는데 제인이 어찌나 침착한지 부러워서 죽는 줄 알았어. 착하고 차분하고 분별 있는 제인에게 무슨 구구단이 필요하겠니! 나는 긴장한 게 그대로 얼굴에 다 나와 있지는 않을까 싶었어. 교실 저쪽에 있는 아이들도 쿵쿵 뛰는 내 심장 소리를 들을 수 있지 않을까, 하는 생각도 했다니까. 그때 한 남자가 들어와서 영어 시험지를 나눠주기 시작했지. 시험지를 받는데 손이 차가워지고 머리가 빙빙 돌더라고. 아주 끔찍했던 순간이었어. 마릴라 아주머니에게 초록 지붕 집에 있어도 되는지 4년 전에 물었을 때 느꼈던 바로 그 기분이었지. 그러다 순식간에 머리가 맑아지면서 다시 심장이 뛰기 시작했어. 그때까지 모든 게 정지되어 있었다는 걸 내가 말했던가? 어쨌든 그 시험지에 뭘 써야 할지 알겠더라.

정오에 점심을 먹으러 집에 갔다가 다시 오후에 역사 시험을 보러 돌아왔어. 역사 시험은 아주 어려웠고 연대가 너무너무 헷갈렸어. 그래도 오늘은 꽤 잘 본 것 같아. 하지만 아, 다이애나, 내일은 기하 시험을 보는데, 그 생각만 하면 기하 책을 펴고 싶어서 참을 수 없어. 구구단이 도움이 된다면 밤새 외울 텐데.

저녁엔 다른 여자아이들은 뭐 하고 있는지 보러 갔어. 가는 길에 멍하니 길거리를 배회하는 무디 스퍼전을 만났어. 역사 시험을 망쳤대. 자기는 부모님을 실망시키려고 세상에 태어난 것 같다면서 아침 기차를 타고 집에 가겠다는 거야. 목사가 되는 것보다는 목수가 되는 게 더 쉬울 것 같다고 하더라. 난 무디 스퍼전의 기운을 북돋워주고 스테이시 선생님이 고생하신 걸 생각해서라도 끝까지 시험을 보라고 설득했지. 가끔은 나도 남자로 태어났으면 좋겠다고 생각했지만 그앨 보니까 내가 여자고 무디의 여동생이 아닌 게 기뻤어.

루비가 묵는 집에 갔는데 루비도 정신을 놓으려고 하더라고. 방금 영어 시험에서 치명적인 실수를 한 걸 발견했다는 거야. 루비 마음이 진정되었을 때 우리는 시내에 가서 아이스크림을 먹었어. 너도 같이 있었으면 하고 얼마나 아쉬워했는지 몰라.

아, 다이애나. 제발 기하 시험만 끝난다면 바랄 게 없을 것 같아! 하지만 린드 아주머니가 말씀하신 것처럼 내가 기하 시험을 잘 보든 못 보든 태양은 변함없이 뜨고 또 지겠지. 맞는 말이긴 하지만 별로 위로는 안 된다. 시험에 떨어진다면 차라리 세상의 종말이 와버렸으면 좋겠어!

널 사랑하는 앤

기하 시험과 나머지 시험도 모두 제때 끝나서 앤은 금요일 저녁에 집에 돌아왔다. 다소 지치긴 했지만 시험을 치러내니 뿌듯했다. 다이애나는 초록 지붕 집에서 기다리고 있다가 마치 몇 년 동안 떨어져 있던 것처럼 반갑게 앤을 맞아주었다.

"아, 친구야. 이렇게 다시 보니 얼마나 기쁜지 모르겠어. 네가 시험 보러 간 게 아주 오래전 일 같아. 앤, 시험은 잘 봤어?"

"기하 빼고는 다 그럭저럭 잘 본 것 같아. 합격했는지 아닌지는 모르지만 어쩐지 떨어졌을 것 같은 불길한 예감이 들어. 아, 집에 돌아오니 너무 좋아! 초록 지붕 집은 세상에서 가장 좋고 사랑스러운 곳이야."

"다른 아이들은 시험 잘 봤대?"

"여자아이들은 다 떨어졌을 거라고 했지만 내 생각엔 걔들도 꽤 잘 본 것 같아. 조시는 기하가 열 살 먹은 아이도 풀 수 있을 만큼 쉬웠대! 무디 스퍼전은 아직도 역사에서 망쳤다고 생각하고 있고 찰리는 대수에서 말아먹었다나. 하지만 합격자 명단이 발표되기 전까지는 사실 아무도 모르는 거지. 발표는 2주 뒤에 한대. 2주 동안 이렇게 떨면서 보내야 하다니! 2주 동안 잠만 자다 발표일에 깨면 좋겠어."

다이애나는 길버트 블라이스는 어땠냐고 물어봤자 아무 소용 없을 거라는 걸 알고 있기 때문에 그냥 이렇게만 말했다.

"넌 합격할 거야. 걱정하지 마."

"합격해도 성적이 좋지 않으면 차라리 떨어지는 게 나아." 앤이 느닷없이 말했는데 길버트보다 성적이 좋지 않으면 합격해도 생각만큼 기쁘지 않고 분할 거라는 앤의 심정을 다이애나는 알아차렸다.

그런 목표가 있었기 때문에 앤은 시험 기간 내내 필사적으로 노력했다. 길버트도 마찬가지였다. 둘은 길에서 수십 번 마주쳤지만 둘 다 아는 척하지 않았다. 그때마다 앤은 고개에 더 힘을 주고 걸어가면서도 길버트가 친구가 되자고 했을 때 그럴걸 그랬다고 몰래 아쉬워했다. 그러면서도 시험에서 꼭 길버트를 앞지르겠다고 더 굳게 결심했다. 앤은 에이번리에 있는 모든 아이들이 둘 중 누가 일등을 차지할 것인지 궁금해하고 있다는 걸 알고 있었다. 지미 글로버와 네드 라이트는 내기까지 걸었고 조시 파이는 분명 길버트가 이길 거라고 말했다는 것도 알았다. 그래서 떨어지면 굴욕을 참을 수 없을 것 같았다.

하지만 시험을 잘 치르고 싶었던 데는 다른 기특한 이유도 있었다. 앤은 매슈 아저씨와 마릴라 아주머니를 위해 높은 점수로 합격하고 싶었다. 특히 매슈 아저씨를 위해. 매슈는 앤이 프린스에드워드 섬에서 일등을 할 거라고 굳게 믿고 있었다. 그건 꿈도 못 꿀 일이라고 생각했지만 적어도 10등 안에는 들어서 매슈 아저씨의 다정한 갈색 눈이 자랑스럽게 반짝이는 모습을 볼 수 있기를 간절히 바랐다. 그러면 그동안 죽어라 공부하면서 방정식이나 동사 변화처럼 상상력이라곤 눈곱만큼도 없는 문제들과 치른 씨름이 다 보상받는 느낌일 것 같았다.

2주가 지났을 때 앤은 조바심이 난 제인, 루비, 조시와 같이 우체국을 들락거리면서 시험 기간 내내 느꼈던 그 서늘하면서도 바닥으로 꺼질 것 같은 기분을 다시 느꼈다. 떨리는 손으로 샬럿타운 데일리 신문을 펴보았다. 찰리와 길버트 역시 그 행렬에 동참했지만, 무디 스퍼전은 우체국엔 얼씬도 하지 않았다.

"난 우체국에 가서 냉정한 마음으로 신문을 볼 만한 배짱이 없어. 그냥 내가 떨어졌는지 붙었는지 누가 와서 말해줄 때까지 기다릴 거야."

무디 스퍼전이 앤에게 말했다.

3주가 지나도 합격자 발표가 나오지 않자 앤은 더 이상은 버틸 수 없을 것 같았다. 입맛도 떨어지고 에이번리에서 벌어지는 일에도 흥미를 잃었다. 린드 부인은 보수당이 교육을 책임지고 있으니 나라가 이 모양 이 꼴이라고 했다. 앤은 갈수록 안색이 창백해지고 세상만사에 무심해진 표정으로 매일같이 오후에 우체국에서 집으로 힘없이 돌아왔다. 그런 앤의 모습을 보면서 매슈는 다음번 선거에서는 진짜 자유당에 투표해야 하나 심각하게 고민하기 시작했다.

그러다 어느 날 저녁에 발표가 났다. 앤은 활짝 열어놓은 창가에 앉아 오래간만에 시험에 대한 고통과 세상 시름을 다 잊은 채 여름날 해질 녘 풍경의 아름다움에 흠뻑 취해 있었다. 창문 밑에 있는 정원에서 달콤한 꽃향기가 날아왔고 포플러 나뭇잎들이 바람에 바스락바스락 살랑이고 있었다. 전나무 위 동쪽 하늘은 서쪽 노을에서 반사되어 엷은 분홍빛으로 물들었다. 앤은 황홀한 표정으로 그걸 바라보며 색의 요정이 저렇게 생기지 않았을까, 몽롱하게 생각했다. 그때 한 손에 신문을 들고 펄럭거리면서 전나무 숲을 거쳐 통나무 다리를 넘어 비탈길 위를 달려오는 다이애나의 모습이 보였다.

바로 그 신문에 뭐가 실렸는지 알아차린 앤은 벌떡 일어섰다. 합격자 발표가 나온 것이다! 머리가 빙빙 돌고 심장이 아플 정도로 빨리 뛰었다. 앤은 한 발자국도 움직일 수 없었다. 다이애나가 너무 흥분해서 현관으로 뛰어 들어와 노크도 하지 않고 다락방 문을 열 때까지 족히 한 시간은 흐른 것 같았다. 다이애나가 큰 소리로 외쳤다.

"앤, 너 합격했어. 그것도 일등으로! 너랑 길버트랑 동점이지만 네 이름이 먼저 나왔어. 아, 네가 너무나 자랑스럽다!"

신문을 테이블 위에 던지고 숨이 턱까지 차서 더 이상 말을 잇지 못하는 다이애나가 앤의 침대 위로 몸을 던졌다. 앤은 떨리는 손으로 성냥개비를 여섯 개나 부러뜨린 후에 간신히 램프에 불을 붙였다. 그리고 신문을 홱 치켜들었다. 정말이다, 합격이었다. 200명이나 되는 합격자 명단 맨 윗자리에 앤의 이름이 나와 있었다! 정말 살아 있길 잘했다고 느껴지는 순간이었다!

"정말 잘했어, 앤." 마침내 정신을 차린 다이애나가 일어나 앉아 헐떡이며 말하는 동안에도 앤은 멍한 눈으로 한 마디도 하지 못했다.

"아버지가 브라이트 리버에서 신문을 가져오신 게 10분도 안 됐어. 오늘 저녁 기차로 왔으니까 우체국에는 내일이나 도착할 거야. 합격자 명단을 보자마자 미친 듯이 달려온 거야. 너희들 모두 합격했어. 무디 스퍼전이 역사 시험을 다시 쳐야 하긴 하지만 어쨌든 전원 합격이야. 제인과 루비도 성적이 꽤 좋아. 상위권이고, 찰리도 그래. 조시는 합격점보다 3점 높은 턱걸이지만 마치 수석 합격한 것처럼 잘난 척하겠지? 스테이시 선생님이 얼마나 기뻐하실까? 아, 앤, 합격자 명단에서 제일 위에 있는 기분이 어때? 나라면 너무 기뻐서 미쳐버렸을 것 같아. 지금도 기뻐서 미치기 일보 직전이야. 그런데 넌 마치 봄날 저녁처럼 조용하고 침착하구나."

앤이 대답했다.

"정신이 하나도 없어. 하고 싶은 말은 너무 많은데 어떻게 해야 할지 모르겠어. 이건 꿈도 꾸지 못했어. 아, 딱 한 번 꿈꿔보긴 했어! 슬쩍 그런 생각을 하긴 했지. '내가 일등하면 어떨까?'라고 말이야. 프린스에드워드 섬에서 일등을 한다는 생각마저도 너무나 주제넘고 턱없는 것 같아서. 잠깐만, 다이애나. 당장 밭에 있는 매슈 아저씨에게 달려가서 이 소식을 전해드려야겠어. 그다음에 다른 사람들에게 좋은 소식을 알려주자."

둘은 헛간 아래 건초 밭에서 건초를 만들고 있는 매슈에게 서둘러 갔는데 마침 린드 부인이 길가 울타리에서 마릴라와 이야기를 나누고 있었다.

앤이 외쳤다.

"아, 매슈 아저씨. 저 합격했어요! 일등이에요! 저 말고도 일등이 한 명 더 있기는 하지만. 잘난 척하려는 건 아니지만 정말 기뻐요."

매슈 아저씨는 기쁜 표정으로 합격자 명단을 보면서 말했다.

"봐라, 내가 그럴 거라고 했잖니. 보기 좋게 일등할 줄 알았다."

"그만하면 잘했다, 앤." 마릴라는 린드 부인이 뭐라고 할까 싶어서 뿌듯한 마음을 애써 억누르려고 애를 썼다. 하지만 선량한 린드 부인이 진심으로 축하해줬다.

"앤이 정말 잘했네. 잘한 건 잘했다고 칭찬해줘야지. 친구들에게 자랑거리가 되었구나. 우리 모두 네가 자랑스럽다."

그날 밤, 목사관에서 앨런 목사 부인과 잠시 진지한 이야기를 나누는 것으로 기쁜 저녁을 마무리한 앤은 달빛이 은은하게 비치는 열린 창가에 무릎을 꿇고 앉아 진심에서 우러난 감사와 소망의 기도를 드렸다. 과거에 대한 감사와 미래에 대한 경건한 소원을 담은 기도였다. 그리고 하얀 베개 위에 머리를 대고 아가씨가 꿀 만한 아름답고 환한 꿈을 꾸었다.

33

호텔 콘서트

"반드시 하얀 오건디 드레스를 입어야 해, 앤."

다이애나가 딱 잘라 말했다.

앤과 다이애나는 동쪽 다락방에 있었다. 땅거미가 지기 시작하면서 구름 한 점 없이 맑고 푸른 하늘이 노란 기운을 머금은 초록색으로 아름답게 물들었다. 유령의 숲 위에 떠 있던 파르스름하던 커다랗고 둥근달이 서서히 은색으로 빛났다. 졸린 목소리로 지저귀는 새들, 변덕스럽게 부는 산들바람, 멀리서 들려오는 사람들의 말소리와 웃음소리 같은 즐거운 여름의 소리가 세상에 그득했다. 하지만 중요한 몸단장을 하느라 앤의 방은 블라인드를 치고 램프가 켜져 있었다.

동쪽 다락방은 사람을 냉대하는 쌀쌀맞고 차가운 분위기가 뼛속까지 스며들던 4년 전과는 분위기가 완전히 달라졌다. 마릴라가 어쩔 수 없이 체념하며 묵인해준 덕분에 변화에 변화를 거듭한 이 방은 이제 소녀 취향에 딱 맞는 우아하고 화사한 보금자리가 되었다.

앤이 어렸을 때 바랐던 분홍 장미 무늬가 있는 벨벳 카펫과 분홍 커튼의 꿈은 이루어지지 않았지만 크면서 앤의 꿈도 변해서 그다지 아쉽지 않았다. 바닥에는 예쁜 깔개가 깔려 있고, 높은 창에는 방의 분위기를 부드럽게 만들어주는 연두색 모슬린 커튼이 지나가는 바람에 흔들거렸다. 벽에 금실과 은실로 짠 벽걸이는 없지만 화사한 사과 꽃무늬 벽지로 도배를 하고 그 위에 앨런 부인에게 받은 근사한 그림 몇 점으로 장식했다. 스테이시 선생님의 사진이 최고의 명당자리를 차지했고, 그 아래 선반에 늘 신선한 꽃을 놓아서 선생님에 대한 고마운 마음을 표현했다. 오늘 밤엔 백합의 아련한 향기가 꿈결처럼 방 안을 떠돌았다. 방에 마호가니 가구는 없었지만 책이 빼곡하게 꽂힌 흰색 책장, 쿠션이 놓인 버드나무 흔들의자와 하얀 모슬린을 깔아 멋을 낸 화장대, 예스러운 거울과 낮고 하얀 침대가 하나 있었다. 그 거울은 전에는 손님방에 있었는데 금테를 두르고 아치형의 꼭대기 부분에 통통한 핑크색 큐피드와 보라색 포도가 그려져 있었다.

앤은 화이트샌즈 호텔에서 열리는 콘서트에 가려고 옷을 차려입는 중이었다. 호텔 투숙객들이 샬럿타운 병원을 후원하기 위해 개최한 행사로 인근의 재능 있는 아마추어들이 모두 출연하기로 했다. 화이트샌즈 침례교회 성가대원인 버사 샘슨과 펄 클레이가 듀엣을 하고, 뉴브리지의 밀튼 클라크가 바이올린 독주를, 카모디의 아델라 블레어는 스코틀랜드 민요를, 스펜서베일의 로라 스펜서와 에이번리의 앤 셜리는 시를 낭송하기로 예정되어 있었다.

앤이 전에 한 번 말했던 것처럼 그건 '일생일대의 획기적인 사건'이었다. 앤은 흥분해서 어쩔 줄 몰라 했다. 매슈는 애지중지하는 앤에게 이런 영광이 주어져서 더없이 행복해했고, 마릴라도 못지않게 기뻤지만 곧 죽어도 내색은 하지 않았다. 거기다 젊은이들이 보호자도 없이 호텔에서 돌아다니는 건 바람직하지 못하다고 한마디 보태기까지 했다.

앤과 다이애나는 제인 앤드루스와 제인의 오빠 빌리와 함께 마차를 타고 가기로 했다. 에이번리의 다른 아이들도 몇 명 가기로 했다. 시내에서 온 손님들을 위해 파티가 열리고, 콘서트가 끝난 후에 공연 출연자들에게 식사가 제공된다고 했다.

앤이 불안하게 물어보았다.

"정말 오건디 드레스가 제일 나아? 난 파란 꽃무늬 모슬린 드레스도 예쁜 것 같은데. 거기다 오건디 드레스는 요즘 유행하는 스타일도 아니잖아."

"하지만 오건디 드레스가 더 잘 어울려. 부드러우면서도 주름도 달려 있고 몸매를 예쁘게 강조해주잖아. 모슬린 드레스는 뻣뻣하기도 하고 너무 꾸민 것 같은데 오건디 드레스는 아주 자연스러워 보이고."

앤은 한숨을 쉬면서 다이애나의 조언을 따랐다. 탁월한 패션 센스로 유명한 다이애나에게 옷 입기에 대한 도움을 청하는 사람들이 많았다. 오늘처럼 특별한 밤을 위해 아름다운 들장미 같은 분홍색 드레스를 입은 다이애나도 무척 아름다웠다. 앤은 꿈도 꾸지 못할 스타일이었다. 하지만 다이애나는 콘서트에 나갈 것이 아니라서 별로 중요하지 않았다. 다이애나는 에이번리의 명예를 위해서라도 앤의 옷을 골라주고 머리를 빗겨주며 여왕처럼 꾸며주기 위해 혼신의 힘을 다했다.

"그 주름을 조금 더 꺼내봐. 그래, 거기. 내가 허리에 장식 띠를 매줄게. 이제 구두를 신어. 네 머리를 두 가닥으로 땋은 다음에 중간에 하얀색의 커다란 리본을 묶을 거야. 아니, 앞머리는 한 가닥도 내리지 마.

그냥 가르마를 타서 옆으로 넘기자. 넌 너에게 어떤 머리 모양이 어울리는지 잘 모르잖아, 앤. 그렇게 앞머리를 하면 성모 마리아 같다고 앨런 사모님도 말씀하셨어. 이 조그맣고 하얀 장미는 네 귀 뒤에 꽂아줄게. 우리 집 덤불에 한 송이 피어 있어서 널 주려고 꺾어왔어."

"진주 목걸이도 할까? 매슈 아저씨가 지난주에 시내에서 사오셨어. 목걸이 한 모습을 보고 싶으실 거야." 앤이 물었다.

다이애나는 입술을 오므리고, 검은 머리를 한쪽으로 기울인 채 여기저기 뜯어보다가, 마침내 허락한다는 신호를 보냈다. 그래서 앤은 우유처럼 뽀얗고 가느다란 목에 목걸이를 걸었다. 다이애나는 질투하는 기색 하나 없이 그저 감탄하는 눈빛으로 앤을 보며 말했다.

"앤, 넌 정말 세련됐어. 자세도 바르고 당당해서 너무 멋져. 몸매가 늘씬해서 그런 것 같아. 난 키도 작고 포동포동한데. 살찔까 봐 늘 걱정했는데 결국 이렇게 되어버렸어. 그냥 포기하고 살까 봐."

앤은 다이애나의 예쁘고 생기가 넘치는 얼굴을 애정에 찬 눈빛으로 바라보며 말했다.

"네 보조개가 얼마나 예쁜데 그래. 마치 크림을 콕 찍은 것처럼 사랑스러운데. 난 보조개가 생겼으면 하는 바람은 다 접었어. 그 꿈은 절대로 이루어지지 않을 거야. 하지만 지금까지 이루어진 꿈이 아주 많으니 불평하면 안 되겠지. 이제 준비 다 된 건가?"

"다 됐어." 다이애나가 확인해주는 사이에 마릴라가 문가에 나타났다. 이전보다 야위고 흰머리도 늘고 허리는 구부정해졌지만 표정은 훨씬 부드러워졌다.

"들어오셔서 오늘 밤 시를 낭송할 아가씨를 보세요, 마릴라 아주머니, 정말 예쁘지 않아요?"

마릴라는 콧방귀를 뀌는 것 같기도 하고 툴툴대는 것 같기도 한 묘한 소리를 냈다.

"아주 단정하고 참하구나. 머리를 저렇게 해놓으니 보기 좋아. 다만 마차 타고 가느라 먼지와 이슬에 옷이 더러워질 것 같구나. 날도 습한데 옷이 좀 얇은 것 같기도 하고. 어쨌든 오건디는 세상에서 가장 비실용적인 옷감이야. 매슈 오라버니가 사오셨을 때 그렇게 말했건만. 뭐 요즘은 무슨 말을 해도 들은 척도 안 하지만. 전엔 안 그러더니 요즘은 앤을 위해서라면 뭐든 다 사들여대니 원. 카모디 가게 점원들이 오라버니를 호구로 생각하지 뭐냐. 요새 유행하는 예쁜 거라고 하면 무조건 지갑부터 열고 보니 말이다. 치맛자락이 바퀴에 걸리지 않게 조심해라, 앤. 따뜻한 외투도 걸치고."

마릴라는 앤의 아름다운 모습을 자랑스러워하면서 계단을 성큼성큼 내려가는 동안, '이마에서 왕관까지 비친 한줄기 달빛'*을 떠올렸다. 마릴라는 콘서트에 가서 앤의 낭송을 듣지 못하는 것이 아쉬웠다.

앤이 걱정스럽게 말했다.

"정말 이 드레스를 입기엔 날씨가 너무 습한 거 아닌지 몰라."

다이애나가 창문의 블라인드를 걷어올리며 말했다.

"전혀 그렇지 않아. 완벽한 밤이야. 이슬은 한 방울도 맺히지 않을 거야. 달빛을 봐."

앤이 다이애나에게 다가가며 말했다.

---

* 엘리자베스 배럿 브라우닝의 장편 서사시 『오로라 리』에 나오는 시구.

"내 방 창문이 동쪽에 있어서 해 뜨는 걸 볼 수 있어 정말 기뻐. 아침에 길게 이어진 저 언덕 위로 해가 떠올라서 뾰족한 전나무 꼭대기 사이로 밝게 빛나는 모습은 정말 황홀하거든. 매일 아침 새로운 태양이 떠오르는데 그 햇살에 영혼이 씻기는 느낌이야. 아, 다이애나, 난 이 작은 방이 너무 좋아. 다음 달에 이 방이 없는 샬럿타운에 가서 어떻게 살아야 할지 모르겠어."

"오늘 밤은 이별에 대한 이야기는 하지 말아줘. 그 생각만 하면 너무 슬퍼. 오늘 밤은 즐겁게 보내고 싶단 말이야. 오늘 어떤 시를 낭송할 거니, 앤? 떨리니?" 다이애나가 물었다.

"아니, 하나도 안 떨려. 사람들 앞에서 많이 해봐서 그런지 괜찮아. 오늘은 「소녀의 맹세」를 읊기로 했어. 아주 슬픈 시야. 로라 스펜서는 웃긴 시를 낭송하기로 했지만 난 사람들을 웃기는 것보다 울리는 게 더 좋아."

"앙코르를 받으면 뭘 할 건데?"

"그럴 일은 절대 없을 거야." 앤은 콧방귀를 뀌었지만 내심 앙코르를 받으면 좋겠다 싶었다. 그리고 벌써 다음 날 아침 식탁에서 매슈 아저씨에게 그 이야기를 하는 자신의 모습이 떠올랐다.

"빌리와 제인이 도착했어. 마차 소리가 들려. 어서 나가자."

빌리 앤드루스가 앤은 마차 앞 자기 옆자리에 앉아야 한다고 우기는 바람에 어쩔 수 없이 그 자리에 올라갔다. 마차 뒤쪽에서 다른 여자아이들과 같이 앉아서 웃고 실컷 수다를 떨고 싶었지만 어쩔 수 없었다. 빌리와는 웃거나 수다를 떨 일이 없었다. 빌리는 큰 등치에 뚱뚱하고, 우둔한 스무 살짜리 청년으로 둥그런 얼굴은 무표정했고 말주변도 지독히 없었다. 하지만 앤을 무지막지하게 동경하고 있었기 때문에 이 날 씬하고 반듯한 소녀와 나란히 앉아 화이트샌즈 호텔까지 가게 되어 가슴이 벅찬 상태였다.

앤은 그래도 호텔까지 즐겁게 가기로 하고 어깨 너머로 뒷자리의 아이들과 이야기를 주고받고 가끔 빌에게도 예의상 한 마디씩 했다. 빌은 앤이 말을 걸어줄 때마다 씩 웃었지만 대꾸는 한 마디도 못했다. 신나는 밤이었다. 도로는 호텔로 가는 마차들로 가득 찼고, 투명한 웃음소리가 여기저기서 울려 퍼졌다. 마침내 도착한 호텔은 천장에서 바닥까지 휘황찬란하게 빛나고 있었다. 콘서트 준비 위원 중 한 사람이 앤을 출연자 대기실로 데려갔다. 대기실은 샬럿타운 심포니 클럽 회원들로 북적였는데 그 속에 있으려니 갑자기 부끄러워지면서 겁이 나고 자신이 너무나 촌스럽게 느껴졌다. 동쪽 다락방에 있을 때는 자신의 드레스가 아주 화사하고 예쁘게 느껴졌는데 지금은 아주 단순하고 소박해 보였다. 주위에 있는 번쩍이거나 살랑살랑 스치는 실크 드레스와 레이스 사이에서 자신의 옷차림은 너무 소박하고 평범해 보였다. 앤의 진주 목걸이는 옆에 앉은 체격이 크고 아름다운 숙녀가 찬 다이아몬드 목걸이와 비교나 될까? 다른 여자들이 꽂은 화려한 온실 꽃들에 비해 앤이 꽂은 한 송이 작은 장미는 또 얼마나 초라해 보이는지! 앤은 모자와 재킷을 벗고 참담한 마음으로 한쪽 구석에서 몸을 최대한 움츠리고 있었다. 초록 지붕 집에 있는 하얀 방으로 얼른 돌아가고 싶을 뿐이었다.

호텔의 커다란 콘서트 무대에 오르자 상황은 더 나빠졌다. 조명에 눈이 부셨고, 향수 냄새와 소음에 압도되어 도저히 정신을 차릴 수가 없었다. 다이애나와 제인과 같이 객석에 앉아 있었으면 차라리 나았을 것 같았다. 두 친구는 뒷자리에서 즐거운 시간을 보내고 있는 것 같았다. 앤은 분홍색 드레스를 입은 통통한 부인과 키가 크고 하얀 레이스 드레스를 입고 비웃는 표정을 짓고 있는 소녀 사이에 앉아 있었다. 통통한 부인이 가끔 고개를 돌려 안경 너머로 대놓고 앤을 이리저리 뜯어보는 바람에 타인의 시선에 민감한 앤은 비명을 지르고 싶은 심정이었다. 하얀 레이스 드레스를 입은 여자아이는 옆 사람에게 큰 소리로 객석에 앉은 '시골뜨기'가 어떻고 '촌스런 미인'이 어떻고 하면서 프로그램에 출연하는 지방 젊은이들의 공연이 아주 웃길 것 같다고 떠들어댔다. 앤은 죽을 때까지 이 여자아이를 증오할 거란 생각이 들었다.

앤으로서는 유감스럽게도, 호텔에 묵고 있던 시 낭송 전문가가 낭송을 하기로 예정되어 있었다. 새까만 눈에 나긋나긋한 그 숙녀는 달빛으로 짠 것 같은 반짝이는 회색 드레스를 입고 목과 검은 머리를 보석으로 치장하고 있었다. 부드러우면서도 힘이 있고 풍부한 그녀의 표현력에 관객들은 열광했다. 그 순간만큼은 앤도 모든 걱정과 불안을 내려놓은 채 눈을 반짝이며 황홀경에 빠져들었다. 하지만 낭송이 끝났을 때 앤은 두 손으로 얼굴을 가렸다. 도저히 그다음 순서로 나가서 낭송을 할 자신이 없었다. 절대로. 왜 내가 낭송을 잘한다고 생각했지? 아, 초록 지붕 집으로 돌아갈 수만 있다면!

이 불리한 순간에 사회자가 앤의 이름을 불렀다. 할 수 없이 앤은 어지러운 몸을 이끌고 일어나 무대로 나갔다. 일어서는 순간 하얀 레이스 드레스를 입은 소녀가 움찔 놀라면서 앤의 아름다움을 질시하는 눈빛으로 바라보고 있다는 사실도 눈치 채지 못했다. 앤의 얼굴이 너무 창백해서 객석에 앉아 있던 다이애나와 제인은 불안한 표정으로 서로의 손을 맞잡았다.

앤은 무대 공포증에 사로잡혀 멍하니 서 있었다. 종종 사람들 앞에서 낭송해보긴 했지만 이렇게 많은 사람들 앞에 서본 적은 처음이라 온몸에 힘이 쑥 빠졌다. 모든 것이 너무나 기이하고 눈부시고 당혹스러웠다. 이브닝드레스를 입고 줄줄이 앉아 있는 부인들의 깐깐한 표정과 부유하고 세련된 분위기가 낯설기만 했다. 토론 클럽의 소박한 벤치에 편안하고 따뜻한 얼굴로 앉아 있는 친구들과 이웃들과는 영판 다른 분위기였다. 이 사람들은 내 낭송을 인정사정없이 비판할 거야, 하고 앤은 생각했다. 하얀 레이스 드레스를 입은 소녀처럼 앤의 '촌스런' 노력을 비웃겠지. 앤은 창피하고 비참한 마음에 무력감에 빠졌다. 무릎이 덜덜 떨리고 가슴이 쿵쾅거리고 금방이라도 기절할 것 같아서 도저히 입을 뗄 수 없었다. 평생 그 수치를 안고 살아야 한다 해도 그냥 도망쳐버리고 싶었다.

하지만 겁에 질려 커진 눈으로 관객을 보던 앤의 눈에 방 뒤쪽에서 길버트 블라이스가 미소를 띠고 몸을 앞으로 내민 채 앉아 있는 모습이 들어왔다. 그 순간 앤에겐 그 표정이 승리감에 취해 앤을 조롱하고 있는 것처럼 보였다. 하지만 사실은 그렇지 않았다. 길버트는 그저 이 행사가 훌륭하다고 생각하고 있었고 그중에서도 야자나무를 배경으로 하얀 드레스를 입은 앤의 날씬한 몸매와 고요한 표정이 자아내는 분위기가 좋았던 것뿐이었다. 길버트가 마차를 태워줘서 길버트 옆에 앉아 있는 조시 파이야말로 승리감에 취해 앤을 조롱하고 있었다. 하지만 앤은 조시를 보지 못했고, 봤다 해도 개의치 않았을 것이다. 앤은 길게 심호흡을 하고 당당한 표정으로 고개를 들었다. 마치 전기 충격을 받은 것처럼 용기와 굳은 결의가 앤의 전신을 휩쓸고 지나갔다. 길버트 블라이스 앞에서 이렇게 무너질 순 없다. 길버트는 절대로 그녀를 비웃을 수 없을 것이다, 절대로! 그러자 두렵고 떨리던 마음이 순식간에 사라졌다. 앤은 낭송을 시작했다. 앤의 맑고 아름다운 목소리는 거침없이 콘서트장 구석구석까지 울려 퍼졌다. 완벽하게 자신감을 되찾은 앤은 힘없이 떨던 순간에 대한 반발로 그 어느 때보다 훌륭하게 낭송을 마쳤다. 낭송을 마치자 관객들은 진심에서 우러난 박수갈채를 보냈다. 앤은 부끄럽기도 하고 기쁜 마음에 얼굴을 붉히며 자신의 자리로 돌아갔다. 분홍색 드레스를 입은 통통한 부인이 앤의 손을 덥석 잡고 흔들어댔다.

"어머나, 정말 잘했어요. 난 눈물을 줄줄 흘렸지 뭐야. 정말 그랬다니까. 봐, 앙코르가 나왔네. 이건 꼭 해야 해!"

앤이 어찌할 바를 모르고 대답했다.

"아, 난 못하겠어요. 하지만 안 하면 매슈 아저씨가 실망하시겠죠. 사람들이 앙코르할 거라고 아저씨가 그러셨는데."

"그럼. 매슈 아저씨를 실망시키면 안 되지." 부인이 웃으며 말했다.

발그레해진 얼굴로 앤은 미소를 지으며 다시 무대로 돌아가 독특하고 짧고 재미있는 시를 낭송해서 관객들의 마음을 한층 더 사로잡았다. 그 후로 앤은 낭송을 성공한 기쁨에 취해 남은 밤을 보냈다.

콘서트가 끝났을 때 미국인 백만장자의 부인이라는, 분홍색 드레스를 입은 그 뚱뚱한 부인이 앤을 데리고 다니며 사람들에게 소개해주었다. 모두 앤을 아주 친절하게 대해줬다. 전문 낭송가인 에번스 여사도 다가와서 앤과 이야기를 나누면서 목소리도 매력적이고 작품을 아주 근사하게 '해석했다고' 칭찬해줬다. 하얀 레이스 드레스를 입은 여자아이까지도 잘했다는 인사치레를 했다. 그들은 아름답게 장식한 커다란 식당에서 저녁을 들었다. 다이애나와 제인도 앤과 같이 왔기 때문에 이 식사에 초대받았지만 이런 자리가 두려웠던 빌리는 온데간데없었다. 하지만 만찬이 끝난 후 세 소녀가 고요하고 하얀 달빛이 비치는 밖으로 나오자 빌리가 기다리고 있었다. 앤은 심호흡을 하면서 새까만 전나무 가지 너머로 펼쳐진 맑은 하늘을 바라보았다.

아, 순수하고 고요한 밤의 세상으로 돌아오니 이토록 기쁠 수가! 밤의 정적을 넘어 들려오는 파도 소리와 마법에 걸린 해안을 지키는 으스스한 거인들처럼 거무스름한 절벽들, 이 모든 것들이 위대하고도 근사했다. 마차를 타고 가던 제인이 한숨을 쉬며 입을 열었다.

"오늘 밤 정말 근사하지 않았니? 난 돈 많은 미국 사람이었으면 좋겠어. 그럼 호텔에서 여름을 보내면서 보석을 차고 목이 깊게 파인 드레스를 입고 매일 매일 아이스크림과 치킨 샐러드를 먹을 수 있을 텐데. 분명 학교에서 아이들을 가르치는 것보다 훨씬 재미있을 거야. 앤, 오늘 밤 네 낭송은 정말 근사했어. 처음에는 시작도 못할까 봐 걱정하긴 했지만 말이야. 에번스 여사의 낭송보다 훨씬 더 잘한 것 같아."

앤이 재빨리 말했다.

"아니야, 그런 말 하지 마. 내가 어떻게 에번스 여사보다 잘할 수 있었겠어. 에번스 여사는 전문가고, 난 그저 낭송 조금 하는 학생일 뿐인데. 사람들이 내 낭송도 마음에 들었다면 그걸로 만족해."

다이애나가 거들었다.

"나도 너에 대한 칭찬을 들었어. 적어도 그 사람이 말하는 투로 봐선 칭찬하는 게 틀림없었어. 제인과 내 뒤에 미국인이 한 명 앉아 있었거든. 눈동자와 머리가 칠흑처럼 검은 아주 낭만적으로 생긴 남자였어. 조시 파이가 그러는데 아주 뛰어난 예술가래. 보스턴에 사는 조시 엄마 사촌이 그 사람 동창이랑 결혼했대. 아무튼 그 사람이 하는 말 너도 들었지, 제인? '저 근사한 티티안 머리*를 한 저 소녀는 누구지? 저 소녀의 얼굴을 그려보고 싶군.'이라고 했어. 그렇게 말했다니까, 앤. 그건 그렇고 티티안 머리는 뭘까?"

앤이 웃음을 터뜨렸다.

"빨갛다는 뜻이야. 티티안은 빨간 머리 여자들을 그리는 걸 좋아했던 유명한 화가야."

제인이 한숨을 쉬며 다시 말했다.

"행사에 온 그 귀부인들이 찬 다이아몬드 다 봤니? 정말 눈이 부시더라. 너희들도 그런 부자가 되고 싶지 않니?"

앤이 힘주어 말했다.

"우리 모두 부자야. 우린 지금까지 16년 동안 잘 살아왔고, 여왕처럼 행복하잖아. 거기다 상상력도 있고. 저 바다를 봐, 얘들아. 은빛 물결과 그림자와 보이지 않는 것들로 가득 차 있잖아. 우리에게 수백만 달러에 수십 개의 다이아몬드가 있다고 해서 저 바다의 아름다움을 더 잘 음미할 수 있는 것도 아니잖아. 설사 그럴 수 있다고 해도 저 여자들과 우리 처지를 바꾸고 싶지는 않을걸. 너라면 그 하얀 레이스 드레스를

---

* 이탈리아 화가인 티치아노가 자주 그리며 알려진 헤어스타일로 티티안은 티치아노의 영어식 표현.

입고 마치 세상을 비웃기 위해 태어난 것처럼 항상 뚱한 표정으로 사는 그 아이가 되고 싶겠니? 아니면 친절하고 다정하긴 하지만 키도 작고 뚱뚱해서 몸매라고 할 만한 것도 없는 그런 핑크색 드레스를 입은 귀부인이 되고 싶니? 아니면 눈에 슬픔이 가득 담긴 에번스 여사가 되고 싶니? 에번스 여사는 분명 과거에 아주 불행한 일을 경험했기 때문에 얼굴에 그런 그늘이 생겼을 거야. 넌 절대로 그런 사람이 되고 싶지는 않겠지, 제인 앤드루스!"

제인은 자신 없이 말했다.

"나도 잘 모르겠어. 다이아몬드가 큰 위로가 될 것 같기도 한데."

앤이 확신에 차서 말했다.

"글쎄, 난 다이아몬드의 위로를 받지 못한다 해도 내가 아닌 다른 사람은 되고 싶지 않아. 난 진주 목걸이를 한 초록 지붕 집의 앤으로도 만족해. 매슈 아저씨가 분홍 드레스를 입은 부인의 보석보다 더 큰 사랑을 담아 이 진주 목걸이를 주셨으니까."

34
퀸스 여학생

그 후 3주 동안 초록 지붕 집은 앤의 퀸스 아카데미 입학 준비로 눈코 뜰 새 없었다. 바느질거리도 많았고 의논해서 처리해야 할 일도 많았다. 앤이 입을 옷은 매슈의 고집대로 예쁜 것으로 충분히 마련했다. 마릴라도 이번에는 매슈가 어떤 옷을 사오고, 어떻게 하자고 하든, 반대하지 않고 하자는 대로 다 했다. 거기다 어느 날 저녁에 우아하고 옅은 초록색 옷감을 한 아름 안고 동쪽 다락방으로 올라오기까지 했다.

"앤, 이걸로 널 위해 가볍고 근사한 드레스를 만들려고 한다. 이미 예쁜 옷들을 넉넉하게 장만했으니 사실 이건 필요하지 않을 것 같다만 앞으로 시내에서 저녁 파티 같은 데 가려면 정장 분위기가 나는 옷도 있으면 좋을 것 같아서 말이야. 제인과 루비와 조시는 '이브닝드레스'란 걸 장만했다고 들었는데 너도 처지면 안 되잖니. 지난주에 앨런 부인이 이걸 고르는 걸 도와주셨다. 에밀리 길리스에게 만들어달라고 할 거야. 에밀리는 취향도 고급스럽고 솜씨도 이곳에선 최고니까."

앤이 말했다.

"아, 마릴라 아주머니, 정말 아름다워요. 고맙습니다. 이렇게까지 잘 해주시지 않아도 되는데. 이러시니까 점점 더 떠나기가 힘들어져요."

에밀리는 자신의 취향에 따라 주름 장식을 풍성하게 단 초록색 드 레스를 만들어왔다. 앤은 매슈와 마릴라를 위해 어느 날 저녁 그 드레 스를 입고 부엌에서 「소녀의 맹세」를 낭독했다. 앤의 환하고 생기 있는 얼굴과 우아한 동작을 지켜보면서 마릴라는 앤이 처음 초록 지붕 집에 도착했던 저녁을 떠올렸다. 촌스럽고 보기 흉한 누런색 원피스를 입고 눈물이 글썽거리는 눈으로 두려움에 차서 자신을 보던 그 독특한 아 이. 그 기억이 떠오르자 마릴라의 눈에 눈물이 차올랐다.

앤은 앉아 있는 마릴라의 뺨에 허리를 숙여 살짝 키스하고는 명랑하 게 말했다.

"아, 제 낭송에 감동해서 눈물을 흘리셨군요, 마릴라 아주머니. 오늘 낭송은 이만하면 성공한 거네요."

'시 나부랭이' 때문에 이렇게 약한 모습을 보였다는 말에 코웃음을 쳤을 마릴라가 대꾸했다.

"아냐, 너의 시 때문에 눈물이 난 게 아니야. 그냥 어렸을 적 네 모습 이 떠오르더구나. 네가 여러모로 별나기는 해도 그냥 그대로 자라지 말고 있었으면 얼마나 좋았을까, 하는 생각이 들었다. 넌 이제 다 커서 여기를 떠나게 되었잖니. 키도 훌쩍 크고 세련되게 변했고, 그 드레스 를 입으니 딴사람 같은 게 영 에이번리 사람 같지 않아. 그런 생각을 하면 너무 쓸쓸해져서 말이야."

"마릴라 아주머니!"

앤은 마릴라의 무릎에 앉아 마릴라의 주름진 얼굴을 두 손으로 감싸면서 다정하고 진지한 표정으로 마릴라의 눈을 들여다봤다.

"전 하나도 변하지 않았어요. 정말이에요. 그저 가지치기를 좀 하고 다듬었을 뿐인걸요. 여기 초록 지붕 집의 앤은 그대로 있어요. 제가 어디를 가든 겉모습이 얼마나 변하든 그건 아무 의미가 없어요. 제 마음 속에 있는 아주머니의 꼬마 앤은 아주머니와 매슈 아저씨와 그리운 초록 지붕 집을 매일매일 더 사랑하게 될 거예요."

앤은 마릴라의 시든 얼굴에 젊고 싱그러운 뺨을 대고, 한 손을 뻗어 매슈 아저씨의 어깨를 토닥였다. 마릴라도 앤처럼 표현력이 좋았더라면 자신의 감정을 더 많이 표현했을지도 모른다. 하지만 타고난 성정과 습관을 이기지 못해 그저 앤을 꼭 껴안고 이대로 절대 놓지 않았으면 좋겠다고 바랄 뿐이었다.

눈물이 고인 매슈도 벌떡 일어나 밖으로 나갔다. 매슈는 별이 총총 뜬 파란 밤하늘 아래 뜰을 지나 포플러 나무가 있는 대문까지 복잡한 심정으로 걸어갔다. 그러다 자랑스럽게 중얼거렸다.

"뭐, 이만하면 앤을 버릇없이 키운 것 같진 않아. 가끔 내가 나서는 것도 해가 되지 않았어. 앤은 똑똑하고 예쁜 데다 사랑을 줄 줄 알아. 그게 무엇보다 좋은 점이지. 앤은 하느님이 우리에게 주신 축복이었어. 스펜서 부인이 저지른 운 좋은 실수인 거야. 그걸 행운이라고 치면 말이지. 하지만 난 세상에 행운이라곤 없다고 봐. 그건 신의 섭리였어. 우리에게 앤이 필요하다는 걸 하느님이 아셨던 거야."

앤이 마침내 샬럿타운으로 떠나야 하는 날이 왔다. 앤은 9월의 어느 화창한 날 아침에 다이애나와 눈물의 작별을 하고, 마릴라와는 눈물 없이 무덤덤하게 작별 인사를 한 후에 매슈와 함께 마차를 타고 길을 떠났다. 하지만 앤이 떠났을 때 다이애나가 눈물을 닦고 카모디에 사는 사촌 몇 명과 같이 화이트샌즈로 소풍을 가서 어떻게든 아픈 마음을 달랜 반면, 마릴라는 하루 내내 찢어지는 마음으로 굳이 안 해도 되는 집안일에 매달렸다. 가슴이 미어지고 속이 타들어가는 그 고통은 눈물로도 씻을 수 없었다. 하지만 그날 밤 잠자리에 들었을 때 복도 끝에 있는 동쪽 다락방에 그 생기 넘치는 아이도, 부드러운 숨결도 없다는 사실을 뼈저리게 느끼고 슬픔에 빠진 마릴라는 베개에 얼굴을 묻고 격렬하게 울었다. 이윽고 울음을 그친 마릴라는 자신과 똑같은 죄 많은 인간을 이렇게 좋아하게 된 것이 얼마나 나쁜 일인지 생각해보다 간담이 서늘해졌다.

앤과 에이번리의 다른 학생들은 제때 샬럿타운에 도착해 서둘러 학교에 갔다. 첫날은 새 친구들을 만나고 교수들의 얼굴을 익히고 반 편성을 하느라 정신없이 즐겁게 지나갔다. 앤은 스테이시 선생님의 조언에 따라 1급 과정을 들을 생각이었다. 길버트 역시 그렇게 했다. 그렇게 잘 따라가면 2년이 아니라 1년 만에 1급 교사 자격증을 딸 수 있지만 대신 힘들고 노력을 많이 해야 했다. 별로 야심이 없는 제인, 루비, 조시, 찰리, 무디 스퍼전은 2급 과정을 듣는 것에 만족했다. 앤은 50명이나 되는 낯선 학생들로 가득 찬 교실에 혼자 있으려니 마음이 아팠다. 아는 사람이라고는 교실 맞은편에 있는 갈색 머리의 키 큰 소년 하나뿐이었지만 별로 도움이 되지 않을 거라는 걸 알기에 우울해졌다. 하지만 같은 반이라 기쁘기도 했다. 앞으로도 그동안 해왔던 경쟁을 계속할 수 있을 것이고, 그것마저 없으면 뭘 해야 할지도 몰랐을 것이다.

앤은 생각했다.

'이마저 없었으면 정말 힘들었을 거야. 길버트는 각오가 대단해 보여. 벌써 메달을 따기로 작정한 것 같은 얼굴이야. 어쩜 저렇게 턱선이 멋지담! 전에는 몰랐었는데. 제인과 루비도 같이 1급 과정을 들으면 얼마나 좋아. 하지만 여기서도 친구가 생기면 이렇게 막막한 기분은 들지 않겠지. 여기 있는 여자아이들 중에 누가 내 친구가 될지 궁금하다. 생각해보면 재미있을 것 같은데. 물론 다이애나에게 약속한 것처럼 새 친구가 아무리 좋아진다고 해도 다이애나만큼 소중하진 않겠지. 하지만 두 번째로 좋은 친구는 많이 사귈 수 있으니까. 저기 저 갈색 눈에 새빨간 윗도리를 입은 여자아이도 마음에 드네. 볼이 장밋빛처럼 빨갛고 아주 생기발랄해 보여. 창밖을 내다보는 금발에 창백한 얼굴의 아이도 좋다. 금발 머리도 아주 아름답고 상상력도 풍부할 것 같아. 둘 다 친구가 되고 싶어. 같이 팔짱을 끼고 서로 별명으로 부르는 그런 친구. 하지만 지금은 나도 쟤들을 모르고 쟤들도 날 모르니 뭐. 게다가 굳이 날 알고 싶어 하지 않을지도 모르고. 아, 외롭다!'

그날 저녁 어스름이 깔리는 저녁이 되었을 때 하숙방에 혼자 있게 된 앤은 더 외로워졌다. 다른 아이들은 모두 시내에 사는 친척 집에서 지냈다. 배리 할머니라면 두말하지 않고 앤을 받아줬겠지만 너도밤나무 집은 학교에서 너무 멀어서 그럴 수 없었다. 그래서 배리 할머니가 하숙집을 알아봐주고 앤을 아주 잘 보살펴줄 곳이라고 마릴라와 매슈를 안심시켰다.

배리 할머니가 설명했다.

"그 집 여주인은 지금은 몰락한 명문가의 후손이었대요. 남편은 영국군 장교였고. 그래서 하숙생을 까다롭게 골라요. 그 집에 들어가면 앤이 불쾌한 사람들을 만날 일은 없을 거예요. 식사도 괜찮고, 학교 근처의 조용한 동네에 있어요."

그건 사실 다 맞는 말이었지만 향수병에 걸린 앤에게 그다지 큰 도움이 되진 않았다. 앤은 그림이라곤 한 점도 없이 우중충한 벽지로 도배된 휑한 벽, 작은 철제 침대와 텅 빈 책장이 있는 좁고 작은 방을 우울한 표정으로 둘러보았다. 그러자 초록 지붕 집에 있는 자신의 하얀 방이 떠올랐고, 그 순간 울컥했다. 밖에서는 고요하고 평화로운 초록색 풍경이 펼쳐지고, 정원에선 콩이 자라고, 과수원에 달빛이 비치고, 비탈길 아래로 시냇물이 흐르고, 밤이면 별이 빛나는 거대한 밤하늘 밑에서 가문비나무 가지들이 바람에 흔들리고, 나뭇가지 사이로 다이애나의 방 창에서 새어나오는 불빛이 보이는 곳. 여기엔 그런 게 하나도 없었다. 앤은 지금 창밖에는 그물처럼 하늘을 가린 무수한 전화선들, 낯선 사람의 발자국 소리, 낯선 얼굴들을 비추는 수많은 불빛이 반짝이는 무정한 거리만 있다는 걸 알고 있었다. 당장이라도 터져 나올 것 같은 눈물을 참으려고 무진 애를 썼다.

"난 울지 않을 거야. 그건 어리석고 나약한 짓이야. 벌써 세 번째 눈물방울이 코 옆으로 흘러내리잖아. 참아도 자꾸자꾸 눈물이 나네! 눈물이 나지 않게 웃긴 생각을 해야겠어. 하지만 에이번리에 관련된 생각이 아니면 웃긴 것도 없는걸. 그 생각을 하면 더 슬퍼질 뿐이야. 네 방울, 다섯 방울. 다음 주 금요일엔 집에 가지만 100년도 더 남은 것처럼 느껴져. 아, 매슈 아저씨는 지금쯤이면 집에 거의 도착하셨을 텐데. 마릴라 아주머니는 매슈 아저씨가 돌아오기를 기다리면서 길을 쳐다보고 계시겠지. 여섯, 일곱, 여덟. 이렇게 눈물을 세어봤자 무슨 소용이람! 눈물이 폭포수처럼 흐르는데! 도저히 기운이 나질 않아. 그러고 싶지도 않고. 슬픔에 잠겨 있는 편이 훨씬 나아!"

조시 파이가 그 순간 나타나지 않았다면 정말 눈물이 폭포수처럼 쏟아졌을 것이다. 낯익은 얼굴을 봤다는 기쁨에 앤은 조시와 애초에 껄끄러운 사이라는 사실도 잊어버렸다. 에이번리 사람이라면 조시마저도 반가웠다.

"네가 와서 정말 기쁘다." 앤이 진심으로 말했다.

조시가 딱하다는 표정을 지으며 짜증스럽게 말했다.

"너 울고 있었구나. 향수병에 걸린 모양이군. 도대체 그런 쪽으로 감정 조절이 안 되는 사람도 있더라고. 난 절대 향수병 같은 건 걸리지 않을 거야. 좁고 구린 에이번리에서 살다가 도시로 나오니 재밌기만 한걸. 어떻게 그런 촌구석에서 오랫동안 살았는지 모르겠어. 울지 마, 앤. 그렇게 코랑 눈이랑 벌게지니까 아주 못생겨 보인다. 얼굴이 온통 빨개졌어. 오늘 학교는 아주 재미있더라. 프랑스어 교수님이 완전 괴짜야. 교수님 콧수염이 걸작이라니까. 뭐, 먹을 거 없니, 앤? 배가 고파 죽을 것 같아. 아, 마릴라 아주머니가 쿠키를 잔뜩 싸주셨을 줄 알았어. 그래서 놀러 온 거야. 그렇지 않으면 프랭크 스토클리랑 공원에 연주 들으러 갔을 텐데. 프랭크는 나랑 같은 하숙집에 있는데 아주 재미있는 친구야. 오늘 수업 시간에 널 봤다는데 그 빨간 머리 여자아이가 누구냐고 나에게 묻더라. 내가 커스버트 씨 집에서 입양한 고아라고 말해줬지. 그전에는 네가 어떻게 살았는지 아무도 모른다고 했고."

조시 파이와 있느니 차라리 외롭게 눈물이나 흘리는 게 나았을지 모른다는 생각이 들기 시작했을 때 제인과 루비가 둘 다 코트에 보라색과 진홍색 학교 리본을 자랑스럽게 달고 왔다. 제인과 사이가 틀어진 조시는 자연스럽게 입을 다물었다.

제인이 한숨을 쉬며 말했다.

"아, 오늘 아침 이후로 몇 달은 지난 것 같다. 지금은 집에서 베르길 리우스를 공부하고 있어야 하는데. 그 무시무시한 할아버지 교수님이 내일까지 스무 줄을 예습해오라고 숙제를 내주셨어. 하지만 오늘 밤은 도저히 가만히 앉아서 공부할 수 없지 뭐야. 앤, 눈물 자국이 보이네. 울고 있었다면 그렇다고 솔직히 말해줘. 너도 그랬다면 내 자존감이 살아날 것 같아. 나도 루비가 오기 전까지 펑펑 울고 있었으니까. 나만 그런 게 아니라면 바보 같아도 상관없잖아. 쿠키네? 나도 조금만 주지 않을래? 고마워. 이거야말로 진정한 에이번리의 맛이다."

책상 위에 놓인 학교 달력을 본 루비가 금메달을 목표로 하냐고 앤에게 물었다. 앤이 얼굴을 붉히며 그럴 생각이라고 대답했다.

조시가 말했다.

"아, 그러니까 생각났는데. 퀸스 아카데미도 마침내 에이버리 장학금을 받게 됐대. 오늘 공문이 왔어. 프랭크 스토클리가 그러더라고. 걔 삼촌이 이사시래. 내일 발표한다고 했어."

에이버리 장학금! 앤은 심장이 좀 더 빨리 뛰는 게 느껴졌다. 마치 마법처럼 야망의 수평선이 넓게 펼쳐졌다. 조시가 그 소식을 전하기 전에는 앤이 품은 야망의 정점은 연말이 되었을 때 1급 교사 자격증과 가능하면 금메달을 따는 것이었다. 하지만 이제는 에이버리 장학금을 타서 레드먼드 대학의 문과를 나와, 가운과 학사모를 쓰고 졸업식장에 있는 자신의 모습을 떠올렸다. 에이버리 장학금은 국어 성적으로 뽑기 때문에 앤은 고향에라도 온 것처럼 든든했다.

그 장학금은 뉴브런즈윅에 살던 부유한 기업가가 죽으면서 재산의 일부를 남겨 기부한 것으로, 노바스코샤, 뉴브런즈윅, 프린스에드워드에 있는 고등학교들과 전문대들에 수여하고 있다. 거기에 퀸스 아카데미가 포함될지 여부를 놓고 말이 많았는데 마침내 결정된 것이다. 학년 말에 국어와 국문학에서 가장 높은 점수를 받은 졸업생에게 레드먼드 대학에 다니는 4년 동안 장학금 250달러를 매년 수여하는 것이다. 앤은 그날 밤 흥분에 들뜬 얼굴로 잠자리에 들었다!

앤은 결심했다.

"열심히 해서 그 장학금을 따낼 거야. 내가 대학 졸업생이 되면 매슈 아저씨가 얼마나 자랑스러워하시겠어? 아, 야망이 생기니 정말 기쁘다. 이렇게 꿈이 많다니 좋잖아. 야망엔 끝이 없는 것 같아. 그게 야망의 장점이지. 하나를 이루면 그보다 더 높은 곳에 또 다른 야망이 반짝이고 있잖아. 그래서 인생이 재미있는 것 같아."

35

퀸스의 겨울

앤의 향수병은 주말마다 집에 다녀오면서 차츰 나아졌다. 날씨가 허락하면 에이번리 학생들은 금요일 밤마다 새로 깔린 철로로 기차를 타고 카모디에 갔다. 역에는 대개 다이애나와 다른 아이들 몇 명이 마중 나와 있어서 다들 즐겁게 이야기를 나누며 에이번리까지 걸어갔다. 앤은 멀리서 반짝이는 에이번리의 불빛을 바라보며 상쾌한 저녁 공기를 마시며 가을 언덕길을 걸어가는 금요일 저녁이 일주일 중 가장 소중한 시간이라고 생각했다.

　길버트 블라이스는 주로 루비 길리스와 같이 걸어가면서 그녀의 가방도 들어줬다. 루비는 이제 아주 아름다운 아가씨가 되었고, 스스로도 자신이 어른이 다 됐다고 생각하고 있었다. 루비는 엄마가 눈감아주는 한도 내에서 스커트를 길게 입었고 머리도 집에 있을 땐 풀고 다녔지만, 시내에 갈 땐 올리고 다녔다. 루비는 크고 파란 눈에 피부는 뽀얗고 통통한 몸매가 매력적이었다. 웃기도 잘 웃었고, 인생을 한껏 즐기는 밝고 유순한 성격이었다.

"하지만 길버트가 좋아할 만한 스타일은 아니라고 생각해."

제인이 앤에게 속삭였다. 앤도 그렇게 생각했지만 에이버리 장학금을 준다 해도 그런 말을 입 밖에 내진 않을 것이다. 하지만 길버트 같은 친구와 농담을 주고받으면서 책과 공부와 야망에 대한 이야기를 나누면 즐거울 거란 생각은 어쩔 수 없이 들었다. 길버트에게도 야망이 있다는 걸 앤은 알고 있었지만 루비 길리스는 그런 이야기를 나누기에 적당해 보이지 않았다.

길버트에 대한 앤의 마음에 어리석은 감상 같은 건 없었다. 앤에게 남자아이들이란 기껏해야 좋은 친구일 뿐이었다. 설사 길버트와 친한 사이라고 해도 앤은 길버트에게 여자 친구가 몇 명이나 있든, 누구와 같이 걸어가든 상관하지 않았을 것이다. 앤은 사교성이 있어서 여자 친구들은 많았다. 하지만 남자 친구가 있으면 우정에 대한 생각도 원숙해지고 인생에 대한 판단과 비교의 기준도 더 넓어질 거라는 생각은 어느 정도 하고 있었다. 그렇다고 이 문제에 대해 진지하게 생각해본 적은 없었다. 다만 길버트와 같이 기차에서 내려, 상쾌한 들판을 지나 고사리가 자라는 샛길을 걸어간다면 그들 앞에 열릴 새로운 세상과 희망과 꿈에 대해 재미있는 대화를 나눌 수 있었을 거라고 생각했다. 길버트는 주관이 뚜렷하고, 인생에서 최선의 목표를 이루기 위해 힘껏 노력할 각오를 하고 있는 똑똑한 청년이었다. 루비 길리스는 제인 앤드루스에게 길버트가 한 이야기는 반도 못 알아듣겠다고 말했다. 길버트는 앤처럼 종종 생각에 잠겨 책에 대한 이야기를 많이 하는데 문제는 재미가 하나도 없다는 것이다. 프랭크 스토클리가 훨씬 남자답지만 인물은 길버트의 반도 못 따라가니 누굴 택해야 할지 모르겠다나.

퀸스 아카데미에서 앤은 자기처럼 생각이 깊고, 상상력이 풍부하고, 야심만만한 친구들을 몇 명 사귀었다. 볼이 장미처럼 붉은 스텔라 메이너드, 꿈꾸는 소녀 프리실라 그랜트와 친해졌다. 얼굴이 창백하고 생각이 깊어 보이는 프리실라는 실제로는 장난꾸러기에 재미있는 친구였고, 검은 눈동자에 생기가 넘치는 스텔라는 앤과 마찬가지로 무지개 같은 상상의 세계에 종종 빠져들었다.

크리스마스 휴가가 끝나자 에이번리 학생들은 주말 귀향을 포기하고 열심히 공부에 몰두했다. 이쯤 되자 학생들은 저마다 다채로운 개성을 드러내기 시작했고, 그 과정에서 몇 가지가 분명해졌다. 메달을 놓고 경합을 벌일 사람들은 길버트 블라이스, 앤 셜리, 루이스 윌슨 이렇게 세 사람으로 좁혀졌다. 에이버리 장학금 후보는 좀 더 불투명했지만 여섯 명 중에 하나가 될 가능성이 높았다. 수학 성적이 좋은 학생이 받을 동메달의 유력한 후보는 해안에서 멀리 떨어진 마을에서 온 소년이었다. 이마가 울퉁불퉁하고 여기저기 헝겊 조각을 대서 기운 코트를 입고 다니는 뚱뚱하고 우스꽝스럽게 생긴 아이였다.

루비 길리스는 그해 아카데미에 입학한 여학생 중에서 가장 뛰어난 미인으로 뽑혔다. 1급 반에서는 스텔라 메이너드가 가장 아름답다고 했지만, 안목이 있는 아이들 몇 명은 앤 셜리를 미인으로 치기도 했다. 에셀 마르는 눈썰미가 있는 학생들에게 가장 헤어스타일이 세련된 학생으로 뽑혔고, 소박하고 성실한 제인 앤드루스는 가정학에서 선두를 달렸다. 조시 파이조차 학교에서 가장 신랄한 독설가로 발군의 실력을 발휘했다. 스테이시 선생님의 옛 제자들은 전보다 더 넓은 아카데미라는 세계의 무대에서 각자 자기만의 자리를 차지했다고 할 수 있다.

앤은 착실하게 열심히 공부했다. 같은 반 아이들은 잘 몰랐지만 길 버트와의 경쟁은 에이번리에 있을 때만큼 치열했다. 다만 길버트에 대한 분노는 이미 사라지고 없었다. 이제는 이기겠다는 마음이 아니라 좋은 경쟁자와 승부를 겨뤄서 이기는 뿌듯함을 느끼고 싶었다. 이기면 좋겠지만 졌다고 해도 참을 수 없을 정도로 괴로울 것 같진 않았다.

공부에 열중하는 와중에도 학생들은 짬짬이 즐거운 시간을 보냈다. 앤은 시간이 날 때마다 너도밤나무 집에 갔고 일요일은 보통 거기서 점심을 먹고 배리 할머니와 같이 교회에 갔다. 배리 할머니는 스스로도 인정했듯이 점점 노쇠해가고 있었지만 까만 눈은 총기를 잃지 않았고 입심도 여전했다. 하지만 앤에겐 항상 다정했다. 까탈스러운 노부인에게 앤은 가장 아끼는 사람이었기 때문이다.

배리 할머니가 말했다.

"난 앤이 점점 더 좋아지네. 다른 여자아이들은 늘 똑같아서 질리기 십상인데. 앤은 무지개처럼 여러 빛깔이 있는 데다 빛깔 하나하나가 다 고우니 말이야. 요즘은 어렸을 적만큼 재미있진 않지만 앤을 보면 사랑하지 않을 수 없어. 난 그런 사람이 좋아. 아주 쉽게 정을 줄 수 있는 사람이 좋지."

그러다 봄이 슬그머니 찾아왔다. 눈이 아직 녹지 않은 황량한 에이번리의 땅 위로 산사나무가 분홍색 꽃눈을 틔웠고, 숲과 골짜기마다 초록색 안개가 피어올랐다. 하지만 샬럿타운의 학생들은 시험 생각에 여념이 없어서 시험 이야기만 했다.

앤이 말했다.

"학기가 거의 끝나가다니 믿을 수 없어. 작년 가을은 그렇게 길게만 느껴졌는데. 겨우내 수업 듣고 공부만 했잖아. 그런데 벌써 다음 주가 시험이야. 얘들아, 내 인생은 시험이 전부인 것처럼 느껴지다가도 가끔 저 밤나무에서 돋아나는 커다란 잎눈들과 거리 끝에 어른거리는 푸른 안개를 보고 있으면 시험이 별건가 싶을 때가 있어."

앤의 하숙집에 들른 제인과 루비와 조시는 앤의 의견에 동의하지 않았다. 그 아이들에게 다가오는 시험은 밤나무 잎눈이나 5월의 안개보다 훨씬 중요했다. 합격이 당연한 앤으로서는 시험이 아무렇지 않게 느껴질 수도 있다. 하지만 이 시험에 미래가 달렸다고 굳게 믿고 있는 아이들로서는 그렇게 여유를 부릴 겨를이 없었다.

제인이 한숨을 쉬었다.

"난 지난 2주 동안 3킬로그램이나 빠졌어. 걱정하지 말라고 해도 소용없어. 그래도 걱정이 되니까. 차라리 걱정하는 게 마음 편하기도 해. 그나마 걱정할 땐 뭐라도 하고 있는 것 같잖아. 겨우내 학교에 다니면서 쓴 돈이 얼만데, 떨어지면 정말 끔찍할 거야."

조시 파이가 말했다.

"난 상관없어. 이번에 합격하지 못하면 내년에 다시 다니면 되지 뭐. 우리 아버지가 그 정도 여유는 있으시거든. 앤, 프랭크 스토클리 말로는 메달은 분명 길버트 블라이스 차지일 거고, 에이버리 장학금을 에밀리 클레이가 받게 될 거라고 트레메인 교수님이 그러셨다는데."

앤이 웃으며 대답했다.

"그 말을 들으니 내일은 기분이 나빠질 것 같은데. 하지만 지금은 초록 지붕 집 밑에 있는 계곡에서 보랏빛 제비꽃들이 피어나고 작은 고사리들이 연인의 오솔길에서 고개를 쑥쑥 내밀고 있을 걸 아니까 에이버리 장학금을 내가 받을 수 있든 그렇지 않든 상관없어. 난 최선을 다했고 '경쟁의 기쁨'도 온몸으로 느껴봤으니까. 노력해서 이기는 것도 좋지만 실패한 것도 그만큼 가치가 있다고 생각해. 얘들아, 시험 이야기 그만하자! 저 집들 위에 펼쳐진 연초록 하늘을 보면서 에이번리의 너도밤나무 위 진보랏빛 하늘은 어떨까 상상해보는 거야."

루비가 현실적인 질문을 했다.

"졸업식엔 뭘 입을 거야, 제인?"

제인과 조시가 동시에 대답하면서 화제는 자연스럽게 옷으로 넘어갔다. 하지만 앤은 창턱에 팔꿈치를 괴고, 맞잡은 두 손에 부드러운 볼을 댄 채 꿈으로 가득 찬 눈으로 도시의 지붕과 뾰족탑 너머의 해가 지는 둥근 하늘을 바라봤다. 그리고 젊음이라는 낙관적 황금실로 미래의 꿈을 엮었다. 다가올 미래에 서려 있는 장밋빛 가능성들은 모두 앤의 것이었고, 한 해 한 해가 영원히 지속될 희망이라는 장미로 화관에 꿰어질 것이다.

36

◇◇◇◇◇◇◇◇

영광과 꿈

퀸스 아카데미 게시판에 최종 시험 결과가 나오는 날 아침, 앤과 제인은 같이 학교로 갔다. 제인은 느긋한 기분으로 미소를 짓고 있었다. 시험도 이제 끝났고 합격했을 거라고 확신했기 때문에 더 이상 고민할 필요가 없었다. 제인에겐 원대한 야망이 없었기 때문에 그에 따르는 불안도 느끼지 않았다. 이 세상에서 뭔가를 얻거나 취하려면 대가를 치러야 하는데 야망을 품는 것은 충분히 가치 있는 일이지만, 그만큼 노력해야 하고 끊임없이 자신에 대한 회의와 불안과 좌절에 시달리기 마련이다. 앤은 말이 없고 얼굴도 창백했다. 10분 후면 누가 메달을 받고 누가 에이버리 장학금을 받게 되는지 알게 될 것이다. 그 10분 말고 다른 시간은 아무 의미가 없는 것처럼 느껴졌다.

제인이 말했다.

"어쨌든 넌 메달이나 장학금 중 하나는 당연히 받을 거야."

제인은 교수들이 다른 결정을 내릴 만큼 공정하지 못할 거라는 생각은 아예 하지도 못했다.

"장학금은 기대도 안 했어. 다들 에밀리 클레이가 탈 거라고 하던데. 다들 보는 앞에서 게시판을 볼 용기가 나지 않아. 그냥 곧바로 여학생 휴게실로 갈래. 발표는 네가 보고 와서 말해줘, 제인. 그동안의 우리 우정을 봐서 최대한 빨리? 내가 안 됐으면 좋게 얼버무리려고 애쓰지 말고 그냥 있는 그대로. 날 동정하지도 말고. 제발 약속해줘, 제인."

제인은 엄숙하게 맹세했다. 하지만 그런 맹세를 할 필요도 없었다. 학교 입구 계단을 올라가자 복도에 남자아이들이 모여 길버트 블라이스를 어깨에 태우고 목청껏 소리를 지르고 있었다.

"길버트 블라이스, 메달 수상 만세!"

잠시 앤은 졌다는 패배감과 실망감에 가슴이 무너질 것 같았다. 매슈 아저씨가 섭섭해하시겠네. 앤이 꼭 탈 거라고 굳게 믿고 계셨는데… 바로 그때!

누군가 소리를 질렀다.

"에이버리 장학생 셜리 양을 위해 만세 삼창!"

앤이 여학생 휴게실로 들어서자 제인이 헐떡이며 말했다.

"아, 앤. 네가 너무 자랑스러워! 정말 잘됐어."

그때 모든 여학생들이 앤 주위로 둥글게 몰려들어 웃으면서 축하해 주었다. 다들 앤의 어깨를 다독이고 힘차게 악수를 해댔다. 앤은 사람들에게 떠밀리고 당겨지고 안기는 사이에 간신히 제인에게 속삭였다.

"아, 매슈 아저씨와 마릴라 아주머니가 얼마나 기뻐하실까! 당장 집에 편지를 써야겠어."

졸업식은 학교 대강당에서 열렸다. 연설을 하고, 고별사를 낭독하고, 축가를 부르고, 졸업장과 상장과 메달을 수여했다.

매슈와 마릴라도 그 자리에 참석해서 단상 위에 선 한 학생에게 온 신경을 집중했다. 키가 훌쩍 큰 몸에 연초록 드레스를 입고 살짝 붉어진 뺨에 눈이 초롱초롱한 여학생이 가장 잘 쓴 에세이를 낭독했다. 사람들은 저 여학생이 에이버리 장학생이라고 손짓을 하며 귓속말을 했다.

앤의 에세이 낭독이 끝났을 때 매슈가 강당에 들어온 후 처음으로 입을 열어 마릴라에게 속삭였다.

"앤을 키우길 잘했다는 생각이 들지, 마릴라?"

"그런 생각을 한 건 이번이 처음이 아니라고요. 자꾸 그렇게 놀리기예요, 매슈 오라버니." 마릴라가 쏘아붙였다.

두 사람 바로 뒤에 앉아 있던 배리 할머니가 몸을 앞으로 기울이면서 양산으로 마릴라를 쿡 찔렀다.

"앤이 자랑스럽죠? 나도 그래요." 배리 할머니가 말했다.

그날 저녁 앤은 매슈와 마릴라와 같이 초록 지붕 집으로 돌아갔다. 4월부터 집에 못 가서 하루라도 빨리 가고 싶었다. 사과 꽃이 활짝 피었고 세상이 온통 싱그럽고 상쾌했다. 다이애나가 초록 지붕 집에서 앤을 기다리고 있었다. 마릴라가 활짝 피어나는 장미 한 송이를 앤의 방 창턱에 꽂아주었다. 앤은 자신의 하얀 방에서 기쁨에 겨워 주위를 둘러보며 길게 숨을 내쉬었다.

"아, 다이애나, 집에 돌아오니 너무 좋아. 분홍빛 하늘 위로 솟아오른 저 뾰족한 전나무들과 하얀 과수원과 오래된 눈의 여왕을 보니 정말 좋다. 박하 향기 상큼하지 않니? 저 월계화도, 아, 저 꽃 속에 노래와 희망과 기도가 다 들어 있는 것 같아. 거기다 널 다시 보니 정말 좋아, 다이애나!"

다이애나가 토라진 것처럼 말했다.

"넌 나보다 스텔라 메이너드를 더 좋아하는 줄 알았는데. 조시 파이가 그랬어. 네가 그 스텔라란 아이에게 홀딱 빠졌다고."

앤은 웃으면서 시든 '6월의 백합'을 다이애나에게 던졌다.

"스텔라 메이너드는 단 한 사람을 빼고 세상에서 가장 소중한 친구지. 그 사람은 바로 너야, 다이애나. 난 전보다 너를 더 많이 사랑하는걸. 거기다 너에게 할 이야기가 아주 많아. 하지만 지금은 여기 이렇게 앉아서 널 바라보는 것만으로도 너무 기뻐. 난 죽어라 공부하면서 야망을 불태우느라 지친 것 같아. 내일 최소한 두 시간은 저기 과수원 잔디 위에 누워 아무 생각 없이 빈둥거리기만 할 거야."

"정말 잘했어, 앤. 장학금도 받았으니 이제 선생님이 되진 않겠지?"

"응. 9월에 레드먼드 대학에 갈 거야. 근사하지 않니? 석 달 동안 황금 같은 방학을 보낸 후에 새로운 야망을 세울 거야. 제인하고 루비는 교사가 되기로 했어. 우리 모두 합격했다니 정말 대단한 것 같아. 무디 스퍼전과 조시 파이까지 됐어."

"뉴브리지 학교 이사회에서 벌써 제인에게 와달라고 했대. 길버트도 교사가 될 거야. 선택의 여지가 없어. 길버트 아버지는 내년에 길버트를 대학에 보내줄 여유가 없으시거든. 그래서 학비를 벌어서 갈 생각이래. 에임스 선생님이 그만두시면 여기 학교를 맡게 될 것 같아."

앤은 묘하게도 놀라고 실망스런 기분이 들었다. 그건 몰랐는데. 길버트도 같이 레드먼드 대학에 다닐 줄 알았다. 영감을 주는 경쟁자도 없이 어떻게 공부가 될까? 진짜 학위를 받게 될 남녀공학 대학에서 친구이자 경쟁자가 없으면 재미도 없어지고, 공부도 시들해지지 않을까?

다음 날 아침 앤은 식탁에서 불현듯 매슈 아저씨의 안색이 안 좋다는 생각이 들었다. 작년보다 흰머리도 부쩍 늘었다.

매슈가 나갔을 때 앤이 망설이다 입을 열었다.

"마릴라 아주머니, 매슈 아저씨 건강 괜찮으세요?"

마릴라가 걱정스럽게 대답했다.

"아니, 올봄에 심한 심장 발작을 일으켰는데도 좀처럼 쉬려고 하시지 않는구나. 정말 걱정이지만 그나마 좀 나아지셨어. 거기다 믿을 만한 일꾼을 고용했으니 좀 쉬엄쉬엄 하면서 기운을 차리시길 바라고 있다. 네가 집에 왔으니 괜찮아지시겠지. 널 보면 항상 기운이 나시잖니."

앤은 몸을 기울여서 마릴라의 얼굴을 두 손으로 감쌌다.

"아주머니도 그다지 좋아 보이지 않으세요. 피곤해 보여요. 일을 너무 많이 하시는 것 같아요. 제가 왔으니 좀 쉬세요. 오늘 딱 하루만 그리웠던 곳들을 찾아다니면서 추억을 되새겨볼게요. 내일부터는 제가 다 할 테니 푹 쉬세요."

마릴라는 애정 어린 눈빛으로 자신이 그동안 키운 앤을 봤다.

"일 때문에 피곤한 게 아니라 두통이 문제야. 요즘은 눈 뒤쪽이 자주 아프더구나. 스펜서 선생님이 여러 번 안경을 손봐줬는데 별 소용이 없구나. 6월 말에 유명한 안과 의사가 온다는데 스펜서 선생님이 꼭 찾아가보라고 하시더구나. 그래야지 싶다. 지금은 마음 편하게 읽지도 못하고 바느질도 못하니 원. 그나저나 앤, 퀸스 아카데미에서 정말 잘 해냈다. 1년 만에 1급 교사 자격증을 따고 에이버리 장학금까지 받다니. 린드 부인은 자만하는 자는 추락하는 법이고, 여자는 공부를 많이 시킬 필요가 없고 어울리지도 않는다고 하지만 난 그렇게 생각하지 않는

다. 린드 부인 말이 나와서 말인데. 요즘에 애비 은행에 대해 무슨 말 들은 거 없니, 앤?"

"좀 불안하다는 말을 들었어요. 왜요?"

"린드 부인도 그 소리를 하더구나. 린드 부인이 지난주에 놀러 왔는데 그런 이야기가 있었다고. 매슈 오라버니가 걱정을 태산같이 하셔. 우리 저축이 몽땅 그 은행에 있거든. 한 푼도 빠짐없이 말이다. 내가 처음부터 세이빙 은행에 넣자고 했지만 애비 씨가 우리 아버지의 친한 친구라 항상 거기서 거래를 했거든. 오라버니는 애비 씨가 운영하는 은행이라면 어디든 좋다고."

"그분은 오랫동안 명목상으로만 대표이신 걸로 알고 있어요. 연세가 아주 많으셔서 실질적인 사업은 조카들이 하고 있고요."

"린드 부인 이야기를 듣고 내가 매슈 오라버니에게 우리 돈을 당장 다 찾자고 했는데 오라버니가 생각해보겠다고 했거든. 하지만 러셀 씨는 어제 오라버니에게 그 은행이 괜찮다고 했다는 거야."

앤은 그날 하루 종일 밖에서 즐겁게 보냈다. 그날을 결코 잊을 수 없었다. 아주 화창하고 상쾌한 데다 그늘 한 점 없이 사방에 꽃들이 활짝 피어 있었다. 앤은 과수원에서 몇 시간 행복하게 보내다 드라이어드 샘과 버드나무 연못과 제비꽃 골짜기를 거쳐서 목사관에 들러 앨런 부인과 실컷 이야기를 나눴다. 그리고 저녁에는 매슈 아저씨와 함께 소들을 몰고 연인의 오솔길을 지나 방목장까지 걸었다. 석양에 물든 숲은 아름다웠고, 따뜻한 햇살이 서쪽 언덕 사이로 흘러들었다. 매슈 아저씨는 고개를 숙인 채 천천히 걸었고, 큰 키에 허리를 꼿꼿이 세운 앤은 매슈와 보조를 맞춰 걸었다. 앤이 짐짓 나무라듯 말했다.

"오늘 일을 너무 많이 하셨어요, 매슈 아저씨. 일을 좀 쉬엄쉬엄 하시지 그러세요?"

매슈는 마당 문을 열어서 소들을 안으로 들이면서 말했다.

"아무래도 난 그럴 수가 없는 것 같다. 안 그래야지, 싶으면서도 나이를 먹으니 자꾸 까먹게 되는 것 같구나. 항상 일을 하고 살아서 차라리 이게 더 편하기도 하고."

"제가 아저씨가 바라셨던 남자아이였다면 훨씬 많이 도와드릴 수 있었을 텐데. 그 생각을 하면 정말 제가 남자였으면 싶어요."

매슈가 앤의 손을 다독이며 말했다.

"남자아이 한 다스보다 네가 더 좋다, 앤. 내 말 무슨 말인지 알지? 남자아이들을 무더기로 갖다줘도 너 하나가 더 좋아. 에이버리 장학금을 받은 건 남자아이가 아니잖아? 그건 내가 자랑스러워하는 우리 아이, 우리 앤이 받은 거지."

매슈는 평소처럼 수줍은 미소를 지어 보이고 마당으로 들어갔다. 앤은 그 기억을 가슴에 품은 채 그날 밤 문을 열어놓은 창가에 오랫동안 앉아 지난 과거를 생각하고 다가올 미래를 꿈꿨다. 창밖에는 눈의 여왕이 달빛을 받아 하얗게 빛나고 있었고, 과수원 언덕 너머 늪에서 개구리들이 합창을 하고 있었다. 앤은 그날 밤의 그 평화로운 아름다움과 향기로운 정적을 언제까지나 기억했다. 그날 밤은 앤의 삶에 슬픔이 찾아오기 전의 마지막 밤이었고, 일단 그 차갑고 신성한 손길이 스치면 삶은 결코 이전으로 돌아갈 수 없으니까.

37

사신의 방문

"오라버니…… 오라버니…… 왜 그래요? 매슈 오라버니, 어디 아파요?"

너무 놀라 말을 제대로 잇지 못하는 마릴라가 물었다. 앤은 하얀 수선화를 한 다발 안은 채 복도로 걸어오던 중이었다. 그 후로 앤은 오랫동안 하얀 수선화를 보거나 그 향기를 맡고도 좋아할 수 없었다. 앤은 마릴라의 말을 듣고 현관 문가에 접은 신문을 들고 서 있는 매슈를 보았다. 기이하게 일그러진 매슈의 얼굴에는 핏기가 하나도 없었다. 앤이 들고 있던 꽃다발을 떨어뜨리고 매슈에게 달려간 순간 마릴라도 매슈에게 달려왔다. 그러나 둘 다 너무 늦었다. 둘이 미처 닿기도 전에 매슈가 문가에서 쓰러졌다. 마릴라가 소리를 질렀다.

"기절했어, 앤. 마틴을 불러와. 빨리, 빨리! 지금 헛간에 있다."

우체국에서 방금 막 돌아온 일꾼인 마틴이 곧바로 의사를 부르러 가는 길에 과수원 언덕에 들러 배리 씨 부부에게 소식을 알렸다. 마침 볼 일이 있어서 배리 씨 집에 있던 린드 부인까지 같이 왔다. 도착한 그들이 본 광경은 마릴라와 앤이 매슈의 의식을 돌이키려고 애를 쓰고

있는 모습이었다.

린드 부인이 두 사람을 부드럽게 옆으로 밀어내고, 매슈의 맥을 짚어 본 후에, 그의 심장에 귀를 댔다. 이윽고 근심이 가득한 두 사람의 얼굴을 슬픈 표정으로 바라보는 린드 부인의 눈에 눈물이 고였다.

린드 부인이 심각한 표정으로 말했다.

"아, 마릴라. 우리가 할 수 있는 일이 없는 것 같아요."

"린드 아주머니, 설마, 설마 매슈 아저씨가……." 앤은 차마 그 말을 입 밖에 낼 수가 없었다. 앤은 순간 아찔해지면서 얼굴이 창백해졌다.

"얘야, 그래, 유감이지만 그런 것 같다. 아저씨 얼굴을 보렴. 나처럼 저런 얼굴을 많이 보다 보면 어떤 상태인지 알게 된단다."

그 고요한 얼굴은 위대한 생이 끝났음을 암시했다.

의사는 매슈가 갑작스런 충격으로 사망했으며 즉사했기 때문에 고통은 없었을 거라고 했다. 마틴이 그날 아침 우체국에서 가져와 매슈가 들고 있던 신문이 바로 그가 받은 충격의 원인이었다. 신문에는 애비 은행의 부도 기사가 실려 있었다.

에이번리 마을에 매슈의 죽음에 대한 소식이 재빨리 퍼졌다. 하루 종일 친구들과 이웃들이 초록 지붕 집에 찾아와 고인과 유족들에게 따뜻한 마음을 전했다. 말수가 적고 수줍은 매슈 커스버트가 처음으로 관심의 초점이 되었다. 죽음의 위엄이 그를 왕처럼 특별한 존재로 만들어준 것이다.

초록 지붕 집에 고요한 밤이 부드럽게 내려앉으면서 정적이 깃들었다. 응접실에 놓인 관에 긴 백발의 매슈 커스버트가 즐거운 꿈이라도 꾸며 자는 것처럼 사람 좋은 미소를 띤 채 편안한 얼굴로 누워 있었다. 매슈는 꽃들로 둘러싸여 있었다. 매슈 어머니가 신혼 때 정원에 심었던 그 향기로운 꽃들은 매슈가 남몰래 사랑한 꽃이기도 했다. 앤이 그 꽃들을 꺾어서 매슈에게 가져왔다. 너무 고통스러워 눈물도 나오지 않는 앤의 눈이 활활 타오르고 있었다. 이것이 매슈 아저씨를 위해 앤이 할 수 있는 마지막 일이었다.

배리 씨 부부와 린드 부인이 그날 밤 같이 있어줬다. 동쪽 다락방에 올라간 다이애나는 앤이 창가에 서 있는 걸 보고 부드럽게 말했다.

"앤, 오늘 밤 같이 잘까?"

앤은 친구의 얼굴을 진지하게 바라봤다.

"고마워, 다이애나. 하지만 오늘 밤은 혼자 있고 싶어. 내 말을 오해하지 않았으면 해. 난 두렵지 않아. 그 일이 일어난 후로 단 한 순간도 혼자 있지 못했어. 이제 혼자 있고 싶어. 아무 말도 하지 않고 조용히 있으면서 이 일을 받아들여야겠지. 아직은 실감이 나지 않아. 매슈 아저씨가 아직 살아 계신 것 같기도 하고. 어쩌면 돌아가신 지 아주 오래됐는데 그 후로 이 끔찍하고 무딘 고통을 계속 안고 살아온 것 같기도 하고. 잘 모르겠어."

다이애나는 앤의 말이 잘 이해되지 않았다. 평생 동안 지닌 자제력과 습관을 깨고 격렬하게 슬퍼하는 마릴라가 눈물 한 방울 흘리지 않고 고통스러워하는 앤보다 다이애나로선 이해하기 훨씬 더 쉬웠다. 하지만 앤이 혼자서 슬픔에 잠겨 첫 번째 밤을 보낼 수 있도록 친절하게 자리를 비켜줬다.

앤은 혼자 있으면 눈물이 나오길 바랐다. 매슈 아저씨를 위해 눈물도 흘릴 수 없다는 건 끔찍하게 느껴졌다. 그토록 사랑했고 그렇게 다정하게 대해준 아저씨, 어제저녁까지만 해도 해 질 녘에 함께 걸었던 아저씨가 이제는 저 아래 있는 어두침침한 방에서 평화로운 얼굴로 누워 있다니. 하지만 처음에는 눈물이 나오지 않았다. 어둠 속에서 창가에 무릎을 꿇고 기도를 드리면서 고개를 들어 언덕 위에 뜬 별들을 봤을 때에도 눈물은 나오지 않고 그저 둔중한 고통만 느껴졌다. 그러다 그날 하루 종일 시달린 고통과 흥분에 지쳐 잠이 들었다.

문득 한밤중에 잠이 깨자 조용한 어둠 속에서 그날 있었던 일이 슬픔의 파도처럼 밀려왔다. 어제 저녁에 대문 앞에서 헤어질 때 미소 짓던 매슈 아저씨의 얼굴이 보이고, 아저씨의 목소리가 들리는 것 같았다. 우리 아이, 내가 자랑스러워하는 우리 아이… 그러자 눈물이 주룩주룩 흘러내리면서 앤은 목 놓아 울었다. 마릴라가 그 소리를 듣고 달래주려고 올라왔다.

"자, 자, 그렇게 울지 마, 아가. 운다고 오라버니가 살아 돌아오시지 않아. 그렇게 울면 못써. 그걸 알면서도 나도 아까는 참을 수 없었단다. 오라버니는 항상 너무나 착하고 다정하게 나를 대해줬지. 하지만 하느님의 뜻이니 어쩔 수 없구나."

앤이 흐느껴 울며 말했다.

"아, 그냥 울게 해주세요, 마릴라 아주머니. 가슴이 찢어지는 이 고통보다 우는 게 차라리 더 편해요. 잠시만 여기서 절 안아주세요. 다이애나와는 같이 잘 수 없었어요. 다이애나는 착하고 다정하고 사랑스럽지만 이건 다이애나의 슬픔이 아니잖아요. 다이애나는 제 마음속에 들어와서 절 도와줄 수 없어요. 이건 저와 아주머니, 우리 둘만의 슬픔이죠. 아, 마릴라 아주머니, 이제 아저씨 없이 우리 둘은 어떻게 살죠?"

"우리에겐 서로가 있잖니, 앤. 네가 여기 없었다면 난 어떻게 했을지 모르겠다. 네가 애초에 이 집에 오지 않았더라면. 아, 앤, 내가 너에게 좀 엄격하고 가혹하게 굴었을지 모르겠다만, 내가 매슈 오라버니만큼 널 사랑하지 않았다고 생각하지는 말아다오. 지금은 너에게 말해주고 싶구나. 이런 내 마음을 쉽게 털어놓을 수 없었지만 그나마 지금은 좀 말하기 쉽구나. 난 널 친자식처럼 사랑한다. 네가 초록 지붕 집에 온 후로 넌 내 기쁨이자 위안이었어."

이틀 뒤 매슈 커스버트는 자신의 농장 문을 넘어 자신이 경작한 들판과 극진히 사랑한 과수원과 자신이 심은 나무들을 뒤로한 채 떠나갔다. 에이번리는 다시 평온한 일상으로 돌아갔고 초록 지붕 집에서도 원래 리듬을 찾아 전처럼 규칙적으로 해야 할 일들을 했다. 다만 익숙한 것들을 다 잃어버린 것 같은 크나큰 상실감은 여전히 남아 있었다. 이런 상실을 처음 겪은 앤은 매슈 아저씨가 없는데도 일상이 변함없이 돌아간다는 사실에 다시 슬픔을 느꼈다. 앤은 전나무 너머로 해가 떠오르고 정원에서 연분홍 꽃봉오리들이 피어나는 걸 볼 때 전처럼 기뻐하고, 다이애나가 찾아오면 반가워하고, 다이애나가 유쾌하게 말하는 모습을 보면서 웃거나 미소를 짓는다는 사실이 어쩐지 부끄럽고 수치스럽게 느껴졌다. 꽃이 활짝 핀 아름다운 세상과 우정과 사랑이 과거의 힘을 하나도 잃지 않은 채 앤의 상상력을 자극하고 가슴을 뛰게 하고, 삶이 여전히 여러 가지 목소리로 앤을 부르고 있었다.

어느 날 저녁 목사관 정원에서 둘이 같이 있을 때 앤이 앨런 부인에게 서글프게 말했다.

"아저씨가 돌아가셨는데도 그런 일에 즐거워한다는 게 아저씨를 배신하는 것 같은 기분이 들어요. 아저씨가 너무나 그리워요. 항상 그립죠. 그렇지만 이 세상과 인생 역시 아주 아름답고 흥미롭게 느껴져요. 오늘 다이애나가 웃긴 말을 했는데 제가 깔깔 웃고 있지 뭐예요. 아저씨가 돌아가셨을 땐 다시는 웃을 수 없을 거라고 생각했는데. 그러면 안 될 것 같기도 했고요."

앨런 부인이 다정하게 말했다.

"매슈 아저씨가 살아 계셨을 땐 네가 웃는 소리를 들으며 좋아하셨잖아. 그리고 네가 인생에서 즐거움을 찾아내는 걸 좋아하셨고. 매슈 아저씨는 잠시 네 곁을 떠나신 것뿐이야. 네가 전과 같이 지내길 바라실 거야. 자연이 우리에게 베푸는 치유의 힘을 거부해선 안 된다고 생각해. 하지만 네 마음도 이해가 돼. 우리는 모두 그런 경험을 하니까. 우리가 사랑하는 사람이 이제 곁에 없어서 더 이상 같이 기쁨을 나눌 수 없는데 혼자 뭔가에 기쁨을 느낀다는 사실에 화가 나지. 그리고 삶에 대한 흥미가 돌아오는 걸 느낄 때면 제대로 애도하지 않은 것처럼 느끼기도 하고."

앤이 꿈을 꾸는 것처럼 말했다.

"오늘 오후에 매슈 아저씨 무덤가에 장미를 심으러 갔어요. 오래전에 아저씨 어머니께서 스코틀랜드에서 가져오신 백장미 나무였어요. 매슈 아저씨는 그 장미를 가장 좋아하셨죠. 아주 작고 가시투성이인데 그윽한 향기가 풍겨요. 아저씨 무덤가에 장미를 심을 수 있어서 기뻤어요. 아저씨 가까이 심어서 아저씨를 기쁘게 할 수 있는 일을 한 것 같았거든요. 천국에도 그런 장미가 있으면 좋겠어요. 아저씨가 여름마다 사랑했던 그 작은 백장미들의 영혼이 어쩌면 거기서 아저씨를 맞이했을지

도 몰라요. 이제 그만 집에 가봐야겠어요. 마릴라 아주머니 혼자 계시
는데 해가 지면 적적해하세요."

"네가 대학에 가면 더 쓸쓸해하실 텐데 걱정이구나."

앤은 대답하지 않았다. 작별 인사를 한 후에 앤은 천천히 초록 지붕
집으로 돌아갔다. 마릴라는 문 앞 계단 위에 앉아 있었다. 앤도 그 옆
에 나란히 앉았다. 현관문이 닫히지 않게 커다란 분홍 조가비로 받쳐
놓았다. 조가비의 부드러운 안쪽에 있는 소용돌이 모양이 바다에 지는
노을을 연상시켰다.

앤은 연노란 인동덩굴 가지를 꺾어 머리에 꽂았다. 머리를 움직일 때
마다 머리 위에서 하늘의 축복을 받는 것처럼 달콤한 향기가 퍼져 기
분이 좋아졌다.

마릴라가 입을 열었다.

"네가 나간 사이에 스펜서 선생님이 오셨단다. 내일 시내에 안과 전
문의가 온다면서 나더러 가서 검사를 받아보라고 하시더구나. 가서 검
사를 받는 게 좋겠지. 내 시력에 맞는 안경을 맞춰주면 참 좋을 텐데.
내가 없는 동안 혼자 있어도 괜찮겠니? 마틴이 마차로 데려다줘야 하
는데 다림질도 좀 하고 빵도 구워놓아야 할 거야."

"괜찮아요, 아주머니. 다이애나가 와서 같이 있어주기로 했어요. 다
림질도 잘하고 빵도 맛있게 구워놓을게요. 손수건에 풀을 먹이거나 케
이크에 진통제를 넣을까 봐 걱정하지 않으셔도 돼요."

마릴라가 웃었다.

"그때는 정말 하루가 멀다 하고 사고를 쳤는데, 앤. 말썽이 끊이질 않
았지. 난 정말 그때는 네가 뭐에 홀린 줄 알았다. 너 머리 염색했던 거

기억나니?"

앤이 탐스럽게 땋아 올린 머리를 만지며 미소를 지었다.

"그럼요. 어떻게 잊을 수 있겠어요. 그때 제가 빨간 머리를 얼마나 걱정했는지 생각하면 아직도 가끔 웃음이 나와요. 그렇다고 무턱대고 웃을 수만도 없는 게 그때는 정말 그것 때문에 얼마나 괴로웠는지 몰라요. 그때는 빨간 머리와 주근깨가 정말 심각하게 고민됐어요. 이제 주근깨는 다 사라졌고, 사람들도 제 머리가 적갈색이라고 다정하게 말해 주긴 하지만요. 조시 파이만 빼고요. 조시는 어제, 진심으로 말하는데 제 머리가 전보다 더 빨개졌다고 하더라고요. 적어도 검은 드레스를 입어서 더 빨갛게 보인다면서. 머리가 빨간 사람은 거기에 익숙해지긴 하냐고 묻는 거 있죠. 마릴라 아주머니, 전 조시 파이를 좋아하려는 노력 자체를 포기하기로 했어요. 전에는 정말 필사적으로 노력했지만 조시 파이는 도저히 좋아지지가 않아요."

마릴라가 날카롭게 말했다.

"파이 집안사람이라서 그래. 그러니까 그렇게 밉살스럽지. 그런 사람들도 사회에 도움이 되긴 하겠지만, 대체 어디에 도움이 되는지는 나도 모르겠구나. 조시도 교사가 된다던?"

"아뇨, 내년에 퀸스 아카데미로 돌아간대요. 무디 스퍼전과 찰리 슬론도 그렇고요. 제인과 루비는 교사가 되기로 했는데 둘 다 학교도 정해졌어요. 제인은 뉴브리지 학교, 루비는 서쪽에 있는 학교래요."

"길버트 블라이스도 교사가 되겠지?"

"네." 앤은 그렇게만 대답했다.

"길버트는 참 잘생긴 청년이더라. 지난주 일요일에 교회에서 봤는데 키가 훤칠하게 크고 남자답게 컸어. 그 애만 할 때 제 아버지랑 똑 닮았어. 존 블라이스는 멋진 아이였지. 우린 정말 좋은 친구였단다. 존이랑 나랑. 사람들은 존이 내 남자 친구라고 했어."

마릴라가 무심코 말했다. 그 이야기를 듣던 앤이 갑자기 흥미를 보이며 마릴라를 올려다봤다.

"아, 그래서 어떻게 됐어요? 왜 그분이랑……."

"우린 싸웠거든. 나중에 존이 용서해달라고 했는데 내가 받아주지 않았지. 시간이 좀 흘렀을 땐 나도 그러려고 했어. 처음에는 화가 나고 뾰로통해져서 존에게 벌을 주고 싶었던 거야. 그런데 존이 다시는 내게 돌아오지 않았어. 블라이스 가문의 남자들이 워낙 자존심이 세서 말이야. 하지만 내 마음에는 항상 미안함이 남아 있었단다. 기회가 있었을 때 사과를 받아줬더라면 얼마나 좋았을까, 생각했지."

앤이 다정하게 말했다.

"그러니까 아주머니에게도 로맨스가 있었던 거네요."

"그래, 그렇다고도 할 수 있지. 날 보면 도저히 그런 생각은 못하겠지만 말이다, 그렇지? 하지만 겉모습만 보고는 사람을 판단할 수 없단다. 사람들은 나와 존 사이를 잊었어. 나도 그랬고. 하지만 지난 일요일에 길버트를 보니까 어제 일처럼 떠오르더구나."

38

＊＊＊＊＊＊

길모퉁이

다음 날 마릴라는 시내에 나갔다가 저녁에 돌아왔다. 앤은 다이애나와 같이 과수원 언덕에 갔다가 집에 돌아와 마릴라가 부엌 식탁 옆에서 머리를 손에 기댄 채 앉아 있는 걸 봤다. 어쩐지 낙심한 마릴라의 모습에 앤은 덜컥 불안해졌다. 마릴라가 그렇게 풀이 죽어 있는 모습은 한 번도 본 적이 없는데.

"많이 피곤하세요, 마릴라 아주머니?"

"그래. 아니, 나도 잘 모르겠다. 피곤한 것 같긴 한데 그게 문제가 아니라… 그건 괜찮다." 마릴라가 지친 표정으로 말했다.

"안과 의사는 만나보셨어요? 뭐래요?" 앤이 걱정스럽게 물었다.

"그래. 가서 진찰받았어. 독서랑 바느질은 다 포기하고 눈을 혹사하는 일은 일절 하지 않고, 될 수 있으면 울지도 말라고 하고. 자기가 맞춰준 안경을 쓰면 눈은 더 이상 나빠지지 않을 것 같고, 두통도 나을 거래. 하지만 그렇게 하지 않으면 반년 안에 눈이 멀게 된다는구나. 장님이 되다니! 앤, 생각만 해도 끔찍해!"

순간 경악한 앤은 한동안 입을 다물고 있었다. 도저히 입을 뗄 수 없을 것 같았다. 그러다 목이 메었지만 용감하게 말했다.

"마릴라 아주머니, 그런 생각 마세요. 의사 선생님이 희망을 주신 거잖아요. 조심하시면 시력을 잃을 일은 없을 거예요. 그리고 안경을 써서 두통이 낫는다면 아주 좋은 일이죠."

마릴라가 비통하게 말했다.

"그게 무슨 희망이니? 읽지도 못하고 바느질도 못하고 아무것도 못하면 무슨 낙으로 살아? 차라리 장님이 되거나 죽는 게 낫지. 외로울 때는 절로 눈물이 나는 걸 어쩌라고. 하지만 이런 이야길 해봤자 아무 소용없지. 차 한잔 갖다주면 고맙겠구나. 지금은 꼼짝도 못하겠다. 어쨌든 당분간 이 일은 우리 둘만 알고 있자. 또 사람들이 와서 이러쿵저러쿵 물어보고 동정하는 건 딱 질색이니까."

식사를 끝냈을 때 앤은 마릴라를 설득해서 잠자리에 들게 했다. 그리고 동쪽 다락방에 올라가서 어둠 속에서 창가에 앉아 무거운 마음으로 하염없이 눈물을 흘렸다. 집에 돌아와 여기 앉았던 그날 밤 이후로 모든 게 얼마나 슬퍼졌는지! 그때만 해도 앤의 마음은 기쁨과 희망으로 가득 차 있었고 미래는 수많은 가능성으로 가득 차 온통 장밋빛으로만 보였다. 그 후로 마치 몇 년은 지난 것 같은 느낌이 들었다. 하지만 잠자리에 들기 전에 앤의 입가엔 미소가 어려 있었고 마음도 편안해졌다. 앤은 자신이 해야 할 일을 용감하게 직시하고 의무에 진실하게 대처하면 세상 이치가 그렇듯이 친구로 지낼 수 있다는 사실을 깨달았다.

며칠이 지나 어느 오후에 마릴라가 집에 찾아온 어떤 남자와 앞마당에서 이야기하고 있다가 천천히 집에 들어왔다. 손님은 카모디에서 온 존 새들러라고 앤은 얼굴만 아는 사람이었다. 앤은 마릴라 아주머니가 손님과 무슨 이야기를 했기에 그런 표정인지 궁금했다.

"새들러 씨가 무슨 용건으로 왔어요, 마릴라 아주머니?"

마릴라는 창가에 앉아 앤을 바라봤다. 의사가 주의를 줬는데도 마릴라의 눈에는 눈물이 가득 고여 있었다. 말문을 열자 목소리도 갈라졌다.

"내가 초록 지붕 집을 판다는 말을 듣고 사고 싶다고 하더구나."

"초록 지붕 집을 산다고요! 초록 지붕 집을?"

앤은 제대로 들었는지 자신의 귀를 믿을 수 없었다.

"아, 마릴라 아주머니, 정말 초록 지붕 집을 팔려는 건 아니시죠?"

"앤, 나도 달리 어떻게 해야 할지 모르겠다. 나도 생각을 많이 해봤어. 시력이 좋으면 여기서 계속 살면서 성실한 일꾼을 하나 데리고 그럭저럭 꾸려갈 수 있을 거야. 하지만 지금 상황이 보다시피 그럴 수 없잖니. 이러다 실명할지도 모르고. 어쨌든 혼자서는 이 살림을 꾸려갈 만한 깜냥이 안 되는구나. 아, 내 집을 파는 건 살아생전 꿈에도 생각 못 했는데. 하지만 상황이 점점 나빠지다 보면 나중엔 이 집을 사겠다고 나설 사람이 아예 없을지도 몰라. 우리 돈은 한 푼도 빠짐없이 다 그 은행에 들어가 있었어. 거기다 작년 가을에 오라버니가 발행한 어음도 몇 장 있단다. 린드 부인이 농장을 팔고 셋방을 얻으라고 하더라. 아마 자기 집에 있으란 말이겠지. 집을 판다고 해도 얼마 나오지도 않을 거야. 집도 작고 건물도 낡았으니까. 하지만 나 하나 살 정도는 될 거야. 네가 장학금을 받아서 다행이다, 앤. 방학 때 돌아올 집이 없어서 미안하다만 넌 어떻게든 잘 헤쳐 나가리라 생각한다."

마릴라는 말문을 잇지 못하고 울음을 터뜨렸다.

앤이 단호하게 말했다.

"절대로 초록 지붕 집을 파시면 안 돼요."

"아, 나도 그럴 필요가 없었다면 좋겠다. 하지만 너도 지금 우리 형편을 잘 알잖니. 난 여기서 혼자 살 수 없어. 힘들기도 하고 외로워서 정신을 놓게 될 거야. 거기다 시력도 잃고. 그렇게 될 걸 난 알아."

"여기 혼자 계시지 않아도 돼요, 마릴라 아주머니. 제가 옆에 있을 거예요. 전 레드먼드 대학에 가지 않겠어요."

"레드먼드 대학에 가지 않겠다고! 아니 왜? 대체 그게 무슨 소리냐?"

마릴라가 지친 얼굴에서 손을 떼고 앤을 바라보며 물었다.

"방금 말한 그대로예요. 전 그 장학금을 받지 않겠어요. 아주머니가 시내에서 돌아오신 그날 밤 결심했어요. 아주머니가 그동안 저에게 그렇게 잘 해주셨는데 설마 제가 아주머니가 힘들 때 혼자 놔두고 그냥 갈 거라곤 생각하지 않으셨죠? 전 그동안 차근차근 생각하면서 계획했어요. 먼저 제 계획을 말씀드릴게요. 배리 아저씨가 내년에 이 농장을 임대하고 싶어 하세요. 그러니까 농장 일은 신경 쓰지 않으셔도 돼요. 전 학교에서 아이들을 가르치겠어요. 여기 학교에 지원했지만 학교 이사회에서 길버트 블라이스에게 그 자리를 주겠다고 약속했으니까 그건 힘들 것 같아요. 하지만 카모디 학교는 갈 수 있어요. 어젯밤에 가게에서 블레어 아저씨가 그렇게 말씀하셨어요. 물론 에이번리 학교에 가면 더 좋고 편하긴 하겠죠. 하지만 집에서 지내면서 카모디로 마차를 타고 출퇴근을 할 수 있어요, 적어도 날씨가 따뜻할 때는 말이죠. 그리고 겨울에도 금요일마다 올 수 있어요. 그런 용도로 쓰게 말 한 마리는 그대로 두기로 해요. 보세요. 제가 다 알아서 계획해놓았잖아요, 마릴라 아주머니. 제가 아주머니에게 책을 읽어드리고 기분 좋게 해드릴 거예요. 아주머니는 지루하거나 우울할 틈도 없으실 거고. 아주머니랑 저랑 둘이서 정말 즐겁고 행복하게 지낼 수 있어요."

마릴라는 꿈꾸는 표정으로 앤의 이야기를 들었다.

"아, 앤. 네가 여기서 같이 살 수 있다면 나야 정말 좋지. 하지만 나 때문에 널 희생시킬 순 없어. 그건 끔찍한 일이야."

앤이 기분 좋게 웃었다.

"무슨 그런 말도 안 되는 소리를 하세요! 희생이라뇨. 초록 지붕 집을 포기하는 것보다 더 끔찍한 일은 없어요. 저에게 그보다 더 슬픈 일은 없다고요. 우린 반드시 이 정든 옛집을 지켜야 해요. 전 이미 결심했어요, 마릴라 아주머니. 전 레드먼드에 가지 않아요. 여기서 아이들을 가르치겠어요. 제 걱정은 하나도 하지 마세요."

"하지만 너의 꿈과 그리고……"

"제 꿈은 하나도 변하지 않았어요. 단지 방향만 바꾼 거죠. 전 좋은 선생님이 될 거예요. 그리고 아주머니의 시력을 지켜드릴 거고. 집에서 독학으로 대학 과정도 조금씩 공부할 거예요. 아, 제겐 수십 가지의 계획이 있어요, 마릴라 아주머니. 지난 한 주 동안 그 계획들을 생각하고 있었어요. 여기서 살면서 최선을 다하면 좋은 결과가 나올 거라고 믿어요. 퀸스 아카데미를 졸업했을 때는 제 앞에 탄탄대로가 쭉 뻗어 있는 것처럼 보였어요. 수많은 이정표가 서 있는 미래가 한눈에 보인다고 생각했죠. 이제 그 길에 모퉁이가 생겼어요. 그 모퉁이 너머에 뭐가 있을지 모르겠지만 가장 좋을 것이 있을 거라고 믿기로 했어요. 모퉁이는 모퉁이 나름대로 매력이 있어요. 모퉁이를 돌면 뭐가 나올지 궁금하거든요. 어떤 초록빛 영광과 가지각색의 빛과 그림자들이 있을지, 어떤 새로운 풍경이 있을지, 어떤 아름다움이 있을지, 어떤 구불구불한 길과 언덕과 계곡이 나올지 모르잖아요."

"네가 장학금을 포기하게 놔둘 순 없어."

"하지만 아주머니는 절 못 막으세요. 전 이제 열여섯 살하고도 반이나 먹었어요. 린드 아주머니가 전에 말씀하셨듯이 전 '노새처럼' 고집이 세다고요." 앤이 웃으며 말했다.

"아, 마릴라 아주머니, 절 가여워하지 마세요. 전 동정받고 싶지 않고, 그럴 필요도 없어요. 여기 이 소중한 초록 지붕 집에서 계속 살게 돼서 진심으로 기뻐요. 그 누구도 아주머니와 저만큼 이 집을 사랑할 수 없어요. 그러니까 우리가 반드시 이 집을 지켜야 해요."

마릴라가 고집을 꺾고 말했다.

"아, 착하디착한 우리 아이! 네 덕분에 새 생명을 얻은 것 같구나. 대학에 가라고 끝까지 설득해야 할 것 같지만 못하겠다. 그러니 더 이상 말하지 않으마. 하지만 네게 이 보답은 꼭 할게, 앤."

앤 셜리가 장학금을 포기하고 집에 남아 교사가 되기로 했다는 소문이 에이번리에 파다하게 퍼지자 다들 말이 많았다. 마릴라의 눈에 대해 아무것도 모르는 대부분의 선량한 마을 사람들은 마릴라가 어리석다고 생각했다. 앨런 부인은 그렇지 않았다. 앨런 부인이 앤의 결정을 칭찬하자 앤은 뿌듯한 마음에 기쁨의 눈물을 흘렸다. 선량한 린드 부인도 마찬가지였다. 린드 부인은 어느 날 저녁에 초록 지붕 집에 왔다가 앤과 마릴라가 따뜻하고 향기로운 여름날 석양이 지는 가운데 현관문 앞에 앉아 있는 모습을 봤다. 두 사람은 거기 앉아 하얀 나방들이 날아다니고 박하 향기가 촉촉한 공기를 가득 채운, 해가 지는 무렵의 정원을 바라보는 걸 좋아했다.

린드 부인은 피로와 안도가 섞인 긴 한숨을 내쉬며 문 옆에 있는 돌 벤치에 듬직한 체구를 내려놓았다. 벤치 뒤로 분홍색과 노란색의 키다리 접시꽃이 한 줄로 나란히 피어 있었다.

"이렇게 앉으니 좋네. 하루 종일 걸어 다녔어요. 90킬로그램이나 되는 몸을 두 발로 지탱하려니 워낙 힘이 들어서 말이야. 뚱뚱하지 않은 걸 축복으로 생각해요, 마릴라. 고맙게 생각해야 해요. 그나저나, 앤, 대학 장학금을 포기했다고 들었다. 그 소식을 듣고 정말 다행이구나 싶었다. 그만하면 여자로선 배울 만큼 배웠어. 난 여자들이 남자들과 같이 대학에 다니면서 머릿속에 라틴어랑 그리스어랑 그런 허튼 것들을 가득 채운다는 게 영 마땅치 않더라."

앤이 웃으며 대답했다.

"하지만 전 라틴어와 그리스어를 공부할 건데요. 여기 초록 지붕 집에서 대학에서 배우는 인문 과정을 다 공부할 생각이에요."

린드 부인은 경악해서 두 손을 번쩍 들었다. "앤 셜리, 그러다 몸 상해!"

"그럴 일은 전혀 없어요. 오히려 그 덕분에 계속 더 성장하게 될걸요. 아, 그렇다고 무리하진 않을 거예요. 적당히 알아서 할게요. 하지만 겨울밤은 길어서 시간이 많잖아요. 거기다 전 수예에도 소질이 없고. 아주머니도 아시겠지만 전 카모디에서 아이들을 가르칠 거예요."

"난 몰랐는데. 넌 여기 에이번리에서 가르치게 될 거야. 이사회에서 너에게 그 자리를 주기로 결정했다."

앤은 놀라서 벌떡 일어났다.

"린드 아주머니! 왜요? 이사회에서 길버트 블라이스에게 그 자리를 주기로 약속한 줄 알았는데요!"

"분명히 그랬지. 하지만 네가 거기 지원했다는 소식을 듣자마자 길버트가 이사회에 찾아갔어. 어젯밤 학교에서 회의를 했다더구나. 길버트가 자기가 지원한 걸 취소할 테니까 너에게 그 자리를 주라고 제안했대. 자긴 화이트샌즈에서 가르칠 거라면서. 길버트는 물론 널 위해 그 자리를 포기한 거야. 네가 마릴라와 이 집에서 얼마나 같이 살고 싶어 하는지 알고 있으니까. 정말 착하고 사려 깊지 않니? 게다가 엄청난 희생을 한 거야. 화이트샌즈에서 근무하려면 하숙을 해야 하는데 다들 길버트가 대학 등록금을 벌려고 일하는 걸 알고 있잖니. 그래서 이사회에서 널 채용하기로 했단다. 어젯밤에 토머스가 집에 와서 말해줬을 때 기뻐 죽는 줄 알았다."

앤이 멍하니 중얼거렸다.

"아무래도 그 제안은 받을 수 없을 것 같은데요. 제 말은, 길버트가 절 위해 그런 희생을 하게 둘 수 없을 것 같아요."

"이제 와서 길버트를 말릴 순 없을 것 같은데. 길버트는 화이트샌즈 이사회랑 이미 계약서를 썼거든. 그러니까 네가 지금 거부한다고 해도 길버트에겐 아무 도움이 되지 않아. 그러니 당연히 네가 에이번리 학교로 가야지. 넌 거기서 잘할 거야. 거긴 파이네 식구들도 없잖니. 조시가 파이 집의 마지막 아이였으니까. 잘됐지. 지난 20년 동안 파이네 아이들이 계속 학교를 다녔는데 다들 인생 최대의 목표가 교사들을 괴롭히는 것 같았잖니. 어머나! 저기 저 배리 씨네 다락방에서 깜빡거리는 저건 대체 뭐냐?"

앤이 웃으며 말했다.

"다이애나가 저한테 오라고 신호를 보내는 거예요. 우리는 그 오래된 습관을 그대로 지키고 있어요. 얼른 가서 무슨 일인지 알아보고 올게요."

앤은 클로버가 무성한 비탈길을 사슴처럼 달려 내려가서 유령의 숲 사이로 사라졌다. 린드 부인이 너그러운 눈빛으로 앤을 바라보았다.

"아직 어린애 같은 구석이 많이 남았네."

"어른스런 면도 많아요."

그사이에 기력을 회복한 마릴라가 쏘아붙였다. 하지만 이제 마릴라도 예전 같지 않았다. 그날 밤 린드 부인이 남편인 토머스에게 말했다.

"마릴라 커스버트는 사람이 많이 부드러워졌어요."

앤은 다음 날 저녁에 에이번리 묘지에 가서 매슈의 무덤에 신선한 꽃다발을 놓고 스코틀랜드 장미에 물을 주었다. 그곳에서 해가 질 때까지 머물면서 평화롭고 조용한 분위기를 한껏 음미했다. 포플러는 나직하고 다정하게 이야기하는 것처럼 살랑거렸고, 묘지 여기저기에서 쑥쑥 큰 풀들이 소곤거렸다. 묘지를 나와서 비탈진 긴 언덕을 걸어 반짝이는 호수 쪽으로 내려오자, 마침내 해는 완전히 사라지고 저녁놀 속에서 에이번리의 풍경이 꿈결처럼 펼쳐졌다. 고대의 평화가 깃든 풍경 같았다. 달콤한 향기가 풍기는 클로버 벌판 위로 바람이 불어와 상쾌한 기운이 공기 중에 퍼졌다. 나무들 사이사이로 여러 집에서 흘러나온 빛이 반짝였다. 저 멀리서 보랏빛 안개가 낀 바다와 그치지 않는 파도 소리가 들려왔다. 서쪽 하늘은 부드럽게 어우러진 색조로 물들었고 연못에 비친 색들은 더욱더 다사롭게 보였다. 그 아름다운 풍경에 뭉클해진 앤은 마음의 문을 활짝 열어젖혀 고마움을 전했다.

"정든 세상아, 넌 정말 아름답구나. 살아 있어서 너무 기쁘다."

언덕을 반쯤 내려왔을 때 키가 훤칠하게 큰 청년 하나가 휘파람을 불면서 블라이스 농장 문을 열고 나왔다. 길버트였다. 앤을 알아본 길버트의 휘파람 소리가 작아졌다. 길버트는 공손하게 모자를 들긴 했지만 앤이 멈춰서 손을 내밀지 않았더라면 아무 말 없이 지나쳤을 것이다.

앤이 얼굴을 붉히며 말했다.

"길버트, 날 위해 학교를 양보해줘서 고맙다는 인사를 하고 싶어. 넌 정말 좋은 사람이야. 내가 얼마나 고마워하는지 알아줬으면 좋겠어."

길버트는 앤이 내민 손을 꼭 잡았다.

"내가 뭐 엄청 대단한 일을 한 것도 아닌걸, 앤. 널 조금이나마 도울 수 있어서 기뻐. 이제 우리 친구가 되는 거야? 내 예전 잘못을 정말 용서한 거니?"

앤이 웃으면서 손을 빼려고 했지만 허사였다.

"그날 그 연못가에서 이미 용서했어. 다만 그때는 나도 내 마음을 몰랐지. 난 정말 너무나 바보 같은 고집쟁이였어. 난 솔직히 말하자면 그 후로 쭉 후회하고 있었어."

"우린 최고의 친구가 될 거야. 우린 처음부터 좋은 친구가 될 운명이었어, 앤. 그저 네가 운명에 반항한 거지. 우리가 여러모로 서로 도울 수 있을 거란 걸 난 알아. 너도 계속 공부할 거지, 그렇지? 나도 그래. 가자, 내가 집까지 바래다줄게."

마릴라는 앤이 부엌에 들어오자 호기심이 어린 표정으로 앤을 봤다.

"너랑 같이 걸어온 사람이 누구니, 앤?"

당혹스럽게도 얼굴이 붉어지는 걸 느끼면서 앤이 대답했다.

"길버트 블라이스예요. 배리 아저씨네 언덕에서 우연히 마주쳤어요."

"너와 길버트 블라이스가 그렇게 친한 줄 몰랐다. 대문 앞에서 이야기하느라 30분이나 서 있더구나." 마릴라가 미소를 지으며 말했다.

"그동안은 아니었어요. 우린 좋은 경쟁자였죠. 하지만 앞으로 좋은 친구로 지내는 게 훨씬 더 현명하다고 판단했어요. 그런데 우리가 정말 거기에 30분이나 서 있었어요? 몇 분밖에 안 된 줄 알았는데. 하지만, 우린 5년 동안 못한 이야기가 많았거든요, 마릴라 아주머니."

앤은 그날 밤 기쁜 마음으로 창가에 오랫동안 앉아 있었다. 바람이 벚나무 가지를 부드럽게 쓰다듬으며 지나갔고, 바람결에 박하 향기가 실려왔다. 골짜기에 서 있는 뾰족한 전나무 위로 별들이 반짝반짝 빛났고 다이애나의 방 불빛이 나무들 사이로 반짝였다.

퀸스 아카데미에서 돌아와 그 자리에 앉아 있던 밤 이후로 앤의 세계는 닫힌 것만 같았다. 하지만 이제 그녀 앞에 열린 길이 좁다 해도 그 길을 따라 조용히 행복의 꽃들이 피어날 거라는 걸 앤은 알고 있었다. 앞으로 성실하게 일할 거라고 다짐하자, 가치 있는 꿈과 마음이 통하는 친구가 생겼다는 기쁨이 찾아왔다. 그 무엇도 앤의 타고난 상상력이나 꿈으로 가득 찬 이상적인 세계를 빼앗아가지 못할 것이다. 그리고 길에는 언제나 모퉁이가 있었다! 앤이 조용히 속삭였다.

"하느님은 하늘에 계시고 세상은 평온하여라."

빨강 머리 앤

1판 1쇄 인쇄 2020년 2월 21일
1판 1쇄 발행 2020년 2월 28일

지은이 루시 모드 몽고메리
옮긴이 박산호
일러스트레이터 이슬아
펴낸이 김영곤
펴낸곳 (주)북이십일 아르테

문학사업본부 본부장 손미선
문학기획팀 이지혜 인수
문학마케팅팀 배한진 정유진
영업본부 이사 안형태 영업본부장 한충희 문학영업팀 김한성 이광호
제작팀 이영민 권경민

출판등록 2000년 5월 6일 제406-2003-061호
주소 (우 10881) 경기도 파주시 회동길 201(문발동)
대표전화 031-955-2100 팩스 031-955-2151
ISBN 978-89-509-8614-8 03840

아르테는 (주)북이십일의 문학 브랜드입니다.

(주)북이십일 경계를 허무는 콘텐츠 리더
아르테 채널에서 도서 정보와 다양한 영상자료, 이벤트를 만나세요!
네이버오디오클립/팟캐스트[클래식클라우드] 김태훈의 책보다 여행
페이스북 facebook.com/21arte   홈페이지 arte.book21.com
인스타그램 instagram.com/21_arte   포스트 https://m.post.naver.com/staubin